KNAUR

Veit Etzold

TRÄNEN-BRINGER

Ein Clara-Vidalis-Thriller

KNAUR

Besuchen Sie uns im Internet:
www.knaur.de

FSC
www.fsc.org
MIX
Papier aus verantwortungsvollen Quellen
FSC® C083411

Originalausgabe September 2017
Knaur Taschenbuch

Ein Imprint der Verlagsgruppe
Droemer Knaur GmbH & Co. KG, München

Redaktion: Antje Steinhäuser
Covergestaltung: ZERO Werbeagentur, München
Coverabbildung: FinePic® / shutterstock
Satz: Sandra Hacke
Druck und Bindung: CPI books GmbH, Leck
ISBN 978-3-426-52069-7

4 5

Für Michaela Kenklies und Steffen Haselbach
und das Team von Droemer Knaur
für das freundliche Willkommen von Clara Vidalis

... und natürlich für Saskia

Diejenigen, die keine Angst vor dem Töten haben,
haben die Kontrolle über das Leben selbst.

Richard Ramirez, *The Night Stalker*

Prolog

Erst habe ich sie ausgezogen. Dann habe ich sie erwürgt. Dann in kleine Teile zerschnitten. Dann gekocht. Und gegessen. Es hat neun Tage gedauert, bis ich sie ganz gegessen hatte.
Ich habe sie nicht missbraucht, auch wenn ich es gekonnt hätte.
Sie ist als Jungfrau gestorben.

Brief des Serienkillers Albert Fish an die Eltern des Opfers[1]

<BODYCOUNT>: bist du geil?

<ANGELDUST666>: bin ich immer. ich brauch es hart. und oft

<BODYCOUNT>: extrem?

<ANGELDUST666>: yep. nur keine bleibenden schäden

<BODYCOUNT>: titten echt so groß wie auf pic?

<ANGELDUST666>: ja. natur. 80dd

<BODYCOUNT>: geil!

<ANGELDUST666>: freut mich ☺

<BODYCOUNT>: NS, KV?

<ANGELDUST666>: mag kein dirty. gewalt o.k.

<BODYCOUNT>: messer?

<ANGELDUST666>: ja, aber schneid entlang der narben. da, wo schon welche sind. wohne noch bei eltern

1 Aus Ressler, Burgess, Douglas: FBI-Crime Classification Manual, New York, 2008

<BODYCOUNT>: ritzt du dich selbst?
<ANGELDUST666>: ja
<BODYCOUNT>: machst du es auch für mich?
<ANGELDUST666>: klar
<BODYCOUNT>: filmen?
<ANGELDUST666>: ja, aber nur maske. auch wegen eltern
<BODYCOUNT>: kill your parents
<ANGELDUST666>: gute idee
<BODYCOUNT>: wann sehen wir uns?
<ANGELDUST666>: nachmittags. bei dir. nach der schule. bis abends. mum darf nichts merken
<BODYCOUNT>: diesen donnerstag? 15 uhr?
<ANGELDUST666>: wo?
<BODYCOUNT>: schicke ich separat
<ANGELDUST666>: geil. freu mich schon
<BODYCOUNT>: gewalt o.k.?
<ANGELDUST666>: ja. hab ich doch gesagt
<BODYCOUNT>: titten 80dd?
<ANGELDUST666>: yep
<BODYCOUNT>: eine sache will ich dann rausfinden
<ANGELDUST666>: was denn?
<BODYCOUNT>: wie deine titten … von innen aussehen
<ANGELDUST666> *HAT DEN CHAT VERLASSEN*

Doch BodyCount wusste bereits, wer Angeldust war.

Und wo er sie finden würde.

BUCH 1

Ich erinnere mich an jedes Detail von jedem einzelnen Verbrechen, so wie sich andere Menschen an ihren Lieblingsfilm erinnern.
Und ich lasse sie immer wieder vor meinem inneren Auge ablaufen.

Interview mit dem Serienkiller Dennis Rader,
dem »BTK-Mörder«[2]

2 BTK bedeutet »Bind, Torture, Kill«. Der BTK-Mörder trieb fast dreißig Jahre sein Unwesen, bis er endlich geschnappt wurde. Er war Familienvater und Vorstand in der lokalen Kirchengemeinde.

Kapitel 1

Berlin, 2016

Es war Ende Oktober und begann, dunkel zu werden.

Thomas Spiering war gerade dabei, den Rückspiegel richtig einzustellen, als er den Mann sah.

Westberlin. Kurfürstenstraße, Ecke Keithstraße. »Kurfürstenstraße« klang edel, war aber in Wirklichkeit der größte Freilichtpuff Deutschlands. Kinder sahen vom Sandkasten aus, wie Prostituierte mit ihren Freiern im nahen Gebüsch verschwanden. Und dann die Kondome in den Sand des Spielplatzes warfen. Entsprechend zügig fuhr Thomas Spiering. Bloß schnell vorbei hier. Bis er den Mann sah, der einfach über die Straße schwankte. Der Mann kam aus der Keithstraße. Von Süden.

Vorne links war das Hotel mit seiner roten Klinkerfassade. Roter Klinker. Wie Fliesen. Die Fliesen einer Schlachterei. Auf der anderen Seite der Kaminshop. Dahinter der Asiate. All das sah Thomas Spiering.

Und dann kam dieser Mann.

Tauchte direkt vor seinem Auto auf. Lief mit torkelnden Schritten vor ihm über die Straße. Stand plötzlich direkt vor Spierings Wagen, der sich mit fünfzig Stundenkilometern näherte. Für einen Moment schien die Zeit eingefroren. Der Mann auf der Straße schaute Spiering in die Augen. Es waren Augen wie Plaketten. Augen, die keine Tiefe hatten. Der Mund geöffnet. Ein langer Speichelfaden. Mit beiden Händen hielt der Mann einen Karton umklammert, wie einen seltsamen Schatz. Taumelte, so als müsste er sich eigentlich abstützen. Konnte es aber nicht, weil er den Karton trug. An den Händen – irgendwie waren Thomas Spiering sofort die Hände aufgefallen – trug er Gummihandschuhe. Gummihandschuhe, die seltsam fleckig waren. An denen … etwas war. Etwas Braun-Rotes. Ja, irgendetwas Braun-Rotes.

Es war dieses Bild, das sich Thomas Spiering in die Pupillen brannte, als er wie ein Verrückter auf die Bremse stieg. Gerade noch rechtzeitig kam der Wagen zum Stehen. Der Mann stand vor ihm, schaute auf ihn herunter durch die Windschutzscheibe. Hob dann den Blick zum Himmel. Und setzte sich, irgendwie roboterhaft, wieder in Bewegung.

»Idiot«, rief Spiering. Obwohl der andere ihn kaum hören konnte. Hinter ihm hupten Autos. Sahen diese Idioten denn nicht, warum er bremsen musste? Dass er den Typen sonst überfahren hätte?

Spiering wollte ihn zur Rede stellen, wollte diesen Volltrottel fragen, was ihm einfiel, einfach so über die Straße zu laufen. Ohne Ampel und ohne Zebrastreifen.

Doch das Hupen wurde lauter.

Der Mann schaute ihn ein letztes Mal mit seinen Plaketten-Augen durch die Scheibe an. Ging dann weiter. Ging mit ruckartigen Bewegungen weiter über die Straße, wie ein schlecht programmierter Roboter.

Spiering fuhr weiter.

Sah aus den Augenwinkeln einen Lkw auf der anderen Straßenseite.

Beschleunigte.

Es lag nicht nur an dem ungeduldigen Hupen der Autos hinter ihm, dass er weiterfuhr.

Es lag nicht nur daran, dass er es eilig hatte und eigentlich schon längst zu Hause sein sollte. Bei seiner Frau. Die zuletzt mit dem Wagen gefahren war und den Rückspiegel anders eingestellt hatte.

Es lag auch daran, dass der Mann ihn angeschaut hatte.

Und *wie* er ihn angeschaut hatte.

Das hatte Thomas Spiering gereicht.

Als er etwa fünfzig Meter gefahren war, hörte er den Knall.

Kapitel 2

Berlin, 2016

»Dämliches Datenschutzgequatsche«, sagte Kriminaldirektor Winterfeld, während sie die Treppe hinunterliefen. Draußen vor dem Hauptquartier des LKA 1 in der Keithstraße zündete er sich einen Zigarillo an und paffte in die dämmerige Herbstluft. Clara Vidalis, Hauptkommissarin am LKA 113 und Expertin für Forensik und Pathopsychologie, folgte ihm. Hermann ebenfalls. Das LKA 1 war zuständig für Delikte am Menschen. Ebenso Kinder- und Jugendpornografie. Zweihundertsechzig Beamte, die nichts anderes machten, als den schlimmsten Abschaum der Gesellschaft zu jagen. Und die, wenn selbst sie nicht mehr weiterwussten, die Mordkommission 113 anriefen. Die Mordkommission 113, die am Tempelhofer Damm saß. Winterfelds Truppe, zu der auch Clara gehörte und die eng mit dem LKA 1 zusammenarbeitete.

Joost Boonstra kam ihnen schnaufend hinterher. Boonstra, mit rotblonden Haaren und einem, trotz seiner fünfundfünfzig Jahre, jungenhaften Gesicht, war auf Dauerdiät und deshalb bei dauerhaft schlechter Laune. Morgens nahm er nur sein sogenanntes »Singlefrühstück« zu sich, schwarzer Kaffee und Zigarette. Dünner wurde er dadurch trotzdem nicht, vielleicht weil gerade das Frühstück die Mahlzeit war, an der man am wenigsten sparen sollte, selbst wenn man das Ziel hatte, Gewicht zu verlieren. Er zupfte sich das Hemd zurecht, das sich über seinen Bauch spannte, und zündete sich eine Zigarette an.

»Probier mal die Marine-Diät«, hatte Winterfeld ihm vorhin gesagt und auf seinen Bauch geklopft. Boonstra hatte ihn irritiert angeschaut. »Einfach die nächste Uniform eine Nummer größer bestellen.« Boonstra hatte das nicht witzig gefunden.

»Sie sind mal wieder am Nichtrauchen?«, fragte Winterfeld und wandte sich an Clara.

Clara nickte. »Im Moment ja. Irgendwas muss ich auch mal richtig machen.«

»Dir gefällt der Datenschutz nicht?«, fragte Boonstra und deutete einen Ellbogenschlag in Winterfelds Seite an. Boonstra war Holländer und arbeitete eigentlich bei Europol in Den Haag, hatte aber für das LKA einige Computerschulungen übernommen, so wie diese Datenschutzschulung, die heute in der Keithstraße stattfand. Auch in Sachen Cyberspionage war er ein Crack.

Die Flitterwochen mit seiner Frau Femke waren dafür schon seit geraumer Zeit vorbei, sodass es ihm nichts ausmachte, wenn er lange arbeitete. Was ein Teufelskreis war. Denn weil er so viel arbeitete, hatte seine Frau sich eine Therapeutin gesucht, die ihr als Erstes gesagt hatte, dass sie mehr auf sich achten müsse. Femke hatte nach dem Studium ihren Job aufgegeben, um sich um die zwei gemeinsamen Kinder kümmern zu können. Die Therapeutin hatte ihr gesagt, dass sie ihren Mann zwingen müsse, sie stärker wahrzunehmen. Ihn dazu bringen müsse, endlich wahrzunehmen, was für Lücken durch seine viele Arbeit in ihrem Leben entstanden. Das Beste wäre, so die Therapeutin, wenn Joost noch einmal richtig um sie werben würde. So als würde er sich noch einmal in sie verlieben. Boonstra hatte das verstanden, aber mit dem Verlieben wollte es nicht so recht klappen.

Ich möchte gesehen werden. Wahrgenommen werden,

hatte sie Boonstra und all ihren Freundinnen gesagt. *Mach dir mal keine Gedanken,* hatte Boonstra geantwortet, *dich übersieht schon keiner.* Denn sie hatte ähnlich an Gewicht gewonnen wie Boonstra und war auch noch zickig und drachenartig geworden. Dass Boonstras Konter die Ehe nicht gerade gerettet hatte, verstand sich von selbst. Derzeit lebte er in Trennung auf Probe, was darauf hinauslief, dass seine Frau das gemeinsame Haus bewohnte und sich mit Selbstfindung, magischen Steinen und Hot Yoga befasste und er im Keller lebte, was seine Laune auch nicht gerade verbesserte. Umso glücklicher war er, dass er zwei Wochen in Berlin sein konnte. In einem schönen Hotel, wo er nicht stundenlang dankbar sein musste, weil jemand die Handtücher im Bad wechselte.

Du wohnst im Keller? Ist ja fast wie bei Schweigen der Lämmer, hatte Winterfeld gesagt, *da sind die Ermittler doch auch im Keller der FBI Academy. Jack Crawford, Clarice Starling und so weiter …* Boonstra fand auch das nur bedingt witzig. Genauso wie den Tipp mit der Marine-Diät. Er fand ohnehin wenig witzig. Doch seine schlechte Laune hatte ihm schon häufig geholfen, wenn es darum ging, hart durchzugreifen. Bei Europol hatte er in der internationalen Abteilung kräftig aufgeräumt und zwei Dutzend Leute gefeuert. Diese McKinsey-artigen Qualitäten hatten ihm bei den englischsprachigen Kollegen von Europol den Spitznamen *Boonstra the Butcher – Boonstra der Schlachter* eingebracht. Ein Name, der, wie Clara fand, auch gut zu ihrem Job passte.

Winterfeld schaute die prächtige Fassade des klassizistischen LKA 1-Gebäudes in der Keithstraße hinauf und qualmte. *Polizei* stand auf dem Schild neben der Tür. Immerhin beruhigend, dachte Clara, dass die Polizei noch Polizei hieß in Zeiten, wo die Arbeitsämter *Jobcenter* und die Informationsschalter der Bahn *ServicePoints* genannt wurden. Aber wahrscheinlich würde auch der Name *Polizei* bald abgeschafft werden und hieß dann *Bürgercenter oder HelpPoint* oder auch *Rescue-Team*.

»Datenschutz«, knurrte Winterfeld, »das heißt doch in erster Linie Täterschutz. Terroristen kommunizieren über XBoxes oder andere Spielkonsolen miteinander, und wir dürfen nicht mal Handydaten speichern. Mit Telekommunikationsgesetzen aus den Fünfzigern!«

Boonstra grinste. »Ich helf euch immerhin, ein paar Tricks zu lernen.«

»Ja«, sagte Hermann, der in einem schwarzen Kapuzenpulli, die Hände in den Taschen, zwischen Boonstra und Winterfeld stand. Clara stand ihm gegenüber. »Aber nur, weil du von der Agenda abweichst. Lernen sollen wir das hier nicht.«

»Wie geht's eurem Hund?«, fragte Clara Hermann.

Der zuckte die Schultern. »Pennt den ganzen Tag.« Hermann und seine Freundin hatten sich, nachdem es mit dem Kinderkriegen leider überhaupt nicht geklappt hatte, eine französische Bulldogge gekauft, blaugrau und noch ein Welpe. *Frenchie* nannte man diese kleinen, kompakten und lebenslustigen Tiere auch. Hermanns *Frenchie* war erst ein paar Wochen alt, hatte aber schon ziemlich große Ohren, die er senkrecht aufrichtete, wenn er ein unbekanntes Geräusch hörte. »Sonst sorgt der aber für Frohsinn. Es gibt da eine Studie, in der Männer Rechenaufgaben lösen mussten. Am besten waren die mit einem Hund dabei, am zweitbesten die, die allein rechneten, und am schlechtesten die, wo Frau oder Freundin daneben saßen.«

»Das glaube ich aufs Wort«, knurrte Boonstra. »Wie läuft denn Riskid?«, fragte er dann. Riskid war ein Programm, das das Ärztehopping von Eltern, die ihre Kinder misshandelten, verhindern sollte. Wurde ein Kinderarzt misstrauisch, weil das Kind immer stärker malträtiert war, gingen die Eltern einfach zu einem anderen Arzt. Bei Riskid konnten sich Kinderärzte geschützt austauschen. Dadurch fiel es viel leichter auf, wenn Eltern ihre verletzten Kinder einem neuen Arzt vorstellten, weil der alte Kinderarzt angefangen hatte, zu viele Fragen zu stellen.

Winterfeld zuckte die Schultern. »Ganz gut. Aber nur ein Tropfen auf dem heißen Stein. In den meisten Fällen bleibt doch alles, wie es ist. Und jeder Kindermörder kriegt deutlich weniger aufgebrummt als irgendein Eierdieb oder Falschparker.«

Er schaute Hermann an. »Warst du nicht bei dem Fall in Wedding dabei? Müllerstraße?«

»Der mit der Mikrowelle?«, fragte Hermann.

»Ja.« Winterfeld zog an seinem Zigarillo, halb genießerisch, halb angeekelt, wie Clara fand. Vielleicht stimmte es, dass Winterfeld nicht rauchte, weil er es wollte, sondern weil er es musste. Auch wenn er das nie zugeben würde.

»Was war da los?«, fragte Boonstra. Clara kannte die Geschichte.

»Da hat so ein Typ sein Kind halb totgeschlagen und dann mit dem Kopf in die Mikrowelle gesteckt.«

»Und?«, fragte Boonstra. »Die Mikrowelle geht doch erst an, wenn die Tür zu ist.«

»Das hat er extra manipuliert«, sagte Hermann. »Der Typ war wohl mal Elektriker und hat sich auch noch schlaugemacht, damit die Strahlung auch bei offener Tür rauskam.«

Selbst Boonstras Augen weiteten sich. »Und der Kopf des Kindes?«

Winterfeld machte ein gequältes Gesicht. »Ist explodiert. War ’ne totale Sauerei.«

»Mein Gott.« Boonstra schüttelte den Kopf. »Und was kriegt der Täter?«

Winterfeld zuckte die Schultern. »In Deutschland? Keine Ahnung. Wahrscheinlich Verwarnung wegen Sachbeschädigung. Oder Rüge wegen unsachgemäßer Behandlung von technischen Geräten.«

»Herr Kollege, Sie übertreiben«, sagte Clara.

»Wär in Holland auch nicht anders«, knurrte Boonstra.

»Wenn, dann übertreibe ich nur ein bisschen«, sagte Winterfeld. »Die meisten Sachen fallen eh unter den Tisch, weil sie keiner merkt. Da ist das bei den Amis anders. Die haben ViCAP. Da kann jeder Polizist drauf zugreifen. Was haben wir? POLIKS, INPOL, POLAS, in jedem Bundesland ein anderes. Kleinstaaterei wie zu Kaisers Zeiten! Das schützt die Opfer genauso effektiv wie das Jugendamt das Kind in der Mikrowelle.«

Boonstra hob die Augenbrauen. »Klingt ja so, als wäre Deutschland auf dem Weg in einen *failed state.*«

Winterfeld nickte. »Das klingt nicht nur so.«

Clara kannte ihren Chef. Heute hatte er offenbar mal wieder einen seiner pessimistisch-fatalistischen Tage, wo er sich alles in maximal düsteren Farben ausmalte. Wo er selbst den Vergleich mit einem Staat, der auf dem Weg in den Abgrund war, wie Libyen, Syrien oder Irak, nicht für abwegig hielt.

Winterfeld sprach weiter, doch Clara merkte, wie sie nur Teile von dem mitbekam, was er sagte, und ihre Gedanken woandershin abwanderten.

»Richtig kalt wird es hier auch nicht mehr«, sagte Winterfeld, blickte zum Himmel, klemmte sich den Zigarillo zwischen die Zähne und steckte die Hände in die Taschen. »Wir haben Ende Oktober und können hier noch draußen stehen. Mit weißen Weihnachten wird das nichts.«

»Wusste gar nicht, dass du so scharf auf Winter bist«, sagte Hermann.

»Er heißt doch Winterfeld«, warf Boonstra ein. »Nomen est omen.« Die Worte zogen an Claras Geist vorbei wie Wolken, die man nicht festhalten konnte.

»Trotzdem«, sagte Hermann. »Letztes Jahr hast du noch über die Heizkosten gemotzt. Obwohl, hast du nicht diesen Kaminofen?«

»Ja, aber da muss ich Holz schleppen. Das ist nicht gut für meinen Rücken.« Winterfeld stippte die Asche auf den Boden.

»Immerhin musst du es nicht hacken.«

»Nein, da könnten wir einige unserer Serienkiller für nehmen. Die zerhacken gerne Dinge. Lebende und tote. Wie hieß dieser Verrückte noch, der die Frauen zerhackt hat?« Clara merkte, dass er sich an sie gewandt hatte. Sie war augenblicklich wieder im Hier und Jetzt. »Bernhard Trebcken«, sagte sie. »Der Werwolf.«

Clara erinnerte sich gut an ihn. Der Werwolf hatte in Berlin sieben Frauen auf bestialische Weise getötet. Manche der Frauen hatte er vor und nach dem Tod vergewaltigt. Und er hatte sie mit einer Axt zerhackt und dabei so blindwütig auf die Leichen eingeschlagen, dass einige der Axthiebe nicht nur die Gliedmaßen durchtrennt, sondern den Matratzenkern des Bettes durchschlagen und das Parkett darunter zerstört hatten. Einigen Frauen hatte er den Darm aufgeschnitten und sie mit ihren eigenen Fäkalien eingeschmiert. Totale Dominanz und Unterwerfung. Clara erinnerte sich an all das. Besonders erinnerte sie sich daran, weil sie selbst Bernhard Trebcken, den Werwolf, erschossen hatte. MacDeath hatte sie über das Täterprofil zu der richtigen Adresse gelotst. Der Werwolf war ein brutaler, exploitativer Vergewaltiger, aber er wollte auch ein toller Hecht sein. Darum fuhr er eine Corvette. Und durch die Adresse des Autohalters bei der Zulassungsstelle waren sie an die Adresse von Trebcken gekommen. *A corvette makes them wet,* hatte MacDeath den schlüpfrigen, inoffiziellen Werbespruch zitiert, der die scheinbare Wirkung von Corvettes auf Frauen zusammenfasste. Und so cool wollte Trebcken, der Werwolf, auch sein. MacDeath hatte richtig gelegen.

Mein Gott, dachte Clara, wie lange war das her? Zwei Jahre? Drei?

MacDeath und sie kannten sich damals noch gar nicht. Doch am Ende war es Clara, die dem Bösen einmal wieder ins Auge geschaut und Bernhard Trebckens Kopf mit der Heckler & Koch eines SEK-Beamten in eine blutige Ruine und die Wand dahinter in ein Kunstwerk im Stil von Jackson Pollock verwandelt hatte.

MacDeath … Und wieder musste sie an ihn denken. An ihn. An sich. An sie beide.

Kapitel 3

In der Hölle

BodyCount war in den Chatrooms unterwegs. Dort, wo es keine Gesetze gab. Dort, wo er alle treffen konnte. Und ihnen zeigen konnte, was er machte.

Sie sollten zuschauen.

```
<BODYCOUNT>: What are u up to?
<SNUFFXXX>: dunno
<BODYCOUNT>: shall i do something 4 you?
<SNUFFXXX>: do what?
<BODYCOUNT>: do mean …[3]
<BODYCOUNT>: was willst du tun?
<SNUFFXXX>: ich weiß es nicht
<BODYCOUNT>: soll ich was für dich tun?
<SNUFFXXX>: was tun?
<BODYCOUNT>: böses tun …
```

Irgendwann hatte er genug Leute zusammen. Die alles sehen wollten. Die dafür zahlen würden.

Und er hatte ANGELDUST666.

Er machte noch einen Post.

3 Diesen Dialog gab es wirklich in London Mitte der Neunziger. Ein Mann wollte mit zwei Prostituierten einen Snuff-Film drehen und suchte im Internet zahlende Kunden. Das Obscene Publications Squad von Scotland Yard um Michael Hames war ihm rechtzeitig auf die Schliche gekommen.

`<BODYCOUNT>: angeldust ready 4 slaughter`

`<BODYCOUNT>: angeldust ist zur schlachtung freigegeben`

Sah, wie sich die Zuschauer anmeldeten.

Sah, dass sie viel bezahlen würden.

Und beides erregte ihn.

Kapitel 4

Berlin, 2016

MacDeath …

Clara merkte, wie ihre Gedanken wieder abschweiften. Was war da jetzt mit Martin Friedrich, ihrem Kollegen, den alle nur MacDeath nannten, wegen seiner Liebe zu Whisky, Schottland und Shakespeare? Waren sie zusammen? Im Moment waren sie nicht zusammen, da Datenschutz nicht sein Thema war und er im Moment eine Vorlesung an der Humboldt-Uni hielt. Aber sonst? Ja, zusammen waren sie wohl. Sie überlegten sogar, zusammenzuziehen. MacDeath hatte die größere Wohnung, und da wäre es einfacher, zu ihm zu ziehen, als sich zu zweit etwas komplett Neues zu suchen. Hatten sie überlegt. Sie kannte die Wohnung gut, da sie dort ohnehin schon halb eingezogen war und viele Wochenenden und auch sonstige Abende verbracht hatte. Und sie mochte die Wohnung auch. Irgendwie freute sie sich darauf, aber sie merkte, dass sie auch Angst hatte. Angst, sich zu binden. Angst, etwas zu besitzen. Denn alles, was man besaß, konnte einem auch wieder weggenommen werden.

Doch das war nicht alles. Mittlerweile drängte MacDeath immer mehr darauf, dass Clara und er, wenn sie schon mehr oder weniger zusammenlebten und sich auch so gut verstünden, doch eigentlich auch heiraten könnten. Clara schreckte davor noch mehr zurück als vor dem Zusammenziehen, denn es war klar, dass sie bei aller Behaglichkeit, die daraus entstehen konnte, doch auch ein wenig Freiheit aufgeben müsste. Und was hieß *ein wenig*? Eigentlich eine ganze Menge! Sie hatte oft mit MacDeath darüber gesprochen und sich einerseits gewundert, dass ein Freigeist wie MacDeath unbedingt heiraten wollte. Andererseits war MacDeath ja bereits einmal in den USA verheiratet gewesen. Seine Frau Caren war damals gestorben und er hatte Clara gesagt, dass ihm Rituale wichtig seien in einer Welt, die vollkommen aus den Fugen geraten sei. Und Heiraten war ein solches Ritual. »Den Serienkillern, besonders den Ritualmördern sind Rituale wichtig«, hatte er gesagt, »und mir, der die Seele dieser Monster analysiert, sind Rituale auch wichtig.«

Die Begründung fand Clara etwas schräg, aber irgendwie passte sie auch zu MacDeath.

Sie war zurück in der Wirklichkeit angelangt und schaute Winterfeld an, der gestikulierend und rauchend mit Boonstra und Hermann sprach.

Wenn sie ihren Kollegen heiraten wollte, müsste Winterfeld sein Okay geben, da sie beide in einer Abteilung arbeiteten. Aber das würde schon irgendwie hinhauen. Dennoch: Heiraten? Sich einem Menschen gegenüber komplett verpflichtet fühlen? Das war schon eine harte Nummer. Was man besaß, machte einen verletzlich. Und irgendwie kam ihr wieder der Song von Iron Maiden in den Sinn, dessen Text sie aus irgendwelchen Gründen seit ihrer Jugend auswendig konnte.

If you asked me a question, would I tell you the truth
Now there's nothing to bet on, you've got nothing to loose

»Lass uns mal wieder reingehen«, hörte sie Boonstras Stimme. »Wir machen weiter.«

Winterfeld nickte grummelnd und warf den Zigarillostummel auf den Boden. »Wird jetzt doch etwas kälter«, knurrte er.

»Ich dachte, es gibt keinen Winter mehr?«, meinte Hermann.

»Gibt es ja auch nicht«, sagte Winterfeld. »*Ein bisschen kalt* ist kein Winter. Und noch ist ja eh Herbst.«

»Hat das auch was mit dem Untergang Deutschlands zu tun?« Hermann wollte offenbar Winterfelds pessimistische Kulturtheorie auf ihre Konsistenz hin prüfen.

»Klar«, sagte der. »Deutschland wird ein Dritte-Welt-Land. Und in den meisten Dritte-Welt-Ländern gibt es auch keinen Winter.«

Hermann grinste. »Punkt für dich.«

»Winter ist wichtig«, knurrte Boonstra, »Europa ist deswegen so reich geworden, weil hier im Winter alle Bakterien getötet werden und alle Erreger. Darum gibt es hier keine Malaria oder so einen Scheiß. Darum ist Europa Weltmacht geworden.«

»Du als seefahrender Holländer musst es ja wissen«, sagte Winterfeld und kniff ein Auge zu.

Sie wollten soeben gemeinsam wieder ins Haus gehen, als sie das Krachen hörten.

Wie eine Explosion.

Laut.

Keine fünfzig Meter entfernt.

Kapitel 5

Berlin, in den Achtzigern

»Weißt du, wie spät es ist?«, fragte Mama. »Haben wir nicht gesagt, dass du um 6 Uhr deine Spielsachen vom Tisch räumst?«

Sie sprach das »S« in Spielsachen so spitz wie nur möglich aus. Und das »s« in »sechs« auch. Obwohl es eigentlich nicht 6 Uhr, sondern 18 Uhr war. »S«. Das Zischen einer Schlange. Und es waren keine »Spielsachen«, es war sein Modellbaukasten. Er war nämlich kein Kind mehr.

Weißt du, wie spät es ist?

Torsten wusste, dass dies eine rhetorische Frage war. Natürlich wusste Mama selbst, wie spät es war. Schließlich war sie an der hässlichen Uhr im Flur vorbeigegangen. Trotzdem fragte sie ihn. Vielleicht genoss sie seine Unsicherheit. Und sie genoss es zu sehen, wie Torsten hastig seinen Modellbaukasten zusammenpackte, wie er, dick, ungelenk und mit farblos blondem Haar, seine Mutter durch seine randlose Brille aufmerksam und ängstlich betrachtete.

Mutter liebt mich nicht.
Papa liebt sie auch nicht.
Ich weiß nicht einmal, ob sie sich selbst liebt.

Sie waren gerade aus dem Märkischen Viertel in ein windschiefes Häuschen am Eichborndamm gezogen. Es war etwas größer als das Loch im Märkischen Viertel, aber war es besser? Jedenfalls musste Papa für das Märkische Viertel nicht drei Lebensversicherungen verpfänden, um den Eigenanteil für die Hausfinanzierung aufzunehmen. Hierfür musste er es.

Der Eichborndamm. Nahe dem Flughafen. Das Einzige, was er von Tegel mitbekam, war der Lärm. Denn geflogen war er noch nie. Obwohl er ständig diese Sehnsucht hatte, wegzufliegen. Weit, weit wegfliegen. Aber wohin überhaupt? Davon hatte er keine Vorstellung. Er wollte weg, aber er wusste nicht, wohin. Es war eher eine Frage des »weg« als eine Frage des »wohin«.

Er räumte seine Modellsachen vom Tisch.

»Beeil dich ein bisschen«, sagte sie schnippisch. »Und dann kannst du den Tisch decken.«

Sie würde ihn immer herumkommandieren, dachte er. Nein, das *dachte* er nicht, das *wusste* er. *Sie würde ihn immer herumkommandieren, bis …*

»… bis was?«, fragte Mutter.

O Gott, konnte sie seine Gedanken lesen?

»Was meinst du mit *bis was?*«, fragte er.

»Ich habe nichts gesagt«, sagte Mutter.

Sie hatte mit Sicherheit etwas gesagt. Sie sagte immer etwas.

Sein Vater war es, der nichts sagte.

Der nur dastand und alles ertrug.

Ein Schaf, das zur Schlachtbank geführt wurde. Jeden Tag aufs Neue.

Papa hat sowieso nichts zu melden.
Er ist Busfahrer. Fährt die 222. Reinickendorf. Später die 213.
Hin und zurück.

Wie ein Pendel, das so lange pendelt, bis es reißt. Und fällt.
Den Bus hat er unter Kontrolle.
Und sonst nichts.
Mutter war dominant.
Mutter hatte andere Männer.
Mutter lud auch andere Frauen ein. Dann tranken sie Likör.
Und wenn sie am nächsten Morgen einen Kater hatte, verprügelte sie Torsten.
Und manchmal auch Papa.
Ja, Mutter verprügelte sie beide.
So war sie.
Und gleichzeitig war sie immer so gläubig.
Aber vielleicht war das nur gespielt?

»Wenn du masturbierst, dann tötet dich Gott«, sagte Mama.

Sie hatte neben seinem Bett im Dunkeln gestanden, als sie das gesagt hatte.

Er hatte tatsächlich masturbiert, nachts im Bett im dunklen Zimmer, unter seiner Decke. Er war in dem Alter, wo bereits *etwas rauskam,* deshalb hatte er sein Taschentuch irgendwie in Position gebracht.

Sie hatte die ganze Zeit dort gestanden. Im Dunkeln. Wie eine Statue. Er hatte sie nicht gesehen. Erst als der Höhepunkt kam, erst als er versuchte, möglichst viel von dem, was rausspritzte, in das Taschentuch zu befördern und nicht in die Bettdecke, erst da hatte sie sich bewegt.

Und als sein Orgasmus noch gar nicht vorbei war, während es noch aus ihm rausspritzte, da hatte sie die Worte gesagt:

»Wenn du masturbierst, dann tötet dich Gott.«

Perfektes Timing.

Sie hob die Hand, tat so, als wollte sie ihm die Bettdecke wegziehen.

Tat es dann aber doch nicht, sondern verließ ohne ein weiteres Wort das Zimmer.

Ließ Torsten unter der Decke mit seinem *Ding* in der Hand und dem glitschigen Taschentuch in der anderen liegen.

Mutter zeigte ihm, dass er schmutzig war.

Und vielleicht wollte er auch wirklich schmutzig sein.

Es war eine dieser Nächte, in der er wieder ins Bett machen würde.

Kapitel 6

Berlin, 2016

Jürgen Madsen konnte seinen Lkw nicht mehr schnell genug bremsen.

Er konnte nur noch ausweichen.

Der Mann mit dem Karton lief einfach weiter. Überquerte die Straße von Süden nach Norden, als ob es keine Autos gäbe.

Madsen hatte das Eos Cabrio gesehen. Er hatte das Kreischen der Bremse gehört. Er hatte schon geahnt, dass etwas schiefgehen könnte. Aber er hatte nicht geahnt, dass es *derart* schiefgehen würde.

Die Räder blockierten, während Madsen das riesige Lenkrad rechts zur Seite riss. Er sah den Mann mit dem Karton, sah kurz die Handschuhe *(mein Gott, was war da an den Handschuhen?)*, sah die Augen, die ihn von unten unsicher und etwas blöde anstarrten, bevor der heruntergekommene Mann sie wieder auf die Straße richtete. *Der blickte einfach nur auf die Straße! Als wäre da gar kein Lkw vor ihm! Was zum Teufel hätte er getan, wenn ich nicht so schnell gebremst hätte. Wenn …*

Dann hörte Madsen ein dumpfes Krachen. Der Mann war verschwunden!

Hatte er ihn überfahren?

Doch er hatte keine Zeit mehr, darüber nachzudenken.

Kurz blitzte die rote Fassade des Hotels vor Madsens Windschutzscheibe auf. Rote Kacheln und eine riesige Glasscheibe, durch die der Fahrer in das Innere des Hotels sehen konnte. Die Rezeption. Tische, an denen Gäste saßen. Dahinter der Frühstücks- und Barbereich. Wie ein riesiger Guckkasten.

Madsen sah das alles in einem Bruchteil einer Sekunde. Dieselbe Sekunde, in der das Rot der Kacheln auf den Lkw zuraste, als wäre die ganze Welt in Blut getaucht.

Dieselbe Sekunde, als die Menschen hinter der Scheibe panisch aufsprangen.

Dieselbe Sekunde, in der der Mann vor dem Lkw plötzlich verschwunden war.

Er sah all das und hörte das Krachen, das Klirren von Glas und das Schreien von Menschen. Sah Gäste aufspringen und sich in Sicherheit bringen. Tische und Stühle fielen um, Menschen stolperten ins Innere.

Es war die Sekunde, in der der Lkw sich in die Frontscheibe des Hotels bohrte.

Kapitel 7

In der Hölle

Sie war in einem *Red Room.*

Auch wenn sie es noch nicht wusste.

Aber der Mann wusste es.

Red Rooms.

Red Rooms waren so ähnlich wie Snuff-Movies. Nur noch viel schlimmer.

Snuff-Movies waren Filme, in denen Menschen vor laufender Kamera gefoltert und getötet wurden. Gefoltert und getötet, um perversen und gleichzeitig gut zahlenden Kunden einen Kick zu verschaffen, den sie so sonst nicht bekamen.

Snuff-Movies tauchten Ende der Sechzigerjahre auf, wie eine von fauligen Gasen aufgeblähte Wasserleiche, die in einem warmen, von Algen verseuchten Sommertümpel plötzlich an die Wasseroberfläche hinauftreibt. Manche sagten, dass das erste Snuff-Movie 1969 entstand, als die Manson Family das Bel-Air-Massaker anrichtete. Sharon Tate, die schwangere Frau von Roman Polanski, war von der Manson Family ermordet worden. Manche sagten, dass die Manson Family das Massaker gefilmt hatte. Und manche sagten, dass die Killer ihr das Kind aus dem Leib herausgeschnitten hätten. Auch wenn dies nie bestätigt wurde.

»Red Rooms sind Snuff-Movies 2.0«, hörte sie die Stimme. »Web 1.0 war nur statisch. Das Web 2.0 ist interaktiv. Zum Mitmachen. Und das sind Red Rooms auch!« Die Stimme zögerte kurz. Der Mann sprach weiter. »Heute würde man sagen: *innovativ!*«

Die Stimme klang, als ob der Sprecher ein Tuch vor seinem Mund hatte. Irgendwie gedämpft.

Sie saß gefesselt auf dem Stuhl.

Die Kamera vor ihr.

Der Mann ebenfalls.

Der Mann, der die Totenkopfmaske trug.

Neben ihm ein Laptop. Bleiches Licht, das den Raum erfüllte.

»Das ist hier so wie eine Live Cam«, sagte er. »*Live Jasmin* und wie diese ganzen Plattformen heißen. Die mit den nackten Schlampen. Du weißt, was ich meine?«

Das Mädchen würgte, Angst schnürte ihr die Kehle zu. Magensäure schoss ihr die Speiseröhre nach oben. Sie schluckte angeekelt, konnte nichts sagen.

»Die Schlampe zieht immer mehr von ihren Sachen aus, je mehr die Nutzer zahlen«, sagte der Mann, und seine Stimme hallte blechern unter der Maske wider. »Und sie macht irgendwelche Sachen. Streichelt sich, fasst sich an, was auch immer.« Er tippte etwas in seinen Rechner ein. »Kennst du den Film *Hostel?*«

Sie antwortete nicht.

»Ich rede mit dir!«

Sie nickte nur. Mechanisch. Wie ferngesteuert.

Ja, sie kannte den Film. In *Hostel* ging es um einige Rucksacktouristen, die in Osteuropa in die Hände einer furchtbaren Mafia gerieten, die das »Hostel« betrieb. Einen Ort, an dem reiche, gelangweilte und perverse Geschäftsleute diese Touristen gegen Geld foltern und töten konnten. Sie hatte den Film gesehen. Und sich damals fast in die Hose gemacht. Aber das war kein Vergleich zu …

»Red Rooms sind Hostels mit einer Webcam«, sagte der Mann knapp. »Wie eine von diesen Online-Peepshows. Nur viel … brutaler. Ich mache … etwas mit dir. Und die Leute bezahlen. Und je schlimmer das ist, was ich mache, desto mehr bezahlen sie.« Er hielt kurz inne, als würde er erneut nachdenken.

Sie schaute ihn irritiert an. Warum die Pause? Besann er sich gerade eines Besseren? Hoffnung blitzte in ihren Augen auf. Hieß das, dass sie vielleicht befreit wurde? Hieß das, dass er sie nur einschüchtern wollte. Hieß das …

»Ich habe übrigens zwei Nachrichten für dich.« Seine Stimme durchschnitt wieder ihre Gedanken. Er schaute nach hinten. Das Mädchen folgte seinem Blick. Und schaute gleich wieder weg. Sie hatte gesehen, was dort *hinten* lag. *Hinten* lagen auf einem Tisch die *Werkzeuge,* die der Mann gleich einsetzen würde. Gleich, wenn die Kamera lief und die ersten Gebote kamen.

»Die gute Nachricht: Du wirst nicht mehr leben, wenn es wirklich schlimm wird.«

Er ging zum Tisch und holte ein Instrument, das er in die Kamera hielt. »Das richtige Leben«, es war ihr, als würde sie ein Grinsen hinter seiner Totenkopfmaske sehen, »findet hier *nach* dem Tod statt. Einfach deshalb, weil ich so *nett* bin. Vielleicht auch deswegen, weil du dann stillhältst.« Er hielt wieder inne.

»Die schlechte …«, und damit schien er ihr direkt in die Augen zu schauen. Und sie schaute wieder in die schwarzen Augenhöhlen der Totenkopfmaske. Sah dort nichts als Schwärze. Sah auch nicht das Grinsen hinter der Maske. »Du wirst danach nicht mehr so schön sein, wie du es jetzt bist.«

Er legte den Gegenstand auf den Tisch und schaute sich auf dem Laptop die Vorschläge und die Gebote der Zuschauer an. Dann prüfte er noch einmal, ob die Kamera lief. Er schaute auf den Monitor und dann auf sie, so wie ein Maler, der überlegt, an welcher Stelle er den ersten Pinselstrich machen soll.

»Ich glaube, ich weiß, was ich als Erstes abschneide«, sagte er dann.

Kapitel 8

Berlin, 2016

Ein Rettungswagen war bereits vor Ort, ebenso zwei Kollegen von der Bereitschaftspolizei. Ein zweites Auto hielt mit quietschenden Reifen. Der Notarzt sprang mit seinem Rucksack aus dem Wagen.

Die Feuerwehr würde ebenfalls jeden Moment kommen.

Clara, Hermann und Winterfeld schauten ehrfürchtig auf die Zerstörung, die der Lkw angerichtet hatte. Die Fahrerkabine hatte sich zu drei Vierteln in die Vorderfassade des Hotels gebohrt. Die gesamte Frontscheibe war zerstört, ebenso Teile der gekachelten Wand, von der sich ein Teil grotesk nach unten bog. Tisch, Stühle, Infokästen und ein Schirmständer mit etwa fünf verbogenen Regenschirmen lagen zerquetscht unter den riesigen Reifen des Lastwagens. Glasscherben waren bis zu dreißig Metern entfernt um die Unfallstelle herum verstreut und glitzerten im Licht der Straßenlaternen. Der Mann in der Fahrerkabine schien gerade aus seiner Schockstarre zu erwachen und schaute ungläubig nach unten.

Ebenso ungläubig schauten auch Clara, Hermann und Winterfeld, denn so laut der Knall gewesen war, der sie hierhergelockt hatte, es gab scheinbar keinen Verletzten. Jedenfalls nicht im Hotel. Offenbar waren die Gäste allesamt schnell genug aufgesprungen, als das riesige Metallmonster sich in die Vorderfront gebohrt hatte.

Zwei Polizisten und der Notarzt halfen dem Lkw-Fahrer aus der Fahrerkabine.

Sind Sie verletzt?

Nein, überhaupt nicht, was soll mir da oben schon passieren?

Können Sie selbst herunterklettern?

Klar.

Aber wir stützen Sie.

Der Lkw-Fahrer stieg unsicher die Stufen hinunter. Dann fiel er nach vorne. Die beiden Ärzte fingen ihn gerade noch auf. »Den nehmen wir schon mal besser mit«, sagte einer der Sanitäter. »So gut scheint er's doch nicht verkraftet zu haben.«

»Schock«, sagte der andere. »Wir lassen ihn einen Tag stationär beobachten. Zugang mit NaCl legen. Und ruft seine Firma an, dass sie den Lkw holen, wenn die Kripo hier fertig ist.«

Clara, Hermann und Winterfeld konnten es weiterhin kaum fassen, dass im Hotel tatsächlich niemand verletzt worden war. Einige der Gäste hatten sich, wie sie hörten, mit wahren Hechtsprüngen in Sicherheit gebracht. Auch wenn der Lkw-Fahrer so schnell wie möglich gebremst hatte, grenzte es an ein Wunder, dass hier niemand zu Schaden gekommen war. Jedenfalls nicht körperlich.

Der Einzige, der offenbar verletzt war, war der Mann, der auf der Straße lag. Seine Kleidung war schmutzig und verwahrlost, den Gestank roch man über fünf Meter hinweg, und ein wenig Blut sickerte aus einer Kopfwunde. Der Notarzt war sofort bei ihm. Zwei der Sanitäter legten ihn auf Rettungsbretter. »Wirbelsäule scheint in Ordnung zu sein, aber man weiß ja nie«, murmelte der Notarzt. Einer der Sanitäter befestigte einen Stiffneck an seinem Hals.

»Hübsch«, sagte Winterfeld. »Sieht jetzt ein bisschen aus wie Philipp II.«

Clara wusste, dass Winterfeld im Sommer mit seiner Tochter in Madrid gewesen war. Im El-Escorial-Palast hatten sie Bilder von König Philipp II. mit den klassischen Halskrausen gesehen. So geschmacklos der Vergleich von Winterfeld war, so passend war er. Der Mann ließ sich den Stiffneck anlegen, ohne aufzusehen.

»Macht den Hals steif«, murmelte der Notarzt. »Wir wissen ja nicht, ob er eine Wirbelsäulenverletzung hat.«

»Gibt's das auch für andere Körperteile?«, fragte Winterfeld, der mit seinen dummen Witzen noch nicht am Ende war. »Könnte eine Marktlücke sein.« Clara sah ihn strafend an und schüttelte den Kopf.

Der Mann ließ alles mit sich geschehen, ohne von alldem auch nur die geringste Notiz zu nehmen, und blinzelte lediglich blöde in die Gegend. Er schien das Bewusstsein verloren zu haben und hatte dennoch einen Pappkarton derart fest umklammert, als würde sein Leben davon abhängen. Einen Pappkarton, der doppelt und dreifach mit Isolierklebeband umwickelt war.

»Ist der vor den Lkw gerannt?«, fragte Winterfeld.

»Nicht nur vor den Lkw«, sagte in dem Moment eine Stimme. Ein Mann in Adidas-Jacke stand hinter ihm.

»Thomas Spiering mein Name«, sagte der Mann. »Mir wäre der Typ«, er zeigte nach unten, »auch fast vors Auto gelaufen. Ich war auf der anderen Fahrbahn. Konnte gerade noch ausweichen. Als ich das Krachen gehört hab, habe ich sofort den Notarzt gerufen.«

»Gut gemacht«, sagte Winterfeld, »da sind die anderen Typen ja nicht draufgekommen.« Er zeigte auf die Hotelgäste, die noch immer hinter der zerstörten Fensterfront standen und einfach nur dumpf auf die Straße gafften. Einige hatten den Schock offenbar schon überwunden, was sich darin zeigte, dass sie ihre Handys hervorholten und begannen, die Szene zu filmen. Ansonsten taten sie nichts.

Clara beugte sich neben dem Notarzt über den verwahrlosten Mann, der auf der Straße lag, den Karton noch immer fest umklammert.

Sein Haar war fettig und roch faulig, die Haut gelblich grau, so als hätte er einen Leberschaden in Kombination mit Hepatitis. Der Notarzt hatte bereits Gummihandschuhe angezogen. Gummihandschuhe, wie sie dieser Mann auch trug. Clara fielen die rotbraunen Spritzer an den Handschuhen sofort auf. »Sieht wie Blut aus.«

Winterfeld kniete sich neben sie und nickte. Die Polizisten nahmen bereits die Personalien der Umstehenden auf, während Hermann mit dem Lkw-Fahrer sprach.

»Scheint ein Junkie zu sein«, sagte Clara.

»Ja, wie Dr. Feelgood oder ein Californian Dreamboy sieht er nicht aus«, knurrte Winterfeld. »Könnte auch bei *The Walking Dead* mitspielen. Würde sogar billiger, weil sie keine Maske brauchen.«

Clara schüttelte kurz den Kopf, aber ihr Chef hatte recht. Der Kerl war Junkie, und er war vollkommen heruntergekommen. Die Ärmel von seinem stockfleckigen Hemd von undefinierbarer Farbe waren hochgekrempelt und zeigten Dutzende von Einstichen in beiden Armen. *Spritzenstraßen,* wie man sie im Drogendezernat nannte. Die Lippen waren trocken und rissig, Blut klebte daran, die Zähne nichts als schwarze, abgebrochene Stümpfe, der Atem faulig und fast noch schlimmer als der Körpergeruch des Mannes.

Es war ein Mann, der sich komplett aufgegeben hatte. Die Feuerwehr hatte vor kurzem einen Mann in vergleichbarem Zustand aus seiner Wohnung geholt. Er war dermaßen abgefüllt gewesen, dass er selbst seine Körperfunktionen nicht mehr unter Kontrolle hatte und die Feuerwehr den ganzen Einsatzwagen reinigen lassen musste, nachdem der Mann auf der Liege Kot und Urin hinterlassen hatte.

»Können Sie mich hören?«, fragte der Notarzt. Er hatte zusätzlich eine Kompresse an der Stirn des Mannes befestigt. Das war eher zur Vorsicht geschehen, denn die kleine Wunde am Kopf blutete kaum mehr.

Der Mann bewegte sich leicht, tastete um sich, wie jemand, der im Halbschlaf nach seinem Kissen sucht. Er fühlte den Karton. Schien erleichtert zu sein. Plötzlich öffnete er die Augen. Sein Kopf schoss nach vorne. Seine Kiefer schnappten zu. Und schon hatte er dem Notarzt in die Hand gebissen.

»Au, mein Gott!« Der Arzt zog die Hand zurück.

Einer der Polizisten beugte sich über den Mann, um ihn zu beruhigen. Doch der Kopf des Mannes zuckte noch einmal nach oben. Seine Stirn erwischte die Nase des Polizisten. Es gab ein trockenes Knacken. Blut schoss dem Beamten aus der Nase. »Verdammt«, rief er. Zwei weitere Beamte waren zur Stelle und hielten den Mann fest. »Wirbelsäulenfraktur«, knurrte einer, »von wegen. Der hüpft hier rum wie ein junges Reh!«

Der Junkie schien tatsächlich kaum verletzt zu sein. »Ich habe sie gebissen, gebissen«, schrie er plötzlich und ließ die Kiefer klappernd aufeinanderknallen. »Gebissen, damit ich einschlafen kann!«

»Da ist tatsächlich Blut an seinen Lippen«, sagte Winterfeld.

Der Notarzt betrachtete seine Hand, in die der Irre ihn gebissen hatte. »Von mir ist es zum Glück nicht.«

»Kann aber auch sein«, sagte Clara, »dass er sich in die Lippen gebissen hat.«

»Wo ist mein … mein …« Er fuchtelte mit den Armen, ertastete den Karton und wollte ihn festhalten. »Ahhhh, hier!«

»Was ist da eigentlich an Ihren Handschuhen?«, fragte Winterfeld.

»Blut«, krächzte der Mann, und seine Stimme überschlug sich. »Das Blut der Lebenden! Ich habe es ihnen genommen. Ich werde ihnen noch anderes nehmen! Noch meeeehr!«

Clara und Winterfeld sahen sich an.

»Wollen Sie den mitnehmen?«, fragte Winterfeld den Notarzt. Der schüttelte den Kopf. »Nein, er scheint keine Wirbelsäulenverletzungen zu haben. Wie es aussieht, wurde er von dem Lkw gar nicht erwischt. Abgesehen von seiner Bissigkeit scheint er okay.« Der Mann zuckte die Schultern. »Und Tollwut können wir eh nicht heilen.« Clara verdrehte die Augen. Winterfeld nickte und wählte die Nummer des Bereitschaftsarztes der Gefangenensammelstelle, der GeSa im LKA 1 der Keithstraße. Irgendetwas mit diesem Typen stimmte nicht.

»Hat der gerade einen Trip?«, fragte Clara den Notarzt.

Der zuckte die Schultern. »Schon möglich. Könnte LSD sein. Oder schlechte Pilze aus Osteuropa. Einer der Typen, die sich am Kotti dieses üble chemische Zeug geholt haben, das die in irgendwelchen Laboren in der Ukraine zusammenmischen.

Die lösen Trips aus, von denen man nicht mehr runterkommt. Drogeninduzierte Psychose.«

»Trip«, brabbelte der Mann, »Trip? Nein, es ist alles wahr!«

»Was ist wahr?«, fragte Clara.

»… und dann reden sie alle von der Legalisierung harter Drogen«, murmelte Winterfeld. »Bei dem Zeug befördert dich der erste Kontakt aus dem Leben. Ohne dass er dich tötet.«

In dem Moment wurde der Mann unter ihnen plötzlich munter. Er riss die Augen auf, wahrhaftig wie ein Zombie. »Ich habe sie gepfählt! Sie alle … gepfählt!! Auf einem Holzpfahl! Für alle zu sehen! Man muss das Fleisch wegschneiden. Die Verbindung. Zwischen Anus und Vagina. Dann passt der Pfahl durch. Und dann sitzen sie … auf dem Pfahl! Und rutschen langsam runter. Man kann dabeisitzen und die Zeit stoppen … Zeit stoppen, bis der Pfahl oben aus dem Kopf kommt!« Er schaute Winterfeld, Clara und den Notarzt begeistert mit aufgerissenen, irren Augen an, während die Polizisten die Gaffer zurückhielten.

»Verdammt«, sagte Winterfeld, »von was reden Sie da?«

»Von dem, der da ist! Und der all das tut!«

»Der all das tut?« Clara zog die Brauen zusammen.

»Der … Tränenbringer!« Der Mann richtete die Augen zum Himmel, als würde er auf eine göttliche Offenbarung warten. »Und der Tränenbringer weiß, dass noch viel mehr sterben werden!«

»Tränenbringer?«, fragte Winterfeld.

Doch in dem Moment hielt sich der Mann die Hand vor den Mund, so als würde nie wieder ein Wort über seine Lippen kommen.

»Wer ist der Tränenbringer?«, fragte Winterfeld. »Und was hat das mit dem Pfählen auf sich? Hängt das mit dem Blut an Ihren Händen zusammen?«

Der Mann schüttelte nur noch mechanisch den Kopf und starrte mit reglosen Knopfaugen zum Himmel.

»Nein, nein … nein«, winselte er.

Winterfeld stand auf. »Nun gut, Freundchen, wir werden uns mal in aller Ruhe unterhalten!« Er gab den Bereitschaftspolizisten ein Zeichen. »In die Gefangenensammelstelle mit ihm! Und dann werden wir«, er schaute Clara und Hermann an, »ein ernstes Wort mit ihm reden. Die Handschuhe müssen ins Labor, und ich will wissen, was in diesem verdammten Karton ist, der ihm so heilig ist. Muss Boonstra seine Schulung halt ohne uns machen.«

»Ich hole MacDeath«, sagte Clara. »Er ist noch an der Humboldt-Uni.«

»Gut«, sagte Winterfeld. »Treffen ist in dreißig Minuten wieder hier.«

»Dreißig Minuten ...« Die Stimme des Junkies ertönte hinter ihnen. Wie aus einem Grab. Alle drehten sich um.

»In dreißig Minuten«, sein schiefer Mund mit den zerbrochenen Zähnen und den blutigen, aufgeplatzten Lippen war zu einem diabolischen Grinsen verzerrt. »In dreißig Minuten kann schon wieder einer sterben. Oder ... *eine!*«

Kapitel 9

Berlin, 2016

Es war 17:30 Uhr.

Wolfgang Neumann hörte das Klingeln an der Tür.

Er war gerade von der Arbeit gekommen. In der Kastanienallee einen Parkplatz zu finden war immer schwer, heute hatte er allerdings mit dem Auto fahren müssen. Parken in Prenzlauer Berg hatte ihm schon öfter einen Wutanfall beschert. So auch heute, als er kurz davor gewesen war, in ein besonders bescheuert geparktes Auto, einen Opel, einfach mit Karacho hineinzufahren. Oder einfach den Wagen auf der Straße stehen zu lassen, so wie Michael Douglas in *Falling Down*. Getan hatte er es natürlich nicht und stattdessen ganze fünfzehn Minuten nach einem Parkplatz gesucht.

Dafür war die Wohnung, die sie hatten, wunderschön. Mit einem Garten hinter dem Mehrfamilienhaus. Stadtnah, zentral, und dennoch etwas grün. Es war der Prenzlauer Berg, wo die Gentrifizierung voll zugeschlagen hatte und die Fruchtbarkeit eine der höchsten im kinderarmen Deutschland war, sodass man schon von *Pregnancy Hill* sprach, wenn man Prenzlauer Berg meinte. Auch die Neumanns hatten eine Tochter.

Er drückte auf den Summer und sprach in die Gegensprechanlage.

»Ja bitte?« Wahrscheinlich ein verspäteter Postzusteller von DHL. Seine Tochter Lisa kaufte regelmäßig von ihrem Taschengeld sämtliche Online-Modeanbieter leer. *Schrei vor*

Glück. Und schick's zurück. Das war auch das Motto von Lisa.

»Ja bitte?«, fragte er noch einmal. Er wollte, dass der Post-Typ wusste, in welche Etage er musste, und nicht ewig durch das Haus irrte. Zuhören war nicht gerade die Stärke einiger Zusteller. Und Wolfgang Neumann musste dann immer ewig warten, bis sich die Postboten noch einmal meldeten. »Vierter Stock«, rief er noch einmal in die Gegensprechanlage.

Doch am anderen Ende hörte er nur Rauschen.

Er ließ die Tür einen Spalt offen und sortierte den Inhalt seiner Aktentasche. Seinen Laptop, die Zeitung, die er heute Morgen eingepackt und mitgenommen und noch gar nicht gelesen hatte, die langweilige Präsentation von heute Vormittag, die der eifrige Praktikant extra farbig für alle ausgedruckt hatte. Schöne Verschwendung von Papier und Geld.

Er lauschte mit einem Ohr, ob der Postbote schon an der Tür war. Er hörte Schritte. Dann war es still. Dann wieder Schritte. Schritte, die sich schnell entfernten. Waren sie auf der Treppe? Oder gurrte der Aufzug?

Was war da los? War das ein Streich der Nachbarkinder?

Er ging zur Wohnungstür, die weiterhin einen Spalt offen stand.

Öffnete die Tür vollständig.

Dort lag das Paket. Irgendeiner hatte es dort hingelegt.

Aber niemand hatte ihn gebeten, eine Empfangsbestätigung zu unterschreiben. Und das Paket war auch nicht frankiert.

Das Paket lag einfach da.

Drohend. Kauernd.

Irgendwie nicht so, wie es sein sollte.

Er setzte seine Brille auf.

Blinzelte auf die Oberfläche.

Doch da stand kein Absender. Und keine Adresse.

Dafür war auf dem Paket ein großer Umschlag mit Klebeband befestigt.

Er bückte sich und öffnete den Umschlag.

Obwohl ihm eine innere Stimme sagte, dass er das nicht tun sollte.

Dann hatte er den Umschlag in der Hand.

Riss ihn auf. Merkte, dass er stoßweise atmete.

In dem Umschlag war irgendetwas aus Stoff. Und dazu ein Handy. Ein Handy mit aufgesetzter rosa Hasenohrendekoration aus Gummi. So wie sie die Mädchen in Asien gern trugen.

Er wusste nicht, was genau das zu bedeuten hatte. Er wusste nur, dass es nichts Gutes bedeutete.

Nach einer Sekunde begriff Wolfgang Neumann, dass es das Handy seiner Tochter Lisa war.

Nach zwei Sekunden klingelte es.

Kapitel 10

Berlin, in den Achtzigern

Mama hatte gesehen, wie er *es* getan hatte.

Er hatte dann das Taschentuch ins Klo geworfen.

Wenn du masturbierst, dann tötet dich Gott.

Das hatte sie gesagt.

Sie hatte nicht gesagt *wenn du deinen Schwanz anfasst, tötet dich Gott.*

Sie hatte den wissenschaftlichen Begriff benutzt. So als wollte sie alles ganz klar benennen. Wie ein Arzt, der eine Krankheit feststellt.

Du bist krank.

Ja, Torsten Rippken. Du bist krank.

Du hast keinen Schnupfen. Keinen Krebs. Kein Fieber.

Aber du bist trotzdem krank.

Und wenn du masturbierst, dann tötet dich Gott.

Nachts hatte er ins Bett gemacht.

Er war aufgewacht. Es war 3:30 Uhr.

Alles war nass.

Er sah den Schatten.

Seine Mama stand schon wieder da.

Holte ihn aus dem nassen Bett.

Griff hart zu.

Wie alt bist du?

Vierzehn.

Glaubst du, andere Kinder pissen auch mit vierzehn noch ins Bett?

Sie zerrte ihn ins Bad.
Wusch ihn.
Wusch auch … sein Ding.
Und sein Ding wurde hart.
Sie schaute an ihm herunter.
»Was ist das?«, fragte sie.
Torsten sagte nichts.
»Dreckiges Schwein!«
Und sie wusch sein Ding weiter.

Ich wusste niemals, ob ich sie wirklich ganz hasste.
Vielleicht war da noch etwas anderes.
Nun werde ich es nie mehr erfahren.

Als er wieder im Bett lag, war sein Ding noch immer hart.
Er hatte ein neues Taschentuch dabei.
Und er machte es noch einmal.
Und dachte an die Hände von Mama.
Dachte daran, wie sie mit Wasser und Seife sein Ding sauber machte.
Sah das Bild. Wieder und wieder.
Sah die Hände seiner Mama, bevor er *fertig war.*
Und sah noch ein anderes Bild.
Erst verschwommen und diffus, aber dann immer klarer.
Er sah das Gesicht seiner Mutter.
Und ihren Kopf.
Nur ihren Kopf.
Ihren Kopf auf einem Speer.

Kapitel 11

Berlin, 2016

Clara parkte ihren Wagen im Parkverbot an der Georgenstraße und ging mit schnellen Schritten zum Haupteingang des Jacob-und-Wilhelm-Grimm-Zentrums der Humboldt-Universität. *Die Brüder Grimm,* dachte sie. Nach denen könnten sie auch das Rathaus benennen. Und das Abgeordnetenhaus. Bei all den Märchen, die die Politiker dort den Bürgern auftischten. Gegenüber lag das Restaurant *Da Vinci* unter den S-Bahn-Bögen, und der dicke Italiener, der immer vorbeigehende Passanten ansprach, stand wie so oft vor der Tür und nickte Clara zu. Clara hatte dort schon öfter nach Dienstschluss auf dem Heimweg gegessen, und besonders die Pizza Diavolo hatte es ihr angetan.

Vor dem Hörsaal war auf einem kleinen Bildschirm der Titel der Vorlesung angekündigt. *Die Inszenierung von Tod und Angst im Spiegel der Jahrhunderte.*

Im Inneren des Hörsaals war ein großes Bild der Laokoon-Gruppe an die Wand geworfen, einer antiken Skulpturengruppe, die zu Beginn des 16. Jahrhunderts in Rom ausgegraben worden war. Der Saal war abgedunkelt, und das Licht des Stehpults und des Beamers beleuchtete die einzelne Figur, die am Fuße der großen Leinwand stand. MacDeath trug einen Wollanzug mit Weste und grüner Krawatte. Auch wenn seine Farbauswahl manchmal etwas schrill war, musste Clara ihm lassen, dass er von seinem Stilempfinden her ziemlich treffsicher war. Eine Seltenheit für einen Mann, der allein lebte. *Noch allein lebte,* verbesserte sich Clara dann. Wobei MacDeath ja auch schon verheiratet gewesen war, was sich sicher förderlich auf sein Stilempfinden ausgewirkt hatte.

Clara blickte auf das Bild der Laokoon-Gruppe auf der Leinwand. Die antike Darstellung galt damals, als Renaissance-Archäologen sie ausgruben, als eines *der* Beispiele antiker Bildhauerei. Das Bild zeigte den Priester Laokoon, der gerade von Wasserschlangen ins Meer gezogen wurde.

»Laokoon«, sagte MacDeath, »war bei der Belagerung von Troja der Einzige gewesen, der erkannt hatte, dass das Trojanische Pferd eben nicht das war, was es schien – ein Geschenk –, sondern das, was es wirklich war: ein, na ja, *Trojanisches Pferd.*« Clara setzte sich, wie schon öfter, in eine der hinteren Reihen, während sie MacDeath' Vortrag lauschte. »Laokoon hatte vorher mit seinem Speer an das Pferd geklopft und festgestellt, dass es innen hohl war. Logischerweise, denn es musste ja all den griechischen Kriegern Platz bieten. Die Göttin Athene allerdings wollte, dass Troja unterging und musste Laokoon irgendwie ruhigstellen, damit er die Warnung, die durchaus berechtigt war, nicht noch weiter hinausposaunte. Am besten für immer. Darum schickte sie zwei riesige Meeresschlangen, die Laokoon ins Wasser zogen. Eigentlich eine unangenehme Sache, oder?«

MacDeath schritt die erste Reihe der Studierenden ab. »Was würden Sie in diesem Fall tun?«

»Schreien?«, fragte eine Studentin in der zweiten Reihe.

»Wahrscheinlich. Und schreit die Skulptur?«

»Nein.«

»Manche sagen«, fuhr MacDeath fort, »dass der Bildhauer die fatalistische Ruhe Laokoons zeigen wollte, der seinem Tod stumm ins Auge sieht. Die Trojaner waren dabei übrigens noch so blöd zu glauben, dass er nicht für die Warnung bestraft wurde, es handele sich bei dem Trojanischen Pferd um eine Kriegslist, sondern dafür, dass er mit seinem Speer das griechische Geschenk beschädigt hatte. Aber das ist nicht der Hauptgrund, warum ich Ihnen diese Skulptur zeige.« Er machte eine kurze Pause, wie man es bei Reden tun sollte. Bei jeder Pause bis drei zählen. Clara zählte selbst mit. *21, 22, 23*. MacDeath sprach weiter. »Es gibt noch ein paar andere Gründe, die wir auch heutzutage in der Kriminologie häufig finden: Gewalt gegen Schwächere, wie sie hier die Göttin gegen einen sterblichen Priester anwendet. Außerdem kann sich der Betrachter am Leid eines anderen weiden, wobei der Betrachter selbst in Sicherheit ist. Auch das geschieht hier. Und zuletzt geben sich die Künstler alle Mühe, den Schrecken so perfekt wie möglich zu inszenieren. Fast wie im heutigen Horrorfilm.«

Eine Studentin meldete sich. »Und wie ist es medizinisch? Mit dem Schreien?«

»Medizinisch gesehen hat der Bildhauer recht: Beim Tod durch Ersticken oder Ertrinken gibt es, bedingt durch die Krämpfe, keine Äußerungen der Stimme mehr. Laokoon schreit deshalb nicht, weil er nicht mehr schreien kann.«

Er klickte zu einem nächsten Bild, das den Philosophen Seneca zeigte, gemalt von Peter Paul Rubens, wie er sich in seiner Badewanne stehend die Pulsadern von seinem Diener aufschneiden ließ. »Der Tod«, sagte MacDeath, »war in der Antike, anders als heute, kein schreckliches Finale, vor dem wir so lange wie möglich davonlaufen, sondern eine logische Kulmination des Lebens, genau genommen sein Höhepunkt. Bei den antiken Skythen galten alte Menschen als Last, da sie nichts mehr für die Gesellschaft beitragen konnten. Von ihnen wurde erwartet, dass sie sich irgendwann selbst umbrachten, so wie Seneca.«

»Hat das nicht sein Diener gemacht?«, fragte eine junge Dame in der dritten Reihe, die ein altes Stofftiermaskottchen auf dem Pult stehen hatte.

»Vollkommen richtig. Die Leute hatten damals für alles ihre Dienerschaft. Selbst der Selbstmord wurde ausgelagert.« MacDeath betrachtete sich kurz in der Glastür und zog seine Krawatte zurecht. »Im Bett zu sterben, war verpönt. Wer ein Mann war, starb in der Schlacht, und wem diese Premiumversion nicht gelang, der sollte dann doch wenigstens von eigener Hand sterben. Erst das Christentum schob dem einen Riegel vor. Jahrhunderte lang galten Selbstmörder als sichere Kandidaten für das ewige Höllenfeuer.«

Ein Student meldete sich. »Ist unsere Gesellschaft dann abgestumpfter oder ist sie verweichlichter als die früheren Gesellschaften?«

MacDeath nahm seine Brille ab und putzte sie an seiner Krawatte. »Das ist schwer zu sagen. Fakt ist, dass heute, bedingt durch all diese Internet-Pornokanäle, jeder Teenager mehr über sexuelle Varianten und Perversionen weiß, als die schlimmsten Mogulen und Wüstlinge der Antike. Wahrscheinlich kennt sogar jeder Zehnjährige mehr Stellungen als Kaiser Nero. Andererseits wurden früher Menschen öffentlich auf dem Marktplatz hingerichtet. Selbst Kinder sahen damals dabei zu. Heute sehen wir so etwas, gottlob, nicht mehr, es sei denn, wir schauen uns irgendwelche Hinrichtungsvideos an, die es ja seit kurzem in genügend großer Zahl gibt. Aber gerade die Beliebtheit von Horrorfilmen zeigt, dass wir diesen Schrecken irgendwie brauchen.« Er holte ein Buch hervor und las daraus hervor. »*Die stärkste und älteste Empfindung ist die Angst, und die stärkste Form der Angst ist die Angst vor dem Unbekannten,* sagte schon der Horror-Großmeister H.P. Lovecraft vor über hundert Jahren.«

Clara schaute auf ihr Handy. Noch keine Neuigkeiten von der GeSa oder vom LKA. Dennoch würde sie es begrüßen, wenn MacDeath langsam zum Ende käme. Doch der redete weiter. »Wenn wir einen Horrorfilm schauen, passiert das Gleiche, wie wenn wir wirklich in Gefahr sind. Die Herzfrequenz erhöht sich, die Blutgefäße verengen sich, die Bronchien weiten sich, wir atmen schneller, um uns besser mit Sauerstoff versorgen zu können. Auch unser Blut wird dicker, um bei möglichen Verletzungen vorbereitet zu sein und weniger rasch zu fließen. Wir verlieren den Appetit, die Körpertemperatur steigt und kalter Schweiß bricht aus. Gleichzeitig spannen sich die Muskeln. Dies sind die Funktionen des sympathischen Systems im Gehirn, des Sympathikus. Situative Reaktionen auf Gefahren, die uns drohen könnten.«

»Fight, Flight, Fright?«, fragte einer der Studenten.

»Richtig. Kampf oder Flucht oder sich tot stellen. Bei langweiligen Vorträgen bleibt uns meist nur ›Fright‹ übrig, also: sich tot stellen.«

Einige lachten.

»Dann«, sagte MacDeath, »gibt es das parasympathische System. *Rest and digest. Ruhen und verdauen.* Das ist sozusagen der Autopilot. Senkt den Herzschlag und den Blutdruck und verringert das Lungenvolumen. Das sorgt dafür, dass manche von uns in den Morgenstunden Asthmaanfälle haben.«

»Warum das?«

»Die Schleimproduktion wird erhöht. Gleichzeitig werden die Atemwege enger, weil wir nicht so viel Lungenvolumen benötigen. Der Sympathikus öffnet die Bronchien, der Parasympathikus schließt sie wieder. Dadurch müssen wir husten.«

»Oder Asthmaspray nehmen«, sagte die Studentin mit dem Maskottchen. Und hielt einen Aspirator hoch.

»Und?«, fragte MacDeath, »wie sind die Nebenwirkungen?«

»Manchmal Zittern und Herzrasen.«

MacDeath nickte. »Das liegt am Adrenalin. Das Zeug, was uns in den Angriffsmodus versetzt.«

»Das ist im Asthmaspray?«

»Ja. Das Problem von Asthma sind enge Atemwege. *Rest and digest.* Wenn wir unseren Organismus wieder in den Angriffsmodus bringen, erweitern sich die Atemwege. Schließlich brauchen wir Sauerstoff. Und das geht mit Adrenalin.« Er sah sich um. »Erst die Aufregung. Und dann die Ruhe!«

»Das heißt, wir sind am Ende glücklich?«, fragte eine andere Studentin. »Auch wenn es vorher schlimm war, wenn es am Ende gut ausgeht, sind wir glücklich?«

MacDeath nickte. »So ist es auch im Thriller.« In dem Moment wusste Clara, dass er sie gesehen hatte. »Und so funktioniert unser Gehirn. Die Glückgefühle sind umso stärker, je mehr wir vorher Angst hatten. Es ist wie bei Halloween: Auf den Schrecken folgen die Süßigkeiten.«

Kapitel 12

Berlin, 2016

Im Auto erklärte Clara MacDeath den Sachverhalt mit knappen Worten. MacDeath putzte noch einmal seine Brille an seiner Krawatte und hörte aufmerksam zu, während er abwechselnd Clara, die Brille und die Straße anblickte.

»Blutige Handschuhe, dann irgendwelche Gewaltfantasien. Und einen seltsamen Karton hatte er dabei?«, fasste MacDeath zusammen.

»Ja, der Typ stand total neben sich. Ist einfach so, ohne zu gucken, über eine vierspurige Straße gelaufen. Und hat damit noch einen ziemlich schweren Unfall verursacht.«

»Echt schmerzfrei, der Typ«, sagte MacDeath und schüttelte den Kopf. »Kurfürstenstraße?«

»Ja, die hat er einfach von Süden nach Norden überquert, Richtung Keithstraße. Im Berufsverkehr, ohne Ampel und Zebrastreifen. So, als ob es gar keinen Autoverkehr gäbe.« Sie bogen in die Friedrichstraße nach Süden ein.

»Erinnert mich an die Touristen in Berlin.«

Clara überhörte den Einwurf. »Ein Lkw musste ausweichen und ist deswegen in die Front von diesem Hotel an der Ecke Keithstraße, Kurfürstenstraße gerast. Zum Glück wurde niemand verletzt.«

»Und wie geht es dem Kerl jetzt?«, fragte MacDeath.

»Er hat eine leichte Kopfwunde. Und ist ziemlich benommen. Wobei ich glaube, dass das eher etwas mit den Drogen zu tun hat, die er eingeschmissen hat.«

»Na schön«, sagte MacDeath, »dann schauen wir uns den Knaben doch mal an.«

In der Gefangenensammelstelle in der Keithstraße war Dr. Klanke gerade dabei, dem noch immer unbekannten Mann Blut abzunehmen. Der Mann war kaum verletzt. Der Notarzt hatte stattdessen den Lkw-Fahrer mitgenommen. Und den bissigen Junkie mit Freuden in der GeSa gelassen.

Klanke nickte Clara und MacDeath kurz zu. Zwei Beamte, Stapel und Freytag, mussten den Mann festhalten, der ständig hin und her wippte. An der weißen Wand war ein großer Spritzer von Blut.

»Wessen Blut ist das?«, fragte Clara, ein wenig schockiert.

»Sein eigenes«, sagte Klanke tonlos und zeigte auf den Junkie. »Gerade als ich den Stauschlauch befestigt hatte …«

»Den Stauschlauch?«, fragte Clara.

»Ja, womit wir die Vene stauen, wenn wir Blut abnehmen. Dieser Gummischlauch hier. Eine Art Kompresse.« Er schaute kurz zur Decke, um seine Gedanken zu sammeln. »Jedenfalls, als der dran war und ich dann die Vene getroffen hatte, hat er sich die Nadel aus der Vene gezogen. Das spritzt dann halt.«

MacDeath schüttelte den Kopf.

»Wisst ihr denn mittlerweile, wer das ist?«, fragte Clara.

»Keine Ahnung«, sagte Freytag und versuchte, den zappelnden Mann nicht allzu unsanft auf seinen Platz bei Dr. Klanke zurückzubefördern. »Keine Ausweisdokumente, nichts.«

»Und hat er gesagt, warum er mit diesem Karton unterwegs war?«

»Auch nicht. Außer Gebrabbel und Geschrei kam da nicht viel Verwertbares.« Freytag zuckte die Schultern.

»Der Karton ist ihm aber heilig«, sagte Klanke und zog die Augenbrauen hoch. »Wir konnten ihm den nur mit großem Widerstand wegnehmen.«

»Wo ist der Karton jetzt?«, fragte Clara.

»Drüben bei der Kriminaltechnik. Haben wir hier erst mal weggeräumt.« Klanke wackelte mit dem Kopf. »Wer weiß, was da drin ist. Könnte ja auch etwas Explosives sein. Hermann ist mit den Jungs dort.« Er zog eine Kanüle auf. »Die erste Probe ist schon in der Untersuchung. Leider ist ein Gerät während der quantitativen Messung ausgefallen und wir brauchen noch eine zweite Blutprobe, um die Messung zu wiederholen.«

»Und Pi mal Daumen? Wie sieht es aus?«

»Laut ersten Aussagen des Labors hat der mehr Drogen im Blut als ganz Kolumbien.«

»Wow.«

»Ich ...«, begann der Mann. »Ich bin ganz ... ganz in Ordnung.« Er riss wieder an der Aderpresse und beinahe wäre Klanke mit seiner Spritze abgerutscht.

»Ruhig, Mann. Und in Ordnung sind Sie ganz offensichtlich nicht, so wie Sie lallen!« Er wandte sich an Clara und MacDeath: »Das rote Zeug an seinen Handschuhen ist übrigens echtes Blut. Wobei wir noch nicht wissen, von wem. Aber es ist ganz klar Blut.«

»Ich ... ich bin gleich ... an der Tüüüür«, gab der Mann in einem seltsamen Singsang von sich.

Klanke schaute ihn misstrauisch an. Man konnte sehen, dass ihm der Zustand des Mannes nicht gefiel. Der Junkie schaute Klanke lauernd an. Dann sprang er mit einem Mal auf. Der Arzt verdrehte die Augen. Es war nicht das erste Mal, dass das passierte. Stapel und Freytag reagierten sofort. Für eine Sekunde stand der Mann allein vor Klanke, dann griffen ihn die zwei Beamten und stießen ihn mit grober Wucht wieder auf den Stuhl zurück. Beinahe wäre die Kanüle erneut aus seiner Vene gerutscht.

»Eyyy!«, schrie er. »Ich bin ein freier … freier Mann … in … einem … freien … Land!«

Als er das Wort »Land« sagte, nickte er fast ein.

»Der hat aber ordentlich was eingeschmissen«, sagte Klanke. »Vielleicht LSD?« Er schaute MacDeath an.

Die Erklärung war naheliegend. LSD hatten die anderen Ermittler auch schon vermutet. Es kam einfach zu häufig vor. LSD, auch als Lysergsäurediethylamid bekannt, war einmal von der Schweizer Firma Sandoz für die medizinische Forschung entwickelt worden. Das Interessante an dieser Droge war, dass sie im Gehirn den Filter aufhob, der die Informationen sortierte, die überhaupt ins Gehirn gelassen wurden. Würde es diesen Filter nicht geben, würden Menschen in ständiger Reizüberflutung leben und könnten sich auf nichts mehr konzentrieren. Der Filter im Gehirn, den LSD ausschaltete, war der Hypothalamus, eine Art Türsteher, der dafür sorgte, dass nur relevante Informationen in die Kommandozentrale kamen. LSD setzte diesen Türsteher also außer Kraft. Was dazu führte, dass das Gehirn mit der daraus resultierenden Reizüberflutung von Sinneseindrücken dermaßen überfordert war, dass innere und äußere Welten verschmolzen. Und dass die Verarbeitung der Sinneseindrücke auf einmal ganz anders vor sich ging. Menschen konnten dann etwa plötzlich Töne riechen und Farben schmecken.

»Vielleicht LSD«, sagte MacDeath und schaute den Mann misstrauisch an. »Wobei das hier, glaube ich eher, osteuropäische Pilze oder Crystal Meth oder alles auf einmal war. Diese synthetischen Drogen sind schlimmer als alle anderen.

Vielleicht hat der Typ auch eine drogeninduzierte Psychose und kommt von seinem Trip nie mehr runter?«

Etwas ganz Ähnliches hatte der Notarzt auch vermutet, dachte Clara.

»Angel Dust vielleicht«, knurrte Klanke und leuchtete dem Mann in die Pupillen. »Sie sind doch auch Mediziner. Schauen Sie mal.«

MacDeath trat näher heran. »Seine Augen ...«

»... gefallen mir nicht«, ergänzte Klanke.

»Mir auch nicht.« MacDeath schüttelte den Kopf. »Stark verzögerte Pupillenreaktion. Und dann dieses Lallen.«

»Was glauben Sie?«, fragte Clara.

»Ich tippe auf erhöhten Hirndruck«, sagte Klanke. MacDeath nickte ebenfalls. »Entweder hat er eine Schädelinnenraumblutung durch den Unfall, wobei ich das nicht glaube. Dafür ist die Wunde zu klein.«

»Oder?«

»Oder es sind die Folgen einer extremen Überdosis. Er entwickelt ein Hirnödem. Er trübt sich langsam ein.«

»Heißt?«, fragte Clara.

Klanke entfernte den Stauschlauch und die Aderpresse, zog die Kanüle aus der Vene, klebte ein Pflaster auf die Stelle, warf die Kanüle in den Mülleimer und klebte ein Etikett an die letzte Blutprobe. Alles in automatisierten Bewegungen, während er sprach, Bewegungen, die er schon Hunderte Male gemacht hatte. »Erhöhter Hirndruck. Wahrscheinlich durch überhöhten Wasserausfluss, bedingt durch Leberversagen und das bedingt durch eben diese Überdosis. Der Druck geht auf den Hirnstamm. Und wenn wir nichts machen, ist er sehr schnell bewusstlos. Und in den nächsten Stunden tot.«

»Also auf die Intensivstation?«, fragte Clara.

»Ja, aber die mit Maßregelvollzug«, sagte MacDeath.

»Der Typ ist gefährlich, so wie es aussieht. Denkt an das Blut an den Handschuhen. Und wer weiß, was in dem Karton ist? Sicher kein Blumenstrauß und auch kein Tiffany-Ring.« Er nickte Klanke zu. »Soll ich Marquard anrufen, und Sie rufen den Krankenwagen?«

Klanke nickte.

MacDeath schaute Clara an, bevor er zum Handy griff. Sie nickte ebenfalls. Clara wusste, was jetzt kam. *Klinikum des Maßregelvollzugs*. Der Typ hier war offenbar in Lebensgefahr. Und möglicherweise selbst lebensgefährlich. Da waren seine bizarren Reden vom Pfählen und Morden irgendwelcher Frauen. Das Blut an den Handschuhen. Und der Karton, und wer wusste, was sonst noch. Für solche Fälle gab es in Berlin nur einen Ort: die Karl-Bonhoeffer-Nervenklinik in Wittenau, im Norden von Berlin. Im Volksmund auch *Bonnies Ranch* genannt. Wer immer gefährlich war und laut Strafgesetzbuch für unzurechnungsfähig erklärt wurde und dann *den Zwanziger bekam*, kam hierhin.

Den *Zwanziger* nannte man so in Anlehnung an den Paragrafen 20 aus dem Strafgesetzbuch. *Ohne Schuld handelt, wer bei Begehung der Tat wegen einer krankhaften seelischen Störung, wegen einer tiefgreifenden Bewusstseinsstörung oder wegen Schwachsinns oder einer schweren anderen seelischen Abartigkeit unfähig ist, das Unrecht der Tat einzusehen oder nach dieser Einsicht zu handeln*, hieß es im Strafgesetzbuch in schönstem Behördendeutsch. Den Zwanziger und den Einundzwanziger. Für komplette und partielle Schuldunfähigkeit.

Bonnies Ranch war eine Anstalt für Geisteskranke, Triebtäter, Kinderschänder und Psychopathen. Und einige von ihnen würden die hohen Mauern nie wieder verlassen, die das große Anwesen abschirmten. Viele würden nie wieder das Licht der freien Welt sehen, und viele würden in der Dunkelheit ihrer Seelen dort brüten. Träumend von rohem Fleisch, in das sie ihre Zähne schlugen, träumend von zuckenden Öffnungen, in die sie etwas hineinstecken konnten, träumend von verbotenen Flüssigkeiten, die sie tranken, bis ihre Seelen selbst in die ewige Dunkelheit des Todes gingen. Und Herrscher dieser Welt aus schwarzen Träumen, verlorenen Schreien und irren Augen war Prof. Dr. Albrecht Marquard. Clara hatte schon einmal mit ihm zu tun gehabt, als sie ein Mitglied aus einem Satanisten-Kult dort unterbringen mussten. Eine schwer psychopathische und paranoide Frau, die so viel sagen wollte, aber nichts sagen durfte. Die sich am Ende selbst die Zunge abgebissen und ihre letzten Worte mit ihrem eigenen Blut an die Wand der Zelle geschrieben hatte.

Schritte waren zu hören. MacDeath war gerade mit dem Telefonat fertig, als Hermann aus der Kriminaltechnik kam. Er trug noch immer seinen schwarzen Kapuzenpulli und sah aus wie eine Mischung aus Hacker und Occupy Activist. Wobei er für Ersteres auf der falschen Seite des Gesetzes arbeitete und mit Letzterem nichts anfangen konnte. Politik war eh nicht sein Ding. Solange die Politik nicht *World of Warcraft* und *Warhammer 40 000* verbot, zwei Spiele, die er heiß und innig liebte, war ihm das, was die hohen Herren machten, ziemlich egal. Hauptsache, die Hundesteuer wurde nicht erhöht, jetzt, wo sie ja einen Hund hatten. »Wir haben uns den Karton angeschaut«, sagte er. Ein wenig außer Atem.

»Und?«

Er schüttelte den Kopf. »Müsst ihr euch selbst ansehen!«

Kapitel 13

Berlin, 2016

Das Handy seiner Tochter klingelte.

Er zuckte zusammen, während er zwischen Tür und Treppenhaus stand.

Was sollte das bedeuten? Warum schickte ihm jemand das Handy seiner Tochter?

Und dann … dann klingelte dieses Handy auch noch?

Doch in dem Moment hatte Wolfgang Neumanns Unterbewusstsein bereits übernommen. Er nahm den Anruf an. In dem Moment war ihm klar, dass das vielleicht genau das Richtige war. Oder genau das Falsche. Wahrscheinlich eher das Falsche.

»Lisa?« Das Wort kam wie ein Stoß aus ihm heraus. Sein Herz hämmerte.

»Nicht ganz.« Die Stimme war ruhig und gleichzeitig knarrend. Für eine normale Stimme zu knarrend. Für einen Stimmenverzerrer zu normal.

»Sehen Sie, was noch in dem Umschlag ist?«, fragte die Stimme weiter.

Wolfgang Neumann befühlte den Stoff, der aus dem Umschlag herausschaute. Weißer, feiner Stoff. Und dann entdeckte er – dass er ein Höschen in der Hand hielt. Er sah die Initialen. *LN.*

Wolfgang Neumanns Gehirn hatte die grausame Wahrheit schon verstanden, als ein anderer Teil seines Gehirns weiterhin dachte, dass er noch immer dem fremden Anrufer zuhören musste, um noch mehr zu verstehen. Doch wie immer war es die schreckliche Erkenntnis, die zur wahren Erkenntnis wurde, war es das Grauen, das über die Hoffnung siegte.

»Das ist das Höschen Ihrer Tochter«, sagte die Stimme. Wolfgang Neumann merkte, wie schwarze, filzige Schatten vor seinen Augen tanzten. Er blinzelte die Schatten weg. Die Stimme knarrte erbarmungslos weiter: »Und dabei stellt sich doch folgende Frage: Wenn Ihre Tochter nicht in ihrem Höschen ist …«

Die Stimme hielt kurz inne. »… wo ist sie dann?«

Kapitel 14

Berlin, 2016

Im Labor der Kriminaltechniker stand der Karton auf einem Tisch.

»Und?«, fragte Clara.

»Schaut selbst.« Hermann wies auf den Karton.

Clara blickte über den Rand des Kartons.

Bevor sie wusste, was sie sah, wusste sie schon, was sie gerochen hatte.

Sie sah Haut und Fleisch. Und roch den Geruch von Blut. Den Geruch von Blut und den Geruch von rohem Fleisch.

Nicht einmal, sondern zweimal. Denn in dem Karton standen zwei abgeschnittene, menschliche Füße.

»Ich nehme an, die sind echt?« Sie mussten echt sein. Das Blut hatte sie schon gerochen, diesen metallischen Geruch, der so roch wie er schmeckte. Es könnte auch ein Aromastoff sein, doch sie fürchtete, dass die Wahrheit wieder einmal schlimmer war als die Hoffnung.

Und Hermann nickte. »Ja. Die sind echt. Haben die Kollegen sich eben angeschaut.«

Clara musste einen Moment schlucken. Es geschah häufiger, dass Serienkiller, meist post mortem, Verstümmelungen an den Opfern vornahmen, aber selten waren die Extremitäten der Opfer derart ordentlich in einem Karton arrangiert. So, als wären sie als Geschenk bestimmt. Ein Geschenk, das dem Empfänger dieses *Geschenks* für die nächsten Wochen Nächte voller Albträume bescheren würde.

MacDeath trat näher heran. »Die Wundränder sind nicht eingeblutet«, sagte er. »Das sehe sogar ich, obwohl von Weinstein sich das noch mal anschauen sollte. Wenn wir hier durch sind, gehen die Füße sofort nach Moabit.«

»Stehenden Fußes«, sagte Hermann.

Clara schüttelte den Kopf. »Sehr witzig!«

»Und das war noch dabei.« Hermann hielt in seiner linken Hand, an der er einen Gummihandschuh trug, eine Rose. Eine Rose, die schon etwas vertrocknet war.

MacDeath trat näher heran. »Zwei Füße und eine Rose?«, murmelte er vor sich hin. »Das hat doch etwas zu bedeuten ...«

»Du meinst, es ist symbolisch?«, fragte Clara, die mittlerweile die Denkstrukturen ihres Kollegen und vielleicht künftigen Ehemanns kannte.

»Die Rose hat eine zu große Symbolkraft, als dass sie reiner Zufall wäre«, sagte er. »Jedenfalls, bei einem so drastischen Fall.«

Hermann schaute abwechselnd Clara, MacDeath, den Karton und die Rose in seiner Hand an. »Laut Spurensicherung sind es die Füße eines jungen Mädchens«, sagte er.

In Claras Kopf ging sofort die Verarbeitungsmaschine an. Genauso, wie unser Gehirn darauf programmiert war, im Angesicht der Gefahr entweder zu fliehen, zu kämpfen oder sich tot zu stellen, wurde bei Clara innerhalb von Sekunden der automatische Mechanismus der Täter-Kategorisierung angeschmissen: *Was war das für ein Täter? Ein Ritualmörder? Ein Einzelfall? Diebstahl aus einem OP im Krankenhaus? Nekrophilie?*

»War dieser Junkie der Mörder, der seinem Opfer auch noch die Füße abschneidet?«, fragte Clara, mehr zu sich selbst als zu den anderen, und dachte an die Symbolik der abgetrennten Gliedmaßen in Verbindung mit der Rose und der desolaten Verfassung des Junkies, die nur schwer zur Planung eines inszenierten Ritualmordes passte. »War er der Mörder ... wenn es ein Mord war und keine Amputation im Krankenhaus, wo irgendein Verrückter OP-Reste gestohlen hatte? Oder war der Junkie nur der Überbringer?«

»Na ja«, sagte MacDeath. »Wenn die wirklich post mortem abgetrennt sind, was ich glaube, kommt eine OP nicht in Frage. Welcher Chirurg in einer Klinik schneidet denn den Toten die Füße ab? Er sei denn, er ist geistesgestört?«

»Gut, aber wir wollen nichts unversucht lassen. Vielleicht irgendein Arzt, der an Leichen illegale Experimente macht?« Clara zog die Stirn kraus. »Ich will mir jedenfalls nicht wieder von Bellmann vorwerfen lassen, dass wir nur den exotischen Spuren folgen und das Offensichtliche außer Acht lassen. Kümmerst du dich drum mit von Weinstein und fragst bei den Krankenhäusern nach? Sicher ist sicher.«

Hermann nickte.

Claras Blick glitt über die Kleidung des Junkies, die ausgebreitet auf einem zweiten Tisch lag. Insbesondere die klobigen DocMartens-Stiefel sprangen ihr ins Auge. Sie zog einen Gummihandschuh an und inspizierte die Stiefel.

»Ich glaube, die sind zu groß für die Füße«, sagte Hermann. »Jedenfalls für die im Karton.«

»Sehr witzig.« Clara drehte die Stiefel um. »Das sehe ich auch! Sind die schon untersucht worden?«

Hermann schüttelte den Kopf. »Noch nicht. Wir haben uns erst mal den Karton vorgenommen.«

Clara drehte den Stiefel herum. Auch MacDeath trat näher heran. An den Seiten der Stiefel war etwas nach oben gespritzt. Ebenfalls rotbraun. »Könnte das Blut sein?«, fragte

Clara. »Eventuell sogar dasselbe, das an den Handschuhen ist?«

Doch da war noch etwas. In den Rillen der Stiefel war irgendeine weißlich-gräuliche Masse.

»Schaut mal hier«, sagte Clara und zeigte auf die seltsame Masse im Profil der Springerstiefel. »Das gefällt mir nicht. Wo ist Klanke?«

Dr. Klanke hatte gerade die Unterlagen für Bonnies Ranch fertig gemacht und kam in dem Moment ins Labor der Kriminaltechnik.

»Dieses Zeug hier an den Sohlen«, sagte Clara und hielt dem Arzt den Stiefel hin. »Legen Sie das doch mal unters Mikroskop. Ich habe so eine Ahnung, oder sagen wir besser Befürchtung, was das sein könnte.«

Klanke hatte vorsichtig etwas von der gräulich-weißlichen Masse von den Sohlen gekratzt und auf den Objektträger eines Mikroskops gelegt, um es feingeweblich zu untersuchen. Die Probe, die Dr. Klanke am Mikroskop machte, war nicht so detailliert, wie das die Kollegen in Moabit könnten, aber dadurch nicht weniger erschreckend.

»Tja …«, sagte Klanke blinzelnd. »Das könnte Gehirngewebe sein.« Er schüttelte kurz den Kopf, als glaube er selbst nicht, was er sah, und schaute vom Mikroskop auf. Er sah MacDeath an, der sich über das Mikroskop beugte und ebenfalls hineinblickte. MacDeath hob den Kopf und nickte nur stumm.

»Hirngewebe am Stiefel«, murmelte Clara und kniff die Lippen zusammen. »Das heißt, er muss schon ziemlich übel bei der Sache gewesen sein. Um Hirngewebe an den Stiefeln zu haben …«

»… muss er jemandem den Kopf zertreten haben.« Klanke nickte.

»Und damit sind die Mordfantasien, die er von sich gab, diese Sache mit den Pfählungen, vielleicht doch nicht nur die kranken Fantasien eines Junkies?« Clara sah Klanke und Hermann an.

»Vielleicht plant er schon wieder etwas Neues?«, fragte Hermann.

»Erst einmal ist er in Bonnies Ranch beziehungsweise dahin unterwegs. Da dürfte die Planung schwerfallen. Dennoch.« Clara zeigte auf die Hirnprobe. »Ab nach Moabit damit, die sollen sich das genauer anschauen.«

Klanke nickte und füllte einige Proben der weißlichen Substanz in ein Reagenzglas. Oft wurden für Asservate auch Papiertüten verwendet. Entgegen der üblichen Handhabung in all den Krimiserien waren Plastiktüten für organische Materie nicht geeignet, da sich in feuchter Umgebung Schimmel entfalten konnte. In der Papiertüte allerdings trocknete das Gewebe aus. Ohne dass die DNS zerstört wurde. Denn DNS wurde nur von zwei Dingen zerstört: Schimmel und UV-Licht. Wer also wollte, dass eine Leiche nicht mehr über die DNS identifizierbar war, der sollte sie in einen Plastiksack stecken und möglichst lange in die pralle Sonne legen.

Clara stand eine Weile vor dem Karton und den Stiefeln. »Wenn der Typ irgendjemandem den Kopf zertreten hat, dann ist ihm doch auch zuzutrauen, dass er einem Mädchen die Füße abschneidet. Was meint ihr?«

Hermann und MacDeath nickten.

»Also brauchen wir sofort einen Haftbefehl. Und wie gesagt, klappert die Krankenhäuser ab, ob es irgendwo in den letzten Wochen eine Amputation von zwei Füßen bei einem jungen Mädchen gegeben hat. Ich kann es mir zwar nicht vorstellen, aber wir wollen nichts auslassen. Und wir zwei«, sie schaute MacDeath an, »sollten uns den Kerl so schnell wie möglich vorknöpfen. Diesmal in Bonnies Ranch.«

Hermann kritzelte etwas in sein Notizbuch und zog sein Handy. »Wer hätte gedacht, dass eine langweilige Schulung zum Datenschutz dermaßen dramatisch endet?«

»Es hilft immer, das Schlimmste zu erwarten«, sagte MacDeath. »Es gab gerade eine Studie, die besagt, dass Pessimisten länger leben.«

»Was heißt das konkret?«

»Der Optimist genießt im Virtuellen und leidet im Realen, wenn er auf die Nase fällt. Der Pessimist leidet im Virtuellen und genießt im Realen, wenn er dann positiv überrascht wird. Pessimismus hilft, unrealistische Ziele gar nicht erst erreichen zu wollen und schont dadurch seine Kräfte.«

»Was wären solche Ziele?«, fragte Clara.

»Der Weltfrieden, universelle Liebe, so etwas.«

»Ist Pessimismus nicht eine deutsche Erfindung?«, wollte Hermann wissen.

»Aber ja, von wem sonst?« MacDeath nickte. »Arthur Schopenhauer hat den Begriff als Erster genutzt.«

Kapitel 15

Berlin, 2016

Der Anrufer hatte aufgelegt.

Wolfgang Neumann stand schwer atmend im Flur und blickte nach unten auf den Karton. Er hatte das Handy seiner Tochter gesehen. Dann das Höschen. Und jetzt war dort nur noch eine Sache übrig.

Der Karton.

Er wusste, dass er ihn nicht anschauen sollte, nicht anschauen durfte. Dass er zur Polizei gehen und niemals einen Blick in diesen Karton werfen sollte. Dass er nichts anderes tun durfte, wenn er weiterhin das Leben leben wollte, das er jetzt lebte. Ein Leben wie ein klarer Gebirgsbach. Und kein Gebirgsbach, in den ein schwarzer Farbbeutel geworfen wurde. Nicht nur ein Farbbeutel, sondern Tausende davon.

Doch für das »Nein« gab es keinen Begriff.

Sagte man: *Du sollst den Karton nicht öffnen,* dann blieb im Gehirn hängen: *Du sollst den Karton öffnen.*

Denn die Natur mochte kein Vakuum, mochte kein Nichts.

Auch sein Gehirn mochte kein Vakuum.

Und so wich er nicht vor dem Karton zurück.

Sondern er näherte sich ihm. Wollte den Karton öffnen.

Und darum beugte er sich hinunter. Sein ganzer Körper zitterte.

Er riss das Klebeband ab.

Holte ein altes Messer aus der Küche. Denn es war sehr viel Klebeband um den Karton gewickelt und geklebt.

Er riss das Packpapier auf.
Darunter eine vertrocknete Blume.
Eine Rose, wie es aussah.
War es doch ein Geschenk? Oder ein seltsamer Scherz?
Dann fand er die durchsichtige Folie.
Fand das, was unter der Folie war.
Die Farbe.
Die Oberfläche.
Die Schnittränder.
Das Blut.
Es war ein menschliches Organ.
Oder besser ein Teil davon.
Die Nasenflügel waren noch zu sehen.
Und er erkannte das Piercing mit dem rosa Edelstein.
Die Nase seiner Tochter Lisa.
Den dumpfen Knall, als er bewusstlos auf dem Boden aufschlug, hörte er noch.
Aber er spürte ihn nicht mehr.

Kapitel 16

Berlin, 2016

Just one fix, tönte es aus seinem iPod, während er das Knäuel sah.

Das Knäuel am Bahnhof Zoo.

Dort, vor dem Bahnhof Zoo, saß oder lag eines von diesen Knäueln von Menschen, das sich aus Obdachlosen und Junkies zusammensetzte. Schmutzig, bräunlich und nach Unrat, Kot, Urin und Erbrochenem stinkend. Umgeben von Spritzbesteck, verbogenen Löffeln und Benzinfeuerzeugen zum Drogenkochen, umgeben von Joints, Decken, Schnapsflaschen, verfilzten Hunden und vor Dreck starrenden Einkaufstüten. Eine Frau kam gerade aus einem DIXI-Klo am Bahnhof, das auf einer der ewigen Baustellen Berlins stand, und zog sich die Hose hoch, in der zitternden Hand noch die zwanzig Euro, die sie gerade bekommen hatte.

Ein Mann, der sich scheinbar unauffällig, aber dafür umso auffälliger umschaute, hatte die Toilette ebenfalls verlassen und verschwand in die andere Richtung. Eine andere Frau war offenbar ebenfalls von einem anderen Kunden zurückgekommen und warf ein glitschiges, gebrauchtes Kondom in ein nahes Gebüsch, in dem bereits schmutzige Taschentücher, Hundehaufen und Abfall lagen.

Er blieb kurz vor dem Knäuel von Menschen stehen. Genoss diese Inszenierung der Degeneration und der Verkommenheit, während die Musik über seine Kopfhörer hämmerte. Er nutzte kein Smartphone zum Musikhören, sondern nur einen alten iPod. Zwar nicht aus dem Jahr 2001, als es den ersten iPod gegeben hatte, sondern von 2005. Damit war er niemals online und niemand konnte mithören. Manchmal benutzte er sogar seinen alten Discman.

Just one fix.

Er hörte wieder seinen Lieblingssong, den er immer hörte, wenn er sich den armen Kerlen am Bahnhof Zoo näherte.

Just one fix.

Nur eine Spritze. Nur ein Zug. Nur einmal anfixen. Und dann nie wieder. Das *dann nie wieder* gelang den allermeisten nur nicht. Es gelang auch denen nicht, die hier saßen. Oder besser lagen.

Just one fix.

Der Song war von *Ministry.* Von dem Album *Psalm 69.* Von dem Psalm hatte ihm seine Mutter oft erzählt. *Der Knecht des Herrn im tiefsten Leid.* Seine Mutter hatte den Song nicht gemocht. Die harten Gitarren, das monotone Schlagzeug, den verzerrten Gesang. Schon aus diesem Grund mochte er den Song umso mehr.

Just one fix. Fang mit Drogen gar nicht erst an, wollten Al Jourgensen und Paul Barker von Ministry damit sagen. Bei *nur einem Fix* bleibt es nämlich nicht. Auch wenn beide selbst, besonders Jourgensen, wie man sagte, es mit den Drogen auch nicht so genau genommen hatten. Das Video zu *Just one Fix* hatte ihm auch gefallen. Mit William Burroughs. Dem Autor von *Naked Lunch,* der auf einer Party einmal Wilhelm Tell spielen wollte, seiner Frau ein Whiskyglas auf den Kopf setzte und dann schoss. Leider nicht in das Whiskyglas, sondern direkt in den Kopf seiner Frau. Im Video schoss er auf Gipstafeln, auf denen die Wörter *Reality, Society* oder *Control* standen.

Reality, Society, Control, dachte er. Alles Dinge, die die

Drogen unwiderruflich vernichteten. Jedenfalls für die, die die Drogen nahmen. Aber auch alles Dinge, die es ihm einfach machten, die Junkies bestmöglich zu kontrollieren. Er musste sie an der Angel haben, aber sie durften noch keine totalen Wracks sein. Sie mussten immerhin noch in der Lage sein, sich einen Straßennamen zu merken.

Aber es war gut, sie anzufixen.

Mit den richtigen Drogen anzufixen.

Heroin, LSD, das war alles viel zu harmlos.

Er bekam dieses üble Zeug aus Osteuropa.

Er bekam es von denen, die in seinen Zimmern wohnten.

Als Bezahlung.

Und hier konnte er es perfekt nutzen.

Just one fix.

Er bewegte den Mund, sang den Text leise mit, während er sich näherte.

Blood keeps drinking away
Certain of its destination
Driving through New Orleans at night
Gotta find a destination
Just one fix …

Driving through New Orleans at night, dachte er. *Oder: Walking through Berlin at day.* Denn am Tag konnte er besser sehen, wie es um seine künftigen Gehilfen bestellt war.

Er ging zu einem der Menschenknäuel, suchte sich einen Mann heraus. Er nahm immer Männer, die waren eigenständiger. Die Frauen hingen zu oft an irgendwelchen Kerlen oder sogar an Zuhältern, die ihnen den Stoff wegnahmen oder zu viele Fragen stellten.

Der Drogenmarkt hatte Kunden, die, wie Ökonomen sagten, ihr Produkt *unelastisch* nachfragten. Das heißt, sie verringerten ihren Konsum nicht, auch wenn der Preis nach oben ging. Mit diesen Kunden konnte man eigentlich alles machen. Manche schafften es sogar, das Fünfundzwanzigfache des Einkaufspreises zu verdienen, einige wenige sogar das Zweihundertfache. Zwar wurde durch das Dark Web und die E-Commerce-artigen Drogenplattformen, die es dort gab, der Preis allmählich transparenter. Aber zum Glück nur allmählich. Und keiner hatte ein Interesse, den Verkaufspreis allzu sehr zu senken. Denn daran verdienten ja schließlich alle Dealer. Egal ob im Görlitzer Park oder im Dark Web. Je teurer die Drogen blieben, desto mehr Macht hatte der, der sie besaß. Und verkaufte.

Wie zum Beispiel er.

Wie zum Beispiel jetzt.

»Willst du das haben?«, fragte er und ließ eine Tüte mit weißem Pulver vor den Augen des Mannes tanzen. Der Mann hatte eine Menge selbst gemachte Tattoos, weißgelbe Haut und Augen wie Glasscherben. Diese Augen des Mannes folgten dem Pulver, wie eine kleine Katze einer Feder an einem Stock folgt.

Willst du das haben?

Die Augen des Mannes hatten ganz klar *Ja* gesagt.

Und dass er alles dafür tun würde.

Kapitel 17

Berlin, in den Achtzigern

Der Kopf seiner Mutter auf einem Speer.

Manchmal fragte er sich, ob er auch einmal solche Sachen machen konnte, wie manche Leute sie in den Filmen machten, die er sich heimlich ansah? Filme, die entweder erst ab achtzehn waren oder ganz verboten.

Einer dieser Filme kam aus Japan. Torsten hatte die speckige VHS-Kassette mit dem zerkratzten Cover auf dem Flohmarkt gekauft. Ein Arzt erfand in dem Film ein Mittel, das grauenhaften Schmerz in Lust verwandelte. Was dazu führte, dass die Menschen in dem Film ihre Hand freiwillig in siedendes Öl steckten. Und dann die frittierte Hand aßen. Eine Frau schnitt sich die Nippel und die Schamlippen ab. Und schließlich schnitt sie sich ihr eigenes Auge aus und aß es. Stopfte all das in sich hinein.

Die Szenen waren widerlich. Aber sie sahen so real aus, dass er eine Zeit lang dachte, dass sie wirklich real waren. Vielleicht aber waren die Japaner auch einfach nur sehr gut mit Trickeffekten? Oder es war doch real? Eine Vorstellung, die ihn noch mehr faszinierte.

Was würde seine Mutter sich abschneiden, wenn sie ein solches Mittel bekommen würde? Und wie würde es aussehen? Und würde er dabei zusehen können? Und würde *sein Ding* wieder hart werden dabei?

Hatte Mama es verdient?

Sie hatte die Freundinnen eingeladen.

Und sie hatten getrunken.

Er war in der Dusche.

Und sie hatte seine Sachen aus dem Badezimmer geholt. Und den Bademantel. Und das Handtuch. Sodass er nackt über den Flur hatte laufen müssen, um zu seinen Sachen zu kommen. Und sie alle hatten ihn sehen können. Ihn, seinen blassen Körper. Seinen fetten Bauch. Und sein … Ding.

Vielleicht hasste Mama Männer?

So wie sie auch Papa hasste?

Und vielleicht hasste Papa Mama auch?

Jedenfalls gab es da Frauen.

Und die interessierten Torsten noch mehr als das Mittel aus dem Film *Naked Blood,* das er am liebsten seiner Mama geben würde.

Es gibt Frauen, Torsten, die dein Papa noch lieber hat als Mama.

Das hatte sein Papa ihm gesagt.

Das waren Frauen, die an der Straße standen. Oder in Wohnwagen wohnten. Irgendwie hatten Torsten diese Frauen interessiert. Er wollte, dass sein Papa ihm mehr darüber erzählte.

Doch Papa wollte ihm nichts darüber erzählen.

Was soll ich reden, sagte Papa. *Ich zeige sie dir.*

Kapitel 18

Berlin, 2016

Geht's da rein?, fragten die Leute, die den Eingang von Bonnies Ranch sahen und die Bonnies Ranch nicht kannten.

Ja, aber nicht mehr raus, sagten die, die sie kannten.

Auch Clara sah das Tor.

Die meisten Menschen, die zu Bonnies Ranch kamen, blieben dort sehr lange. Wenn nicht gar für immer. Alle kamen durch das gleiche Tor. Gefangene und Gäste. Aber nur wenige, so wie Clara und MacDeath, kamen wieder hinaus.

Ihr Wagen näherte sich den hohen Außenmauern der Karl-Bonhoeffer-Nervenklinik in Wittenau.

Kameras ragten zwischen dem Stacheldraht hervor und wollten so gar nicht zu dem Efeu an den Mauern und dem schlossartigen Antlitz des riesigen Anwesens passen. *Tempel des Wahnsinns*, sagten einige zu Bonnies Ranch.

Eben im Auto hatten sie den Anruf aus dem Labor erhalten. Die DNS des Blutes an den Handschuhen des Mannes war nicht identisch mit der DNS der abgeschnittenen Füße oder des zermatschten Hirngewebes an den Sohlen der Stiefel. Dennoch mussten sie schnellstmöglich mit dem Junkie sprechen, bevor der Mann tatsächlich ins Koma fiel. Oder vielleicht starb und sein fauliger Mund die Geheimnisse nie mehr preisgeben würde, wie das Tor von Bonnies Ranch die Menschen nie mehr herausgab, die hier in der Sicherungsverwahrung nur noch auf den Tod warteten.

Sie fuhren durch das Eingangstor. Clara und MacDeath

würden durch dieses Tor auch wieder herausfahren. Für andere hingegen war die Fahrt durch dieses Tor etwas Endgültiges. Darum gab es in solchen Anstalten häufig Feueralarm. Ausgelöst durch die Insassen. Denn wenn ein Feuer wütete, wurden die Türen geöffnet. So wie dieses Tor. Das Clara und MacDeath durchließ, für viele andere aber für immer verschlossen sein würde. Clara erinnerte sich an eine Passage von Dante, die ein Priester einmal vorgetragen hatte, während sie vor vielen Jahren in Rom vor dem Gemälde des *Jüngsten Gerichts* von Michelangelo in der Sixtinischen Kapelle standen. Vor dem gleichen Bild, das ihr auch damals in MacDeath' Büro aufgefallen war.

Die Hölle und die Prophezeiung. Eine unendliche Tiefe tat sich auf dem Bild auf. Dinge waren dargestellt, die sich nicht beschreiben ließen. Und darunter Charon, der Fährmann des Styx, der seinen vollen Nachen ausschüttete wie einen Eimer Fische. So ließ er, hatte der Priester gesagt, die Unglücklichen hinabspringen in die Flammen und den Qualm, als hätte Dante selbst die Worte Charons aus der *Göttlichen Komödie* Michelangelo bei der Arbeit ins Ohr geflüstert: *Ihr, die ihr kommt, lasst alle Hoffnung fahren …*

Sie durchfuhren das Tor und waren im Inneren angelangt.

Ihr, die ihr kommt, lasst alle Hoffnung fahren …

Clara nickte dem diensthabenden Beamten kurz zu. Er sah aus wie ein gewöhnlicher Vollzugsbeamter. Und hier war Bonnies Ranch auch wie jedes andere Gefängnis. Es gab ein Zugangsbündel mit siebzehn Gegenständen, darunter ein Teller, Besteck, Schüssel, Einwegrasierer, Rasierschaum, Pinsel mit wenigen, weichen Borsten, Bettlaken, Handtuch, Zahnbürste, Zahncreme, Shampoo und noch ein paar andere Sachen für die neun Quadratmeter Zelle, die auf die Gefangenen wartete. Name, Vorname, Datum und Uhrzeit wurden festgehalten, und dann öffnete sich die Stahltür. Ab dann wurde die Haftzeit gezählt. Wobei sie in Bonnies Ranch auch unendlich andauern konnte. Ähnlich wie die Ewigkeit, in der die Verdammten in Dantes Hölle für immer gefangen waren.

Wer dieses Tor durchschritt, der hatte sein Leben abgegeben. Jetzt war der Staat dran. Er zerlegte im Gefängnis die Zeit der Insassen und bestimmte exakt, was und wann es innerhalb dieser Zeiteinheiten passierte.

Denn Bonnies Ranch war beides: Knast und Klinik.

Clara schaute noch einmal auf das Tor. Ein riesiges Maul, das das Grauen aufsaugte. Verschloss. Verschluckte.

Und vielleicht eines Tages wieder ausspuckte. Oder für immer bei sich behielt.

In seinen Innereien aus kalkweißen Fluren, seinen Gedärmen aus gepolsterten Zellen und seinen Nervenzentren aus Spritzen, Kanülen und Kabeln.

Prof. Dr. Albrecht Marquard, Leiter der Abteilung für Psychiatrie und Psychotherapie und seit Kurzem auch Leiter von Bonnies Ranch, war deutschlandweit einer der führenden Experten, spezialisiert auf Schizophrenie, Suchterkrankungen und Angstpsychosen sowie alle sogenannten affektiven Störungen des Nervensystems. Eine Legende war er auch. Einer seiner Patienten war Bernd Moorbach gewesen, ein psychopathischer Killer der schlimmsten Sorte. Ein Killer, der vorher ein unbescholtener Bürger gewesen war. Und dann wieder einer wurde. Denn es hatte sich herausgestellt, dass bei Moorbach ein Hirntumor auf die Amygdala drückte, jenes Zentrum im Gehirn, das für die Angst zuständig war und deswegen auch »Angstzentrum« genannt wurde. Oder auf Englisch *panic button*. Nachdem dieser Tumor operativ entfernt wurde, war der Patient ein anderer. So friedlich, wie er es vor seiner Transformation gewesen war. Marquard wurde gefeiert. War das der Durchbruch zu einer medizinischen Analyse von psychischen Zuständen? War am Ende doch alles nur Materie – und nichts Geist? Allzu lange hielt die Euphorie allerdings nicht an, denn Moorbach starb an den Folgen des Eingriffs. Aber er starb als wiedergeborener, friedlicher Mensch.

Frau Dr. Kissing, die Assistentin von Marquard, führte Clara und MacDeath durch diverse weiße Flure, von denen einige neben dem klinischen Weiß einen grünlich blauen Farbton aufwiesen, der an fauliges Wasser erinnerte. Es war die Regel, dass nur die Ärzte und Schwestern der Klinik die Türen aufschließen konnten. Clara machte das immer wahnsinnig. Die Gewissheit, ohne die Schlüssel der anderen nicht mehr aus diesem ... Irrenhaus ... herauszukommen, schnürte ihr immer wieder die Kehle zu.

Aus einer Zelle kamen gerade einige Reinigungskräfte heraus.

»Das Wolfskind«, sagte Frau Dr. Kissing nebensächlich. »Der beschmiert regelmäßig seine Zelle.«

»Womit?«, fragte MacDeath.

Kissing verzog das Gesicht. »Mit seinen eigenen Exkrementen. Er ist ohne natürlichen Darmausgang auf die Welt gekommen. Jetzt ist er fünfundzwanzig Jahre alt.« Claras Blick folgte den zwei Reinigungskräften, die wahrscheinlich deutlich mehr als die üblichen Putzkräfte ertragen mussten. Ähnlich wie die Tatortreiniger. »Wenn er schlechte Laune hat, macht er *seine Schleusen auf,* wie er so sagt. Er zieht sich die Schläuche raus und na ja ... dann passiert es halt.«

»Hat er oft schlechte Laune?«, fragte MacDeath weiter.

»Mehrmals die Woche. Manchmal zündet er dann auch seine Matratze an. Er hat schon wegen allem Möglichen gesessen. Einbruch, Vergewaltigung, Vandalismus, Exhibitionismus. Alle anderen Haftanstalten sind total überfordert. Sie haben zu uns gesagt: *Wenn ihr nicht mit ihm fertigwerdet: Wer dann?*«

Sie durchquerten einen weiteren Korridor und erreichten das Büro von Prof. Marquard. Eichengetäfelte Wände, ein gigantischer Bücherschrank und im hinteren Bereich eine Couch, die fast so aussah wie die von Sigmund Freud in Wien. Es war ein Büro, das MacDeath sichtlich gefiel. Clara war es etwas zu altmodisch, auch wenn der riesige Schreibtisch, ebenfalls aus Eichenholz, an dem Marquard thronte, durchaus einiges hermachte.

Marquard erhob sich von seinem Schreibtisch. Seine buschigen Augenbrauen passten zu seiner gefurchten Stirn, als würde er jedes Unheil der Welt vorausahnen. Er hatte die Angewohnheit, seine Lider nur so weit zu öffnen, wie es gerade nötig war. So als wäre er ständig in einem Schwebezustand zwischen Wachsein und albtraumhaftem Schlaf, genau wie seine Patienten. Oder so, als ob er nicht zu viel von dem Grauen und dem Wahnsinn sehen wollte, die ihm jeden Tag begegneten. Hinzu kam, dass er sich, während er sprach, oft in sein Doppelkinn kniff. Man hätte meinen können, er täte das, um sich aus diesem Schlaf selbst aufzuwecken, aber für Clara war es wahrscheinlicher, dass er sich gelegentlich kneifen musste, um zu wissen, dass er nicht in einem Traum oder Albtraum gefangen war.

»Sie kommen wegen des namenlosen Patienten mit dem Karton?« Marquard kam gleich zur Sache.

Clara nickte. »Wir müssen ihn dringend sehen.«

»*Sehen* geht«, sagte Marquard, »aber ich nehme an, Sie wollen auch mit ihm *reden.*«

»Ja.« Clara und MacDeath sahen sich verdutzt an.

Marquard erhob sich. »Ich fürchte, das geht erst einmal nicht. Sie hatten ja den Bericht von Dr. Klanke gelesen. Beginnende Eintrübung, verzögerte Lichtreaktion der Pupillen. Beginnender Druck auf den Hirnstamm.«

»Ich dachte, Sie mussten ihn erst einmal ruhigstellen?«, fragte Clara.

Marquard nickte. »Das mussten wir zunächst einmal auch. Wir haben ihm Tavor verabreicht.«

Tavor. Clara hatte schon davon gehört. Tavor war ein Benzodiazepin. Das berühmteste Mittel dieser Gattung war Valium. Dieses Mittel wirkte stark beruhigend und löste Angststörungen. Die sogenannten Benzos waren eine Weiterentwicklung der Barbiturate, deren Anwendung stark eingeschränkt wurde, nachdem sich eine Menge Leute mit einer Überdosis von Barbituraten umgebracht hatten. Mit Benzos war dies nicht möglich, da es, in übermäßiger Form eingenommen, sofort zu heftigstem Erbrechen führte. Und der Selbstmordkandidat seine Überdosis gleich wieder auskotzte. Es sei denn, er war schlau, wie es ein Apotheker gewesen war, der sich erfolgreich mit Benzos umgebracht hatte. Der Mann hatte zusätzlich noch eines der stärksten Antibrechmittel genommen, das man normalerweise Tumorpatienten gab, um die Nebenwirkungen der Chemotherapie erträglich zu machen.

»Tavor«, murmelte Clara. »Ist er jetzt ruhiger?«

Marquard versuchte zu lächeln. »Ruhiger ist gut. Wir mussten ihn auf die Intensivstation bringen. Er muss CO_2 abatmen, sonst stirbt er. Aber nicht nur das.«

»Die Hirnschwellung?«, fragte MacDeath.

Marquard nickte. »Ja. Als er hier ankam, hatte er bereits Atemaussetzer. Wenn wir nichts gegen die Hirnschwellung tun, kann sein Hirnstamm in Mitleidenschaft gezogen werden. Und das bedeutet ...«

»Exitus«, ergänzte MacDeath.

»Exakt.«

»Wie kam es dazu?«, fragte Clara. »Die Drogen?«

Marquard nickte und lief um seinen Schreibtisch herum. »Ja, eine extreme Überdosis. Wir wissen noch nicht, welche Droge es ist. Das Problem ist auch, dass es nicht zu allen Drogen Antidote gibt. Zu Heroin haben wir schon einige Gegengifte, aber zu diesem osteuropäischen Pilzzeug, was dieser Kerl höchstwahrscheinlich eingeschmissen haben muss, stehen wir ziemlich blank da.« Er kniff sich wieder in sein Kinn. »Der Mann leidet durch die Überdosis an einem neurogenen Lungenödem, weil das Atemzentrum nicht mehr richtig funktioniert. Das bedeutet zu viel Wasser in der Lunge, Lungenschwellung und auch Atemaussetzung. Das verstärkt noch die erwähnte Hirnschwellung.«

»Und nun?«, fragte Clara. Sie würde sich freuen, wenn Marquard einmal sagen würde, was noch möglich war, anstatt erst einmal zu erörtern, was alles *nicht* mehr ging. In dieser Hinsicht erinnerte er sie sehr an den IT-Service im LKA.

»Wir mussten entwässernde Medikamente verabreichen und eine hirndrucksenkende Therapie einleiten.« Marquard nickte zur Bestätigung.

»Die harte oder die weiche Tour?«, fragte MacDeath, der als Mediziner offenbar den Unterschied kannte.

»Die harte. Zusätzlich zu den Medikamenten müssen wir den Schädel aufsägen und Druck ablassen.« Er nickte kurz zur Bestätigung. »Teile der Schädeldecke anheben, um dem Gehirn Platz zum Anschwellen zu geben.«

»Das heißt künstliches Koma?« MacDeath biss sich auf die Lippe.

»Das heißt es!«

»Moment«, rief Clara. Wollten die Jungs von Bonnies Ranch den Täter etwa erst einmal ins Koma setzen, bevor sie die Information von ihm hatten? »Der Typ ist gefährlich. Wir haben Ihnen den Bericht gefaxt. Er hatte einen Karton dabei mit zwei menschlichen Füßen. An seinem Stiefel klebte Gehirnmasse eines Menschen.«

Auch die Worte, die der Mann hinausgebrüllt hatte, hallten in Claras Kopf wider.

Das Fleisch wegschneiden ... zwischen Anus und Vagina. Dann passt der Pfahl durch. Und dann sitzen sie ... auf dem Pfahl. Und rutschen langsam runter.

Man kann dabeisitzen und die Zeit stoppen.

Ich habe sie gebissen ... damit ich einschlafen kann.

Das Blut! Das Blut der Lebenden!

In dreißig Minuten ... kann schon wieder einer sterben! Oder ... eine!

»Weiß ich alles«, sagte Marquard. »Aber wenn wir jetzt nicht operieren, brauchen Sie für die Aussage des Mannes ohnehin einen Geisterbeschwörer. Entweder Sie kriegen die Aussage später.« Er schaute beide hintereinander an. »Oder gar nicht.«

»Und wie lange wird er im künstlichen Koma liegen?« Clara ließ nicht locker.

Marquard zuckte die Schultern. »Eine Woche kann es schon dauern.«

Claras Handy klingelte. Es war Dr. von Weinstein, der stellvertretende Chef der Rechtsmedizin, der Clara mit seinem zynischen Humor schon öfter zur Verzweiflung getrieben hatte. »Was gibt's?«

Sie stellte das Handy auf laut.

»Also, die Füße sind tatsächlich post mortem abgetrennt worden. Er hat die Füße aus dem Gelenk ausgelöst. Allerdings nicht mit einem Skalpell, sondern mit einem Messer mit Wellenschnitt. Die Wundränder sind gezackt. Ansonsten aber im Sprunggelenk ausgelöst, wie man das auch bei einer Amputation machen würde«, klang die Stimme von Weinsteins blechern durch den Lautsprecher. Wir haben keine eingebluteten Schnittränder. Keine Vitalitätszeichen. Das heißt ...«

»Das heißt was?«

»Er hat die Füße ziemlich geschickt abgetrennt. Auf diese Weise geht es sehr einfach. In jedem Fall kannte er sich aus.«

Na toll, dachte Clara. *Auch noch ein wahnsinniger Profi.*

»Okay. Was noch?«

»Mit dem OP habt ihr falsch gelegen. Auch wenn der Kerl offenbar ein paar Grundkenntnisse hatte.«

»Also kein OP?«, fragte Clara.

»Nein«, sagte von Weinstein, »wir haben die Kliniken abgeklappert. Benjamin Franklin, Campus Mitte, Virchow. Nirgends hat es eine Fußamputation in den letzten Tagen oder gar Wochen gegeben. Abgesehen davon sind die Füße ja post mortem abgetrennt worden. Warum sollte man in einem OP einer Leiche die Füße abschneiden?«

»Vielleicht als Organspende?«

»Hören Sie«, sagte von Weinstein. »Ich bin für die blöden Witze zuständig, nicht Sie.«

»Da haben Sie recht.« Clara seufzte. »Wäre ja auch zu einfach.«

»Wäre auch ungewöhnlich«, sagte von Weinstein. »Warum soll man zwei gesunde Füße amputieren? Aber dafür haben wir etwas anderes.«

»Nämlich?«

»Wir haben die DNS der Hirnmasse und der Füße analysiert und in die Datenbank eingegeben«, sagte von Weinstein.

Er machte eine kurze Pause. »Ist nirgends registriert. Wir fragen noch weitere Datenbanken ab, aber bisher können wir nichts darüber sagen.«

»Na toll«, sagte Clara. »Aber er hat die Füße wirklich post mortem abgetrennt? Das ist sicher?« Clara hoffte inständig, dass der Täter das nicht am lebenden Objekt getan hatte.

»Post mortem«, sagte von Weinstein. Clara atmete innerlich aus.

»Ich grüße Sie, Dr. von Weinstein«, sagte Marquard, der von Weinsteins Stimme gleich erkannt hatte.

»Prof. Marquard«, sagte von Weinstein, der ebenfalls die Stimme des anderen kannte, »ich grüße Sie. Sind die Ermittler wieder in Bonnies Ranch eingefallen?«

»Sind sie«, sagte Marquard. »Ich hatte den Herrschaften gerade gesagt, dass es schwierig wird, von einem Toten eine Aussage zu bekommen. Aber man sagt doch, werter Kollege, dass Sie mit den Toten sprechen können?«

»Mit einigen durchaus.«

»Und hören Sie schon etwas?«

»Noch nicht. Kann aber auch daran liegen, dass euer Kerl noch nicht tot ist.«

Clara verdrehte die Augen.

»Sie melden sich, wenn Sie weitere Infos zur DNS haben?«, versuchte Clara zum Schluss zu kommen.

»Aber ja«, sagte von Weinstein. »Und wenn sich der Tote doch noch bei mir meldet.«

Sie beendete den Anruf.

»Wo ist der Patient eigentlich?«, fragte MacDeath. *Sehr berechtigte Frage,* dachte Clara. Auch wenn sie das Wort *Patient* etwas eigenartig fand in diesem Fall. Aber wie sollte man einen Mann sonst nennen, der sich an seinen Namen nicht erinnern konnte und auch keine Ausweisdokumente dabeihatte? Und ohnehin bereits im Koma lag? *Kunde* wohl kaum.

»Im OP«, sagte Marquard. »Wir haben uns erlaubt, sofort mit der Operation zu beginnen, sonst wäre zeitgleich mit Ihnen der Leichenwagen durch unser Tor gefahren.« Er atmete tief ein. »Wir können durch die Glasscheibe einen Blick hineinwerfen. Vielleicht erwischen wir den Moment, wo sie ihm gerade den Schädel aufsägen. Das ist zwar etwas laut, aber immer sehr … interessant!«

Sehr verlockend, dachte Clara, als sie sich auf den Weg machten.

Kapitel 19

Berlin, in den Neunzigern

Vater konnte Bus fahren.

Und in den Puff gehen.

Manchmal nahm sein Vater ihn auf Leerfahrten im Bus mit. Dann saß er auch ganz vorne. Und kam sich vor wie der König der Welt. Besonders, wenn sie an Haltestellen vorbeifuhren und er die Hoffnung in den Augen der Wartenden sah, die glaubten, dass ihr Bus angekommen war, und dann die Enttäuschung in denselben Augen, wenn der Bus einfach weiterfuhr.

»Sie sind nett. Netter als deine Mutter«, sagte Vater. Und damit meinte er die Frauen, die in den Häusern mit den Herzen lebten. Oder in den Wohnwagen. Die Frauen in den Wohnwagen waren billiger als die in den Häusern, hatte er gelernt.

Reinickendorf war ein Arbeiterviertel.

Tegel war der Weg nach draußen. Der Flughafen, den er nur hörte, aber nie gesehen hatte.

Wedding war im freien Fall.

Die Frauen brauchten Geld.

Und sie verkauften ihre Körper.

»Sie sind nett«, sagte sein Vater und umfasste das riesige Lenkrad. »Sie sagen dir, dass du der Tollste bist. Das sagt mir sonst niemand.«

»Mir auch nicht«, antwortete Torsten.

Er dachte einen Moment nach.

»Aber du bezahlst sie doch auch dafür, dass sie das sagen. Und dass sie dann … *das* machen?«

Vater zuckte die Schultern. »Man bezahlt immer. Nichts ist umsonst.« Er schaute brütend durch die Scheibe. Dann lächelte er. »Wenn du mal viel Geld hast, dann nimmst du dir zwei oder drei Frauen gleichzeitig. Wenn du die billigen auf der Straße nimmst, hast du mit drei Frauen richtig Spaß und musst gar nicht so viel bezahlen.« Er starrte einen Moment auf die Straße. »Jedenfalls mehr Spaß als mit *richtigen* Frauen.«

An einer Straße standen viele von den Frauen. Sie beachteten den Bus nicht. Sie glaubten nicht, dass hier potenzielle Kunden im Bus saßen. Oder dass der Bus halten würde.

»Beim nächsten Mal fahren wir mit dem Auto. Und dann … lernst du mal welche kennen«, sagte Vater.

»Die hier?«

»Nein, nicht die hier an der Straße. Warte noch etwas.«

Sie fuhren in das Märkische Viertel. Die Hochhäuser standen wie abgestellte Umzugskartons in der Gegend herum. Jugendliche lungerten vor den Müllcontainern, rauchten, tranken und glotzten den Bus an. Sie fuhren am Seggeluchbecken vorbei, das hier die Finsterwalder Straße kreuzte.

Unten stand ein Wohnwagen am See.

Ein Wohnwagen mit einem roten, blinkenden Herzen am Fenster.

»Morgen kommen wir mit dem Auto«, sagte Vater.

»Dorthin?« Torsten merkte an seiner eigenen Stimme, wie aufgeregt er war.

Vater nickte. Dann blickte er ihn an. »Bist du noch Jungfrau?«

»Äh …« Torsten wurde rot. So eine direkte Frage hatte er nicht erwartet. Schon gar nicht von seinem Vater.

»Hast du schon mal eine Frau gebumst, will ich wissen?«

»Äh …« Torsten stieg die Hitze noch heftiger ins Gesicht.

»Du musst auch nicht antworten.« Vater grinste. »Egal, was du heute noch bist. Morgen Abend bist du keine Jungfrau mehr!«

Kapitel 20

Berlin, 2016

Der Schnitt ging von der Stirn halbmondförmig über den Hinterkopf zum Ohr. Dann zogen die Chirurgen Haut und Kopfschwarte nach unten. Das rote, blutige Gewebe schimmerte mit dem hellen Schädelknochen um die Wette.

»Subduralblutung«, sagte Marquard, als sie gemeinsam durch die Scheibe in den OP blickten. »Der Patient ist endgültig ins künstliche Koma versetzt worden.«

»Hirnsonde?«, fragte MacDeath in dem kurzen und knappen Jargon, wie ihn nur Mediziner zustande bekamen.

»Jawoll. Schädel aufgebohrt. ICP-Sonde eingesetzt. Hirndruck ist lebensgefährlich erhöht. Jetzt heben wir ihm seitlich den Schädelknochen ab.«

Die ICP-Sonde stand für *Intra Cranial Pressure* und maß den Druck auf das Gehirn. Wenn der Druck zu hoch wurde, wurde irgendwann das Stammhirn nach unten gequetscht. Im Stammhirn waren alle wichtigen Steuerungsfunktionen des Körpers versammelt. Und wenn es dem Stammhirn schlecht ging, war das Leben vorbei.

»Wir haben vorher alles versucht«, sagte Marquard. »Haben ihn auf Kühlmatten gelagert bei 32 Grad, um den Hirndruck zu senken. Dann schnelle Beatmung mit viel Sauerstoff, damit er vermehrt CO_2 abatmet. Das setzt die Schwellung runter. Und Diuretika, damit die Nieren mehr Wasser ausschwemmen. Das volle Programm.«

»Mannitol auch?«, fragte MacDeath.

»Natürlich.« Marquard nickte.

»Eine Zucker-Alkohol-Mischung, die dafür sorgt, dass Wasser aus dem Gehirn gezogen wird«, sagte MacDeath zu Clara.

»Wir müssen Druck ablassen«, sagte Marquard. Wie zur Untermalung heulte die Säge auf. »Sonst platzt ihm im wahrsten Sinne des Wortes der Schädel.«

Das Kreischen der oszillierenden Säge hörten Clara und MacDeath auch durch die Scheibe hindurch. Wenn man genau hinschaute, konnte man sehen, wie etwas Knochenstaub zu Boden rieselte.

»Erinnert mich an *SAW III*«, sagte MacDeath. Clara schnaubte genervt. Doch MacDeath sprach weiter. »Da wird dem Jigsaw Killer auch der Schädel aufgesägt, um sein Gehirn zu entlasten.«

»Den kenne ich nicht«, sagte Marquard.

»Ist auch nicht schlimm«, sagte Clara. »Wenn irgendwo der Schädel aufgesägt werden muss, dann bei Idioten, die sich so etwas anschauen.« Sie blickte MacDeath strafend an.

»Das heißt, ich bin ein Idiot?« MacDeath blickte verwundert zurück.

»Nein«, sagte sie und hätte ihm, wenn Marquard nicht dort gewesen wäre, wohl über den Kopf gestreichelt. »Aber mit einem idiotischen Geschmack gesegnet.«

MacDeath überging die Beleidigung. Richtig böse konnte er ihr ohnehin nicht sein, wie sie wusste.

»Die sind fit hier, Ihre Jungs, oder?« Er zeigte auf die Chirurgen.

»Sind sie.« Marquard nickte. »Schauen Sie«, er zeigte auf den OP-Bereich. »Jetzt nehmen sie den Knochendeckel ab. Wichtig ist, den Sinus zu schützen, den Mittelteil oben. Darunter verläuft die Hirnblutleiter, die das Blut aus dem Gehirn ableitet.« Die dürften wir nicht erwischen, sonst ist er sofort im Paradies.«

»*Der* im Paradies?« Die Annahme war selbst für MacDeath zu schräg.

»Wo auch immer. Dann nähen wir die Kopfhaut wieder zu und warten, bis der Hirndruck nachlässt. So lange frieren wir die Schädelplatte bei minus 80 Grad ein. Wenn alles wieder abgeschwollen und in Ordnung ist, schneiden wir die Haut noch einmal auf, setzen den Knochen ein, und dann lebt er glücklich weiter.«

»Glücklich ist relativ«, sagte MacDeath.

»Allerdings.« Marquard nickte. »Hier sowieso. Letztens hatten wir wieder einen von diesen Wahnsinnigen gerettet, der auch noch Extremalkoholiker war. Die Leber transportiert dann kein Blut mehr, die Venen müssen sich andere Wege suchen, um das Blut zurück zum Herzen zu transportieren, und das geht dann halt nur über die Venen in der Speiseröhre. Die Leute haben dann Krampfadern in der Speiseröhre. Wenn diese Adern irgendwann platzen, erbrechen sie schwallweise Blut.«

»... und wenn das Blut in den Magen zurückfließt«, ergänzte MacDeath, »vermischt es sich mit der Salzsäure im Magen zu schwarz-roten Klumpen. *Kaffeesatzartiges Erbrechen* nennt man das doch.«

Marquard zog anerkennend die Augenbrauen hoch. »Sie haben ja auch noch einiges behalten aus Ihrem Medizinstudium.«

»Die schrägen Sachen schon.« MacDeath nickte.

Clara schaute verwirrt zwischen den beiden hin und her. Wussten sie nicht, dass es hier um Leben und Tod ging? Der Junkie, was hatte er gesagt? Wie er Frauen pfählte, dass noch mehr sterben würden. Und dann hatte er auch noch Gehirnmasse unter den Stiefeln und abgeschnittene Füße in einem Karton.

»Hören Sie, Professor Marquard, Ihre Sorge um den Patienten in allen Ehren, aber wir müssen, sobald die OP beendet ist, mit dem Mann sprechen.« Sie schaute den Professor durchdringend an.

Der kniff sich wieder in sein Kinn. »Ich verstehe Sie ja, aber die Wahrscheinlichkeit ist hoch, dass er noch mindestens eine Woche im künstlichen Koma liegen muss.«

»Eine Woche!« Das hatte er zwar vorhin schon gesagt, aber Clara glaubte dennoch, nicht richtig gehört zu haben. »Und wenn wir ihn aus dem Koma wecken?«

»Könnte er sterben.«

»Dann ist das Leben eines psychopathischen Junkies plötzlich mehr wert als das Leben Unschuldiger, die noch sterben könnten? Verdammt, hier tickt eine Zeitbombe!« Sie schaute durch die Scheibe auf den OP-Tisch, auf den offenen Schädel, in den die Ärzte gerade einen Schlauch einführten. Irgendwo in diesem Kopf war die Wahrheit. Nur war dieser Kopf weit weg, narkotisiert, vernebelt, aufgesägt und auch noch im Koma.

»Ich verstehe Sie ja«, sagte Marquard. »Aber er wird wahrscheinlich sterben, bevor sie ihn irgendetwas fragen können. Und dann brauchen Sie, wie ich sagte, einen Geisterbeschwörer.«

»Oder Dr. von Weinstein«, sagte MacDeath.

»Wenn er wirklich mit den Toten sprechen kann, ja.«

Marquard schaute auf den Ausgang. »In jedem Fall können wir erst einmal nichts tun als warten. Medizin nimmt nun einmal keine Rücksicht auf Deadlines.« Er verschränkte die Arme und kniff sich mit der linken Hand wieder in sein

Doppelkinn. »Ich begleite Sie noch nach draußen, und unterwegs erzähle ich Ihnen eine Geschichte.«

Sie liefen einen der weißlich grünen Korridore entlang, der links und rechts gesäumt von Zellen war. Jede Tür am Ende des Korridors musste Marquard aufschließen und danach krachend ins Schloss fallen lassen. »Wir haben hier einen Häftling, der dreizehn Frauen getötet hat. Er hat sie damals in seinen Keller gebracht. Gefesselt. Und vergiftet. Im Keller hatte er eine Hängematte. Da hat er sich reingelegt und seelenruhig zugeschaut, wie die Frauen unter Krämpfen starben.«

Marquard schloss eine weitere Tür auf. Schreie von irgendwoher.

»Als er dann bei uns war, hatte er eines Tages einen Spatz gefangen. Durch sein Fenster hindurch. Keine Ahnung, wie er das gemacht hat. Er fütterte den Vogel. Zähmte ihn. Irgendwann war der Vogel so zahm, dass er ihn sogar in die Hand nehmen konnte. Was für ein Bild.« Er drehte sich zu Clara und MacDeath um. »Der kleine, zahme Spatz in der Hand von diesem Monster.«

Wieder schloss er eine Tür auf. Hinter einer bullaugenartigen Glasscheibe der Zellentür ein Gesicht mit leeren Augen. Speichelfäden am Mund.

»Er durfte den Vogel nicht behalten. Tiere sind nicht erlaubt.« Marquard zog die Stirn kraus. Noch eine Tür und sie waren im Innenhof. Ein kalter Oktoberwind pfiff ihnen um die Nasen. »Er fragte die Wärter: *Meint ihr das ernst? Ich darf ihn nicht behalten?* Die Wärter bekräftigten, dass sie das ernst meinen. Als er das hörte, sagte er nur: *Ganz oder gar nicht.*«

»Und dann?«

»Dann zerquetschte der Insasse den Vogel. Und warf den blutigen Kadaver in den Ventilator.«

Alle drei schwiegen ein paar Sekunden.

»Das heißt, wir müssen warten?«, fragte Clara. »Auch wenn es noch lange dauert, bis der Patient aufwacht?«

Marquard nickte. »Müssen wir. Manchmal geht es nicht anders. Manchmal dürfen wir den Vogel nicht wegnehmen, wenn wir wollen, dass der Vogel am Leben bleibt.«

Er gab beiden die Hand und kniff sich ein letztes Mal ins Kinn. »Erste Lehre in der Psychiatrie: Wenn wir uns entscheiden, dass wir alles kriegen wollen, kriegen wir häufig gar nichts.«

Mit diesen Worten nickte er, wie zur Bestätigung, und ging mit wankenden Schritten, ein wenig verloren, in sein Reich des Wahnsinns zurück.

Kapitel 21

Berlin, 2016

Die Augen des Mannes waren der Tüte mit dem weißen Pulver gefolgt.

Jetzt hatte er die Tüte.

Er hatte ihm auch den Karton gegeben.

Und die Adresse dazu.

Allzu viel konnte er nicht falsch machen.

Denn die Adresse war ganz in der Nähe.

Er drehte seinen iPod wieder auf.

Just one fix.

Wieder das Lied, das er vorhin schon gehört hatte.

Blood keeps drinking away

Certain of its destination

Der Junkie hatte das üble Meth aus Osteuropa von ihm bekommen.

Der Junkie hatte außerdem den Karton und ein Prepaidhandy bekommen.

Und er, der den Junkie kontrollierte, hatte die Nummer des Handys in dem Karton. In dem Karton waren noch zwei andere Sachen. Beide Sachen hatten jemand anderem gehört. Einer Person, die dem Empfänger des Kartons sehr wichtig war. Eine Sache davon anorganisch. Eine andere … organisch.

Und sobald er sah, dass der Junkie das Haus wieder verlassen hatte, würde er die Nummer wählen.

Und er würde es wieder sagen: *Wenn Ihre Tochter nicht in ihrem Höschen ist – wo ist sie dann?*

Kapitel 22

Berlin, in den Neunzigern

Der Wohnwagen mit dem Herzen.

Die Frau unter ihm, während er sein Ding in sie hineinschob.

Sie war billig. Und viel älter als er.

Und das hatte seinen Grund.

Der Wohnwagen war billig. Der Sex billig. Die Frau billig.

Billig und ekelhaft.

Am liebsten wäre er aufgesprungen und gegangen.

Aber was würde sein Vater sagen?

Denn der parkte ja ganz in der Nähe von dem See, wo der Wohnwagen stand. Stand an seinem Auto und rauchte. Und erwartete, dass er, Torsten, in dem Wohnwagen das tat, was er tun sollte. Ein Mann wurde. Keine Jungfrau mehr.

Was hatte sein Vater ihm erzählt? *Irgendwann kannst du dir zwei oder drei Frauen leisten?* Aber ihm war die hier unter ihm schon zu viel.

Ihr Loch war wie ein Abgrund aus stinkendem Gestrüpp.

Der Geruch …

Ihre Vagina nicht rasiert.

Wie ein von Gestrüpp verwachsener Pfad in eine dunkle, stinkende Grotte, in der es nach Seetang und Verwesung roch.

»Willst du es mir mit dem Mund machen?«, fragte sie mit Stimmbändern, die schon allzu viele Zigaretten gesehen hatten. Er roch ihren Atem, eine Mischung aus Kaffee, Zigaretten und niemals benutzter Zahnseide.

Nein, das wollte er auf gar keinen Fall.

Er drehte seinen Kopf zur Seite. *Niemals benutzter Zahnseide …*

Bist du noch Jungfrau, hatte Papa gefragt. Und er hatte sich so auf diesen Tag gefreut.

Als er in ihr drin war, dachte er nicht an Sex.

An Liebe schon gar nicht.

Wie immer war die Fantasie besser als die Realität.

Er dachte an einen anderen Film, den er sich vor Kurzem auf einem schmierigen Hinterhof-Flohmarkt gekauft hatte. ein Stück südlich von seinem Zuhause, nicht weit von dort, wo früher die Mauer verlief. Ihn hatte die zerkratzte VHS-Kassette schon fasziniert, bevor er sie überhaupt in den Videorekorder geschoben hatte. Er hatte keine Sekunde gezögert, um einen Großteil seines Taschengeldes dafür auszugeben. Der Film hieß *Guinea Pig,* was so viel wie *Versuchskaninchen* hieß. Dieser Film war der zweite Teil der Reihe, und er hatte den Titel: *Flowers of Flesh and Blood – die Blumen aus Fleisch und Blut.* Ein Film, der seit seinem Erscheinen in Deutschland und in vielen anderen Ländern verboten war. *Indiziert,* nannte man das. *Liste B.*

In dem Film war ein Samurai zu sehen, der eine Frau auf ein Bett fesselte und zerhackte. Am Anfang wurde gesagt, dass diese Aufnahme bei der Polizei in Tokio gefunden wurde. Ob das stimmte? Ob der Film echt war? Irgendwie erregte ihn der Gedanke, dass er vielleicht wirklich dabei zuschaute, wie ein Mann eine Frau in mehrere Teile schnitt. Der Samurai wollte die Körperteile seiner Sammlung hinzufügen. Während er die Gliedmaßen abschnitt, pries er in dem Film immer die Schönheit der abgetrennten Körperglieder, vor allem, weil sie ihn an rote Blüten erinnerten. *Rote Blüten. Rote Rosen. Und rote Körperteile,* dachte er. *Blumen aus Fleisch und Blut …*

Er hatte sich den Film mehrfach angesehen. Hatte dabei zugesehen, wie der Samurai der Frau die Arme und Beine abschnitt. Wie er mit dem Schwert den Bauch aufschlitzte und die Innereien herauszog. Der Moment, als er Magen und Darm aus dem Körper zog und gleichzeitig ein riesiger Schwall Blut aus dem Mund des Mädchens herausquoll.

Nein, so etwas konnte man nicht mit Trickeffekten machen!

Das musste echt sein.

Sie lag unter ihm.

Schmutzig.

Verschwitzt.

Er war doch noch gekommen.

Er war zu jung, um nicht zu kommen. Auch wenn es noch so widerlich war.

Es war einfach nur so aus ihm herausgespritzt.

Wie aus einem kaputten Wasserhahn.

Erregt hatte ihn mit Sicherheit nicht die Frau, die grunzend unter ihm lag.

Erregt hatte ihn nur der Gedanke an den Film.

»Hat es dir gefallen, Junge?«, fragte die Frau und grinste ihn mit gelben Zähnen an.

Er sagte nichts.

Hasste sich für das, was er getan hatte. Hasste die Hure unter sich. Seinen Vater, der ihn zu ihr hingebracht hatte. Und seine Mutter. Seine Mutter sowieso.

Wünschte sich, wieder zu Hause zu sein. In seinem Zimmer. Bei seinem Fernseher. Bei seinem Videorekorder.

The Flowers of Flesh and Blood.

Wo der Samurai die Frau zerschneidet.

Dann sah er die Frau unter sich.

Sie schaute ihn an. Grinste falsch. »Alles in Ordnung?«, fragte sie.

Dann sah er die Frau noch einmal.

Ans Bett gefesselt.

Zerteilt.

Er würde ihr genau so die Innereien aus dem Bauch ziehen.

Arme und Beine neben sie legen.

Und er würde das Blut sehen, das dann aus ihrem Mund kam. Schwarz, rot und spritzend würde es ihren Mund für immer verschließen.

»Alles in Ordnung, Kleiner?«, fragte die Frau noch einmal?

Er nickte.

Sie lebte. Sie war ganz.

Denn noch war es nur eine Vorstellung.

Noch …

Kapitel 23

Berlin, 2016

»Na toll«, sagte Winterfeld, als sich Clara und MacDeath in seinem Büro zu einer kurzen Lagebesprechung eingefunden hatten. Clara und Winterfeld hatten jeder einen Becher schwarzen Kaffee aus der rumpelnden, bräunlichen Qualm ausstoßenden Kaffeemaschine aus der Kaffeeküche auf dem Flur vor sich stehen, MacDeath eine Tasse Earl Grey aus seinem Büro. Den Kaffee aus der Kaffeemaschine bekam er »partout nicht runter«, wie er immer beteuerte.

»Noch mal zur Rose, die bei den Füßen lag«, sagte Winterfeld, der an seinem mit Tausenden von Papieren bedeckten Schreibtisch auf dem abgewetzten Lederstuhl saß und die Schuhe auf der Schreibtischoberfläche ablegte, so wie dies auch George W. Bush gern getan hatte. Etwas, das man sich halt als Präsident der Vereinigten Staaten erlauben konnte. Oder als Kriminaldirektor und Leiter des LKA 113. Er blickte MacDeath an. »Sie sagen, dass hat eine symbolische Bedeutung?« Über die Rose hatten sie bisher noch gar nicht gesprochen. Aber die Rose hatte bei den Füßen gelegen. Und demnach sollte man sich besser mit ihr befassen.

MacDeath nickte. »Die Rose ist das Symbol der Liebe und der Reinheit. Und sie ist der Jungfrau Maria zugeordnet. Daher auch die Bezeichnung *Rosenkranz,* ein Gebet, bei dem man Christus durch die Augen Marias anschaut.«

»Mein Gott, meinen Sie, wir haben schon wieder so einen religiösen Spinner wie damals den Drachen?« Winterfeld schlug ein Bein auf dem Tisch über das andere und warf dabei fast seinen Kaffeebecher um.

»Tja«, sagte Clara, »da gibt es ja leider noch ein paar mehr solche Ritualmörder als nur den Drachen.« Sie blickte MacDeath an. »Wie hieß dieser Totalausfall noch, von dem du mir vor Kurzem erzählt hast?«

»Albert Fish«, sagte MacDeath.

»Auch ein Serienkiller, oder?«, fragte Clara.

»*Auch ein Serienkiller* ist gut«, sagte MacDeath. »Eher einer *der* Serienkiller. Auch wenn es schon einige Jahre her ist.« Er nippte an seinem Tee, der ihm offenbar noch zu heiß war. »Albert Hamilton Fish, genau genommen. Er glaubte, der Heiland selbst zu sein. Er lief oft auf die Straße und rief: *Gebenedeit sei, wer kleine Kinder packt, um ihnen mit Steinen den Schädel einzuschlagen.*«

»Dann gibt es hier in Berlin ja einige, die gebenedeit sind«, sagte Winterfeld, der die Kindesmisshandlungs-Statistik kannte, etwas gelangweilt und spielte mit seinem Benzinfeuerzeug herum, ließ es mehrfach auf- und sogleich wieder zuschnappen, nachdem die Flamme sich mit einem zischenden Geräusch an dem Feuerstein entzündet hatte. Ein Herumhantieren, das Clara zunehmend auf die Nerven ging. »Aber hier sind es doch Teenager und keine Kinder.«

»Das kann eine Rolle spielen«, sagte MacDeath, »kann aber auch unerheblich sein.«

»Und?«, fragte Winterfeld. »Was hat dieser Fish noch so gemacht?«

»Alles«, sagte MacDeath knapp.

»Alles?« Winterfeld hob eine Augenbraue.

MacDeath nickte gequält. »Flagellation, Päderastie, Exhibitionismus, Folter, Nekrophilie, Kannibalismus, Vergewaltigung und Mord.«

Winterfeld pustete die Backen auf. »Der wollte es richtig wissen.«

»Nicht nur das«, sagte MacDeath. »Er wandte auch gegen sich selbst Gewalt an, weil er glaubte, dass diese Kasteiung ihn Jesus Christus annähern würde. Oder am besten gleich identisch mit Christus machte.«

»Und wie?«

»Er steckte sich Nadeln in Hoden und Anus.« Clara hörte angespannt zu. *Er steckte sich Nadeln in Hoden und Anus.* MacDeath sagte das so, als würde er sie wissen lassen: *Er trainierte jeden Morgen dreißig Minuten auf dem Crosstrainer.*

»Autsch«, kommentierte Winterfeld. »Hat man die rausbekommen? Die Nadeln meine ich?«

»Eben nicht.« MacDeath trank von seinem Tee. »Er hat sie bis zu seinem Tod, ähm, in sich behalten. Und ... sie haben seinen Tod hinausgezögert.«

»Wie bitte?« Winterfeld rückte wieder seine Beine auf dem Tisch zurecht und nahm diesmal vorsichtshalber die Tasse in die linke Hand, um ungeschickt einen Schluck davon zu trinken. Clara fiel auf, dass Winterfeld zu den Rechtshänder-Typen gehörte, die mit der linken Hand so gut wie gar nichts koordiniert hinbekamen.

»Als er schließlich gefasst wurde«, fuhr MacDeath fort, »hieß das Urteil: *Hinrichtung auf dem elektrischen Stuhl.* Und wegen der Nadeln gab es beim ersten Versuch einen Kurzschluss.« Er machte eine Pause, als wollte er das Gesagte bei den Zuhörern sacken lassen. »Sie mussten das System erneut hochfahren wegen der Nadeln.« Er blies in seinen Tee. »Beim zweiten Mal klappte es dann. *Trotz* der Nadeln.«

»Das war wohl noch vor der Energiewende.« Winterfeld räusperte sich. »Wofür Nadeln im Arsch doch gut sein können. Haben wir eigentlich von den beiden Autofahrern noch irgendetwas erfahren? Dem Lkw-Fahrer und dem mit dem Eos?«

Clara schüttelte den Kopf. »Nein. Nur, dass sie den Junkie auch gesehen haben. Genauso wie wir.« Sie wandte sich an MacDeath. »Jetzt noch einmal zu Maria«, sagte sie. »Warum glaubst du, dass mit der Rose unbedingt Maria gemeint ist? Fish war religiös, das hat er ja auch gesagt. Aber nur die Rose, die bei den Füßen liegt, ist doch kaum ein ausreichendes Anzeichen dafür, dass unser Killer auch ein Ritualmörder ist. Wieso Maria?«

»Maria ist nicht nur die Nachfolgerin von Eva. Eva war Mutter aller Lebenden, Maria, durch die Geburt Christi, die Retterin aller Lebenden. Denn sie hat den Erlöser in die Welt gesetzt, der die Menschen von der Erbsünde befreit.«

»Unseren Killer hat sie von der Erbsünde offenbar nicht befreit«, sagte Clara. »Ist denn dieser Killer überhaupt religiös?«

MacDeath zuckte die Schultern. »Vielleicht nicht direkt, aber auf archetypische Weise schon.«

»Auf archetypische Weise?«

»Viele Ritualmörder haben eine religiöse Komponente.«

»Und beschäftigen sich mit Maria?«

»Ja. Maria nimmt die Sünden weg. Und sie ist auch eine Nachfolgerin von Sarah.«

»Du meinst die von Abraham?«

»Genau die. Sarah war die Frau von Abraham, und sie bekam ein Kind, obwohl sie dafür eigentlich schon viel zu alt war. Bei Maria ging Gott dann noch einen Schritt weiter. Sie bekam ein Kind, obwohl sie Jungfrau war.«

»Dann ist Maria eine Wiederholung von Eva und Sarah?« Clara erinnerte sich an den Kommunionsunterricht, den ein

Priester erteilt hatte. Auch wenn ihr das vorkam, als sei es eine Ewigkeit her.

MacDeath nickte. »Besonders von Eva. Adam wurde allein im Garten von der Schlange der Versuchung getestet. Eva war dabei. Jesus war allein im Garten von Gethsemane. Da war Maria nicht dabei.« Er schaute nach oben, als würde an der Raufasertapeten-Decke irgendeine Inspiration auf ihn warten. Als die nicht kam, sprach er weiter. »Wo die Sünde ist, da ist Eva. Aber wo die Sünde besiegt wird, da ist Maria. Maria ist der einzige Mensch, der frei von Sünde ist.«

»Dr. Friedrich«, sagte Winterfeld und nutzte absichtlich den akademischen Grad von MacDeath, »bei aller Ehrfurcht vor Ihrem Wissen und dieser Einführung in die ... äh ... Erlösungslehre, aber will der Killer mit uns wirklich ein theologisches Seminar abhalten? Vielleicht will er auch einfach nur Frauen abschlachten, weil ihm dabei einer abgeht?«

»Vollkommen richtig«, sagte MacDeath. »Die meisten Killer sind sehr viel simpler gestrickt, als es uns die Thriller-Autoren weismachen wollen. Sie wollen die drei E.«

»Die drei E?« Das hatte auch Clara noch nicht gehört.

»Ejakulieren, Exekutieren, Entkommen.« MacDeath schürzte die Lippen. »Entkommen müssen sie in jedem Fall, damit sie weitermachen können.« Clara verdrehte wieder die Augen. MacDeath sprach weiter. »Aber die Rose hat eine derart starke, symbolische Bedeutung, dass die Platzierung dort kein Zufall sein kann. Wie gesagt, er ist vielleicht nicht überzeugt religiös, aber vielleicht waren es Menschen in seinem Umfeld, vielleicht seine Eltern, und er wendet diesen religiösen Symbolismus unbewusst an.« Er hielt kurz inne. »Ich zitiere da gerne G. K. Chesterton: *Manchmal ist etwas zu nah, um es sehen zu können.*«

»Manchmal ist es auch zu weit weg«, knurrte Winterfeld, noch immer gelangweilt. »Der Feierabend zum Beispiel.«

Clara ignorierte ihn. Offenbar war heute nicht sein Tag. »Fasziniert den Killer Maria?«

MacDeath wackelte mit dem Kopf. »Das ist möglich.«

»Bist du sicher?«

MacDeath nickte. »Na ja, Eva gilt doch als Versuchung des Mannes, während Maria die züchtige Frau ist, die als einziges, menschliches Lebewesen ohne Sünde ist.« Clara versuchte herauszufinden, ob an MacDeath' Argumentation etwas dran sein könnte. »Nur war bei Fish ganz klar ein religiöser Bezug, wenn er auf der Straße herumgeschrien hat, dass er der Erlöser sei. Unser Killer hat offenbar einem Mädchen die Füße abgeschnitten. Aber deswegen muss er noch lange kein religiös motivierter Killer sein, oder? Und *muss* die Rose sich auf Maria beziehen? Vielleicht war es auch eine Art von *Undoing?*«

Undoing kam vor, wenn ein Mörder versuchte, seine Tat rückgängig zu machen, was ja bei einem Mord ausgesprochen schwierig war. Daher platzierten solche Killer Blumen und andere Geschenke als *Wiedergutmachung bei den Toten.* So könnte es, dachte Clara, auch hier gewesen sein.

»Kann es auch, aber um zu beurteilen, ob es *Undoing* war, müssten wir die Leiche sehen. Bisher haben wir halt nur die Füße.« MacDeath lehnte sich zurück. »Die Rose ist das Symbol der unschuldigen Liebe. Auch das junge Mädchen ist noch unschuldig und damit kurz davor, von Maria zu Eva zu werden. Es wird vom unschuldigen Wesen zum sündhaften Wesen. Vielleicht will der Killer dieses Schuldigwerden verhindern, indem er das Mädchen vorher tötet?«

Winterfeld schnaubte. »Klingt ziemlich weit hergeholt. Gibt es da irgendeinen Beweis?«

»Beweis nicht«, sagte MacDeath, »aber es gibt ein Anagramm, das man aus dem Wort Eva machen kann.«

»Aus Eva?« Winterfeld sah ihn verwundert an. »Das sind ja nur drei Buchstaben? Das Wort Maria kann ich daraus nicht machen.«

»Das nicht. Aber es gibt das *Ave Maria*. Und das Ave rückwärts gesprochen ergibt Eva. Oder Eva ergibt Ave.«

Kapitel 24

Berlin, 2016

Clara schaute wie erstarrt auf den Teststreifen.

Heute Morgen war sie nicht gleich aus dem Bett gekommen. Sie war am Abend bei MacDeath gewesen, nachdem sie auf dem Revier noch lange über Maria, Eva, Ave und Serienkiller gesprochen hatten. Sie hatten auch über das Heiraten gesprochen. Eher MacDeath, nicht sie. Anders als den meisten Männern waren MacDeath solche Rituale wichtig. Fixpunkte in einer aus den Fugen geratenen Welt. Anders als den meisten Frauen waren sie Clara nicht derart wichtig. Darum war Clara nicht ganz bei der Sache gewesen. Wusste auch nicht genau, ob sie denn überhaupt heiraten wollte. Und hasste sich selbst für ihre Unentschlossenheit. Darum war sie zu sich nach Hause gefahren. War früh zu Bett gegangen.

Jetzt war es sieben Uhr fünfzehn.

Die Information auf dem Teststreifen traf sie wie ein Hammerschlag.

Nein, es war kein Hammerschlag.

Es war eher ein Schlagbohrer. Oder nannte man die Bohrhammer?

Siebte Woche!

Es war ein Hilti TE 7, der sie traf.

Das konnte doch nicht wahr sein!

Aber das war es offenbar. Denn Streifen lügen nicht. Tests schon gar nicht.

Und zwei Tests erst recht nicht.

Denn sie hatte gleich zwei Tests gemacht. Und sie sagten beide das Gleiche.

Es war ihr schon vorher aufgefallen. Ihre Periode war seit einiger Zeit überfällig gewesen.

Darum hatte sie sich diesen Schwangerschaftstest in der Drogerie gekauft. War sich dabei ziemlich dämlich vorgekommen. *Es muss der Morgenurin sein,* hatte die Apothekerin gesagt und ihr zugezwinkert. *Da ist die Konzentration von HCG am höchsten. Dem Schwangerschaftshormon.*

Draufpinkeln, fünf Minuten warten und dann ... Dann kam das Ergebnis, das sie wie ein Hilti-Bohrhammer erschütterte. Oder vielleicht war es sogar einer der Riesenbohrer von Herrenknecht, die den Schweizer Gotthardtunnel durchbohrt hatten.

Sie war schwanger!

Und zwar schon in der siebten Woche! Das zeigten beide Teststreifen an.

Warum hatte sie das nicht gemerkt? Sie rechnete panisch nach. Dann zog sie ihren Kalender aus der Aktentasche und blätterte hektisch darin herum. War sie wirklich so lange überfällig? Sie hatte ihre Periode eine Zeit lang nicht gehabt, aber sie war ja auch im Stress. Die Sache mit dem Totenzeichner hatte einen Riesenwust von administrativem Bürokram mit sich gebracht, bei dem sich sogar das Auswärtige Amt eingeschaltet hatte. Dann sollte der Inkubus mal wieder begnadigt werden, dieser wahnsinnige Killer, der Frauen umgebracht hatte, nachdem er vorher deren Mülleimer durchwühlt und sich aus den benutzten Tampons der Frauen Tee gekocht hatte. Und dann noch dieser Stalker, der seinen potenziellen Opfern immer ein Bestattungsinstitut mit Leichenwagen ins Haus geschickt hatte ... *Der Inkubus,* dachte sie. *Tee aus Tampons. Hätte mir nicht passieren können. Meine Periode ...*

Sie schaute an sich herunter. War da ein kleiner Bauchansatz? Ja, irgendwie schon. Aber nur ein bisschen. Eine kleine Wölbung. Sie hatte sich nichts dabei gedacht. Wenn man in einer Beziehung lebte, blieb man am Sonntag halt länger gemeinsam im Bett, anstatt laufen zu gehen. Und man ging danach üppig frühstücken, anstatt nur schnell ein Müsli zu essen.

Doch was bedeutete das für sie? Ein Kind? Darüber hatte sie noch gar nicht nachgedacht.

Sie machte sich einen Kaffee, ging auf den Balkon und drückte sich die heiße Tasse an die Brust.

Es war ein wunderbarer Morgen. Draußen begann ein goldener Herbsttag, und ein kalter, ehrlicher Wind pfiff an ihr vorbei ins Schlafzimmer. Eigentlich ein wundervoller Morgen.

Eigentlich …

Sie stand ratlos auf ihrem Balkon.

Ein Kind.

Ein Kind würde ihrem Leben irgendwie einen Sinn geben.

Sinn in einem Leben, das absolut sinnlos war.

Ein sinnloses Leben in einer sinnlosen Welt.

Denn was machte sie? Leute befragen, die sie anlogen. Verbrecher einsperren, die ohnehin meistens schon nach kurzer Zeit wieder draußen waren. Auf Zeugen warten, die niemals kamen. Im Auto hocken und Orte beschatten, an denen nichts passierte.

Ein Kind …

Ein Kind, das könnte auch ein Fixpunkt sein. Etwas, das ihr Halt gab in dieser verrückten Welt. Oder war diese Welt zu verrückt für ein Kind?

Wenn sie kein Kind wollte: War sie dann verrückt? Oder waren es alle anderen, die sich ein Kind wünschten?

Es war die Frage, die sie sich in ihrem Beruf seit ihrem ersten Tag gestellt hatte: *Bin ich verrückt? Oder sind es alle anderen?*

Sie stand auf ihrem Balkon.

Sie wollte einen Schluck von dem Kaffee trinken, ließ die Hand aber gleich wieder sinken. Wenn sie es ernst meinte, sollte sie beim Kaffee jetzt strikt maßhalten. Sie blickte sich um.

Hier auf diesem Balkon hatte sie schon oft gesessen. Und nicht nur Kaffee getrunken. Auch Weißwein und Whisky.

(Falls du jetzt schwanger bist und es durchziehen willst, dann ist erst mal Schluss mit Wein und Whisky. Und mit Rauchen sowieso …)

Jedenfalls hatte sie hier oft gesessen. Und getrunken.

Damals mit Sarah Jakobs war es Weißwein gewesen.

Sarah. Sie hatten gestern in Winterfelds Büro noch von Abrahams Sarah gesprochen. Und jetzt dachte sie an die *richtige* Sarah. Mit der sie hier oft gesessen hatte. Manchmal auf diesem kleinen Balkon, der vom Schlafzimmer aus in den Hinterhof ging. Oder auf dem großen, der zur Schönhauser Allee hinausging.

Sarah war endlich wieder aus der Versenkung gekommen, nachdem sie vor ein paar Jahren eine riesige Sache aufgedeckt hatte und in einer Art Zeugenschutzprogramm war.[4] Mit allem, was dazu gehörte. Falsche Identität, falscher Name und weiß der Teufel was noch. Sie hatte ihren Freund Vincent in dieser Zeit geheiratet. Es war eine winzige Hochzeit gewesen. Nur die zwei und irgendein Beamter, denn anders war es nicht gegangen. Jetzt waren sie seit Kurzem wieder da. Und Clara wollte sie unbedingt treffen. Sie hatte gehört, dass sie ein Kind bekommen hatte.

4 Siehe: Veit Etzold: Das Große Tier bzw. »Kronos Code« / hockebooks

Ein Kind. Sarah.

Ein Kind. Clara.

Es reimte sich fast. Aber war es richtig?

Sie gab es selten vor sich selbst zu, aber genau jetzt war so ein Moment. Jetzt war so ein Moment, wo sie es zugeben musste. Sie hatte unglaubliche Angst vor Kindern. Vor eigenen Kindern! Wie konnte man in solch eine Welt überhaupt Kinder setzen? Wäre es nicht das Beste, wenn die Menschheit aussterben würde, damit das ganze Elend lieber früher als später zu Ende wäre? Leistete man dieser furchtbaren, perversen Welt nicht noch Vorschub, wenn man Kinder in sie setzte? Damit das Elend weiterging? Immer und immer weiter? *Der Drache,* einer der furchtbarsten Killer, die sie jemals gejagt hatte, der Drache, der sie fast umgebracht hatte, der Drache hatte ihr gesagt, dass die Welt für Gott ein riesiges Pornokino war. Ein Pornokino, wo Gott sich das Leiden der Welt anschaute und sich dabei einen runterholte, sich aufgeilte am Leid der Menschen *(wahrscheinlich hatte Gott einen riesigen Schwanz. Und was würde alles rauskommen aus diesem riesigen Schwanz, wenn er zum Höhepunkt kam …).* Es gab nichts, was sie mit dem *Drachen* verband, aber bei dieser einen Sache, die er ihr gesagt hatte, musste sie ihm recht geben. Die Welt war dermaßen brutal, dass sie nur ein Guckkasten eines Perversen sein konnte. Würde man nicht dem Pornokino Gottes nur noch weitere Statisten liefern, wenn man noch mehr Leben in die Welt setzte? Wäre es nicht besser, alles für immer zu beenden? Wenn es schon keinen globalen Atomkrieg gab, dann doch einfach dadurch, dass ab jetzt *einfach nichts mehr nachkam?*

Und überhaupt: All das, was da auf sie zukommen würde … All das, was sie selbst gehasst und endlich hinter sich gelassen hatte: der Kindergarten mit zickigen Spielkameraden, die Schule mit psychopathischen Lehrern, verhaltensauffälligen Kindern, bescheuerten Eltern, Helikopter-Müttern, ewigen Elternabenden, Markenterror und Facebook-Hetze mit Entblößungen, Nacktfotos und Mobbing. Das alles würde von vorne losgehen wie in einer Endlosschleife des Schreckens.

Danach würde das Kind einen Job finden müssen.

Würde es studieren?

Oder würde es mit allem überfordert sein? So wie sie es auch manchmal war?

Wenn es ein Junge wäre, was würde dann passieren?

Schulstatistiken zeigten, dass gerade Frauen sich in der Schule anstrengten, während Jungs sich Onlinepornos anschauten oder *Medal of Honor* spielten, dann durch die Prüfungen rasselten, die Schule abbrachen, auf die schiefe Bahn gerieten und im Gefängnis landeten. Oder sich auf Dschihad-Seiten radikalisierten, heimlich mit einem Billigflieger in den Mittleren Osten flogen und dort als Selbstmordattentäter starben. Das, was sie in sich getragen, geliebt und aufgezogen hatte, endete als blutige Spritzer an einer Mauer irgendwo in Syrien oder Irak oder sonst wo.

Wenn es ein Junge wäre, dann wäre er sicher mit sechzehn Jahren im Knast. Die Welt war so. Es konnte nicht anders sein. Wer sollte das besser wissen als Clara, die schon Dutzende von Menschen in den Knast gebracht hatte? Vor allem Männer.

Und wenn es ein Mädchen wäre? Dann würde es sich vielleicht in der Schule anstrengen, aber durch all den Konsum-, Schlankheits- und Markenterror derart verunsichert sein, dass es gar nichts hinbekommen würde, außer sich hässlich zu fühlen und sich piercen zu lassen, sodass sie durch keine Flughafenkontrolle mehr gehen konnte, ohne dass es ein wahres Piepkonzert gab. Oder sich gleich zu ritzen und sich parallel irgendwelche Suizidforen im Internet anzuschauen. Und dann wäre es wahrscheinlich schon mit dreizehn schwanger. Oder es würde sich das Leben nehmen. Sich im warmen Wasser der Badewanne die Pulsadern aufschneiden, während Clara nach einem harten Arbeitstag nach Hause kam und sich wunderte, warum der Wasserhahn im Bad lief, während sie aus den Augenwinkeln den hastig hingekritzelten Brief auf dem Sofa sah, den sie erst später entsetzt lesen würde. Später, wenn alles längst zu spät war. Denn es war immer alles zu spät. Und das, was da war, war immer zu wenig.

Hätte man sie vor der Geburt gefragt, ob sie in dieser Welt leben wollte: Was hätte sie gesagt? In einem Job, bei dem sie den Abschaum der Menschheit jagte. Mit einer Schwester, die sie einst gehabt hatte. Die sie *nicht mehr hatte*. Einer Schwester, die mit acht Jahren aus der Welt geworfen worden war. Ermordet von einem pädophilen Killer, der auf Lötkolben, Kneifzangen und das Schreien kleiner Mädchen abfuhr? Selbst wenn es ihr gelang, ihrem Kind eine liebevolle und stabile Kindheit zu bieten, sodass es zu einem glücklichen Menschen heranwuchs – wobei sie nicht einmal wusste, ob sie das konnte: Was wäre, wenn eines der Monster käme, die sie Tag für Tag jagte, und ihr das Kind nehmen würde? So wie ihr ihre kleine Schwester Claudia genommen worden war? Würde sie ihr Kind vor den Monstern dieser Welt beschützen können? Bei ihrer Schwester hatte sie es nicht geschafft. Ingo M. hatte Claudia erwischt und Fürchterliches mit ihr angestellt. Jetzt war Ingo M. tot, aber es waren noch genug Monster da draußen, die mindestens ebenso schlimm waren. Vielleicht sogar noch schlimmer.

Clara wurde bei dem Gedanken heiß und kalt, und sie war

kurz davor, doch einen Schluck von dem Kaffee zu nehmen. Sie merkte, wie ihr die Galle aufstieg. Sie schaffte es gerade noch ins Bad und erbrach die ekelhafte, bittere Gallenflüssigkeit. Dann sank sie schweißgebadet vor der Toilette auf die kalten Fliesen.

Nein, dachte sie. Das Leben war nicht gerecht.

Und die Geburt auch nicht.

Nichts war gerecht.

Würde man Kinder vor der Geburt fragen, ob sie überhaupt auf diese Welt wollten, es würden doch sicher alle von ihnen *Nein* sagen. Doch ein Kind konnte nicht vorher *Nein* sagen. Es kam auf die Welt, wenn es zum Neinsagen zu spät war. Konnte man einem Kind so etwas antun? Wäre es nicht für alle besser, für immer tot zu sein?

Niemals zu existieren?

Ja, dachte sie. Ja, das wäre besser. Viel besser!

Ein Kind, dachte sie.

Sie war schwanger. Und sie sollte sich freuen.

Aber nein, sie freute sich nicht.

Vielleicht freute sich MacDeath, aber sie hatte nur Angst.

Große Angst.

Sie brauchte die Angst, das Adrenalin. Sonst wäre sie in ihrem Job nicht so gut, wie sie es nun einmal war. Damals schon eine der jüngsten Hauptkommissarinnen in Berlin. Und nach Meinung aller die beste. Und das in dieser Männerbastion, denn das war der Polizeiberuf nach wie vor. Fast alle Polizisten waren Männer. Die Führungskräfte sowieso. Und die Täter waren es erst recht.

Sie, Clara Vidalis, brauchte die Angst.

Aber sie wollte sie kontrollieren.

Die Angst. Und die große Angst.

Sie kontrollieren. Und nicht von ihr kontrolliert werden.

Eigentlich hatte sie vor vier Sachen nicht nur Angst, sondern geradezu Panik.

Vor Folter, Verstümmelung und Tod.

Vor schwerer und unheilbarer Krankheit.

Vor dem Verlust von allem, was sie hatte.

Und, ja, vor Kindern.

Sollte sie es abtreiben?

Kinder machten einen verletzlich, denn sie konnten einem genommen werden. So wie ihre Schwester ihr genommen worden war.

Heute Abend würde sie mit MacDeath darüber sprechen.

Und dann entscheiden, was sie als Nächstes tun würde. Sie stand auf, erhob sich von den kalten Fliesen vor der Toilette und kam sich dabei wie ein Junkie auf einer Bahnhofstoilette vor. Sie ging in die Küche und nahm sich ein großes Glas Wasser. Dann ging sie wieder nach draußen auf den Balkon an die frische, kalte Herbstluft. Klar und kalt. Ganz anders als ihre Gedanken.

Sie trank ihr Wasser aus und schaute vom Balkon aus in diesen wundervollen Herbstmorgen. Auch wenn in ihrem Inneren soeben die Nacht angebrochen war.

Der Tag hatte gerade erst begonnen.

Doch Clara wäre am liebsten wieder ins Bett gegangen.

Kapitel 25

Berlin, in den Neunzigern

Sie wussten nicht, wo die Katze war.

Mama und Papa wussten nicht, wo die Katze war. Dabei hatten sie sie überall gesucht.

Sie hatten die Katze seit einem Jahr.

Die Katze hieß Minka.

Seine Eltern nannten sie so.

Er nicht. Denn für ihn war sie ein Gegenstand.

Und heute würde ihr letzter Tag sein.

Der letzte Tag der Katze.

Er war in dem Gartenschuppen.

Vom Schuppen aus sah man das Haus. Das Haus und davor den winzigen Gartenteich, den sein Vater immer *den See* nannte. Auch wenn er dafür viel zu klein war.

Das Haus hatte sich in dem See gespiegelt. Es spiegelte sich immer darin. Egal, ob er Katzen tötete oder nicht.

Denn er hatte den Kopf des Kätzchens in einen Schraubstock eingespannt. Er hatte die Handschuhe getragen. Die Katze konnte sich wehren und kratzen. Sie hatte keine Chance. Irgendwie erregte ihn die Gegenwehr sogar.

Ich möchte wissen, wie es ist, etwas zu töten.

Ich möchte wissen, wie es sich anhört, wenn Knochen brechen.

Und wenn nach diesem Brechen der Tod eintritt.

Vielleicht sehe ich in den Augen der Katze etwas, das ich in meinen Augen nicht sehe.

Es *sollte* ihn nicht erregen.

Durfte ihn nicht erregen.

Aber es erregte ihn.

Je fester und härter sich der Schraubstock gegen den Schädel des Kätzchens presste, umso härter wurde sein Schwanz. Umso härter presste sich sein Schwanz an seine Hose.

Die Katze war hier.

Nur für ihn.

Anders als die Frauen.

Die Frauen waren immer auf der anderen Seite der Scheibe.

Die Frauen waren immer … hinter dem Glas.

Die Katze aber war hier.

Die Katze war hier. Nur für ihn.

Dafür liebte er sie.

Liebte sie so sehr, dass er sie töten musste.

Ich möchte sie küssen, hatte mal irgendein Serienkiller gesagt, von dem er gelesen hatte. *Aber bevor ich sie küsse, muss ich sie töten.*

Was stand noch in dem Buch, das er gelesen hatte?

Der Sadismus beginnt mit dem Quälen von Tieren.

Dann werden die Tiere getötet.

Dann werden Menschen gequält.

Und dann werden Menschen getötet.

Er drehte noch einmal am Schraubstock.

Hörte das wimmernde Schreien der Katze. Noch eine kurze Weile. Noch etwas lauter.

Dann noch einmal drehen.

Und dann brach das Schreien plötzlich ab.

Stattdessen ein schmatzendes Krachen.

Blut sickerte am Köpfchen der Katze aus dem Fell hervor.

Es kommt »von innen«. Ich weiß, es kommt »von innen«.

Sein Schwanz war hart.

Er wollte onanieren.

Doch vorher wollte er die Katze vergraben.

Erst die Arbeit, dann das Vergnügen.

Doch er war schwach.

Das Fleisch war immer schwach. Das wusste er.

Er öffnete die Hose.

Nahm sein *Ding* in die Hand.

Sah auf den blutigen Kopf in dem Schraubstock.

Das weißlich, blutige Hirngewebe in den roten Furchen. Die Knochensplitter in dem weichen grauen Fell.

Die leeren Augen.

Das Gesicht der Katze.

Kindchenschema … ich bin niedlich, damit du mir nichts tust … Katzen verständigen sich untereinander nicht durch Miauen. Sie miauen nur, wenn gerade Menschen da sind. Weil das Miauen so klingt, wie das Schreien eines Babys. Und dann kriegen die Katzen, was sie wollen.

Kindchenschema der Katze …

… das hatte bei ihm nicht funktioniert.

Er hatte seinen Schwanz in der Hand.

Er kam schnell und zuckend.

Es war anders.

Besser. Besser als bei den Pornos. Viel besser als bei der Hure in dem Wohnwagen.

Sonst war es einfach nur herausgespritzt. Und er hatte nichts gemerkt.

Hier war es etwas Besonderes. Tiefer. Wahrer. Echter. Länger.

Denn hier war es das erste richtige Lebewesen, das er getötet hatte.

Der Orgasmus ... Wahrscheinlich war er besser, wenn man vorher ... getötet hatte.

Wenn das schon bei Katzen so war ... wie würde es dann erst bei Frauen sein?

Er zog sich die Hose ganz herunter.

Machte sich sauber.

Dann holte er den Spaten.

Kapitel 26

Berlin, 2016

Clara hatte sich nach dem Schock des Schwangerschaftstests am Morgen und ihren düsteren Gedanken auf dem Balkon wieder einigermaßen gefangen und gerade einen Großteil ihrer E-Mails beantwortet, als Hermann seinen Kopf zur Tür hereinsteckte. Sie war eben erst bei Hermann gewesen. Der *Frenchie,* von dem sie schon wieder den Namen vergessen hatte, hatte im Büro von Hermann in einem Hundekörbchen auf dem Boden gelegen, schläfrig nach oben geschaut und Clara dann begeistert die Hand geschleckt. Hermann hatte recht. Ein Hund sorgte wirklich für eine gute Stimmung. Was man von dem Killer nicht behaupten konnte. »Komm mal schnell mit«, sagte er. »Wir haben gerade eine Anzeige, die dich interessieren dürfte.«

Clara tippte noch zwei Buchstaben ein und drückte auf *Absenden.* Die Mail verschwand mit einem Zischen. Sie hatte sich schon öfter gefragt, wie sie das dämliche Zischen abstellen konnte. Aber andererseits war es auch ganz hilfreich, wenn sie wusste, dass die Mail tatsächlich das Postfach verlassen hatte und nicht tückisch in irgendeiner Outbox versauerte, wo sie bis ans Ende aller Tage bleiben würde. Und Clara sich wunderte, warum sie niemals eine Antwort bekam, bis sich womöglich jemand beschwerte, dass er keine Antwortmail von ihr erhalten habe.

»Worum geht es?«, fragte sie, als sie auf dem Gang waren und Richtung Verhörräume liefen.

»Ein Mann, Ende vierzig. Heißt Wolfgang Neumann. Die Kollegen haben ihn gerade hergebracht.«

»Und?«

»Er hat wohl gestern auch einen von diesen … Kartons erhalten.«

Clara spitzte die Ohren. »Einen Karton? Mit Inhalt?« Sie dachte sofort an die unheimliche Fracht, die der Junkie dabeigehabt hatte.

»Ja.« Hermann nickte bitter. »Mit Inhalt.«

»Und da meldet er sich erst heute? Warum?«

Hermann zuckte die Schultern. »Keine Ahnung. Habe gerade erst angefangen, ihn zu vernehmen.« Er schaute kurz auf den Boden. »Na ja, in dem Karton war unter anderem ein Höschen seiner Tochter. Und ein Handy. Auf dem wurde er angerufen.« Er öffnete eine der Türen. »Eben hat er noch einen Flashback gekriegt. Ist umgekippt und mit dem Kopf gegen den Tisch geknallt. Zu Hause ist er auch schon einmal umgekippt, wie es aussieht. War aber nicht beim Arzt. Ist jetzt ziemlich verbeult. Hinten und vorne. Wir mussten Klanke holen, damit er die Platzwunde am Kopf versorgt. Ist eigentlich nicht Klankes Job, aber was sollen wir machen?«

Clara wusste, da fehlte noch etwas. »Was war in dem Karton? Wieder ein …«

»Nein, kein Fuß. Eine … Nase.«

Clara schaute Hermann einen Augenblick ungläubig an. »Ich nehme an, eine echte Nase?«

Er schaute sie etwas dackelartig an. Vielleicht hätte er sich eher einen Dackel statt einen *Frenchie* kaufen sollen, dachte sie kurz. »Stimmt leider«, sagte er.

Claras Blick wurde wieder fest. »Das heißt für mich zweierlei: Erstens: Das könnte der gleiche Entführer oder Mörder sein wie der, der die Füße in den Karton gesteckt hat.«

»Auch wenn es mal Füße sind und mal eine Nase?«

»Es sind Extremitäten. Und sie könnten eine symbolische Bedeutung haben, da hat MacDeath völlig recht.«

»Da ist noch etwas«, sagte Hermann. »In dem Karton war auch eine Rose. Genau wie bei den Füßen.«

Clara schwieg einen Moment. »Hermann«, sagte sie dann. »Das ist zu auffällig, um Zufall zu sein.«

Hermann nickte. Wieder etwas dackelartig. Oder *Frenchie*-artig. »Das sehe ich auch so.«

»Und dann«, sagte Clara, »gibt es noch eine zweite Schlussfolgerung. Und die ist nicht weniger unerfreulich.«

»Der Junkie«, knurrte Hermann und hielt Clara eine Tür auf. »Der war es sicher nicht allein. Wenn einer jetzt gerade im Koma in Bonnies Ranch liegt.«

»Eher nicht. Oder wann hat der Mann den Karton erhalten?«

»Gestern Nachmittag. 17 Uhr.«

»Da war unser Junkie schon in Bonnies Ranch. Der kann es also nicht gewesen sein.« Sie blickte Hermann an. Ihre Mundwinkel sackten nach unten. »Es ist derselbe Modus Operandi. Und gleichzeitig war es nicht nur ein Täter. Das waren mehrere!« Sie gingen Richtung Besprechungsraum. Hermann ging voraus. »Schauen wir mal, was der Mann sagt.«

Sie öffneten die Tür. Wolfgang Neumann saß kreidebleich mit einer Tasse Tee am Tisch. An den Augen konnte man sehen, dass er eine leichte Gehirnerschütterung erlitten hatte. Um den Kopf trug er einen großen Verband, den Klanke ihm notdürftig angelegt hatte.

»Das ist meine Kollegin, Hauptkommissarin Clara Vidalis«, sagte Hermann, »Expertin für Pathopsychologie.« Clara streckte ihm die Hand hin, die er kurz ergriff. Seine war feucht und kalt. Adrenalin und Angst sorgten dafür, dass das Blut aus den Extremitäten gezogen wurde.

»Wollen wir gleich weitermachen?«, fragte Hermann, als er sich setzte.

Neumann nickte.

»Darf ich eine Frage stellen?«, fragte Clara.

Neumann nickte wieder. Bisher hatte er noch kein Wort gesagt.

»Warum sind Sie nicht gleich zu uns gekommen, als Sie das Paket erhalten haben? Sie wissen doch, je eher ...«

»Ich ...«, begann Neumann. Seine Stimme klang krächzend. »Ich ... habe den Karton erst versteckt. Ich musste es erst einmal selbst verarbeiten. Und dann ...« Er wollte von dem Tee trinken, verschüttete aber fast den gesamten Inhalt, woraufhin er hektisch mit einem Taschentuch auf dem Tisch herumwischte. »Dann wollte ich es Gaby ... Gabriele, meiner Frau, nicht sagen. Aber ich musste es ihr doch sagen. Ich musste ihr doch sagen, was mit ihr passiert ist. Was mit unserer Lisa passiert ist. Unserer kleinen Lisa! Ob sie noch lebt? Und was für ein Leben ist das ... ohne ... ohne Nase!« Er fasste sich selbst an die Nase, beugte sich vor, fixierte Hermann, und Tränen liefen ihm über die Wagen.

»Ich muss Sie das fragen«, sagte Hermann, »aber sind Sie sicher, dass es die Nase *Ihrer* Tochter war?«

»Jaaaa«, schluchzte Neumann nach einer kurzen Pause und steigerte sich in ein verzweifeltes Heulen. »Wir waren ja dabei. Haben das Piercing mit ihr ausgesucht. Sie wollte es sich eigentlich in Mailand stechen lassen, als wir da zusammen im Urlaub waren. 2013 ist das gewesen. Aber wir haben gesagt: *Nein, das machst du in Berlin, damit sich da nichts entzündet.* Und dann waren wir in diesem Studio in Schöneberg. Lisa war so aufgeregt. Und wir waren es irgendwie auch. Obwohl wir Piercings eigentlich nicht mögen, aber die kann man später wieder rausnehmen, anders als diese verdammten Tattoos und …« Er brach mitten im Satz ab und starrte eine Weile stumpf brütend vor sich hin. Dann blickte er erst Clara und dann Hermann flehend an. »Lebt sie noch?«, fragte er. »Sagen Sie mir, lebt sie noch?«

»Das wissen wir nicht, Herr Neumann«, sagte Clara. »Sie können aber sicher sein, dass wir alles tun werden, um den Menschen zu schnappen, der Ihrer Tochter das angetan hat.«

»Das heißt … Sie wissen nicht, wer das war? Wer … wer das … das getan hat?« Er schaute Clara mit einem Blick von derart absoluter Hilflosigkeit an, dass ihr fast selbst die Tränen kamen. »Es kann sein, dass er meine Tochter noch hat? Dass er sie … umbringt?«

»Wir werden alles versuchen«, sagte Clara. Aber sie dachte etwas anderes. *Unwahrscheinlich, dass sie noch lebt. Vielleicht war diese Amputation auch post mortem. Selbst wenn er sie nicht getötet hat, könnte sie an den Folgen sterben. Sie könnte verbluten. Eine Infektion bekommen. Wenn sie keine medizinische Versorgung hat. Wir müssen die Schnittränder sehen. Aber wenn es, wie bei den Füßen, keine Vitalitätszeichen gibt, war es ohnehin post mortem. Und dann ist sie …*

»Ist Ihnen irgendjemand im Treppenhaus aufgefallen?«, versuchte Hermann den Faden wiederaufzunehmen. Neumann zitterte und zerquetschte den leeren Pappbecher. Clara füllte Tee in einen neuen Becher und stellte ihn diskret neben Neumann.

Neumann schüttelte den Kopf. »Nein. Da war nur … die Stimme! Diese Stimme auf dem Handy! Dem Handy meiner Tochter. Das Gerät, mit dem sie mich sonst anruft, das ich zusammen mit ihr gekauft habe. Auf dem Gerät habe ich die Stimme dieses … Monsters gehört!«

Er schlug seinen Kopf auf den Tisch.

»Wollen wir eine kurze Pause machen, Herr Neumann?«, fragte Hermann.

Neumann hob den Kopf nicht. Aber er brachte etwas wie ein Nicken zustande.

Clara und Hermann trafen sich vor der Tür.

»Was gibt es noch?«, fragte Clara.

»Der Karton mit der Nase ist in der Kriminaltechnik«, sagte Hermann. »Fingerabdrücke sind drauf, die derzeit abgeglichen werden. Beschriftet war der Karton nicht, also ist keine grafologische Schriftprobe möglich. Frankiert auch nicht, also gibt es schon einmal keine Briefmarke, die vielleicht angeleckt wurde.« Briefmarken anzulecken war der typische Anfängerfehler, da sich die DNS auf der Rückseite der Marke lange und nachhaltig hielt.

»Als Nächstes müssen wir die DNS der Nase mit irgendwelchen Gegenständen von Lisa Neumann abgleichen«, sagte Clara. »Dann wissen wir, ob es wirklich ihre Nase ist.«

»Läuft bereits. Sollten wir spätestens morgen wissen. Vielleicht auch schon früher. Außerdem gleichen wir die DNS der Nase mit der der Füße ab.« Hermann schaute auf sein Handy. Während des Verhörs war eine SMS eingegangen. »... die Nase ist bereits in der Rechtsmedizin.« Er öffnete die SMS.

Seine Mundwinkel sackten nach unten. »Nicht dass ich etwas anderes erwartet hätte.«

»Was denn?« Clara beugte sich nach vorn. »Die DNS?«

»Das nicht.« Er zeigte ihr das Handy mit der SMS. »Hier. Die Wundränder an der Nase sind nicht unterblutet. Genauso wie bei den Füßen. Die Leiche muss schon eine Weile tot gewesen sein. Nase und Nasenscheidewand sind normalerweise sehr stark durchblutet, das weiß jeder, der schon mal Nasenbluten hatte.« Er atmete kurz aus. »Und er hat nur den

Vorderteil der Nase abgetrennt. So als ob er sich auskennt. Und wusste, dass das mit dem knochigen Rest hinten schwierig wird. Aber trotzdem so, dass man die Nasenflügel mit dem Piercing noch sieht.«

Klar, dachte Clara. *Die Eltern sollten die Nase ja wiedererkennen. Und das ging am einfachsten über das Piercing.*

»Also keine Vitalitätszeichen?«, fragte Clara.

»Nein. Die Nase wurde …«

Clara beendete den Satz: »… post mortem entfernt.« Sie kniff kurz die Lippen zusammen, bevor sie weitersprach, und senkte ihre Stimme. »Das heißt, Lisa Neumann ist tot.«

»Also keine Großfahndung und Suche nach dem Mädchen?«

Clara zuckte die Schultern. »Lass uns den Abgleich der DNS abwarten. Zudem würde ich vorher gerne mit von Weinstein sprechen. In jedem Fall müssen wir das Umfeld von dieser Lisa Neumann verhören. Und auch die Mutter. Wenn uns der DNS-Abgleich nicht um die Ohren fliegt, haben wir hier offenbar die Identität von einem der Opfer. Die haben wir bei den Füßen nicht, es sei denn, sie gehören derselben Leiche.«

Ihr Handy klingelte. Es war die Nummer der Rechtsmedizin. *Wenn man vom Teufel spricht,* dachte Clara. Sie nahm das Gespräch sofort an. Es war von Weinstein.

»Zwei Morde, ein Killer«, sagte von Weinstein nur.

»Wieso?« Clara fragte sich, ob von Weinstein auch einmal ohne Umschweife zur Sache kommen konnte. »Konnten Sie die DNS von Lisa Neumann abgleichen?«

»Von ihr noch nicht«, sagte von Weinstein. »Aber die an beiden Extremitäten.«

»Was meinen Sie?«

»Wir haben die DNS einer dritten Person. Diese DNS findet sich sowohl an der Nase als auch an den Füßen.«

Kapitel 27

Berlin, in den Neunzigern

»Du mieses Stück Scheiße«, brüllte Mutter und bog ihm die Arme über Kreuz, sodass er sich kaum mehr bewegen konnte. Kraft hatte sie, das musste er ihr lassen.

Sie funkelte ihn an.

»Du hast Minka umgebracht, du mieses, mieses Stück Scheiße! Unsere süße, kleine Katze!«

Er spürte die Schläge. Harte Schläge. Spürte Blut in der Nase. Ließ es geschehen.

Und er wusste, dass sie recht hatte.

Wusste, dass er ein Monster war.

Was hast du mit der Katze gemacht?

Die Augen der Katze …

Die Augen, die aufquollen, bevor sie brachen … die Augen brachen. Und der Schädel. Es hatte geknackt, und dann war da diese Spalte. Das Fell war aufgerissen. Und auch die Haut. Und darunter kam etwas Weiß-Rotes zum Vorschein. Hirnmasse. Mit Blut.

Er spürte die Schläge.

Genoss es fast.

Das Kindchenschema der Katze. Das Miauen. Das hat nicht funktioniert.

Kindchenschema … Nicht bei mir … nicht bei mir …

Die Schläge prasselten weiter auf ihn ein.

Doch er dachte an die Katze. Den Schuppen. Und den kleinen See.

Er war in dem Schuppen gewesen. Hatte es wieder gesehen. Das Haus und davor den winzigen Gartenteich, den sein Vater immer *den See* nannte.

Das Haus hatte sich in dem See gespiegelt. Es spiegelte sich immer darin. Egal, ob er Katzen tötete oder nicht.

Seine Mutter prügelte weiter auf ihn ein.

Irgendwann hörte sie auf.

Nachts konnte er erst nicht schlafen.

Dann wachte er auf. Alles war nass.

Er schlich sich aus dem Zimmer. Wollte sich einen neuen Pyjama, vor allem eine neue Hose, anziehen.

Dann sah er den Schatten. Vor dem Bad. Dort stand Mutter.

»Hast du ein Problem?«, fragte sie und schaute ihn abschätzig an. »Hast wahrscheinlich wieder ins Bett gemacht oder?«, ergänzte sie spöttisch. »Du bist nicht nur ein Katzentöter, du bist auch ein Dreckschwein.«

Mit diesen Worten zerrte sie ihn ins Bad und reinigte ihn, so wie schon manches Mal zuvor.

Wusch seine Genitalien.

Sein Schwanz wurde hart. Wurde immer härter.

Bis er plötzlich kam.

Und seiner Mutter auf die Hand spritzte.

Der Orgasmus war noch nicht zu Ende, als er den Schlag spürte. Die Ohrfeige kam so plötzlich, dass er zunächst gar nicht glauben konnte, dass sie ihn geschlagen hatte.

Sie nahm die andere Hand. Und *wischte* das Zeug von *ihrer* Hand an *seiner* Wange ab.

»Du Dreckskerl«, sagte sie. »Du schmutziger, perverser Dreckskerl!«

Als er wieder im Bett lag, dachte er nach.

Du schmutziger, perverser Dreckskerl … Vielleicht hatte sie recht.

Der Dreckskerl, bei dem das Kindchenschema nicht funktionierte. Selbst das der Katze nicht. Nicht einmal das von Minka, die tot war und verscharrt mit zerquetschtem Schädel hinten im Blumenbeet lag.

Vielleicht war er genau das. Dreckig. Schmutzig. Und wenn er das war, dann konnte er es auch weiterhin sein. Und zwar richtig.

Doch dafür musste er raus aus diesem Haus. Diesem Gefängnis, in dem er vielleicht eine Katze töten konnte, aber mehr auch nicht.

Dieses Gefängnis, in dem er keine Frauen aufs Bett fesseln und zerteilen konnte wie der Samurai in seinem Lieblingsfilm.

Dieses Gefängnis, dieses krumme Haus am Eichborndamm, mit dem winzigen Teich, den sein Vater immer *See* nannte.

Kurz bevor er einschlief, sah er noch einmal das Haus seiner Eltern. Davor den Teich, in dem sich das Haus spiegelte.

Vielleicht ist es doch kein Teich. Vielleicht ist es doch ein See, dachte er.

Und irgendwann, dachte er, bin ich weg.

Und dann wird das Haus von dem See verschluckt, in dem es sich vorher noch gespiegelt hat.

Kapitel 28

Berlin, 2016

Clara und Hermann hatten sich in Claras Büro zurückgezogen, um in Ruhe mit von Weinstein sprechen zu können. Das Telefon war auf laut gestellt. In dem Moment kam auch MacDeath zur Tür herein.

»Wir haben die gleiche DNS an der Nase und an dem Fuß?«, wiederholte Clara.

»Richtig«, sagte von Weinstein. »Beide Gliedmaßen, Füße und Nase, wurden mit einem sehr scharfen Messer mit Wellenschliff post mortem abgetrennt.«

»Wir haben keine Bissspuren?«, wollte MacDeath wissen.

»Nein, das hätten wir erkannt«, sagte von Weinstein. »Es waren eindeutig Schnitte.«

»Das macht es weniger archaisch«, murmelte MacDeath. »Andererseits ist es nicht ungewöhnlich, dass sich gestörte Killer an Amputationen und Schnitten berauschen. Denkt an Kolja, den Menschenfresser aus Russland. Er sammelte das ausströmende Blut von Opfern. Er wollte sehen, wie sich ihre Seele davonmacht.«

»Hier waren die Schnitte aber post mortem.«

MacDeath wackelte mit dem Kopf. »Als *diese* Körperteile, Füße und Nase, abgeschnitten wurden, ja. Wir wissen aber nicht, ob er nicht vorher andere Teile abgeschnitten hat. Und zwar als sie noch lebte.«

Clara drehte sich der Magen um.

»Vielleicht aber auch nicht«, sagte MacDeath. »Es kann

auch sein, dass es gar nicht um den Schnitt geht, sondern die Körperteile selbst eine Bedeutung haben.«

»Abgeschnittene Füße könnten bedeuten, dass jemand nicht mehr weglaufen kann.«

»Und die Nase?«, erkundigte sich Clara.

»Ich kann dich nicht riechen?« Hermann zuckte die Schultern.

»Gar nicht mal so falsch. Denn der Geruchssinn ist unser ältester Sinn«, sagte MacDeath. »Er war überlebenswichtig, damit wir nichts Verfaultes essen und daran sterben. Und auch für den Geschmack ist die Nase zuständig. Denn die Zunge kennt nur süß, sauer, bitter und salzig. Alle anderen Geschmacksrichtungen kommen nur mithilfe des Geruchssinnes zustande. Menschen, die durch ein Schädel-Hirn-Trauma ihren Geruchssinn verlieren, magern ganz schnell ab, weil ihnen das Essen keinen Spaß mehr macht.«

»Also eine Art Ur-Sinn?«, fragte Clara.

»Ja. Die Hirnregionen, die für die Verarbeitung von Gerüchen zuständig sind, gehen sofort ins sogenannte *Reptilienhirn,* den ältesten Teil unseres Gehirns. Und dadurch ist der Geruchssinn auch irgendwie unheimlich.«

MacDeath stand lümmelnd an der Tür, anstatt sich hinzusetzen, was Clara unruhig machte. »In *Schweigen der Lämmer* ist es kein Zufall, dass bei Hannibal Lecter besonders der Geruchssinn extrem gut entwickelt ist.«

»Na klar«, sagte Clara und atmete hörbar aus. »Irgendwie mussten wir ja wieder auf *Schweigen der Lämmer* kommen ...« Sie beugte sich über die Freisprechanlage des Telefons. »Kommen wir mal zur wichtigsten Frage, lieber von Weinstein: Ist die DNS, die an beiden Körperteilen gefunden wurde, irgendwie bekannt?«

»Nein«, sagte von Weinstein. »Nirgends gespeichert. Wir

machen jetzt die große Runde über Europol, Interpol, Poliks und so weiter. Aber wenn da eine Akte vorliegt, würde das bedeuten, dass es ein internationaler Killer ist.«

»Dass er bisher nur in Berlin zugeschlagen hat, spricht dagegen«, sagte MacDeath.

»Wenn es *ein* Serienkiller ist«, sagte Clara.

»Und wenn das seine einzigen Morde sind«, ergänzte von Weinstein. »Bisher sind es nur diese zwei Toten, von denen wir wissen.«

»Doktor von Weinstein«, sagte Clara. »Ich glaube, wir sind hier erst mal durch. Von Ihnen noch Fragen?«

»Nein, alles gut. Füße und Nase sind hier warm und trocken in der Asservatenkammer.«

»Trocken?«, fragte MacDeath.

»In Formalin, meine ich.« Clara verdrehte die Augen. Von Weinstein wollte offenbar gerade auflegen, da kam jemand in sein Büro. »Augenblick. Mein Kollege sagt gerade, dass der DNS-Abgleich durch ist. Die Nase ist von Lisa Neumann. Es ist ihre DNS.«

»Und?« Alle beugten sich über das Telefon wie über einen verbotenen Talisman.

»Die Füße hingegen sind nicht von ihr.« Er schnaufte. »Wir haben also Leichenteile von zwei Frauen.«

»Danke«, sagte Clara tonlos. »Das hatte ich befürchtet.« Von Weinstein legte auf.

Clara schwieg eine Weile und kritzelte auf ihren Notizblock. Es war ein Schreibblock von irgendeinem Seminarhotel in Potsdam, von dem sie nicht wusste, woher sie ihn hatte. Vielleicht noch von ihrem Ex-Freund, der Unternehmensberater war. »Ich sehe drei Dinge, die wir jetzt tun sollten.« Sie blickte Hermann und MacDeath an. »Nicht nur die Eltern verhören, sondern auch das Umfeld von Lisa

Neumann. Ihre Freunde und Freundinnen, Lehrer, Freunde der Eltern und so weiter.«

Hermann nickte. »Läuft schon. Habe vorhin gleich einen Einsatzwagen losgeschickt, und wir sollten uns dann auch auf den Weg machen.«

»Ich werde mit der Mutter sprechen«, sagte Clara. »Und Hermann, du versuchst, noch mehr aus dem Vater rauszukriegen. Sofern das in seinem gegenwärtigen Zustand geht.« Sie blickte MacDeath an. »Hast du schon etwas von Bonnies Ranch gehört?«

»Ich habe vorhin mit Marquard telefoniert«, antwortete er. »Der Typ liegt immer noch im Koma.«

»Der Junkie allein kann es nicht gewesen sein«, murmelte Clara vor sich hin. »Das spüre ich. Die Frage ist, wer dahintersteckt ...«

»... und ob es dieselbe Person ist.«

»Ganz genau. Und was überhaupt das Motiv ist!«

Clara schaute brütend ins Leere und malte Muster auf den Block. Dazu einen Mund, eine Sprechblase und einen Telefonhörer. »Hermann, hör mal: Wolfgang Neumann fand in dem Umschlag das Höschen seiner Tochter und das Handy seiner Tochter, richtig? Und damit wurde er auch angerufen?«

»Richtig.«

»Aufgenommen hat er den Anruf natürlich nicht?«

»Ich glaube, an so etwas denkt man nicht. Aber ich frage ihn.«

»Und der Anruf war anonym?«

»Ja.«

»Wahrscheinlich von einem Prepaidhandy. Könnten wir den Anruf trotzdem zurückverfolgen?«

Hermann streckte sich und zuckte die Schultern. »Können

wir versuchen. Nur wenn es ein Prepaidhandy ist und er die SIM-Karte in bar bezahlt hat, bringt uns das gar nichts.«

»Könnten wir herausfinden, von wo aus der Nutzer des Prepaidhandys angerufen hat?«

»Eventuell, falls er nicht sämtliche Ortungsdienste ausgestellt hat, was ich dem Typen zutrauen würde.«

»Verdammt.« Clara trank von ihrem Kaffee. »Er schickt den Eltern Leichenteile der Töchter. Was ist dabei das Motiv?«

MacDeath starrte eine Weile vor sich hin. »So etwas gab es schon einmal. Aber nicht hier.«

»Sondern?«

»In Japan. Tsutomu Miyazaki, glaube ich, hieß er.«

»Und der hat auch so etwas gemacht?«

»Soweit ich weiß, tötete er junge Mädchen, verbrannte einige der Leichenteile und brachte den Eltern die Asche der Toten.«

»Kranke Welt«, sagte Clara. »Aber er hat die Leichenteile der Töchter selbst … ähm, zugestellt?«

»Hat unser Killer vielleicht auch«, knurrte Hermann.

»Nur wenn es zwei verschiedene Killer sind. Einer ist in Bonnies Ranch und kommt als Wiederholungstäter erst einmal nicht in Frage, weil er im Koma liegt.«

»Gut, aber denkt an das Hirn an den Sohlen seiner Stiefel. Der Typ war in jedem Fall an irgendeinem Mord beteiligt.«

»Tsutomu«, sagte MacDeath, »hat alles selbst überbracht. Aber Hermann hat völlig recht: Die Hirnreste an den Stiefeln vom Junkie deuten darauf hin, dass beide vielleicht im Team töten und einer dann die Zustellung übernimmt.«

»Ein Killer und ein Postbote?«, fragte Hermann.

»Man könnte es etwas pietätvoller formulieren«, sagte Clara. »Aber ja. Da Junkie Nummer eins im Koma liegt und

Karton Nummer zwei gestern zugestellt wurde, muss es in jedem Fall zwei Junkies geben …«

»Und vielleicht ein Mastermind?«, gab MacDeath zu bedenken.

Clara erhob sich. »Falls es sich um einen Killer handelt und falls er tatsächlich die Junkies als Boten einsetzt, muss er doch gewusst haben, wann die Junkies bei den Eltern waren, um genau dann auf dem Handy der Tochter anzurufen.«

»Der Junkie, der jetzt in Bonnies Ranch ist, hatte kein Handy dabei.«

»Dann muss ihn der Mastermind beobachtet haben.«

MacDeath' Augen weiteten sich. »Der Junkie, der den Unfall verursacht hat, war doch zu Fuß unterwegs?«

Clara nickte. »Dann war sein Auftraggeber vielleicht in der Nähe, als wir den Unfall gesehen haben?«

»… und möglicherweise«, ergänzte MacDeath, »hat er ein weiteres Mädchen aus der Umgebung Kurfürstenstraße entführt, getötet und ihr die Füße abgeschnitten? Die Eltern sollten die Sendung eigentlich schon längst erhalten haben, aber der Transport wurde durch den Unfall unterbrochen.«

»… und der Killer konnte keine Füße mehr zustellen, weil die Füße bei uns sind«, knurrte Hermann.

Clara schaute Hermann an. »Dann lass uns noch etwas auf den Weg bringen! Alle Eltern, die im Umfeld der Kurfürstenstraße wohnen und ihre Tochter einige Tage nicht gesehen haben, sollen sich sofort bei uns melden. Das muss noch heute an die Presse!«

Hermann nickte.

»Gut«, sagte Clara. »Das wär's dann erst einmal.«

»Sonst nichts?« MacDeath erhob sich.

»Doch.« Sie fixierte MacDeath. »Wir zwei müssen unbedingt reden. Aber heute Abend. In Ruhe.«

Kapitel 29

Berlin, 2016

Jacqueline stand am Kurt-Schumacher-Platz in der Nähe des Flughafens Tegel und rauchte.

Kurt-Schumacher-Platz. Die Berliner nannten ihn Kutschi. Sie hatte mal in einem Dachcafé gesessen. Dort hatte man den Eindruck, als würden einem die Flugzeuge fast in den Kaffee fliegen, so tief rasten sie vor der Landung über den Platz. Weiter hinten ging es auf die Autobahn Richtung Hamburg, davor dann das übliche Einerlei aus Tankstellen, Fast-Food-Läden und Waschanlagen.

Sie musste kurz den Kopf freikriegen. Gleich würde sie wieder zurückgehen. In die Wohnung. Ihre Wohnung. Denn jetzt war es ihre eigene Wohnung, in der sie ihre Freier empfing. Früher arbeitete sie in einer von Zuhältern betriebenen Wohnung. Ein richtiger Puff halt. Doch das war ihr irgendwann zu teuer geworden. Dort zahlte sie hundertvierzig Euro Miete pro Tag. Für einen Fick bekam sie fünfzig Euro. Mehr als die anderen, die nur schlecht Deutsch sprachen, aber auch nicht viel. Und das hieß auch, dass sie auf jeden Fall drei Männer pro Tag haben musste, nur um die Miete zu bezahlen. Erst das, was darüber hinaus kam, ging auf ihr Konto. Ab dem vierten Mann pro Tag machte auch Jacqueline Geld.

Sie hatte schon lange überlegt, ihre Kunden von zu Hause aus zu bedienen. Doch dann gab es keinen Schutz. Keine Zuhälter, die mal schnell für Ordnung sorgten, wenn ein Freier nicht zahlen wollte. Keine Blacklist von Leuten, die auf keinen

Fall reindurften. Oder von Menschen, die zu perverse Vorstellungen hatten. Und überhaupt: Die, die zu einer billigen Hure wie ihr gingen, konnten alle möglichen Krankheiten haben. Der Anwalt, der fünfhundert Euro für eine Stunde springen ließ, hatte bestimmt weder AIDS noch Hepatitis. Und achtete selbst darauf, dass ein Kondom benutzt wurde. Und suchte nicht den Thrill, wie es wohl »ohne Gummi ist …«.

Sie hatte all die Geschichten gehört. Von Huren, die nicht bezahlt, die zusammengeschlagen oder gleich umgebracht wurden. Denn als Hure auf der Straße machte man genau das, wovor Eltern ihre Kinder immer warnten: Man ging mit einem fremden Mann mit. Einem Mann, den man nicht kannte. Der alles sein konnte. Märchenprinz oder Mörder.

Märchenprinz meistens nicht.

Man konnte nun mal nicht alles haben. Mehr Geld oder mehr Sicherheit. Beides zusammen gab es nicht. So ähnlich war es wohl auch an der Börse, dachte sie. Obwohl sie noch nie mit der Börse zu tun gehabt hatte.

Sie sah den Mann, der sich näherte.

Was für ein Spinner, dachte sie. *Der immer mit seinen komischen Geschenken.*

Der Mann, der dort mit langsamen Schritten kam, war in der Tat ein Spinner, aber ein harmloser Spinner. Da kannte sie ganz andere. Es gab Huren, die schwanger waren. Und die so wenig Geld hatten, dass sie schwanger arbeiten mussten. Und dann gab es Männer, die gerade auf Sex mit Schwangeren abfuhren. Es gab einen ganzen Markt dafür. Natürlich war das nicht gut für die Frau. Und für das Kind auch nicht. Und dann gab es sogar Gangbang-Partys, in denen eine schwangere Frau von mehreren Männern hintereinander genommen wurde. Das war noch schlimmer. Für Frau und Kind. Denn manche dieser Frauen hatten schwanger zwischen fünfzehn und vierzig Freier pro Tag. Da war Jacqueline mit ihren acht bis zehn Freiern, und zwar ohne schwanger zu sein, noch gut dran, dachte sie. Die Anbieter von solchen *Pregnant Gangbangs* hatten nichts zu befürchten. Sie konnten damit sogar inserieren. Den Behörden war es völlig egal. Die machten symbolische Razzien in großen Clubs, und die auch nur dann, wenn sie Steuerhinterziehung vermuteten. Wie es den Frauen ging, war der Politik scheißegal. Oder sie waren zu naiv dafür. Manche Frauen wurden sogar gezielt geschwängert, um die Freier zu bedienen, die auf schwangere Frauen standen. Bevor es dann brenzlig wurde, gingen die Frauen für Spätabtreibungen ins Ausland. Oder das Kind wurde sofort zur Adoption freigegeben, wenn es für eine Abtreibung zu spät war.

Der Mann war auf drei Meter an sie herangekommen.

Er lächelte unbeholfen.

Er war auch ein Freier. Aber er war unkompliziert. Bisher jedenfalls.

Doch manchmal entpuppten sich die, die immer so umgänglich waren, als die wahren Bestien. Aber das hatte sie nur gehört. Erlebt hatte Jacqueline so etwas noch nicht. Und bei diesem Mann, der sich immer nur *Smiley* nannte, erst recht nicht. Der würde keiner Fliege etwas zuleide tun.

»Ich hab was für dich«, sagte Smiley. Er schien sie durch seine Brille nicht direkt anzuschauen. So als hätte er Angst vor ihr. Dann kramte er in seiner Tasche. Zog eine silberne Kette hervor.

»Für dich.« Er gab ihr die Kette. »Sie …«, er zögerte ein paar Sekunden, »… sie wird dich beschützen.«

Mit diesen Worten drehte er sich etwas ungelenk auf dem Absatz um und lief mit unsicheren Schritten die Straße hinunter.

Kapitel 30

Berlin, 2016

Sie saßen im Wohnzimmer in der schönen Wohnung von MacDeath nahe dem Monbijouplatz. In einiger Entfernung hörte man das Rattern der S-Bahn. Im Hintergrund erhob sich die Alte Nationalgalerie auf der Museumsinsel, und man sah die riesige Silhouette des Berliner Doms, der seinem Vorbild, dem Petersdom in Rom, in seiner Größe nur bedingt nachstand.

Sie waren noch den ganzen Tag unterwegs gewesen. Clara und ihr Team hatten eine große Befragung des Umfelds von Lisa Neumann gestartet. Die Nachbarn der Familie hatten allerdings niemanden gesehen, der ein Paket abgegeben hätte. Nur ein Nachbar hatte ein Klingeln gehört, *wahrscheinlich an der Tür der Neumanns, denn das war deren Klingelton.* Dummerweise klang ein Klingelton aber bei allen Klingelnden gleich, egal ob Tante Paula Butterkuchen vorbeibrachte oder ein Serienkiller einen Karton mit Leichenteilen. Laut Lisas Freundinnen, die ebenfalls befragt wurden, war Lisa ein normales Mädchen. Sie interessierte sich für Piercings, Taylor Swift, Spotify und Schminktipps und wollte später gerne etwas mit Mode oder Medien machen. Hermann und die IT hatten sich Lisas Laptop und ihr Smartphone geschnappt. Bei iCloud auf dem Server sowie in ihren E-Mails war nichts Verdächtiges zu finden gewesen. Auch gab es keine Mobbing-Bilder oder Mitgliedschaften in irgendwelchen dubiosen Plattformen, wo junge Mädchen an die falschen Männer geraten konnten. Wobei das allerdings nur zutraf, wenn der Laptop, den sie hatte, ein älteres Macbook Pro, tatsächlich der einzige Laptop war, den Lisa genutzt hatte.

Viel komplizierter war es, die junge Frau zu finden, zu der die abgetrennten Füße gehörten. Denn bisher waren keine hilfreichen Hinweise eingegangen. Vielleicht war die Aufforderung an alle Eltern im Umfeld Kurfürstenstraße, sich zu melden, wenn sie ihre Tochter eine Zeit lang nicht gesehen hatten, auch zu vage? Doch man wollte ja keine diffuse Panik verbreiten, und noch schlechter konnte man eine Mitteilung durch die Pressekanäle senden à la *Haben Sie einen Angehörigen vor Kurzem ohne Füße angetroffen? Falls ja, melden Sie sich bitte bei einer Polizeidienststelle.* Abgesehen davon, dass man damit auch den Täter ziemlich schnell darauf aufmerksam machen würde, dass man jetzt hinter ihm her war.

Und der Junkie? Der lag natürlich immer noch in Bonnies Ranch im Koma. Und hielt seinen fauligen Mund mit den schwarzen Zähnen verschlossen. Falls er nicht ohnehin starb und sein Geheimnis mit ins Grab nahm, wo er dann noch weiter verfaulen würde, bis sowohl die Information als auch der Junkie komplett verschwunden waren.

Ein Tag, so empfand es Clara, der furchtbar angefangen hatte und von vorn bis hinten einfach nur frustrierend war.

Vor allem, da sie auch noch andere Probleme hatte, über die sie unbedingt mit MacDeath sprechen wollte. Oder besser: sprechen musste. Den Test. Den Schwangerschaftstest und vor allem das Ergebnis.

Clara hatte keinen Weißwein gewollt, sondern nur eine Cola light. Sie wusste noch nicht, ob sie das Kind wirklich haben wollte. Aber solange das nicht klar war, durfte sie keinen Alkohol trinken. MacDeath aber war nicht dumm. Und kam schon von selbst dahinter.

»Sag bloß, du bist …?«, fragte er, als er die zwei Gläser Cola light mit Eis auf den Tisch stellte.

»Ja, bin ich.« Clara nickte. Und allzu erfreut sah sie nicht aus.

»Du weißt doch noch gar nicht, was ich sagen wollte?« MacDeath zog sich die Hose zurecht und ließ sich auf einen der dunklen Ledersessel in seinem großen Wohnzimmer fallen.

»Doch, weiß ich.« Sie sah ihn an. »Und ja, ich bin schwanger. Und zwar schon in der siebten oder achten Woche!«

Er schaute sie mit großen Augen an. »Wirklich? Schon in der siebten Woche! Und …« Er, der sonst so eloquent war, wusste nicht, wie er weiterreden sollte. »Und … und da freust du dich gar nicht?«

Clara sah ihm an, dass er seine Freude kaum unterdrücken konnte.

»Nicht so richtig.«

»Aber bist du sicher?« MacDeath wäre wohl gerne vor Freude aufgesprungen, aber da Clara so gar keine Begeisterung zeigte, riss er sich zusammen. Es mochte daran liegen, dass ihm nur die Frage nach der Echtheit der Schwangerschaft einfiel. »Also, du bist *wirklich* schwanger?«

Sie nickte. »Ich habe zwei von diesen *Do it yourself*-Tests gemacht.«

»Die, die man morgens …«

»Ja, die zum Draufpinkeln, genau«, entgegnete Clara etwas gereizt.

»… aber dann warst du auch noch …?«

»Ja, ich war auch noch beim Frauenarzt.« MacDeath stellte Fragen, fand sie, die sich eher nach ihrem Vater und nicht nach ihrem zukünftigen Mann anhörten. »Beta-HCG-Wert. Schwangerschaftshormone. Bluttest positiv, im Ultraschall

Fruchthöhle mit Embryo. Herz schlägt. Alles da.« *Deswegen bin ich wohl auch so schlecht gelaunt,* dachte sie. *Hormone sind ja immer ein zweischneidiges Schwert.*

»Warum hast du mich nicht mitgenommen?« Er nippte kurz an seiner Cola und versuchte, seine Enttäuschung zu verbergen.

»Dich? Zum Frauenarzt? Zur Untersuchung?«

»Ja, klar! Ich bin doch Mediziner. Ich habe schon alles gesehen.«

»Aber bei deiner zukünftigen Frau wäre das wohl unromantisch, oder?«

»Romantik und Medizin mal beiseite«, sagte er, »aber ich bin doch der Vater, ich möchte mein Kind sehen!«

»Dein Kind schon«, sagte Clara. »Aber dafür musst du ja wohl nicht bei einem vaginalen Ultraschall dabei sein. Das wäre doch etwas komisch gewesen, oder?«

MacDeath kratzte sich am Kopf. »Vielleicht ...«

Er lehnte sich zurück und nickte. MacDeath war zwar Mediziner, aber er war auch Ästhet. »Vielleicht ... ja.« Er überlegte kurz. »HCG-Wert ist okay?«

»Ja.«

»Gut ... Das ist wichtig«, murmelte er.

Clara hatte sich auch schon ein wenig mit der Materie befasst. Jedenfalls mit dem, was das Internet so hergab. Der HCG-Wert erreichte im ersten Drittel der Schwangerschaft sein Maximum. Sein Verlauf zeigte an, dass alles in Ordnung war.

»HCG«, murmelte MacDeath. »Humanes Choriongonadotropin, richtig?«

Clara zuckte die Schultern. »Klingt so.« *O ja, MacDeath war Mediziner. Und wahrscheinlich hatte er sich bereits eingehend mit dem Thema befasst. Viel mehr als sie jedenfalls.*

Wohl in der Hoffnung, dass Clara schwanger werden würde. Auch wenn sie selbst sich so gar nicht darüber freute.

»Nächstes Mal komme ich gern mit. Zum Frauenarzt meine ich. Gerade in der dritten bis vierten Woche ist Eisen wichtig. Aber jetzt eigentlich auch. Du ernährst dich doch eisenhaltig? Und Folsäure. Die musst du jetzt nehmen! Dadurch werden Neuralrohrdefekte verhindert. Spinabifida und so weiter. Eigentlich hättest du die schon einige Monate lang nehmen müssen. Wir wollen ja nicht, dass das Kind einen offenen Rücken …«

»MacDeath, du nervst!«

»Ich meine ja nur.« Er schaute sich um, als hätte er noch diverse medizinische Tipps auf Lager, befürchtete aber, dass diese Tipps im Moment nicht erwünscht waren. »Jedenfalls, wenn die Entbindung vor der Tür steht, dann gehen wir ins St.-Joseph-Krankenhaus. Eine top Klinik für Gynäkologie und eine super Neonatologie. Die machen mehr als tausend Geburten im Jahr. Da können wir ein Familienzimmer buchen. Und ich kenne den Klinikleiter, der …«

»Mein Gott«, fauchte Clara. »Frauen kriegen seit Jahrtausenden Kinder. So schwer kann das ja nicht sein. Selbst in Ländern, wo sie sonst gar nichts hinkriegen, kriegen sie immerhin *das* hin.«

»Was ja auch in Bezug auf Überbevölkerung oft das Problem ist.« Er schlug die Beine übereinander. »Da ist aber noch etwas, was mir wirklich Sorgen macht.«

»Nämlich?«

»Du scheinst dich gar nicht richtig auf das Kind zu freuen.«

»Das hast du richtig erkannt. Ich weiß ja noch nicht einmal, ob ich das Kind wirklich bekommen will.«

MacDeath schaute sie gleichzeitig entsetzt und verletzt an und öffnete den Mund wie ein Fisch auf dem Trockenen.

Dann schüttelte er den Kopf und schloss den Mund wieder. Er kannte Clara gut genug, um zu wissen, dass sie manchmal etwas Zeit brauchte, wenn es darum ging, sich ihren Ängsten zu stellen. Auch wenn sie es nicht ausgesprochen hatte, so stand der Verlust ihrer kleinen Schwester greifbar im Raum. *Claudia. Claudia Vidalis.* MacDeath wusste von Claras Schuldgefühlen, hatte sie doch in der Vergangenheit schon mehrfach gesagt, dass sie bewusst keine Kinder habe, *da ihr dann auch niemand etwas wegnehmen könnte, was sie eigentlich beschützen sollte.* Deshalb beschloss er, ihre Ängste zunächst einmal ernst zu nehmen, aber auch nicht zu sehr aufzubauschen, und lenkte das Gespräch in eine sachliche Richtung.

»Tja, nur entscheiden musst du dich jetzt bald.«

Clara ärgerte sich, dass MacDeath so oberlehrerhaft klang. Und gleichzeitig ärgerte sie sich, dass er recht hatte.

»Wenn du das Kind willst, also, unser Kind«, sprach er weiter, »müssen wir das irgendwann öffentlich machen. Du darfst ...«

»Ich weiß, ich kenne den ganzen Mist. Ich darf dann nur noch eingeschränkt arbeiten, keine kritischen Situationen, keine Schichtarbeit, keine Überstunden. Schreibtischjob für Schwangere, Akten wälzen und Fahrraddiebstähle dokumentieren.«

MacDeath grinste. »Dafür wird Winterfeld schon sorgen, dass du keine Fahrraddiebstähle dokumentieren musst.«

»Den Fall hier will ich noch unbedingt zu Ende machen.« Sie sah MacDeath mit durchdringenden Augen an. »Den *Tränenbringer* oder wie der Junkie ihn genannt hat.«

»Ich glaube aber nicht, dass der Killer Rücksicht auf Schwangerschaften nimmt und sich entsprechend schnell fangen lässt«, sagte MacDeath. »Bisher tappen wir noch weitgehend im Dunkeln.«

»Dann müssen wir halt schneller werden.«

»Aber noch mal zu dem anderen Thema«, sagte MacDeath. Ganz konnte er davon nicht lassen. »Freust du dich denn gar nicht? Auf das Kind? Wenn es kommt? Wir sind dann eine Familie. Eine richtige Familie!«

Clara blickte ihn eine Weile still an. *Ja, sollte sie sich nicht freuen? Aber sie hatte ja an jenem Morgen auf dem herbstlichen Balkon bereits mit sich selbst ausgemacht, dass sie sich nicht freute. Und dabei war es auch geblieben. War es das?*

»Du weißt, was mit Claudia passiert ist?«, fragte sie. »Wenn ich nicht einmal damals meine Schwester beschützen konnte, wie soll ich dann mein eigenes Kind beschützen?«

»Deine Schwester, ja.« Er nickte. MacDeath wusste besser als alle anderen, was mit Claras Schwester passiert war. Dass ein Pädophiler sie entführt, missbraucht und getötet hatte. Jemand, den Clara jahrelang gejagt hatte. Und der am Ende nicht von Clara, sondern von einem Killer zur Strecke gebracht wurde, der sich *Der Namenlose* nannte. Einem Killer, den Clara selbst gejagt hatte. Und bei dem Clara bis heute nicht wusste, ob dieser Namenlose ihr nun einen Dienst erwiesen oder ihr die Freude der Rache genommen hatte. MacDeath war erleichtert, dass es Clara immerhin gelang, über ihre Ängste zu sprechen, wenn auch nur ziemlich knapp.

Sie verschränkte die Arme. »Was meiner Schwester passiert ist, kann anderen Kindern auch passieren. Was ist, wenn so etwas unserem Kind passiert? Wir leben nun mal in einer kranken Welt.«

Er nahm sie in den Arm. »Niemand wird unserem Kind etwas antun«, sagte er. »Wir beschützen es gemeinsam. Wir sind im LKA 113. Wenn das irgendeiner kann, dann wir.« Clara legte ihren Kopf auf seine Schulter. »Eine wichtige Sache ist da aber noch.« Er blickte sie an.

»Was?« MacDeath machte es mal wieder spannend, dachte Clara.

»Wenn wir das Kind wollen«, platzte es aus MacDeath heraus, »dann müssen wir heiraten.«

Sie stutzte kurz. Wie kam er jetzt aufs Heiraten? Dann lachte Clara auf. Es sollte amüsiert klingen, klang aber hilflos. »Willkommen in den Fünfzigern«, sagte sie. Doch als sie MacDeath' ernsten Blick sah, seufzte sie. »Du meinst das ernst, oder?«

»Natürlich, ich möchte dich eh heiraten, Kind hin oder her. Jetzt aber erst recht. Unser Kind soll ehelich geboren werden. Erst einmal finde ich solche Rituale wichtig. Und außerdem ist das rechtlich auch eine ganz andere Sache.«

»Nämlich?«

»Wenn wir nicht verheiratet sind, müsste ich mir im schlimmsten Fall vom Jugendamt die Vaterschaft anerkennen lassen.«

»Ist das so?«

»Ja.« Er nickte.

»Und warum ist das wichtig?«

»Falls du ... na ja, bei der Geburt etwas passiert oder so etwas, müsste ich lange beim Jugendamt betteln, wenn wir nicht verheiratet sind. Das finde ich entwürdigend. Außerdem bekäme ich in der Klinik keine Informationen zu deinem Gesundheitszustand, wenn wir nicht verheiratet wären.«

»Du denkst echt an alles«, sagte Clara erschöpft. »Machen doch sonst eher die Frauen.«

»Sonst sind es auch die Frauen, die eher heiraten wollen.« MacDeath grinste.

»Also heiraten ...« Sie lehnte sich zurück. »Standesamtlich oder kirchlich?«, fragte sie.

»Beides. Wenn schon, dann richtig.«

»Erst mal standesamtlich. Das wird mir sonst zu viel.«

»Andere Frauen können doch von Hochzeiten gar nicht genug kriegen.«

»Andere Frauen sind auch nicht ich.«

In dem Moment klingelte Claras Handy. Es war Hermann. Clara hörte angespannt zu.

»Tegeler See?«, fragte sie. »Und warum wir? Kein junges Mädchen, sondern ... eine Rose?« Sie sah MacDeath an. »Gut, wir kommen.«

Sie trank ihre Cola light aus und stand auf. »Ich glaube, wir müssen unsere Diskussion verschieben. Wobei wir ja eigentlich auch fast durch waren.«

MacDeath verzog das Gesicht. »Nicht ganz. Aber die Arbeit geht vor. Denn damit hat es ja wohl zu tun?«

»Bingo«, sagte Clara und lächelte ihn unergründlich an. »Ich erkläre dir alles im Auto.«

Kapitel 31

Berlin, 2016

»Was haben wir?«, fragte MacDeath, als sie aus der Tiefgarage seiner Wohnung Kurs auf die Karl-Liebknecht-Allee nahmen, um dann Richtung Norden zu fahren.

»Hermann sagt, an einem der Seen um Tegel wurde eine Frauenleiche gefunden. Halb im Wasser liegend.« Clara schaute angestrengt auf die dunkle Straße.

»Alter?«

»Wohl so um die vierzig Jahre.«

»Und fehlen ihr irgendwelche Körperteile?«

»Keine ... Extremitäten. Aber der Täter hat wohl einiges mit ihr angestellt. Und ...« Clara gab Gas, sobald die Ampel auf Gelb umsprang.

»Und?«

»Und wieder eine Rose, die bei ihr lag. Na ja, *lag* ist vielleicht das falsche Wort.«

»Nämlich?«

»Der Täter hat ihr die Rose in die Vagina gesteckt.«

Nach gut zwanzig Minuten waren sie am Fundort. Die Straßen waren um diese Zeit angenehm leer.

Scheinwerfer waren an der Uferstelle aufgestellt, als sich Clara und MacDeath näherten. Streifenpolizisten sperrten den Fundort ab, der eher wie ein Tatort aussah. Hermann und Kriminaldirektor Winterfeld standen am Ufer, während die Kriminaltechniker Fotos machten. Auch Dr. von Weinstein war dort, stakste mit Gummistiefeln im seichten Wasser und wollte gerade den Mund der Leiche öffnen. Einer der Scheinwerfer war direkt auf das Gesicht der Leiche gerichtet, sodass der Rest des Körpers im Dunkeln lag.

Die Leiche der Frau war bereits aufgequollen, soweit Clara das im Dämmerlicht erkennen konnte. Fast schon grünlich verwest, was daran lag, dass es in diesem Oktober deutlich wärmer gewesen war, als es für den Herbst normal wäre. Die Haut grünlich und aufgeweicht und der Bauch von Fäulnisgasen aufgebläht. Das Schlimmste war aber der Geruch, der furchtbare, faulige Geruch, den Wasserleichen ausströmten. Clara hatte ihn schon zehn Meter von der Uferstelle entfernt wahrgenommen. Offenbar lag die Leiche schon ein paar Tage im Wasser, und die warmen Tage zuvor hatten bewirkt, dass sie in Rekordgeschwindigkeit verweste. Jetzt war es kälter geworden, und Fische hatten ihren Teil dazu beigetragen, das Antlitz der Toten noch weiter von dem zu entfernen, was es einmal gewesen war. Winterfeld hatte sich einen Zigarillo angezündet, doch der Qualm konnte den Leichengestank nicht vertreiben.

Clara fielen sofort die Füße der Leiche auf, die in High Heels steckten. High Heels, die der Täter ihr mit Klebeband an die Füße geklebt hatte, damit sie nicht abfielen. Reste von Strapsen waren an den Beinen der Frau zu sehen.

»Einige Tage wird die im Wasser gewesen sein«, sagte von Weinstein, »kleine Tierfraßdefekte, aber nicht allzu viele.« Er zeigte auf einige Hautstellen, wo Fische und Krebse kleine Stücke herausgefressen hatten. »Im Frühjahr wären das mehr. Da sind mehr Jungfische und Insekten unterwegs.«

Frühjahr, dachte Clara. Frühjahr und Sommer waren die Zeit, zu der Wasserleichen auftauchten. Erst sank die Leiche ab, dann bildeten sich im Bauch Fäulnisgase und dann tauchte sie wieder auf. Wie ein morbider Fesselballon.

Von Weinstein hatte Handschuhe an und zog die Kiefer der Leiche auseinander. »Ich tippe auf Osteuropa«, sagte er und ließ die Kiefer wieder zuschnappen. »Viele fahren ja nach Osteuropa, um sich die Zähne dort machen zu lassen, weil es billiger ist. Ist hier etwas anders. Viel Amalgam, viele Brücken. Würde man heute nicht mehr so machen. Muss aber nicht heißen, dass sie nicht aus Deutschland kommt. Wir machen gleich in Moabit detaillierte Aufnahmen und schauen, ob wir den Zahnstatus irgendwoher bekommen.«

»Was ist mit der Nase?«, fragte Clara als Erstes.

Der Scheinwerfer fokussierte sich noch einmal auf das Gesicht. Die Nase war zwar von Fischen angeknabbert worden, aber sie war noch komplett vorhanden. »Dann ist es nicht Lisa«, sagte Clara resigniert.

»Nein, es ist nicht Lisa. Dafür ist sie auch zu alt.« Von Weinstein schüttelte den Kopf.

»Und der Rest?«, fragte Clara. »Von der Leiche, meine ich. Könnt ihr mal etwas mehr Licht machen?«

Von Weinstein verzog das Gesicht. »Wenn ihr das wirklich sehen wollt?«

Der Scheinwerfer änderte seinen Fokus und beleuchtete jetzt die ganze Leiche.

Es war eine Frau. Nackt. Die grünlich graue Haut des Oberkörpers war verwest und von Fischen angefressen und Teile der Rippen bohrten sich durch die bleiche, aufgelöste Haut. Reste eines Spitzen-BHs bedeckten Teile ihrer Brust. Ihre Füße waren mit Seilen auf eine solche Weise am Ufer festgebunden, dass ihre Beine dauerhaft gespreizt waren. So als erwarte sie, auch im Tod, ihren nächsten Freier. Ihr Bauch war von der Brust bis zum Schambein aufgeschnitten. Teile der Innereien fehlten oder hingen aus dem Leib heraus. Dünn- und Dickdarm aber hatte der Täter aus der Bauchhöhle herausgezogen und der Leiche wie einen Strick um den Hals gelegt. Wie eine Sexpuppe, die gleichzeitig inszeniert, präsentiert und bestraft wird. Das Ganze bot einen grotesken und furchtbaren Anblick.

»Erdrosselt mit ihren eigenen Innereien?«, murmelte MacDeath.

»Nein, das mit den Innereien war wohl eher post mortem«, sagte von Weinstein. »Die Wundränder sind nicht unterblutet. Die Innereien sind kaum verwest und angefressen. Er hat die Leiche wohl erst später aufgeschnitten und die Gedärme rausgezogen. So, als hätte der Täter diese Inszenierung erst nach einiger Zeit vorgenommen.« Von Weinstein stapfte mit seinen Gummistiefeln aus dem Wasser und hielt sich an einem Pfahl fest, der wohl dafür da war, um Boote zu vertäuen. »Sie hat hinten eine ziemlich große Einschlagwunde am Schädel. Wie von einem ... Vorschlaghammer. Das wird der tödliche Schlag gewesen sein.«

»Und die Rose?«, fragte Clara. Hermann hatte ja am Telefon eine Rose erwähnt, die dem Opfer in die Vagina gesteckt worden war.

»Hier«, sagte von Weinstein. Er leuchtete auf die Stelle. »Es ist eine künstliche Rose. Vielleicht, damit sie im Wasser nicht verfault.«

»Damit sie weiterhin sichtbar ist«, murmelte MacDeath. »Umso mehr hat die Rose dann doch eine symbolische Bedeutung.«

»Ich wollte es ja nicht glauben«, sagte Winterfeld. »Aber wir hatten jetzt drei Rosen? Im Karton mit den Füßen, dem von Lisa und hier?«

»Exakt.«

Von Weinstein zog seine Taschenlampe hervor. »Aber schaut mal hier.«

Zwischen den Gedärmen, die den Hals wie eine Galgenschlinge umzogen, blitzte etwas. Eine Kette. Silber. Mit grünen Kunststeinen.

»Was meinen Sie?«, sagte Winterfeld zu Clara, ließ den Zigarillo im Mund und stemmte die Hände in die Hüften.

»Noch ein Artefakt«, sagte Clara.

»Ein Kreuz«, murmelte MacDeath. »Die Rose und die Unschuld. Und Maria.«

»Erst einmal in die Rechtsmedizin damit«, knurrte Winterfeld. »Zahnstatus nehmen. Prüfen, wo die Rose herkommt und diese Kette.«

Die Fahrer der Rechtsmedizin kamen mit einer Bahre nach unten und machten ächzend die Leiche los, während von Weinstein dabei stand wie Charon, der Fährmann, der seinen Höllennachen in der Unterwelt über den Styx fuhr.

»Verdammte Scheiße«, sagte Winterfeld und blies Rauch in die Abendluft, während die Leiche an ihm vorbeigehievt wurde. »Ist das jetzt derselbe Killer wie von Lisa wegen der Rose? Oder ein anderer Psycho, der den Originalkiller nachmacht? Wäre ja nicht das erste Mal. Und was glauben Sie, was für eine Frau das ist? Könnte auch eine Prostituierte sein, oder?«

»Allerdings. Die Strapse, der BH, die Schuhe.« MacDeath trat etwas näher. »Wobei das auch eine Art von *Posing* ist. Der Täter hat sie absichtlich so hergerichtet. Und er hat die High Heels absichtlich festgeklebt. Als wollte er mit Nachdruck auf den Beruf dieser Frau hinweisen. Ja.« Er nickte. »Morde im Prostituiertenmilieu sind nicht selten. Und auch das Strangulieren kommt dort häufig vor. Oft werden Huren auch mit ihrem BH erdrosselt.«

»Hier waren es Innereien und post mortem«, sagte Winterfeld knapp.

»Das stimmt. Aber sowohl die Rose als auch das Strangulieren kann eine Bedeutung haben. Ebenso wie die Inszenierung als Hure.«

»Und welche?«

»Dazu müsste ich die Obduktion abwarten.« Er nickte von Weinstein zu. »Wir legen doch gleich los?«

Der nickte sarkastisch. Die Fahrer zogen die Bahre nach oben, wo bereits der grüne Leichenwagen der Rechtsmedizin wartete. »Von einem geruhsamen Feierabend habe ich mich schon verabschiedet, als die Meldung kam.«

»Was ist mit der Presse?«, fragte von Weinstein, als sie die Uferböschung wieder hinaufstapften.

»Erst einmal nichts«, sagte Hermann. »Ist ja auch keiner hier.« Er blickte sich um.

»Warum sollten sie auch«, sagte Clara. »So gemütlich ist es hier nicht, und den Polizeifunk haben sie wohl diesmal nicht abgehört.«

»Tja, woher wissen Leute was? Das hat man sich bei WikiLeaks auch gefragt«, sagte Winterfeld. »Es gibt aber wegen der Vermisstenmeldungen schon einen Ermittlungsansatz, schon vergessen? Wenn die eins und eins zusammenzählen können, machen die da ihre eigene Story draus.« Er warf den Zigarillostumpen ins Ufergras. »Wer weiß, was dann kommt? *Im Oktobernebel schlägt der Ripper von Reinickendorf zu …*«

»Reinicken-Ripper klingt noch besser«, sagte Hermann.

Clara verdrehte die Augen.

»Sparen wir uns die Witze«, sagte Winterfeld. Hinter ihm war Motorengeräusch zu hören. Der Leichenwagen mit der Aufschrift *Rechtsmedizin* fuhr rückwärts heran. Die Türen öffneten sich und die Bahre verschwand im Inneren.

»Dann mal los«, sagte Winterfeld. »Nächste Station: Moabit!«

Kapitel 32

Berlin, 2016

Mittlerweile war es später Abend.

Die Leiche der Frau lag auf dem stählernen Obduktionstisch im Institut für Rechtsmedizin der Charité.

Das Erste, was Clara auffiel, war die aufgesägte Schädeldecke.

»Wir haben den Kopf geöffnet und das Gehirn entnommen«, sagte von Weinstein, »das machen wir ja immer. Dann haben wir die Schädelbasis mit einem Meißel aufgeschlagen, um zu schauen, ob Wasser in der Stirn und den Nasennebenhöhlen ist.« Der blutige Meißel und ein kleiner Hammer lagen noch auf dem Obduktionstisch.

»Und?«

»Nichts. Wäre da Wasser, würde das bedeuten, dass sie ertrunken ist. Ist sie aber nicht.« Er zeigte auf den Hinterkopf der Frau, wo eine riesige Wunde klaffte. Der Knochen war zerschmettert, die Haut zerrissen. »Das heißt, sie war schon tot, als sie ins Wasser geworfen wurde. Kein Wunder, bei so einem Hammerschlag.«

»Dann hat der Hammerschlag den Tod verursacht?«

»Davon gehe ich aus.« Von Weinstein machte eine kurze Pause. »Wird wohl ein Zimmermannshammer gewesen sein, mit einer von diesen Klauen am anderen Ende.« Er schaute auf das Protokoll. »Hier …«, er drehte sich um und schaute auf den Organtisch, »… ist ihr Magen.« Er zog den Magen, der an der Längsseite aufgeschnitten war, auseinander. »Wäre sie ertrunken, hätten wir einen dreischichtigen Inhalt. Unten fest, darüber flüssig, obendrauf Schaum.«

»Und das haben wir auch nicht?«

»Nein. Nur irgendwelche Reste, die asiatisch aussehen. Chinesisch oder vietnamesisch. Reis und so was hat sie wohl als Letztes gegessen.«

Clara wusste nicht, wo sie hinschauen sollte. Es war alles grausam und ekelhaft. Doch sie musste die Leiche in Augenschein nehmen. Darum war sie hier.

Der Körper war vom Kinn bis zum Schambein aufgeschnitten, die Innereien lagen auf einem separaten Tisch zu Füßen der Leiche. Wie die Wasserleiche dort so lag, hatte sie nach wie vor etwas Obszönes. Clara dachte erneut an das Arrangement der Szene an dem Tegeler See und daran, dass bei dem Täter gewiss mehr dahintersteckte als die reine Tötungsabsicht. Sie hatte schon öfter Fälle gehabt, in denen die Täter eine sadistische Freude daran hatten, ihre Opfer auch nach dem Tod in sexuell erniedrigenden Posen zu zeigen. Es gab zudem Täter, die noch eine Zeit lang bei der Leiche blieben und über dem Kadaver onanierten. Einen hatten sie erwischt, weil seine Spermaspuren auf der Leiche klebten und die Ermittler die DNS zurückverfolgen konnten.

»Die Leiche hat nicht zufällig auf dem Rücken gelegen«, fuhr von Weinstein fort. »Der Täter hatte ihr am Rücken die Haut großflächig aufgeschnitten und eine fünfzehn Kilogramm schwere Hantelscheibe unter die Haut geschoben, um die Leiche zu beschweren. Dann hatte er alles wieder behelfsmäßig zugenäht.«

»So etwas ist kein Zufall«, sagte Clara. »Er wollte, dass die Leiche auf dem Rücken liegend gefunden wurde. Auf dem Rücken liegend und die Beine gespreizt.«

»Wie eine lüsterne Frau, die auch als Wasserleiche noch ihren nächsten Freier erwartet«, ergänzte MacDeath.

Das alles, so wurde es Clara immer bewusster, hatte definitiv einen rituellen Charakter. Und das Kreuz um ihren Hals hatte noch einmal einen neuen Aspekt hinzugefügt. Und keiner sprach die Befürchtung aus, doch alle hegten sie: Es musste nicht bei einem Mord bleiben. Hier konnte es sich um einen Serienkiller handeln.

Clara beobachtete von Weinstein, der durch seine Designerbrille konzentriert ins Innere des verwesten Körpers blickte. Auch Winterfeld beugte sich leicht vor, passte aber höllisch auf, dass weder sein Sakko noch sein Trenchcoat auch nur im Geringsten mit der Leiche in Berührung kamen. Hier drinnen durfte er nicht rauchen, daher versuchte er, so gut wie gar nicht zu atmen. Die Abluftanlage lief auf voller Stufe.

»Tödlich war der Schlag auf den Schädel?«, fragte Clara.

Von Weinstein nickte. »Soweit wir das hier beurteilen können, ja. Die Schädeldecke ist gebrochen, und gemäß dem, was noch vom Gehirn übrig ist«, er wies mit dem Kinn auf einen undefinierbaren, grau-bräunlichen Matsch in einer Stahlschale, »können wir von einer Schädelinnenraumblutung ausgehen. Er hat ihr den Schädel mit einem Vorschlaghammer zerschmettert. Das zeigen die CT-Aufnahmen. Die Rekonstruktion war auf dem Monitor des PCs sichtbar. Sie hatten die Leiche vorher durchs CT gefahren. Das CT in der Rechtsmedizin hatte den Vorteil, dass sich keiner der *Patienten* über hohe Strahlenwerte beschwerte. Dennoch hatte der TÜV darauf bestanden, dass auch in diesem CT ein Mikrofon eingebaut sein sollte – falls ein Patient Platzangst bekommen sollte, müsste er die Möglichkeit haben, mit den Ärzten zu sprechen, so der TÜV. *Wenn eine der Leichen durch das Mikrofon mit mir spricht,* hatte von Weinstein damals gesagt, *lasse ich mich sehr lange krankschreiben. Unter drei Wochen läuft da nichts.* Das war ein Insiderwitz gewesen, den damals nur MacDeath verstanden hatte. Denn nur Psychiater konnten in Deutschland von Anfang an drei Wochen lang krankschreiben. Den TÜV hatte das in typisch deutscher Regulierungswut nicht interessiert, und so hatte das Leichen-CT auch ein Mikrofon und Lautsprecher, das mit einer ähnlichen Anlage im Sektionssaal der Rechtsmedizin verbunden war. Helfen tat das Mikro niemandem. Mit Ausnahme von manchen Scherzen, die sich einige Kollegen erlaubten, die mal eben vom Saal aus »Buh!« ins Mikrofon riefen, während ein Sektionsassistent die Leiche ins CT verfrachtete. Doch heute tat dies niemand. Dafür war der Fall zu schrecklich, die Leiche zu verwest und die Situation zu ernst.

»Er hat ihr die Innereien post mortem um den Hals gehängt. Hat sie also genau genommen mit ihren eigenen Gedärmen stranguliert«, sinnierte MacDeath. »Es könnte sich symbolisch um eine Geste des Hängens handeln. Und zusammen mit dem Kreuz wird der Tod damit zu einer Art Erlösung. Oder zu einer Absolution.«

»Und das bedeutet?«, fragte Winterfeld.

»In der mittelalterlichen Theologie war das Hängen, eine der prominentesten Strangulationsformen, immer das Zeichen für Gier und Maßlosigkeit«, sagte MacDeath. »Auch Pier della Vigna hängt in Dantes *Göttlicher Komödie.* Und Judas, der Verräter Christi, hatte sich ebenfalls an einem Baum erhängt. Und als Dante und Vergil in der *Göttlichen Komödie* in die Höllenstadt Dis fahren, kommen sie vorher durch einen Wald aus Selbstmördern. Diese Selbstmörder haben sich in Bäume verwandelt. Und werden an den Bäumen aufgehängt. Hängen also an sich selbst.«

Clara blickte auf die Leiche. »So ähnlich wie hier.«

»Und«, fuhr MacDeath fort. »Er hat die Leiche extra beschwert und so hergerichtet, dass sie auf dem Rücken treibt. Das ist der Unterschied von Modus Operandi und Signatur.«

»Der Modus Operandi ist die Art des Mordens …«, sagte Clara nachdenklich.

»Exakt. Er hat die Frau mit einem Vorschlaghammer erschlagen. Vielleicht aus der Wut oder dem Affekt heraus. Das wissen wir nicht.«

»Und die Signatur?«

»Das ist die Art der Herrichtung. Um sie zu töten, musste er der Frau nicht ihre eigenen Innereien post mortem um den Hals binden. Er musste sie nicht mit ihrer Reizwäsche dekorieren und ihr die High Heels an die Füße kleben. Das hat er getan, weil es für ihn eine Bedeutung hat. Welche auch immer. Ebenso wie das Kreuz darunter.«

»Wenn sie es nicht vorher schon getragen hat«, entgegnete Winterfeld.

»Ja.« MacDeath nickte. »Aber das wissen wir nicht. Falls er es dort platziert hat, *hat* es eine Bedeutung.«

»So wie es für den Killer von Lisa eine Bedeutung hat, dem Vater die Nase zu schicken?«

»Genau so. Denn auch die Amputation der Füße oder Nase, in diesem Fall war es ja beide Male post mortem, ist für den Tod nicht ursächlich.« Er schaute von Weinstein an. »Es würde einiges helfen, wenn wir so schnell wie möglich wüssten, wer diese Frau ist und was sie beruflich gemacht hat.«

»Zahnstatus fragen wir jetzt ab«, knurrte von Weinstein.

»Können wir über die Rose etwas herausfinden?«, fragte MacDeath.

»Wir können sie auch untersuchen. Vielleicht finden wir irgendwelche fremde DNS daran. Was ich aber nicht glaube.

Dafür hat sie zu lange im Wasser gelegen, als dass wir da noch Glück haben.« Von Weinstein schnaubte gegen den Gestank an. »Die Rose hat es ihnen angetan, oder?«

»Na ja, das ist schon mehr als Zufall, dass wir hier auch eine finden. Und dann auch noch *dort*«, sagte MacDeath.

»Papiere hatte sie nicht dabei?«

Von Weinstein schüttelte den Kopf.

»Eine Hure …«, murmelte Hermann. »Letztes Mal hatten wir einen Fall, da hat ein Freier eine Hure verprügelt, weil sie sein Geld geklaut hat, als er nach dem Akt duschen war. Das Geld war unauffindbar. Am Ende kam raus, dass sie es sich in die Vagina gesteckt hat.«

»Hört, hört«, sagte von Weinstein. »Macht sie das auch mit Kreditkarten?«

»Bitte, meine Herren«, knurrte Winterfeld mit zusammengebissenen Kiefern. »Etwas mehr Ernst.«

»Und?«, fragte Winterfeld, an MacDeath gerichtet. »Was meinen Sie? Ist es der Reinicken-Ripper, wie Hermann so schön sagte?«

»Wenn es sich um eine Hure handelt, erinnert der Fall tatsächlich an Jack the Ripper. Und wenn es ein neuer Ripper ist und er sich an die Vorlage hält, dann lebt er irgendwo in Reinickendorf oder in der Gegend von Tegel. Solche Killer töten in ihrer Region. Hat Jack the Ripper auch gemacht. Er war in Whitechapel unterwegs. Damals gab es dort tausendzweihundert Prostituierte und mehr als sechzig Bordelle. Ein idealer Jagdgrund für solche Killer.«

»Hat der Ripper sie auch ausgeweidet?«, fragte Winterfeld.

MacDeath nickte. »Ja. Und die Eierstöcke entfernt. Das Symbol für Fruchtbarkeit und weibliche Anatomie. Als wollte er verhindern, dass sich die Huren weiter fortpflanzen.«

»Kann es nicht sein, dass der Täter die Leiche irgendwo ins Gewässer geschmissen hat?«, fragte Clara. »Und dass sie nur zufällig zu dieser Anlegerstelle getrieben wurde?«

MacDeath zuckte die Schultern. »Auch möglich. Aber die Beine der Leiche waren ja schließlich festgebunden. Das passt nicht.«

»Das ist wahr«, sagte von Weinstein. »Es kann aber auch sein, dass sie dort hingespült wurde. Und jemand hat sie erst später dort festgebunden?«

»Aber wer findet denn da eine Leiche und bindet sie fest?«, fragte MacDeath. »Und dann noch in solch einer Pose? Mit Sicherheit kein Sonntagsspaziergänger, der gerade seinen Hund Gassi führt.« Er verstellte seine Stimme: *»Das Wetter ist schön, was mache ich da mal? Ach ja, Wasserleichen festbinden. Habe ja nichts Besseres zu tun.«*

Winterfeld nickte. »Eben. Das kann nicht sein. Nur was *sein* kann, wissen wir auch nicht.« Er schnaufte. »Es sind mir sowieso zu viele *könnte, möglicherweise* und *vielleicht* in diesem Fall«, knurrte er. »Und zu wenige *so ist es.*«

»Das haben Fälle so an sich«, sagte Clara und wandte sich an MacDeath. »Die einzige Verbindung zu Lisa wäre die Rose, richtig?«

»Ja, von daher können es auch zwei Täter sein.« MacDeath nickte. »Der eine tötet junge Mädchen, der andere Prostituierte. Oder der Mord an der Frau oder Prostituierten, was immer sie war, ist auch ein einmaliger Mord und kein Indiz für eine Serie?«

»Und der Junkie?«, fragte Winterfeld.

»Guter Punkt«, sagte Clara. »Arbeitet der dann für beide oder nur für einen? Doch nur für den, der die Mädchen umbringt, oder?«

MacDeath zuckte die Schultern. »Wahrscheinlich ja. Obwohl wir das überhaupt nicht wissen, wer da für wen arbeitet. Ein Junkie für einen Killer, mehrere Junkies für einen? Oder sogar mehrere für mehrere?«

»Können ja mal beim Arbeitsamt fragen«, sagte von Weinstein. Clara hörte gar nicht hin. Von Weinstein untersuchte weiter das Innere der Leiche. Dann blickte er MacDeath an. »Sagten Sie nicht, dass Jack the Ripper vielen seiner Opfer die Eierstöcke entfernt hat?«

Der nickte.

Von Weinstein schaute noch einmal in die Körperhöhle und dann alle der Reihe nach an. »Sieht so aus«, sagte er, »als habe der Killer das hier auch gemacht.«

Kapitel 33

Berlin, 2016

Die Rechtsmedizin hatte getan, was sie konnte. In Rekordzeit hatten sie den Zahnstatus festgestellt und auf einer zahnmedizinischen Plattform online veröffentlicht. Ein Zahnarzt aus Reinickendorf konnte Auskunft über die Patientin geben. Die Dame kam nicht aus Osteuropa, sondern aus Deutschland und hieß Andrea Fischer. In ihrem anderen Leben trug sie allerdings den Namen *Jacqueline.* Denn die Vermutung der Ermittler hatte sich bestätigt: Andrea Fischer arbeitete unter dem Namen Jacqueline als Prostituierte. Meist in ihrer eigenen Wohnung oder in einem Stundenhotel, wobei sich in ihrer Wohnung keine Anzeichen irgendeines Kampfes oder Mordes fanden.

Nach einigen Umfragen im Milieu war auch klar, wo Jacqueline bis vor Kurzem gearbeitet hatte. Auch wenn die Information nicht ganz wasserdicht war, war es einen Versuch wert.

Das Bordell *Lustlaube* belegte zwei Stockwerke in einem Altbau nahe dem Kurt-Schumacher-Platz. Diverse rote Herzen blinkten penetrant an einigen der mit schwarzer Folie abgeklebten Fenster im ersten und zweiten Stock. Der Mord an einer Prostituierten, auch wenn niemandem ganz klar war, wer es war, hatte sehr schnell die Runde gemacht, obwohl die Ermittler alles versucht hatten, die ganze Sache vorerst geheim zu halten. Doch schon war in sozialen Netzwerken und im Milieu tatsächlich vom *Reinicken-Ripper* die

Rede, der statt im Nebel von London nun im dunstigen und herbstlichen Berliner Reinickendorf seine blutigen Runden drehte.

Clara und Hermann hatten einen Termin bei Günther und Paule, den beiden Besitzern der *Lustlaube*. Clara war zwar schon einige Male in solchen Etablissements gewesen, doch kam sie sich als Frau und damit als eine Spezies, die in solchen Läden meist nur auf der anderen Seite der Scheibe zu finden war, immer deplatziert vor. Denn die anderen Frauen waren tatsächlich hinter Scheiben und rekelten sich auf Barhockern in aufreizenden Posen. Clara musste an die Position der Wasserleiche denken. Die vier Männer, die gerade verstohlen durch die Flure schlichen, musterten die Frauen wie Ware in einem Schaufenster und fragten flüsternd, was die Damen denn so anboten und vor allem was sie kosteten. Die Luft war geschwängert von Parfüm und Räucherstäbchen, das Licht rosarot, und an den Türen neben den Zimmern, in denen es dann zur Sache ging, lag die übliche Ausrüstung aus Kleenex, Kondomen und Küchenrolle.

Günther und Paule, die beiden *Hausherren*, empfingen Clara und Hermann in ihrem Büro. Clara und Hermann hatten den beiden im Vorfeld gesagt, dass nichts von dem, was nicht der Ermittlung diente, gespeichert oder irgendwie gegen sie verwendet werden würde. Potenzielle Zeugen, die mit angezogener Handbremse aussagten, halfen niemandem weiter. Die beiden hatten sicher einiges auf dem Kerbholz, aber das war an dieser Stelle egal. Das *Büro* war ein kleiner Raum, in dem sich auf einem Schreibtisch und dem darüberliegenden Regal einige Ordner befanden. An einer Wand lief ein kleiner Fernseher ohne Ton, auf dem gerade eine Dokumentation über den Vatikan lief. Clara musste kurz lächeln. Das Schicksal hatte Sinn für Humor.

Günther und Paule hatten beide eine Menge Tattoos und sehr kurze oder gar keine Haare – »Kurze Haare sehen gefährlicher aus, und man kann nicht daran gezogen werden«, hatte Paule gesagt. Und der kahle Hermann hatte gegrinst.

Zudem waren sie nach eigener Aussage, auch wenn sie nicht so aussahen, *die guten Geister des Hauses*. Fanden sie jedenfalls selbst.

»Gute Geister?«, fragte Clara und setzte sich mit Hermann an einen Tisch, auf dem die Kaffeemaschine stand. »Das meinen Sie ernst?«

»Na ja, wir können auch böse Geister werden. Zum Beispiel wenn Leute hier Ärger machen.«

»Wer zum Beispiel?«, fragte Hermann.

»Die Kanaken zum Beispiel«, sagte Paule und kniff sich in den Unterarm, wo ein riesiges Totenkopf-Tattoo prangte. »Die wollen hier ficken ohne Gummi für zehn Euro. Und dann machen sie noch Zicken, wenn es ans Zahlen geht.«

»Was kostet es denn normalerweise?«, erkundigte sich Hermann.

»Mindestens dreißig Euro. Wer mehr nehmen kann, nimmt mehr. Das dürfen die Frauen alles für sich verhandeln. Wir mischen uns da nicht ein. Hauptsache, die Miete wird gezahlt. Die Kunden müssen halt zahlen wollen und zahlen können. Je billiger, desto mehr Kunden.«

»Je billiger ...?«

»Desto mehr Ficks.«

»Das heißt dann pro Tag ...?«

»Manche Huren schaffen zehn Freier. Manche noch mehr.« Clara schüttelte den Kopf. Er bemerkte ihren Blick. »Bei manchen geht's ja auch schnell. Kurz blasen oder Handjob. Die sind nach zehn Minuten durch. Was wollte ich noch sagen?« Paule schaute sich um. »Die Damen müssen hier die

Miete abdrücken und können hier alles nutzen. Räume, Bettwäsche, Putzfrau, Kaffee, Kondome. Alles inklusive.«

»Und wer kriegt mehr als dreißig Euro?«, hakte Clara nach.

»Wer fließend Deutsch spricht, kriegt mehr. Viele können kein Deutsch. Wer nicht spricht, fickt halt.« Er zündete sich eine Zigarette an. »Und Dominas kriegen sowieso mehr. Wobei die nicht immer Sex anbieten.«

»Dominas gibt es hier auch?«, fragte Hermann.

»Klar.« Paule schien richtig stolz zu sein. »Hier gibt es das volle Programm! Es gibt dominante Huren und auch Sklavinnen. Die Sklavinnen lassen sich gern verprügeln. Wirklich. Freiwillig. Stehen auch noch drauf. Ehrlich! Die meisten der Sklavias, wie man die nennt, haben keinen Vater. Oder ein gestörtes Verhältnis zu ihm. Die wollen meist verprügelt werden.«

»Deswegen?«, fragte Hermann.

Paule zuckte die Schultern. »Ich bin Zuhälter, kein Psychologe. Scheint aber so zu sein.«

»Tja, MacDeath müsste hier sein«, murmelte Clara. »Dann hätten wir aber drei Stunden Diskussion.«

»Dann haben Sie hier ein richtiges SM-Studio dafür?«, fragte Hermann.

Paule nickte eifrig. »Klar, kann ich Ihnen gern zeigen. Da hinten, der dritte Raum links. Mit Andreaskreuz, Gynstuhl und Käfig. Selbst Windeln haben wir dort.«

»Äh, danke, wir schauen mal, ob wir nachher noch Zeit haben.« Hermann blickte sich um und schaute auf eine Aldi-Tüte, die voll mit Kondomen war. »Gibt es bei Aldi so viele Kondome?«

»Nein, aber wir nutzen die Tüte dafür«, sagte Günther. Dann zog Hermann ein Foto hervor. Es war das Bild von dem namenlosen Junkie, der noch immer in Bonnies Ranch im Koma lag.

»Den schon mal gesehen?«

Günther und Paule schauten das Foto mit blinzelnden Augen an.

»Nee!« Paule, der der Wortführer zu sein schien, schüttelte den Kopf. »Es gibt natürlich so ähnliche Typen, aber der sieht ja aus wie aus *Braindead.*«

»Und so 'n Dreck würde hier auch nie reinkommen«, sagte Günther. »Haben wir aber trotzdem manchmal. Typen, die hier auf dem Flur pennen wollen. Die warnen wir ein Mal. Wenn sie dann immer noch hier rumliegen, gibt's was aufs Fressbrett!«

»Sie sollen ihn ja auch nicht bedienen«, sagte Clara. »Wir müssten nur wissen, ob sie ihn gesehen haben.«

»Und wenn ja, wo«, ergänzte Hermann.

»Nee, den nicht«, sagte Paule. »So ähnliche Typen, aber einer, der so schlimm aussieht, der wär uns aufgefallen, oder?« Er schaute Günther an. Der nickte.

»Und der?« Hermann zog ein Foto von Wolfgang Neumann hervor.

Sie schüttelten den Kopf. »Höchstens als Kunde. Ist doch der Typ Familienvater, bei dem zu Hause nichts mehr läuft. Haben wir hier öfter. Kommt extra mit dem Taxi, nicht mit seinem Kombi mit Kindersitz. Aber mit einem normalen Taxi, nicht mit Mytaxi, wo man's zurückverfolgen könnte. Sieht man schon am schleichenden Gang, dass die ein schlechtes Gewissen haben. Als ob sie die Hosen voll hätten.«

»Aber der nicht?«

Beide schüttelten den Kopf.

»Und die?« Es war das Foto von Lisa.

»Niemals, viel zu jung!« Günther und Paule sahen richtig entrüstet aus. »Unsere sind alle einundzwanzig Jahre alt. Mindestens. Und haben vorher schon als Hure gearbeitet. Neulinge nehmen wir hier nicht!«

Hermann verdrehte die Augen. »Sie sollen sie auch nicht einstellen. Das Mädchen heißt Lisa Neumann. Und wird vermisst. Höchstwahrscheinlich ist sie tot.«

Günther und Paule nickten andächtig.

»Haben Sie die irgendwo mal gesehen?«

»Nein. Ist auch nicht so die Gegend hier dafür. Die sieht eher aus, als ob sie aus gutem Hause kommt.« Paule nickte zur Bestätigung.

»Ja, eher so Zehlendorf. Vielleicht auch Prenzlberg …«, ergänzte Günther.

Gar nicht so dumm, dachte Clara. Sie nickte Hermann zu. Der zog noch ein Foto. Das letzte. »Was ist mir der? Bürgerlicher Name Andrea Fischer.«

»Jacqueline«, sagten Günther und Paule im Chor.

»Sie kennen sie?«

»Klar!«, sagte Paule. »Wer kennt die nicht! Hat doch hier gearbeitet.«

»Und jetzt nicht mehr?«

»Nee, war ihr zu teuer. Miete und so. Macht jetzt alles von zu Hause. Will Geld sparen. Machen einige. Gegenüber ist auch so eine Sechzigjährige. Nimmt achtzig Euro und die Leute fahren voll drauf ab. Hat aber auch Nachteile.« Er befühlte einen Schlagring, der auf dem Tisch lag. »Es kann keiner mehr auf dich aufpassen.«

»Das wäre wohl besser gewesen«, sagte Clara.

Paule hob die Augenbrauen. »Ist ihr was passiert?«

Hermann nickte. »Sie ist tot. Wie es aussieht, ermordet worden.«

Günther war hellwach. »Ist das die tote Nutte, von der alle reden?«

Clara nickte. »Steht zu befürchten.« Warum sollte sie lügen?

Paule stand fast aufrecht. »Was? Von wem? Wo?«

»Bedaure«, sagte Clara. »Details können wir Ihnen nicht sagen. Sie können uns aber trotzdem helfen.«

»Klar, machen wir. Was wollen Sie wissen?«

»Gab es in letzter Zeit irgendwelche Auffälligkeiten? Als Jacqueline noch bei Ihnen war? Irgendwelche Kunden …«

»Freier meinen Sie?«

»Richtig, Freier, die bei ihr waren. Irgendwas, was aus dem Rahmen fiel?«

»Eigentlich war die Jacqueline ganz normal, oder?« Paule schaute Günther an. »Normale Freier, für manche musste sie mal die strenge Mutter spielen. Die üblichen Spielchen halt. Aber sonst eher so 08/15. Auch Blasen nur mit Gummi, Küssen nur bei Sympathie und so weiter. Insofern waren ihre Feier auch eher die normalen Typen.«

Sie schwiegen eine Weile. Günther und Paule schauten andächtig zur Decke. »Aber warte mal«, sagte Günther plötzlich. »Der Typ mit dem Schmuck! Smiley.«

»Was hat der gemacht?«, hakte Clara ein. »Und wieso hieß der Smiley?« Sie machte sich schnell eine Notiz.

»Ach, da war so ein Typ, der ihr mal Schmuck geschenkt hat. Smiley wurde der genannt, weil er immer so blöd grinst. Hat den Damen halt Schmuck geschenkt. Aber das kommt vor.«

»Wie sah er aus?«

»Keine Ahnung, da müsste ich ein Foto sehen. Eher unscheinbar, etwas fett. Blonde, spärliche Haare, etwas grau, vielleicht so um die vierzig?« Günther sah Paule an, und der nickte zur Bestätigung. »Dicke Brille. Richtige Glasbausteine.«

»Meinen Sie, der Mann könnte etwas mit dem Mord zu tun haben?«

Paule lachte krähend auf. »Der? Viel zu harmlos. Wobei, man weiß ja nie, aber das kann ich mir echt nicht vorstellen. Das war so 'n Verklemmter, wissen Sie. Der keine Frau kriegt und deswegen in 'n Puff muss. Dem der Puff aber eigentlich zu unromantisch ist, und deswegen bringt er den Ladys Geschenke mit, damit es so ein bisschen nach echtem Date aussieht. Gibt es öfter.«

»Was für Schmuck war das?«

»Keine Ahnung, da kenn ich mich nicht aus. Fragen Sie gern mal die anderen Damen, wenn die Zeit haben. Vielleicht können die diesen Typen auch besser beschreiben.«

»Wir brauchen Sie dennoch im LKA für ein Phantombild.«

»Mehr nicht?« Paule sah alarmiert aus.

Clara nickte beruhigend. »Mehr nicht.«

»Geht klar.«

»Er war eher harmlos, sagen Sie?« Clara hakte noch einmal nach. Die, die so harmlos aussahen, nett grüßten und Spenden für Syrien organisierten, waren oft die, die die Leichenteile im Kühlschrank hatten.

»Ja, da gibt's doch ein paar von diesen Klappstühlen aus dem Kiez, die sich ab und zu mal einen Fick gönnen. Kennen wir alle.« Günther schaute Paule an. Der nickte. »Casino-Peter, Heavy Torsten, Nutten-Alfred und Tabletten-Holger und wie die alle heißen.«

»Und wie hieß der hier? Nur Smiley?«

»Keine Ahnung. Hat sich uns nie vorgestellt. Wir kannten nur seinen Spitznamen. Und der war Smiley.«

»Und die sind alle harmlos?«, fragte Clara.

»Ja. Leute die Ärger machen, dulden wir hier auch nicht. Wenn einer hierherkommt und auf Stress aus ist, dann …«

»… kriegt er was aufs Fressbrett«, ergänzte Hermann.

»Na ja, erst mal kriegt er eine freundliche Ansage. Und wenn er dann immer noch hier rumhängt, kriegt er was aufs Fressbrett! Genau!« Paule nickte zur Bestätigung.

»Sie hauen ihm eine rein?«, fragte Hermann, der mit dieser Paralleljustiz offenbar ganz gut leben konnte.

»Günni oder ich. Aber dann richtig.« Paule nickte. Fast gutmütig, wie Clara fand. »Der trägt ab dann die Nase hinten!«

Clara schaute Hermann an und hob die Augenbrauen, was heißen sollte: *Noch Fragen?* Der schüttelte den Kopf. Clara und Hermann erhoben sich. »Vielen Dank schon einmal. Wir brauchen Sie dann später erneut für das Phantombild«, sagte Clara. »Aber jetzt würden wir uns noch gerne mit den Damen unterhalten.«

»Nur zu.« Paule erhob sich ebenfalls und öffnete die Tür. »Die, die im Schaufenster rumhängen, sind frei. Mit denen können Sie reden.«

Kapitel 34

In der Hölle

Die Kamera war wieder eingerichtet.

Der Kanal im Dark Web stimmte auch.

Die Seite war online.

Die Bitcoin-Zahlungen konnten eingehen.

Die Verbindung war schnell.

Die Fesseln hielten.

Der Red Room, dachte er. Im Dark Web. Ein Internet wie in den Neunzigerjahren. Nur ging das mit dem einfachen Internet heute nicht mehr so leicht wie damals in den Neunzigerjahren. Darum musste er ins verborgene Web. Das genauso schwarz wie seine Seele war.

Er hörte den rasselnden Atem neben ihm.

Und es war ihm, als könnte er auch ihre Angst riechen.

»Das ist ein Folterkeller mit einem Livestream«, hatte er die junge Dame unterrichtet. Denn sie wusste ja noch nicht, worum es hier gehen würde. Nur er wusste es. Und die Zuschauer, die an irgendwelchen Monitoren weit weg saßen. Die Geld in Bitcoins bezahlt hatten, damit er der Frau *Dinge* antat. Die vielleicht gleich Gebote abgaben, während sie onanierend vor ihrem Laptop saßen, die Jalousien unten, die Vorhänge geschlossen. Menschen, die in einem Keller saßen, so wie er. Die grausam waren. So wie er.

Er wusste es. Die Zuschauer wussten es. Und die junge Dame würde es auch bald wissen.

Er war auf die Jagd nach diesen zahlenden Kunden gegangen. Er hatte mit ihnen gechattet. In den Dark Web Chats, wo die Hauptsprache Englisch war.

What are u up to?
Don't know.
Shall I do something 4 you?
Do what?
Do mean …

Was willst du tun?
Ich weiß es nicht.
Soll ich etwas für dich tun?
Was tun?
Etwas Böses tun …

Erst hatte er sich selbst diese Kanäle im Dark Web angeschaut. Diese Red Rooms. Die *Hurtcore* Channels, wo Kinder zu Tode geprügelt wurden. Dafu Love war einer davon gewesen. Waren sie echt? Wahrscheinlich schon.

Dann hatte er die Enthauptungsvideos gesehen. Erst al-Qaida. Und dann immer der Islamische Staat. Das Messer am Hals. Dann der Schnitt.

Das Geschrei verwandelte sich in dem Moment, in dem das Messer die Kehle durchschnitt, in einen Laut aus hastig und filterlos ausgestoßener Luft. Als wäre die Lunge ein Blasebalg, der sich nicht durch eine Öffnung wie Mund und Nase, sondern durch ein Loch leerte, das irgendwo hineingeschnitten worden war.

Und die Luft und das Blut und das Leben verließen gleichzeitig den Körper.

Durch ein Loch.

Durch einen Schrei.

Vielleicht war es Fake.

Doch wahrscheinlich war es echt.

Er schaute auf das Mädchen auf dem Stuhl.

Stellte die Kamera in die richtige Position.

Man wusste nie, ob irgendetwas echt war. Alles konnte nachbehandelt sein, *photoshopped,* kopiert, gefälscht.

Er hörte das rasselnde Atmen des Mädchens.

Roch ihre Angst. Wirklich und wahrhaftig.

Hier war es keine Kopie. Kein Photoshop.

Hier war es richtig. Hier war es gut.

Denn hier, hier *war* es echt.

Kapitel 35

Berlin, 2016

Claras Handy klingelte, als sie gerade Hermanns *Frenchie* streichelte, der wieder freudig gurrend in seinem Körbchen lag. Hunde wirkten wirklich beruhigend, das musste auch Clara zugeben. Wenn ich kein Kind habe, dachte sie, dann brauchen wir in jedem Fall einen Hund. *Schnuppi* hieß der Hund angeblich, obwohl sich Hermann und seine Freundin noch nicht ganz einig waren, ob das ein guter Name war. Hermann, als Science-Fiction- und Fantasy-Fan, war eher für einen brachialeren Namen wie *Fenris,* nach dem Wolf aus der nordischen Mythologie. Seine Freundin sah das allerdings anders. Schnuppi-Fenris gurrte jedenfalls fröhlich und schleckte Claras Hand ab, als ihr Handy klingelte. Es schien die Rechtsmedizin zu sein. Sie hatten den Namen *Smiley* als Decknamen abgefragt. Und ein ganzes Telefonbuch bekommen. Die Spur würde ihnen so schnell nicht weiterhelfen. Sie nahm den Anruf an.

»Vidalis.«

»Von Weinstein hier. Wir haben jetzt die DNS von den Gehirnresten.«

»Den Gehirnresten …« Clara musste einen Moment ihre Gedanken ordnen.

»Ja, die wir unter den Stiefeln von dem Junkie gefunden haben.«

»Und?«

»In dem Fall ist er schon mal kein Mörder.«

»Warum?« Sie zog ihren Block aus dem Seminarhotel in Potsdam hervor.

»Das Gehirn unter seinen Stiefeln kommt von einem Verkehrsunfall am Bahnhof Zoo. Eine Radfahrerin wurde von einem Lkw überfahren.« Von Weinstein hielt kurz inne und schürzte die Lippen. »Genauer gesagt wurde sie sogar überrollt. Beziehungsweise ihr Kopf wurde überrollt und ist aufgeplatzt. Daher auch die ganze Gehirnmasse. Die lag über die ganze Straße verstreut. Und da ist der Kerl durchgelaufen.«

»Wollte er sie beklauen? Oder nur gaffen?«

»Laut Verkehrspolizei hat ein Junkie versucht, der Toten die Handtasche zu stehlen. Das war wohl unser Junkie. Ist ja eigentlich nichts Neues. Passiert bei Unfällen in Berlin ja immer. Die eine Hälfte gafft und filmt, die andere nimmt den Toten oder Verletzten die Wertsachen weg.«

Clara kannte das Phänomen. Leichenfledderei in Formvollendung. »Und dabei lief er über das auf der Straße verteilte Gehirngewebe?«

»Ja. Hat er wohl gar nicht mitgekriegt, über was er da rübergelaufen ist, so vernebelt wie der war. Und die Handtasche hat ihm ein Polizeibeamter gleich wieder weggenommen. Dann mussten sich die Kollegen aber um den Fahrer, die Tote und wer weiß was noch kümmern, und der Junkie ist abgehauen.«

»War der Unfall am gleichen Tag?«

»Ja, letzten Dienstag. Kurz vor dem Unfall an der Keithstraße.«

»Okay, danke erst mal.« Sie beendete die Verbindung und rief Dr. Klanke an. Der meldete sich nach dem dritten Klingeln. »Dr. Klanke, Sie haben ja den Junkie von letzter Woche mit untersucht. Hatte er auch an den Händen Hirngewebe, oder nur an den Stiefeln?«

»Augenblick«, sagte Klanke und raschelte mit irgendetwas. Offenbar schaute er gerade in die Akte. »Nein, nur an den Stiefeln. Sonst nirgends. Gibt es etwas Neues?«

Clara erklärte ihm knapp den Zusammenhang. »Dann ist er schon einmal in erster Linie kein direkter Täter«, sagte Klanke.

»Sonst noch was?«

»Fürs Erste nicht.« Sie legte auf und starrte einen Moment zur Decke und dann aus dem Fenster. Möglicherweise nutzte der Killer tatsächlich Junkies als Paketboten, um die wirklich heiklen Zustellungen zu machen, mit denen er nicht erwischt werden wollte. Und die Hirnmasse war von einem Unfallopfer, mit dem der Junkie nichts direkt zu tun hatte. Dennoch blieb der Mann verdächtig, schließlich hatte er den Karton mit den abgetrennten Füßen bei sich gehabt. Und wer weiß, dachte sie. Jemand, der zu einem Unfallort lief, um eine Tote zu bestehlen, deren Gehirn meterweise über eine Straße verteilt war, der brachte vielleicht auch jemanden um. Oder hackte Füße ab.

Mörder oder Kurier für jemand anderen oder Mörder *und* Kurier? Das war die Frage. Sie blickte auf die Uhr und dann auf den Kalender an der Wand. Schon wieder vier Tage vergangen!

Clara griff noch einmal zum Handy. Rief Frau Dr. Kissing an, die Assistentin von Prof. Marquard.

»Schon was Neues?«

»Er liegt noch im Koma. Und wir werden ihn auch noch nicht daraus wecken können.«

»Wie lange braucht er wohl noch?«

»Vielleicht drei Tage. Oder vier.«

Vier Tage konnten eine Ewigkeit sein. Bei der Suche nach einem Mörder erst recht.

»Verdammt, wir müssen ihn dringend sprechen«, sagte Clara.

»Das mit dem Sprechen wird auch ohne Koma schwierig«, sagte Dr. Kissing. »er konnte ja schon nichts Zusammenhängendes mehr sagen, als er zu uns kam. Und da war er weder in Narkose noch im Koma. Wobei …«

»Wobei was?« Clara spitzte die Ohren.

»Er hat immer etwas gemurmelt«, sagte Dr. Kissing nun. »In dem Moment, als wir ihn in Narkose gelegt haben, um dann seinen Schädel zu öffnen.«

»Gemurmelt? Was?«

»Nur ein einziges Mal. Ein Wort. Es hörte sich wie *Tränenbringer* an.«

Tränenbringer, dachte Clara. Genau das, was er auch nach dem Unfall an der Keithstraße gesagt hatte.

Tränenbringer. War das der unbekannte Puppenspieler, der den Junkie lenkte? Und war er vielleicht sogar so schlau gewesen, ihm Drogen zu geben, mit denen er kurz nach der Tat erst einmal für eine Woche ins Koma fiel?

Aber er hatte seinen Namen noch einmal gesagt. Vielleicht seinen eigenen, aber vielleicht auch den des Mörders, der ihn steuerte: *Tränenbringer.*

Kapitel 36

Berlin, 2016

»Wo geht's hin?«, fragte Kriminaldirektor Winterfeld, der rauchend am offenen Fenster nahe der Kaffeeküche stand, als Clara sich mit einigen Akten auf dem Weg in die Tiefgarage am Hauptquartier des LKAs am Tempelhofer Damm machte.

Sie blieb kurz stehen. »Noch einmal zu den Neumanns.«

»Meinen Sie, da kommt noch was?«

»Tja, was denken Sie?«

Winterfeld zog an seinem Zigarillo. So richtig schien er auch nicht weiterzuwissen. »Es kann doch nicht sein, dass wir diesen oder diese Typen nicht finden! Was denken Sie?«

»Tja, kennen Sie den BTK-Mörder?«

»Bind Torture Kill? Den aus den USA?« Er drehte an seinem Zigarillo und schaute meditativ auf die Asche, die nach unten bröselte.

»Ja. Den haben sie erst nach zwanzig Jahren geschnappt.«

Winterfeld nickte. »Und das auch nur, weil er den Behörden eine Diskette mit einem Brief schickte. Darauf ein Word-Dokument. Und darin eine Signatur. Von der örtlichen Kirchengemeinde, wo er Vorsteher war.«

»Ein vorbildlicher Christ«, sagte Clara. »Wie auch immer. Ich habe mal ein paar Fotos von dem Junkie zusammengestellt. Und von ein paar Jugendlichen, die unter Beobachtung stehen und auch strafverdächtig sind. Vielleicht können wir ja den Täterkreis auf diese Weise eingrenzen. Auch wenn das wahrscheinlich nur ein aussichtsloser Versuch ist.«

»Wir sprechen ja gerade von dem Mörder von Lisa und dem unbekannten Mädchen«, sagte Winterfeld. Er beugte sich vor und ließ seinen Zigarillo in die schummerige Dunkelheit des Herbstnachmittags fallen. Die Kippe fiel, eine Fahne aus Rauch hinter sich herziehend, in die schwarze Leere.

»Ja. Es sei denn, es ist ein und derselbe Killer, der Mädchen *und* Huren umbringt. Aber da ist sich ja selbst MacDeath nicht sicher.« Er trat etwas näher. »Was haben Sie denn da?«

Clara zeigte ihm die Fotos.

»Oh, da sind ja auch die Bilder von der Wasserleiche dabei.«

»Ja. Ich habe die alle in einem Ordner.« Sie lächelte. »Aber ich werde schon darauf aufpassen, dass Frau Neumann sie nicht zu Gesicht bekommt.«

Die Wohnung der Neumanns in der Kastanienallee war keine fünf Minuten Fußmarsch von ihrer eigenen Wohnung entfernt. Eigentlich, dachte Clara, hätte sie die Neumanns auch nach Feierabend besuchen können. So musste sie umständlich zurück ins LKA fahren und dann wieder zurück nach Hause. Schöne Sprit- und Zeitverschwendung.

Aber auch etwas anderes kam ihr in den Sinn. Das Grauen hatte hier zugeschlagen. Hier, ganz nah. Es war anderen passiert. Es konnte auch ihr passieren. Und es war ihr auch schon passiert. In ihrer früheren Wohnung, ebenfalls an der Schönhauser Allee. Da hatten Satanisten ihr blutige Kuhkadaver ins Wohnzimmer gelegt, und einer hatte sich, eine Waffe zwischen den Zähnen, bis zu ihrem Küchenfenster hochgezogen. Im dritten Stock wohlgemerkt.

Da kam ihr wieder der Gedanke: Wie sollte sie in einer solchen Welt ihr ungeborenes Kind schützen? Clara berührte unwillkürlich ihren Bauch und musste lächeln. Eigentlich seltsam, dachte sie, aber ein klein wenig gefiel ihr auch der Gedanke, Mutter zu werden. Aber nicht hier, auf gar keinen Fall, sie wollte keine der berüchtigten Latte-macchiato-Mütter vom Prenzlauer Berg werden, die den Tag damit verbrachten, besagten Milch-Espresso-Mix in rauen Mengen mit anderen Müttern zu trinken und die Bürgersteige vor den Cafés mit ihren Bugaboo-Kinderwagen zu versperren, die an die Größe von SUVs heranreichten.

Nein, wenn sie das Kind doch bekommen würde, dann wäre ihr ihre Wohnung zu unsicher, sie würde zu Martin Friedrich ziehen, selbst wenn sie ihn dafür heiraten musste. Clara schnaubte. Sie konnte MacDeath' dringenden Heiratswunsch nicht wirklich verstehen, wusste aber, dass er nicht nachgeben würde. Insofern würde sie ihn standesamtlich heiraten – beschloss aber, dass der, der heiraten wollte, auch die Planung der Hochzeit übernehmen sollte. Dafür hatte sie keine Zeit, sie musste den Tränenbringer jagen und zur Strecke bringen. Mit diesem Gedanken drückte sie auf die Klingel der Neumanns.

Gabriele Neumann saß auf ihrer modischen Couch aus hellem Leder. Sie war hübsch und sportlich mit gebräuntem Gesicht und halblangen blonden Haaren. Typ PR-Managerin. Sie weinte noch immer. Sie schaute die Fotos eines nach dem anderen an. Die von dem Junkie. Das Phantombild von *Smiley.*

»Ich kenne sie nicht«, schluchzte sie immer wieder. »Es würde mir so helfen, wenn ich einen von denen kennen würde, aber ich habe sie noch nie gesehen.«

Sie legte ihre Hand auf Claras Hand, nahm sie dann aber sogleich wieder herunter. »Wenn ich nur wüsste, wo sie ist. Mein kleines Mädchen. Meine kleine Lisa. Sie ist tot oder? Sie ist doch tot?«

Clara hatte den Eltern bereits gesagt, dass Lisa mit hoher Wahrscheinlichkeit tot war, da es an der abgetrennten Nase keine Unterblutungen gab. Die Nase war also post mortem abgetrennt worden. Und dass es tatsächlich nicht die abgetrennte Nase von irgendwem, sondern von ihrer Tochter war. Aber selbst wenn das nicht der Fall wäre: Was sollte sie den Eltern sonst sagen? Ihre Tochter ist nicht tot, aber dafür hat der Täter ihr bei lebendigem Leib die Nase abgeschnitten? Und, wer wusste, was er ihr dann wohl als Nächstes abschneiden würde?

»Schauen Sie noch einmal genau auf die Fotos«, sagte Clara. »Vielleicht haben Sie doch etwas übersehen. Vielleicht ist da doch jemand, den Sie kennen?« Clara hatte wenig Hoffnung. Aber sie musste es wenigstens versuchen. Sie erreichte jedoch das Gegenteil. Bei Gabriele Neumann machte sich vollkommene Verzweiflung breit.

»Warum?«, schluchzte sie und die Tränen kamen wie ein Sturzbach. »Warum?« Sie schüttelte den Kopf und ihre Tränen fielen rechts und links zu Boden. »Mein kleines Mädchen ist tot. Unsere ganze Welt … ist tot! Sie war unser Ein und Alles!«

Unsere ganze Welt ist tot, dachte Clara. Sie hatte recht. Gabriele Neumann hatte recht. Ihre Welt war tot. Nicht nur ihre. Denn wer einen Menschen tötete, der tötete eine ganze Welt.

Gabriele Neumann ergriff noch einmal ruckartig Claras Hand, fester diesmal, aber auch unkontrollierter. Clara versuchte, die Fotos festzuhalten, doch sie war nicht schnell genug. Der ganze Ordner fiel ihr aus der Hand und landete auf dem Teppich.

»Das … das tut mir leid«, sagte Gabriele Neumann.

»Kein Problem.« Clara hatte gesehen, dass eines der Bilder von der Wasserleiche jetzt sichtbar auf dem Boden lag. Sie reagierte gerade noch schnell genug, während Frau Neumann sich die Tränen aus den Augen wischte, bückte sich und legte ein anderes Foto darüber.

In dem Moment hatte das Schluchzen aufgehört. Clara sah nach oben. Und sah in das Gesicht von Gabriele Neumann. Eine Träne fiel nach unten auf das Foto und zerplatzte leise auf der Oberfläche des Bildes. Doch ansonsten war das Gesicht der Frau auf einmal eine Maske der Beherrschtheit. Ernst. Klar. Zielgerichtet. Aber auch mit einer Spur von Verwunderung. »Das …«, sagte sie nur. »Wo haben Sie das her?«

Clara schaute auf die Fotos, die sie hektisch über das Bild der Wasserleiche gelegt hatte. Eines zeigte den Junkie in Bonnies Ranch. Ein anderes zeigte die Kette, die die Hure um den Hals getragen hatte. Die Hure, die zur Wasserleiche geworden war. Die Kette aus Silber mit dem grünen Stein. Und dem Kreuz. Clara blickte noch einmal nach oben in das Gesicht von Gabriele Neumann. Dann kamen vier Worte.

»Das ist … Lisas Kette.«

BUCH 2

Ich liebe es, Leute zu töten, weil es so viel Spaß macht. Es macht mehr Spaß, als in den Wäldern auf Jagd zu gehen, weil der Mensch das gefährlichste von allen Tieren ist. Es ist sogar besser als Sex. Das Beste ist jedoch, dass nach meiner Wiedergeburt im Paradies alle Opfer meine Sklaven sein werden.

Brief des Zodiac-Killers, 1969

Kapitel 1

Berlin, in den Neunzigern

Torsten liebte es, den Knall der Waffe zu hören.

Ein guter Jäger musste den Lärm von Waffen lieben.

Ein guter Rattenjäger musste sich auf sein Gefühl verlassen. Und mit dem richtigen Partner arbeiten. Sein Partner war gleichzeitig sein Vater.

Sein Vater, dachte er. Und wenn Gedanken abschätzig klingen konnten, dann klang dieser Gedanke besonders abschätzig. *Sein Vater ein Partner.* Da gab es sicherlich bessere Partner, aber Papa hatte eine Sache, die seine Kumpels nicht hatten. Und er auch nicht. Papa hatte nun einmal das Auto. Und er hatte noch eine Sache, die erst recht niemand sonst hatte, den er kannte. Er hatte das Gewehr.

Das Auto und das Gewehr. Das reichte, um ein guter Partner für ihn zu sein.

Das Gewehr war eine alte Flinte, von der Papa Torsten lange Zeit nicht erzählt hatte, dass er sie überhaupt besaß. Aber heute hatte er ihm davon erzählt. Und dann hatte er ihn gleich mitgenommen, sobald es dunkel geworden war. Sie waren in das Waldstück gefahren. Papa wollte ihm etwas zeigen. Etwas, wofür man die Dunkelheit brauchte. Und das Gewehr.

Die Dunkelheit und das Gewehr … Diese Kombination hatte Torsten sofort gefallen.

Ich zeige dir, wie man Ratten abschießt, hatte Papa gesagt, als sie im Wagen saßen.

Torsten hörte seinem Vater meistens nicht zu. Doch in diesem Moment schon.

Du musst den richtigen Zeitpunkt abpassen, hatte Papa gesagt, als sie Richtung Wald fuhren.

Und das hatten sie gemacht. Sie saßen schweigend in Papas klapprigem Opel, das Beifahrerfenster heruntergekurbelt, das Gewehr am Außenspiegel vorbei nach vorne gerichtet. Papa hatte das Gewehr dort platziert, damit Torsten damit schießen konnte. Sie saßen im Dunkeln, den Wagen auf der Lichtung geparkt.

Und irgendwann schaltete Papa das Licht des Wagens an. Die weißliche Helligkeit der Scheinwerfer verteilte sich im Unterholz. Insekten und Staub flogen an dem Licht vorbei. Und dann kamen sie. Die Ratten. Torsten sah die Ratten, wie sie sich neugierig näherten, die Nase schnüffelnd erhoben, die spitzen Zähne gebleckt. Die Augen dunkel und tückisch. Diese Augen! Sie waren es, die die Ratten verrieten. Die zeigten, dass sie dort waren. Denn die Augen der Ratten glühten rötlich im Licht der Scheinwerfer. Als würde eine kleine Armee von Dämonen aus dem Wald kommen. Dann konnte man sie sehen.

Das meinte Papa mit dem *richtigen Zeitpunkt.*

Der richtige Zeitpunkt war der Moment, in dem es Zeit war, die Scheinwerfer anzuwerfen, wodurch die Pupillen der Tiere in ihrer Reichweite rot aufglühten wie brennende Zigaretten.

Dadurch waren die Tiere sichtbar. Und verwundbar. Und demnächst auch tot.

Erst dann kam der Schuss.

Dann das Quieken.

Das schmatzende Geräusch, wenn sich eine Ratte in ein blutiges Fellknäuel verwandelte, das in alle Richtungen spritzte. Das eilige Trippeln, wenn die anderen Ratten in Panik das Weite suchten.

Dann kam der nächste Schritt.

Dann war es Zeit, die Scheinwerfer wieder auszuschalten. Und zu warten. Warten, bis sie zurückkamen. Doch manchmal kamen sie nicht zurück.

Manchmal hatten die Ratten ihre Lektion gelernt. Ratten waren schließlich lernfähig. Manche sagten, nur Ratten und Ameisen würden einen Atomkrieg überleben. Oder in diesem Fall einen Schuss aus einem Gewehr. Denn von Fall zu Fall hatten die Ratten gelernt, dass das plötzliche Licht tödlich war. Sie kamen nicht wieder, kamen nicht mehr mit glühenden Augen schnüffelnd auf die Lichtung. Und Papa und Torsten mussten in ein anderes Waldstück fahren. Wo die Ratten noch nicht wussten, dass das Licht tödlich war. Dort das Licht anschalten. Warten. Schießen. Das Licht ausschalten. Und dann wieder warten.

Wenn sie dann das Licht wieder anschalteten, sahen sie die toten Ratten auf dem Boden liegen. Abgerissenes Fell, Knochensplitter. Und Blut.

Torsten erregte das. Nicht ganz so stark wie die Katze in dem Schraubstock, aber sicher mehr als die fette, alte Kröte in dem Wohnwagen, die er bumsen musste, weil sein Vater wollte, dass er seine Jungfräulichkeit verlor. Ja, das hatte ihm sein Vater auch eingebrockt. Da war die Sache mit den Ratten doch viel besser. Ja, vielleicht hatte sein Vater damit sogar etwas wiedergutgemacht.

Dennoch, die Katze umzubringen war noch besser gewesen. Vielleicht, weil Katzen größer waren? Vielleicht, weil Katzen Ratten fraßen? Er hatte über einen Serienkiller gelesen, der auch Katzen zerstückelte. Er spielte rituelle Todesspiele mit seiner älteren Schwester *(wieso hatte Torsten eigentlich keine Schwester? Das hätte doch* nett *werden können?).* Seiner Schwester tat der Killer nichts, dafür aber seiner Großmutter. Die erschoss er mit einem Kleinkalibergewehr und stach dann noch mit einem Küchenmesser auf die Tote ein. Er war wütend darüber gewesen, dass er ihr im Haushalt helfen sollte.

Schießen, töten …

In allem, was Torsten sah und las und worüber er nachdachte, ging es ums Töten. Bei dem, was der Serienkiller mit seiner Großmutter tat. Bei der abgegriffenen VHS-Kassette vom Flohmarkt mit dem Samurai, der die Frau zerstückelte. Angeblich war die Originalkassette bei der Polizei in Tokio abgegeben worden. Und das faszinierte Torsten noch mehr, denn das würde bedeuten, dass sie echt war. Tokio, Japan. Ob er jemals dorthin reisen würde? Und würde er dort auch solche Filme sehen? Noch andere? Schlimmere? Denn die Japaner machten gute Filme. Da war etwa der Regisseur Takashi Miike. Oder *Bloody Reunion.* Auch ein Horrorfilm. Wobei der vielleicht aus Südkorea kam. Ganz genau wusste Torsten das nicht. Und konnte es, ehrlich gesagt, auch nicht immer auseinanderhalten. Irgendwo ganz weit weg war das alles. Man musste sicher nach Tegel an den Flughafen. Und dann wegfliegen. Für eine lange Zeit.

Japan, Südkorea …

Überall wurden Menschen getötet. Nur er tötete Katzen. Und Ratten.

Die tote Katze … Sein Vater war sichtbar entsetzt gewesen, als ihm klar geworden war, dass die Katze nicht an einer Krankheit gestorben war. Dass sie sich nicht vergiftet hatte. Dass ihr Schädel deswegen zerquetscht war, weil er im Schraubstock eingespannt gewesen war. Eingespannt von Torsten. Und der Schraubstock auch noch blutbefleckt war.

Genauso wie die Hände von Torsten. O ja, Papa war entsetzt gewesen. Auch wenn er ihn nicht verprügelt hatte, das hatte Mutter ja schon getan.

Aber Papa musste etwas tun, das war klar. So kam Papa auf die Idee, Torsten im Dunkeln zum *Rattenschießen* mitzunehmen. Irgendwas war da nicht in Ordnung mit seinem Sohn, das wusste er, und er wollte das, *was* da nicht in Ordnung war, in die richtige Richtung lenken. Indem er dabei war. Die Aufsicht hatte, könnte man sagen. Das war typisch für Papa. Bloß keinen Konflikt riskieren. Das Problem begleiten, aber nicht lösen. *Damit lernst du auch Geduld,* hatte Papa zu ihm über das Rattenschießen gesagt. Und außerdem waren Ratten dreckige Viecher, die den Tod verdient hatten. Mehr noch als Katzen.

Vielleicht aber, dachte Torsten, *ist der Tod viel schöner, wenn man größere Lebewesen tötet? Zum Beispiel nicht die Ratten, die von Katzen gefressen werden, sondern die Katzen, die Ratten fressen? Und vielleicht ist der Tod noch viel schöner, wenn derjenige, der ermordet wird, den Tod gerade* nicht *verdient hatte? Jedenfalls schöner für den Mörder. Also eines Tages für ... mich?*

Das Licht war schon eine Weile ausgeschaltet gewesen.

Sie hörten das Trippeln und das Schnüffeln.

Papa schaltete die Scheinwerfer wieder ein.

Wie ein Blitz fauchte das Licht über den sandigen Waldweg vor dem Opel und ins Unterholz hinein.

Rote Augen glühten in der Nacht.

Schüsse krachten. Und Blut spritzte.

Papa und Sohn saßen nebeneinander im Auto, die rauchende Flinte neben ihnen, der Boden voll mit Patronenhülsen und toten Ratten. Und beide zogen ihre eigenen Schlussfolgerungen aus dem, was sie taten.

Papa glaubte, dass er Torsten durch das Rattenschießen geheilt habe.

Torsten sagte, dass er dadurch erst Geduld erlernt hatte.

Geduld, die er später brauchen würde.

Kapitel 2

Berlin, 2016

Clara hatte schlecht geschlafen. Entsprechend schlecht gelaunt betrat sie morgens ihr Büro.

Reglos im Bett zu liegen, ohne einschlafen zu können. Das war in etwa so, als wäre sie eine untote Leiche. Bei Bewusstsein. Aber nicht fähig, sich zu bewegen. Bestattet und doch am Leben. Während sie auf die erste Sonne wartete, die in die Augen stach und sie daran erinnerte, dass sie den ganzen Tag wie gerädert durch die Welt laufen würde. Sie hatte bei MacDeath geschlafen und eine Runde auf seinem Crosstrainer trainiert, der in seiner großen Wohnung in einem Nebenraum stand. Aber viel wacher war sie dadurch nicht geworden.

Drei Aktenstapel lagen vor ihr auf dem Tisch. Die Fallakten von Lisa und Jacqueline, die eigentlich Andrea Fischer hieß. Und die Akte von der Frau, von der sie bis jetzt nur die Füße hatten. Drei weiße Stapel DIN-A4-Blätter, die vor ihr lagen wie drei frisch geschaufelte, mit Schnee bedeckte Gräber. Und es waren auch Gräber. Denn alle drei waren tot.

Sie dachte an früher. Eltern, auch ihre Eltern, sagten den Kindern immer: *Alles wird gut.* Dabei wissen sie, dass es nicht stimmt, dass das meiste nicht gut wird. Und die Kinder wissen es irgendwann auch.

In zehn Minuten stand ein Verhör von einer Prostituierten an, die Jacqueline gekannt hatte. Andere Kollegen waren unterwegs, um noch mehr Huren zu befragen, ebenso Betreiber von Stripbars, Darkrooms und Swingerclubs. Viel hatten die Ermittler noch nicht herausgefunden. Nur so viel, dass es offenbar jemanden gab, der Huren Schmuck schenkte. Dieser Jemand hatte die Hure Jacqueline getötet. Und er tötete junge Mädchen und nahm ihnen Schmuck weg, den er wiederum den Huren schenkte, bevor er sie umbrachte. Was bedeutete, dass aus zwei Serienkillern plötzlich einer geworden sein könnte. Eine gute Nachricht war das trotzdem nicht, denn Clara und ihre Kollegen mussten tief in den Unterbauch von Berlin steigen, um noch mehr über Jacqueline und mögliche Verbindungen herauszufinden. Prostitution war oft mit Menschenhandel verbunden, und darum war Winterfeld beauftragt worden, dass das LKA 113 doch auch diesen Bereich unter die Lupe nehmen sollte. In seiner Zeit als Hauptkommissar in Hamburg hatte es schon eine Abteilung *Sachgebiet Rotlicht* gegeben, die dafür berüchtigt war, reihenweise Puffs zu schließen.

Viola saß in einem der Besprechungsräume. Clara und Hermann saßen ihr gegenüber. Viola war eine Edelhure. Sie spielte oft die strenge Herrin für Geschäftsleute und Führungskräfte, die im Job das Sagen hatten und offenbar ansonsten gerne jemanden aufsuchten, der ihnen sagte, wo es langging. Mit Dirty Talk, Stiefellecken und Facesitting. Viola spielte nicht nur die Domina Viola, sondern auch die Lehrerin, Ärztin oder Polizistin. Heute aber trug sie keine aufreizende Kleidung, kein Lack und Leder und auch keine Corsage, sondern eine recht enge Jeans und eine weiße Bluse. Perfekt geschminkt war sie trotzdem.

»Man muss investieren in dem Geschäft«, sagte Viola. »Hab mir die Brüste machen lassen. Hat beim letzten Mal fast viertausend Euro gekostet. Aber es lohnt sich. Von Flat zu Körbchengröße D bringt bis zu vierzig Euro die Stunde mehr.«

»Vierzig Euro mehr?«, fragte Clara. »Wir hatten von einigen in der *Lustlaube* gehört, die nur dreißig Euro pro Stunde insgesamt kriegen.«

»Ja. Weil das so ein Scheißlaufhaus ist.« Viola zuckte die Schultern. »Jacqueline hätte da gar nicht so lange bleiben dürfen. Da wird nichts aus einem. Das ist wie ein Elefantenfriedhof.« Sie schaute in ihre Handtasche. »Darf ich hier rauchen?«

Clara schüttelte den Kopf. »Leider nicht.«

»Werd's überleben.« Sie zog statt der Zigaretten einen kleinen Spiegel aus der Handtasche, schmollte hinein und zog sich die Lippen nach. So als ob jederzeit ein Kunde kommen könnte.

»Viertausend Euro muss man ja erst mal haben«, sagte Hermann.

»Das stimmt. Aber es lohnt sich. Nach hundert Stunden ist die OP bereits abbezahlt. Und ich spreche hier nur von den vierzig Euro, die ich noch obendrauf kriege. Dafür muss ich natürlich einiges bieten. Und zwar nicht nur mich selbst.«

»Sondern?«

»Bettwäsche und Handtücher bei mir sind mit hypoallergenen Waschmitteln gewaschen. Ohne Geruchsstoffe. Und Parfüm trage ich auch nicht. Damit die Frau zu Hause nichts merkt. Auch das Duschgel bei mir ist geruchlos. pH-neutral für Allergiker.« Sie lächelte kurz.

»In der *Lustlaube* standen die Frauen hinter Glasscheiben«, begann Clara. »Jacqueline auch?«

»Klar. Musste sie ja. Jedenfalls solange sie da war. So machen das alle dort. Die meisten können es auch nicht anders, als diesen Zuhältern Geld in den Arsch zu blasen.« Sie schürzte die Lippen.

»Sie haben keinen Zuhälter?«, fragte Clara.

»Nein, brauche ich nicht. Denn ich werde nur von der Upperclass gebucht.«

»Übers Internet?«

»Ja. Mit Peppr zum Beispiel. Ist eine App für Nutten in der Nähe. Steht alles drin. Mit Services, Preisvorstellungen und Grenzen. Und das nutzen eigentlich nur Akademiker. Also Leute, die Geld haben, gepflegt sind, sich benehmen und keine Psychos sind. Die anderen sind auch zu blöd für solche Apps.«

»Das Internet ändert alle Geschäftsmodelle«, begann Hermann.

»Allerdings.« Viola lächelte. »Auch das älteste Geschäft der Welt.«

»Kommen wir zur Sache«, begann Clara. »Ist Ihnen damals ein Mann aufgefallen, der Jacqueline Schmuck schenkte?«

»Ja. An den erinnere ich mich sogar. Kam mit so unsicheren Schritten.«

»Machen das nicht viele Freier?«, erkundigte sich Hermann.

»Ja, stimmt. Als ob sie die Hosen voll hätten. Aber der ganz besonders. Das war so einer mit dicker Brille. Und auch sonst recht dick. Den habe ich aber nur einmal gesehen.«

»Würden Sie den wiedererkennen?«

Sie zuckte die Schultern. »Bin nicht sicher. Haben Sie ein Bild von dem?«

»Noch nicht. Aber vielleicht können Sie ihn gegenüber dem Phantomzeichner so beschreiben, dass er eine Zeichnung machen kann?«

»Kann ich versuchen, aber ich will da nicht zu viel versprechen. Ich war ja nur kurz in Wedding und dann in Reinickendorf. Gefiel mir beides nicht. Zu wenig Geld. Zu viel Multikulti. Zu viel Ärger. Jetzt bin ich in Charlottenburg. Hätte Jacqueline auch machen sollen.«

»Wie sind Sie denn da oben überhaupt weggekommen?«

»Durch einen Headhunter, der mich ansprach. Er schlug mir die Brust-OPs vor und dass ich ins gehobene Segment sollte. Da würde ich hingehören, sagte er. *Trading-up* und *Upmarket* nannte er das.«

»Im ... äh ... horizontalen Gewerbe gibt es Headhunter?« Hermann schaute sie mit großen Augen an.

»Na ja, es ist das älteste Gewerbe der Welt. Da gibt es alles, was es auch im normalen Gewerbe gibt.«

»Klingt logisch.«

»Wie lange sind Sie schon weg aus Wedding?«

»Ein paar Wochen. Der Tag, als ich den Typen gesehen habe, muss so ziemlich einer meiner letzten Tage da oben gewesen sein.«

Was vielleicht der Grund ist, warum du noch lebst, dachte Clara. Jedenfalls dann, wenn MacDeath mit seinem Jack-the-Ripper-Vergleich recht hatte und der Täter wirklich nur regional oben in Reinickendorf operierte. *Der Reinicken-Ripper,* wie ihn Hermann und zunehmend auch einige Medien genannt hatten.

»Andere Frage«, sagte Clara. »Wollten Sie schon immer so etwas machen?«

»Sex gegen Geld, meinen Sie?« Viola lachte kurz. »Nein, eigentlich habe ich mal Tiermedizin studiert. Aber abgebrochen. Als ich mich selbstständig gemacht habe, hat der Sachbearbeiter beim Arbeitsamt schon ziemlich blöd geguckt. Auch für mein Gewerbe musste ich einen Businessplan vorlegen, das Finanzamt will Gewinnerzielungsabsicht sehen und so weiter, sonst gibt es keinen Existenzgründungszuschuss. Ist wie bei jedem anderen Job, in dem man sich selbstständig macht.« Sie schlug ein Bein über das andere. Ihre Jeans sah teuer aus und hatte Applikationen aus Edelsteinen, wenn auch sicher keine echten. Clara fragte sich, ob Viola nun einen besonders edlen oder besonders billigen Eindruck machte.

»Wenn ich mit einem anderen Job genauso viel Geld verdienen würde, dann würde ich das machen. Aber nach diesem Job suche ich noch.«

»Hatten Sie noch einmal Kontakt zu Jacqueline, nachdem Sie von da oben weggegangen sind?«

»Sporadisch, manchmal Mail, SMS oder WhatsApp. Aber gerade in unserem Geschäft gilt: aus den Augen, aus dem Sinn. Und ich suche eher nach Frauen, von denen ich noch etwas lernen kann. Nicht nach dummen Hühnern, denen ich noch etwas beibringen muss. Oder die sich nichts beibringen lassen, weil sie glauben, dass sie eh schon alles wissen. Das ist sogar noch öfter der Fall.«

»Wissen, wie sie mehr Geld verdienen können?«

»Klar. Darum geht es ja schließlich.« Sie trank von ihrem Kaffee. Ihre Zähne waren perlweiß. Was bedeutete, dass sie entweder selten Kaffee trank oder oft zum Bleaching ging. »Jacquelines Problem war halt, dass sie nie richtig nach oben wollte. *Trading-up,* wie gesagt. Sie hat sich nicht weiterentwickelt. Blieb immer im Laufhaus bei Günther und Paule, wo sie mit viel Glück mal mehr als einen Fuffi pro Fick bekommen hat.«

»Hätte es Jacqueline so gemacht wie Sie, hätte sie mehr verdient?«

»Garantiert. Die war aber halt nur in Discount-Puffs unterwegs. Und dann ist sie da aus dem Laufhaus ausgezogen, um Kosten zu sparen. Sie hätte eher ihren Umsatz erhöhen müssen, anstatt die Kosten zu senken.«

»Und ab dann hat sie von zu Hause aus, äh, gearbeitet?«, fragte Hermann.

»Klar, wo sonst. Sie hat sich dann von den Kerlen in ihrer eigenen Wohnung bumsen lassen. Homeoffice-Fick. Das kann schiefgehen, weil keiner auf einen aufpasst. Und das ist dann ja auch schiefgegangen.«

Clara nickte. »Allerdings.« Kollegen hatten die Wohnung von Jacqueline untersucht. Dort sah es aber nicht nach Kampf oder Mord aus. Nur haufenweise DNS, was aber kein Wunder war, wenn sie dort ihre Freier empfing. Vielleicht hatte sie ihren Mörder auch ganz woanders empfangen? Oder war vorher entführt worden?

»Sie hatten mit Jacqueline gar nicht so viel zu tun, wenn ich das richtig verstehe.« Clara machte sich eine Notiz. »Gab es andere in Jacquelines Umfeld?«

»Am Anfang hatten wir schon kurz Kontakt. Aber dann hing Natalie öfter mit ihr rum.«

»Natalie?«, fragte Clara. »Davon haben uns Günther und Paule gar nichts erzählt.«

»Konnten sie auch nicht. Natalie arbeitet in der *Rose.* Auch Reinickendorf.«

»Haben Sie die Nummer von der Dame?«

»Klar. Ich schreib sie Ihnen auf.«

Nach dem Gespräch blickte Clara auf ihr Handy. Eine SMS. Von Sophie.

Denk dran, stand dort, *heute Nachmittag Wedding Planning. Ich bin schon ganz aufgeregt.*

Clara verdrehte die Augen. MacDeath hatte ihr etwas

Schönes eingebrockt. Nachdem sie ihm erklärt hatte, dass er für die Planung der standesamtlichen Hochzeit zuständig sei, war er völlig aus dem Häuschen gewesen und hatte gestrahlt wie ein kleiner Junge an Weihnachten. So kannte Clara ihn nicht, war er doch sonst immer organisiert, strukturiert und teilweise komplett ohne Emotionen. Sicher aber hatte er eher wegen der Hochzeit gestrahlt, nicht wegen der Planung. Denn seine Euphorie hatte nicht lange angehalten, als ihm klar wurde, was bei der Planung alles auf ihn zukam. Da er wusste, dass die Planung der Hochzeit ein K.-o.-Kriterium war, um sie überhaupt stattfinden zu lassen, hatte er sich eines alten Tricks bedient: Er hatte Claras Freundin Sophie zum Essen eingeladen und ihr alles erzählt. Da Sophie Hochzeiten über alles liebte, war sie nur zu gern bereit gewesen, ihn bei der Planung zu unterstützten. Oder besser: Die Planung gleich ganz zu übernehmen. Sophie war nicht nur begeistert von dieser Aufgabe gewesen, sie hatte sich sogar in ein hochzeitsplanungswütiges Monster verwandelt, das MacDeath seitdem *Brautzilla* nannte. Auch wenn Clara und nicht Sophie die Braut sein würde. Clara war nach wie vor alles andere als Brautzilla.

Typisch MacDeath, dachte sie. Mal eben Sophie einspannen für den Job, den er eigentlich selbst machen sollte.

Klar, tippte Clara in ihr Handy. *Wie geplant. Wie könnte ich das vergessen?*

Kapitel 3

Berlin, 2008

Es war ein Swingerclub.

Man hatte ihm gesagt, dass man sich dort gut amüsieren konnte.

Frauen und Paare kennenlernen. Spaß haben. Reden. Gleich zum Wesentlichen kommen. Trinken, bumsen. Alles ging dort gleich vor Ort. Nicht so, wie es sonst war. Er wusste allerdings gar nicht aus eigener Erfahrung, wie es *sonst mit den Frauen war,* denn es hatte bei ihm noch kein *sonst* gegeben. Abgesehen von der alten Schlampe in dem Wohnwagen und ein paar anderen Begegnungen, für die er jedes Mal bezahlt hatte. Jedenfalls hatte er das so gehört, dass es sonst so lief, wenn man *normal* eine Frau kennenlernen wollte. Jedenfalls dann, wenn man ein Mann war. Denn die Männer mussten immer alles machen, bieten, arrangieren. Während die Frauen nur passiv herumsaßen, sich bedienen ließen und abschätzig dreinblickten. Abschätzig und abwartend. Die Frauen taten nichts. Die Männer alles. Sie mussten balzen und angeben, die Frauen hingegen mussten einfach nur dasitzen und sich langweilen. So hatte er es gehört. Und so war es auch. Ewig auf eine Frau in einem Club einreden und tausend Drinks spendieren, dann ein paar Tage später gemeinsam ins Kino und Essen gehen und wieder alles bezahlen. Und dann auf der Couch noch zehn Flaschen Sekt und zwanzig Kerzensets von Aldi verbrauchen, nur um festzustellen, dass die frigide Ziege doch nicht die Schere machte. Alles rausgeschmissenes Geld. *Fick sie doch alle!* Dann lieber gleich in den Puff. Aber im Puff … da wusste man nie, ob es den Frauen da wirklich Spaß machte. Ob sie einen wirklich toll fanden. Ob sie wirklich glaubten, dass man ein geiler Hengst, Bulle, Stecher oder was auch immer war. Oder doch nur ein armer, minderwertiger Versager, der mit Mühe und Not fünfzig Euro zusammengekratzt hatte, um einen unterbenutzten Schwanz mal in eine Frau reinzustecken, die nur deswegen nicht weglief, weil sie genau dafür Geld bekam.

Bordelle, Puffs … das war doch alles Verarsche. Hier, im Swingerclub, so hatte man es ihm gesagt, war alles echt. Die Frauen wollen wirklich. Die warteten nur auf tolle Männer. *Du sprichst sie an. Und wenn ihr euch sympathisch seid, dann wird das was … gleich dort. Vor Ort. Ganz easy …*

Kostenlos war es hier aber auch nicht. Achtzig Euro kostete der Eintritt. Da waren immerhin zwei Getränke drin. Und was noch?

Dort hinten waren die Umkleidekabinen. Wie man sich dort herrichten sollte, war offenbar nicht klar vorgegeben. Manche zogen sich komplett aus. Gingen dann nackt, nur mit Badeschlappen bekleidet, in den großen Raum. Ihr schrumpeliger Schwanz hing kaum erkennbar zwischen einem Wald von borstigen Haaren. Selbst er als Mann fand das eklig. Was sollten die Frauen dann erst sagen?

Anschließend ging es in den Raum. Der Raum, in dem es nur wenig Licht gab. Die Bar, an der alle standen. Tranken. Glotzten. Und auf irgendetwas warteten, was niemals kommen würde. Was war schlimmer? Warten auf etwas, das nicht kam? Oder ficken mit einer Frau, die das nur für Geld macht?

Warten war schlimmer, wusste er schon jetzt. *Viel schlimmer.*

Er schaute sich um. Einige der Männer waren nackt, einige mit T-Shirt, andere mit Boxershorts. Die Frauen trugen alle Slip und BH.

Er hatte seine Unterhose angelassen. Und ein Handtuch hatte er dabei. Es hatte schon im Schrank gelegen. Er wusste nicht, wofür. Handtücher waren vielleicht für die Sauna, die es hier auch irgendwo gab. Aber wie ging das dann mit der Sauna? Wo war sie? Wie kam man dahin? Er hatte sich nicht getraut zu fragen. Dabei hatte er ja die achtzig Euro Eintritt gezahlt. Achtzig Euro. Nur, damit er in Unterhose hier herumstehen und glotzen konnte. Und zwei Drinks bekam, von denen einer schon vor ihm stand. Gin Tonic. Stehen und glotzen. Und hoffen, dass der Gin Tonic lange genug vorhielt. Und der zweite auch. Denn die Getränke danach kosteten extra. Und sie kosteten nicht wenig.

Er sah sich um. Er war offenbar der Einzige, der etwas sah. Denn die Frauen sahen ihn nicht einmal. Er sah sie, aber sie sahen ihn nicht. Genau wie immer.

Er war unsichtbar.

Er war ein Teil der Nacht.

Vielleicht war er zu einsam, als dass er auffiel.

Vielleicht war er zu allein, um gesehen zu werden.

Doch er sah die anderen Frauen. Er sah alles.

Die anderen Frauen. Sie machten mit anderen rum.

Da waren seltsame Höhlen und Häuschen aus Plüsch, in denen Paare verschwanden.

Er schaute ihnen hinterher. Nur ihn schaute niemand an. Die Frauen waren alle mit ihren eigenen Männern gekommen. Sie waren nicht daran interessiert, jemand anderen kennenzulernen. Und wenn irgendeinen, dann bestimmt nicht ihn. Nicht ihn. Niemals.

Er sollte erregt sein, aber das war er nicht.

Sein Schwanz war schlaff. So schlaff wie der Gin in seinem Gin Tonic. *Tonic ohne Gin für sechs Euro.* Er schaute den Barkeeper feindselig an. Diesen Typ mit der Schirmmütze und den billigen Tattoos. *Für dich würde ich schwul werden,* dachte er. *Deinen Kopf abhacken und das Loch in deinem Hals ficken …*

Der Mann war hinter der Bar. Die Frauen aber waren weg. In den Häuschen und Höhlen. Mit den Männern, die sie sich mitgebracht hatten. Die Frauen waren auf der anderen Seite der Scheibe. Sie waren dort. Und sie blieben dort.

Sie verschwanden mit den Männern in diesen Nebenräumen. Den Höhlen, die es hier gab. Wie Baumhäuser. Baumhäuser, in denen sie *Dinge machten,* die er nie machen würde. Nie machen durfte.

Er trank den lauwarmen Tonic ohne Gin aus.

Zehn Minuten würde er noch bleiben.

Dann würde er gehen.

Achtzig Euro weg …

Warum muss ich eigentlich dem Barkeeper den Kopf abhacken und das Loch ficken?, dachte er.

Er trank den zweiten Gin Tonic.

Das geht doch mit Frauen genauso …

Kapitel 4

Berlin, in den Neunzigern

Der Schein der Wintersonne war nur matt und milchig. Ein schwacher Schein, der zwar etwas Helligkeit brachte, aber keine wirkliche Wärme. Und auch das Licht selbst war kalt. Es war zugig und kalt, aber trotzdem war es kein richtiger Winter. Obwohl es Anfang Januar war. Es war diese Art von Januar, wo die volle Depression des Neuen Jahres zuschlug, wo zerfetzte Böllerreste neben schwarzmatschigem Schnee und halbgefrorenen Hundehaufen die Straßen von Berlin säumten. Von ganz Berlin. Und hier erst recht. In Reinickendorf fielen die guten Dinge von Berlin nicht auf. Dafür die schlechten umso mehr.

Es fiel etwas Regen und etwas Hagel. Aber kein Schnee.

Der Winter war irgendwie da, aber doch nicht richtig.

Es war wie der Moment, in dem man einschlafen sollte, aber nicht einschlafen kann. Ein fiebriges Kontinuum aus roten Augen, drückender Müdigkeit und Schlaf, der nie kommt. Ein Tod im Leben. Ein Zustand, wie ihn nur der Januar hervorbringen konnte. Der Januar in Reinickendorf.

Der Winter war da, aber er war doch nicht richtig da.

Was wirklich da war, das war die Prügelei.

Torstens Eltern prügelten sich.

Das war eigentlich nicht neu, nur diesmal war es anders als sonst. Diesmal schlug Papa auf Mama ein. Und zwar richtig. Und diesmal sah es so aus, als würde er gewinnen.

Torsten sah seelenruhig zu, tat nichts, griff nicht ein. Sah zu und genoss es, während Mamas Ächzen und Papas Schreie durchs Haus hallten.

»Ich hasse dich, ich hasse dich, ich hasse dich«, schrie Papa und schlug auf Mama ein. Die wehrte sich. Zerkratzte ihm das Gesicht. Doch Papa hatte ihren Hals erwischt, während sie um sich schlug, sein Gesicht zerkratzte, ihm in den Magen trat und in die Hoden. Doch das alles nützte nichts. Papa stand dort wie ein Fels. Wie ein Superheld in einem der Filme, an dem Schläge, Blitze und selbst Geschosse abprallten. Offenbar wollte er es zu Ende bringen. Offenbar hatte Papa all seine Wut, all seine unterdrückten Gefühle und all seinen Hass seit dem Tag, an dem sie sich kannten, in sich gesammelt, um sie heute, ein für alle Mal auf seine Frau abzufeuern. Auf Mama. Um sie zu schlagen. Zu strafen. Und zu vernichten.

Er hielt ihren Hals umklammert. Ihr Gesicht war erst rot, dann lila und dann blau angelaufen. Ihre Augen aufgerissen in Panik. Er presste ihren Hals zusammen. Immer stärker. Erst ihre Venen. Dann ihre Arterien. Und irgendwann würde sie tot sein.

Doch sie war noch nicht tot.

Sie hob ihren Finger. Stach Papa damit ins Auge.

Er schrie wie am Spieß. Schlug zu.

Der Kinnhaken, den er ihr verpasste, warf ihren Kopf nach hinten. Mit einer Kraft, die Torsten Papa nie zugetraut hätte. Wahrscheinlich würden seine Knöchel die nächsten Tage geschwollen sein. Denn Papa hatte sich nie richtig geprügelt. Niemals, bis zu dem Tag, an dem er es Mama, seiner Frau, heimzahlte. Und dieser Tag war heute. Ihr Kopf knickte durch den Schlag nach hinten. Torsten hörte das trockene Knacken ihres Kiefers. Zu laut, um harmlos zu sein.

Mama taumelte.

War Torsten begeistert? Oder erregt? Oder neidisch? Denn eigentlich hatte er es selbst machen wollen. Er. Nicht sein Versager von Papa. *Er* wollte derjenige sein, der Mama tötete. So wie dieser Killer, von dem er gelesen hatte.

Dieser Killer hatte sich ins Zimmer seiner Mutter geschlichen. Mit einem Zimmermannshammer. Am Ostersamstag. Der Tag, an dem Jesus in die Hölle hinabgestiegen war, war auch der Tag gewesen, an dem der Killer mit einem Zimmermannshammer ins Zimmer seiner Mutter gegangen war. Und zugeschlagen hatte. Hatte mit der spitzen Seite des Hammers auf seine schlafende Mutter eingeschlagen.

Die spitze Seite des Hammers, dachte er. Und der Gedanke erregte ihn. *Das werde ich irgendwann auch machen. Mit der spitzen Seite …*

Dann hatte der Killer sie enthauptet.

Und dann die kopflose Leiche vergewaltigt.

Dazu fehlen mir die Eier, dachte Torsten. *Ehrlich, das würde ich nicht können. Obwohl … Mama quälen, töten, vergewaltigen. Das wäre was. Denn hässlich war sie nicht. Ihre hochgesteckten Haare, die vollen Brüste. Töten, vergewaltigen. Vorher oder hinterher … Das wäre schon was.*

Doch er dachte nur daran, er tat es nicht, während Papa Mama wieder im Würgegriff hatte und sie lallte und gurgelte. Papa war halt nicht dieser Killer aus der Geschichte. Dieser Killer hatte seine kopflose Mutter vergewaltigt. Und ihr dann den Kehlkopf rausgeschnitten. Und den Kehlkopf in den Müllschlucker geworfen.

Sie hat mich immer angeschrien und gegängelt, hatte er vor Gericht gesagt. *Und das hat sie mit ihrer Stimme gemacht. Und ihre Stimme hat ihr Kehlkopf gemacht. Darum musste ich ihn rausschneiden. Rausschneiden und wegwerfen!*

Seine Mama war genauso. Torstens Mama.

Du dreckiges Schwein ...?

Hast du ins Bett gemacht ...?

Was macht dein dreckiger Schwanz da gerade ...? Wird der etwa ... größer? Du Sau!

Sollte er es auch tun?

Nein, er konnte nicht. Papa machte es gerade. Er würgte sie noch immer. Und er machte es gut, das musste er ihm lassen.

Der Druck in Mamas Kopf stieg. Blutgefäße platzen in ihren Augen, wie rote Blumen, die in der Hölle erblühten. Ihr Zungenbein brach. Zucken. Blut, das aus ihrer Nase lief. Rotes Blut, wie das Blut aus ihren Augen.

Mama blickte ihren Mann aus Augen an, die schon fast gebrochen waren. Bekam noch ein Röcheln heraus. Er konnte eigentlich nicht verstehen, was sie sagte, aber er hätte schwören können, das sie genau diese fünf Worte hervorbrachte: »Du warst immer ein Versager!« Und dann wieder ein Röcheln: »Ich habe dich nie geliebt.«

Papa verstand sie offenbar auch. Er rastete komplett aus. Schrie auf.

Nahm einen dicken, spitzen Bleistift. Bohrte ihn Mama in den Bauch. Blut spritzte. Mama schrie und taumelte. Er griff an die Wunde in ihrem Bauch. Die Wunde, die der Bleistift gestochen hatte. Als versuchte er, etwas rauszuziehen. Nicht nur den Bleistift, sondern *noch mehr.*

All die Erniedrigungen schienen vor seinem inneren Auge abzulaufen, während Torsten dabei stand und zuschaute, zuhörte.

Erregt und interessiert zugleich.

Mama fasste sich an ihren Bauch. Fühlte das Blut an ihren Händen. Wischte mit ihren blutigen Händen hilflos in der

Luft herum. Als wollte sie ihre Hände irgendwo abwischen. Aber da war nichts. Also hielt sie die Hände einfach nur nach vorne. Brachte noch einen Laut heraus. Sehr leise. Aber da klang etwas mit, etwas wie … Spott. Oder nicht? Hatte Papa es auch gehört? »Du Versager!«

Papa blickte sie an. Lauernd. Still. Die Stille, die im Auge des tobenden Orkans herrscht. Die Stille, die herrscht, bevor eine Atombombe gezündet wird. Dann brach es noch ein letztes Mal aus ihm hervor: »Ich hasse dich, ich hasse dich, ich hasse dich!«

Er nahm den Bleistift. Und bohrte ihn Mama mit voller Kraft in den Kopf.

Dann rannte er aus dem Raum.

Torsten trat näher an die Szene heran.

Mama rutschte an der Kommode hinunter. Der Bleistift in ihrem Kopf ragte hervor wie ein bizarrer Fahnenmast.

Torsten kam noch näher. Schaute sie an.

Sie wurde ohnmächtig. Verlor die Kontrolle.

Und dann passierte es.

Sie nässte sich ein.

Der Teppich unter ihr wurde nass und dunkel.

»Du dreckiges Schwein«, sagte Torsten.

Mama öffnete die Augen, blickte ihn an. Ein letztes Mal. Erschüttert und verängstigt. Blickte auf den See unter ihr. Und dann war da etwas in ihren Augen. Etwas, das sagte: *Es ist vorbei.*

Das Bild war vor Torstens Augen. Mama mit ihm im Bad. *Du dreckiges Schwein …*

»Du dreckiges Schwein«, sagte Torsten noch einmal. Trat mit dem Fuß gegen ihre Beine. Sie sackte noch weiter in sich zusammen. Knallte mit dem Kopf gegen die Kommode. Und kippte zur Seite weg.

Papa, dachte Torsten. Er war immer ein Versager gewesen, aber das hatte er geschafft. Er hatte Mama … umgebracht.

Die Polizei kam.

Papa wurde verhaftet.

Torsten würde zu seinen Großeltern kommen. Mit achtzehn würde er abhauen. Und dann das machen, was ihm *Spaß machte.*

Er schaute auf die Leiche seiner Mama an der Kommode.

Dachte an die Nächte, wo er an seinem Ding gespielt hatte. Dachte daran, wie sie sein Ding gewaschen hatte. Dachte an Papa, der Mama gewürgt und ihr den Kiefer gebrochen und in den Bauch gestochen hatte. Dachte an Mama, die ihre Blase entleert hatte. Mama, die ihn immer Dreckschwein genannt hatte.

Er verließ das Wohnzimmer.

Würde es nie wieder betreten.

Das Letzte, was er sah, war der dicke, spitze Bleistift in Mamas Kopf. Mamas Kopf mit dem Bleistift im bleichen Licht der Wintersonne. Der Schatten des Stiftes auf Mamas Gesicht.

Wie eine Sonnenuhr.

Ihre Zeit war abgelaufen.

Kapitel 5

Berlin, 2016

Clara hatte sich mit Sophie im Grosz am Kudamm verabredet und beide nahmen ein spätes Mittagessen oder frühes Abendessen ein. Sie saßen im hinteren Teil des Restaurants nahe dem kleinen Kamin, in dem ein Feuer behaglich knisterte.

Clara und Sophie hatten sich sofort gut verstanden, auch wenn sie bisher noch nicht allzu viele Fälle zusammen gehabt hatten. Sophie war Fachärztin für Rechtsmedizin und nebenbei auch noch Fachärztin für forensische Psychiatrie. Das half ihr dabei, wie sie sagte, nicht nur die Seele der Verbrecher zu verstehen, sondern auch in dem Moment, wo alles zu spät war, die sterblichen Reste so zu analysieren, dass der Tatvorgang *rekonstruierbar* war, wie man so schön sagte.

»Trinken wir einen Prosecco dazu?«, fragte Sophie.

»Ich darf ja nicht«, sagte Clara.

»Stimmt! Bin ich blöd!«

»Ich komme mir ohnehin schon völlig desorganisiert vor. Das ging ja schon damit los, dass MacDeath mir einen langen Vortrag gehalten hatte, dass wir unbedingt heiraten müssen, wenn wir Kinder bekommen. Sonst müsste er vor der Geburt zum Jugendamt, um vorträglich die Vaterschaft anerkannt zu bekommen und so weiter.«

»Der denkt auch an alles.«

»Kann man so sagen.« Clara folgte Sophies Augen, die die Speisekarte absuchten. »Aber trink ruhig einen.«

»Wirklich? Ist das kein Problem für dich?«

Clara sah, wie sich Sophie schon nach der Bedienung umsah. »Nein.«

»Echt nicht?«

»Na-hein! Nun mach schon!«

»Okay. Super.« Die Bedienung kam. »Für mich schon mal einen Prosecco. Für dich ein ...«

»... eine Apfelschorle«, sagte Clara.

»Perfekt.« Sie schlug Clara auf die Schulter. »Mensch, wir müssen doch anstoßen! Ihr heiratet! Endlich!« Sie sah Clara mit leuchtenden Augen an.

Clara konnte die Begeisterung nicht so recht teilen. Vielleicht hätte Sophie sich eher mit MacDeath treffen sollen? Aber der war natürlich nicht dabei.

»Also erst mal nur standesamtlich?«, fragte Sophie, als die Getränke gekommen waren und beide angestoßen hatten.

Clara nickte, während sie in die Speisekarte schaute. »Nimm bloß keinen Salat«, sagte Sophie. »Du brauchst jetzt Kraft, denn du ...«

»... isst für zwei«, ergänzte Clara.

Sophie grinste und trank von ihrem Prosecco. »Genau. Auch wenn das medizinisch Blödsinn ist, wie wir beide wissen. Aber es klingt gut. Also, erst standesamtlich?«

»Genau. Vielleicht belassen wir es auch dabei.«

Die Bedienung kam an den Tisch. Sophie bestellte ein Steak mit Salat und Clara Penne arrabbiata.

»MacDeath wohnt in Mitte«, sagte Sophie, die sich bereits erkundigt hatte. Wieso, fragte sich Clara, wusste Sophie eigentlich so gut Bescheid, auch wenn sie selber nicht verheiratet war und MacDeath erst gestern Abend mit ihr gesprochen hatte? Ob sie auch bald heiraten wollte? Soweit Clara wusste, sah man sie oft mit Frank Deckhard zusammen, der Kommissar in der Keithstraße war. Bisher hatte sich aber noch keiner der beiden klar darüber geäußert, ob sie nun zusammen waren oder nicht. Aber Sophie war ohnehin bei einem ganz anderen Thema. »Dann könntet ihr das Standesamt in Mitte nehmen«, sagte sie. »Da sind die aber total giftig und null auf Service aus. Wirst genauso behandelt wie beim Arbeitsamt. Habe ich schon von vielen gehört.«

»Was mache ich dann?«

»Pankow.«

»Ich bin sogar offiziell in Pankow gemeldet.«

»Bingo! Ist ein sehr schönes Gebäude. Breite Straße. Rote Backsteine. Sieht ein bisschen aus wie in London. Die haben sogar ein historisches Trauzimmer.«

»Was brauche ich da für Unterlagen?«

»Den üblichen Kram: Geburtsurkunde und so weiter. MacDeath braucht wahrscheinlich noch irgendeine Übersetzung aus dem Englischen. Er wird ja eine Bestätigung aus den USA haben, dass er Witwer ist?«

»Ja, denke ich mal. Ich frage ihn.« Clara machte sich eine kurze Notiz. MacDeath hatte vor etwa zehn Jahren seine Frau Caren verloren. Damals, als er in den USA für die FBI Academy gearbeitet hatte. Und seine Frau bei einem Einsatz zu Tode kam, der *eigentlich völlig ungefährlich* sein sollte. Aber so war es ja häufig. Wenn alle dachten, dass nichts passiert, genau dann passierte etwas.

»Ein Datum brauchen wir noch«, sagte Sophie plötzlich.

»Ein Datum?«

Sophie schaute Clara etwas verwundert an. »Oder könnt ihr außerhalb der Zeit heiraten? Einsteinsches Raum-Zeit-Kontinuum oder wie hieß das? Vielleicht seid ihr in der Lage, euch außerhalb zu bewegen?«

Clara verzog das Gesicht. »Nein, natürlich, du hast recht.« Das Essen kam. Sophie legte sofort los. »Wir können ja mal schauen, wann die noch etwas frei haben …« Sophie lachte auf und knuffte Clara. »Du bist wirklich witzig.«

Clara zuckte zusammen, eigentlich war das kein Witz gewesen. »Wieso?«

»Na ja, für größere Gesellschaften kann das schnell ausgebucht sein.«

»Okay«, sagte Clara. »Was für ein Datum würdest du denn vorschlagen?« Sophie zückte ihr Smartphone und öffnete den Kalender. Abgelenkt spießte sie ein Salatblatt auf und murmelte: »Lass uns mal schauen …«

»10.10. ist ja leider schon vorbei«, sagte sie kauend. »Das wäre ein tolles Datum.«

»11.11. ist fast noch besser. Und der kommt noch.«

»Dann ist der doch schon mal gesetzt.« Sophie lächelte, als wäre ein großer Meilenstein schon einmal abgehakt. »Dann fehlen noch Gastgeschenke, Hochzeitsmandeln und natürlich Trauzeugen!« Clara riss die Augen auf. *Das wirst du mir büßen, MacDeath, dass du mir Brautzilla auf den Hals gehetzt hast …*

»Woran du alles denkst.« Clara stocherte etwas lustlos in ihren Arrabbiata herum. »Wer könnte denn Trauzeuge sein?«

»Das musst du doch wissen. Bei MacDeath vielleicht Hermann? Falls es ein Kollege sein soll?«

»Und bei mir?«

»Tja …« Sophie schaute Clara beschwörend an.

Clara schaute ein paar Sekunden zurück. »Wie wäre es mit dir?«

Sophie schien auf diese Frage gewartet zu haben. »Natürlich, gerne! Klar! Habe ich MacDeath eh schon versprochen.«

Na typisch, dachte Clara.

»Vielleicht ist die Frage dumm, aber wozu braucht man eigentlich Trauzeugen?«

Sophie lehnte sich zurück und atmete tief ein. »Sie sollen dem Paar zur Seite stehen, in guten und in schlechten Tagen, wie es so schön heißt.« Das wusste Clara. Und etwas darin versetzte ihrer Seele einen Stich. Denn sie und ihre Schwester Claudia hatten sich damals versprochen, dass sie beide Trauzeugen für den anderen werden würden. Dazu war es nicht gekommen, weil Claudia tot war. Sophie sprach weiter. »Und es sollte auch ein Mann und eine Frau sein. Und ...«

»Und was?« Clara hatte den Eindruck, dass der beste Part erst jetzt kam.

»Sie können euch viel Arbeit abnehmen bei der Planung der Hochzeit.«

»Und das würdest du dann machen? Habe ich das richtig verstanden? Denn eigentlich sollte MacDeath, also Martin, das planen. Hat er jedenfalls gesagt.«

»Klar. Ich bin ja so aufgeregt!« Sophie schien wirklich aufgeregt zu sein. Das musste man nutzen, dachte Clara. Und MacDeath hatte das mal wieder toll hinbekommen, Dinge an andere auszulagern.

»Und du kannst dich auch um den Kram kümmern, den du eben erwähnt hast? Was war das? Gastgeschenke und Hochzeitsmandeln?«

»Zum Beispiel.«

»Und warum Gastgeschenke?«

»Geschenke für die Gäste, die kommen.«

»Ich denke, das Hochzeitspaar kriegt Geschenke.«

»Die Gäste aber auch.«

»Die kriegen doch schon das Essen!«

Sophie wich in gespielter Entrüstung ein Stück zurück. »Mensch, bist du unromantisch. Das sind ja auch keine Riesengeschenke, sondern zum Beispiel diese Mandeln.«

»Die zum Essen?«

»Ja, keine Rachenmandeln.«

»Und dann gibt es doch immer diesen Reis, mit dem man beworfen wird?«

Sophie schüttelte den Kopf. »Reis steht für Fruchtbarkeit. Und das hat bei dir ja auch schon ohne Reis geklappt.«

»Sehr witzig.«

»Außerdem ist das mittlerweile oft verboten. Die Vögel fressen den Reis und der bekommt denen nicht, weil das im Magen aufquillt. Und auch sonst sagt man zu Recht, dass es etwas pervers ist, wenn woanders Menschen verhungern und wir uns hier mit Reis bewerfen.«

»Wobei die auch verhungern, wenn wir uns hier nicht mit Reis bewerfen«, warf Clara ein.

»Manchmal glaube ich, du bist ein Mann«, sagte Sophie, »so wie du argumentierst.«

Glaube ich manchmal auch, dachte Clara. »Also kein Reis?«

»Nein, Wedding Bubbles.«

»Die haben aber nichts mit Wedding zu tun?« Sie dachte an das Laufhaus in Wedding und an die tote Jacqueline.

»Nein, das ist doch englisch für Hochzeit und …«

»Weiß ich. Das war ein Witz, der nicht funktioniert hat. Sind das dann … Seifenblasen?«

»Erraten! In spezieller Verpackung.«

»Weil nach der Hochzeit alle Träume zerplatzen wie Seifenblasen?«

Sophie blies die Backen auf. »Du bist *echt* unromantisch. Aber das kriegen wir schon noch hin.« Sie hatte es geschafft, ihren Teller komplett leer zu essen, während Clara noch längst nicht fertig war.

»Was fehlt noch?«

»Termin sind wir dran, Gastgeschenke, Standesamt …« Sie überlegte. »Einladungskarten!«

»Ich dachte, ich schick eine Rundmail an die, die kommen sollen und …«

»Nein, das geht schöner!« Sophie blickte Clara an, wie eine Gouvernante, die ihrer Schülerin Manieren beibringen sollte. »Es muss ja nicht handgeschöpfte Kalligrafie sein, aber etwas schöne Papeterie darf es schon sein. Es gibt da im Internet schöne Druckereien, die …«

»… die du dir einmal anschaust?«

»Klar! Dafür bin ich doch Trauzeugin.« Sophie weitete ihre Augen, als wäre ihr gerade noch etwas eingefallen. »Die Location!«

»Für das Essen danach?«

»Genau!«

»Tja …« Clara nahm ein paar Bissen von ihrer Penne, damit der Teller endlich etwas leerer wurde. Sie war früher einmal mit einem Unternehmensberater zusammen gewesen, der ebenfalls sofort heiraten wollte. Der hatte dann das *Airport Sheraton* am Frankfurter Flughafen vorgeschlagen, *weil da jeder gut hinkommt.* Das fand selbst Clara unromantisch. »Das sollte ja schon schick, aber nicht überkandidelt sein, oder?«

Sophie nickte. »Wie wäre das *Nola's am Weinberg?* Das könnte man auch im November schön herrichten. Mit Kerzen in den Fensterbänken, Käsefondue, Separee im hinteren Raum und so weiter.«

Clara nickte. »Machen wir.« Damit war dieser Punkt auch abgehakt.

»Dann sind wir durch, oder?«

»Nicht ganz.« Sophie grinste. »Die wichtigste Sache fehlt noch!«

»Und was?«

»Das Kleid!«

Kapitel 6

Berlin, 2016

Nele schaute aus den Fenstern der U1, die hier als Hochbahn fuhr, sodass die Bahn auf Augenhöhe war mit den klotzartigen Mietshäusern und dem riesigen gelb-weißen Betonkoloss, der in seiner Farbgebung wie eine Ansammlung von überdimensionalen Spiegeleiern aussah.

Nele war aufregt. Nicht nur, weil sie morgen Geburtstag hatte.

Ihre Freundin Sabine war aus Braunschweig nach Berlin gekommen. Sie hatten zusammen eine Ferienwohnung gemietet. Über ein Vermietungsportal. Direkt am Kottbusser Tor.

»Ganz schön groß hier«, sagte Sabine, als sie aus der U-Bahn-Station stiegen.

»Warst du noch nie hier?«, fragte Nele.

»Nee, noch nie.«

»Du bist siebzehn Jahre alt, wohnst in Braunschweig und warst noch nie in Berlin?«

Sabine zuckte die Schultern. Es schien ihr etwas peinlich zu sein. »Äh, ja …« Sie blickte sich um. »Das ist also das Kottbusser Tor?«

»In Berlin nennt man das *Kotti.*«

Sabine schwieg einen Augenblick. »Toll«, sagte sie dann. »Irgendwie voll … authentisch hier.«

»Authentisch?«

»Ja. Das sagt man doch so, wenn etwas echt ist.«

»Klar ist es echt. Und etwas anderes ist auch echt!« Nele blickte Sabine an und kniff ein Auge zu. »Wir werden richtig Party machen heute Nacht.«

»Und vorher machen wir so eine Bierbike-Tour?«

Nele zuckte die Schultern. »Ist zwar prollig, aber warum nicht. Wobei ich es dafür fast schon zu kalt finde. Und shoppen gehen wir nachher auch noch.«

»Hier?«

»Hier natürlich nicht. Hier wohnen wir nur.« Sie schleppten Sabines Rucksack weiter über die Straße, vorbei an Internet-Shops, Spätkauf-Läden und Verkäufern der *motz,* der Obdachlosenzeitung Berlins.

»Und heute Abend Party?«

Nele machte ein verruchtes Gesicht. »Klar.«

»Willst du auch ... Jungs kennenlernen?«

»Na und ob!«

»Es gab da mal einen Mann«, begann Sabine, »der hat Frauen per Anhalter mitgenommen. Die haben ihm alle vertraut, weil er einen total genervten Eindruck machte. So, als ob er sie gar nicht mitnehmen wollte. Er hat auf die Uhr geschaut, das Gesicht verzogen, war total angenervt von denen. Als wären die Frauen eine große Belastung für ihn.«

»Dann weiß man wenigstens, dass er einen nicht blöd anmacht.«

»Genau.« Sabine nickte. »Das dachten die Frauen auch. Und sind eingestiegen. Er hat ihnen auch extra gesagt, sie sollen sich auf die Rückbank setzen, ihn nicht nerven und nicht reden.«

»Und?«

»Er ist mit ihnen irgendwo weit rausgefahren. Hat sie erschossen. Und vergewaltigt.«

Nele schwieg einen Moment. »Wo war das?«

»Irgendwo in den USA.«

»Das ist weit weg. Heute gehen wir ins *Berghain.*«

»*Berghain*«, sagte Sabine gedehnt. »Ist es nicht sauschwer, da reinzukommen?«

Nele grinste. »Nicht unbedingt. Man darf auf keinen Fall den Eindruck machen, als würde man sich auf den Besuch freuen und unbedingt reinwollen. Das merken die Türsteher.«

»Und was macht man dann?«

»Genervt sein. Genau wie dein Killer. Genervt sein kann total sexy sein. Ich war mal in einen Typen verknallt, der immer genervt tat.«

»Hast du ihn gekriegt?«

Nele schüttelte den Kopf. »Nein, er war ja dauernd genervt. Auch von mir. Aber deswegen fand ich ihn wohl interessant.«

»Mach dich selten, dann wirst du was gelten?«

»Genau so.« Nele schaute ein paar Meter nach vorne. Dort erhob sich der riesige Betonklotz mit der Spiegeleierfarbe. So groß, dass sogar eine Straße mitten durch den Klotz hindurchführte. »Wir sind gleich da.« Sie blickte Sabine an. »Genervt sein. Klappt bei den Opfern von deinen Killern. Und klappt auch im *Berghain.*«

»Finde ich etwas krass den Vergleich. *Berghain* und Killer.«

»Da gibt es angeblich auch Verliese, wo S&M-Spiele stattfinden.« Nele senkte die Stimme und setzte wieder ein verruchtes Gesicht auf. »Und da sollen auch schon mal welche gestorben sein.«

»Ich sterbe, wenn ich nicht gleich diesen schweren Rucksack loswerde.« Sabine öffnete die Eingangstür. Die Ferienwohnung war im sechsten Stock. Und der Aufzug war kaputt.

Sechs Treppenfluchten nach oben mit schwerem Rucksack. Sabine keuchte. Nele, die ihr beim Tragen geholfen hatte, ebenfalls. Sie öffneten die Wohnungstür. Das Sonnenlicht kämpfte sich durch schmierige Fenster und durch den Staub der Wohnung. Ihr Licht schien durch den ganzen Schmutz rötlicher zu werden, als würde die Sonne hier schon lange vor der Zeit untergehen. Die Wohnung war stickig. Dreckig. Und klein. Aber sie bedeutete Freiheit.

»Scheiße«, sagte Sabine, als sie ihre Sachen auspackte.

»Was ist?«, fragte Nele, die sich auf einen stockfleckigen Sessel fallen ließ. »Gefällt dir die Wohnung nicht?«

»Doch. Aber ich hab keine Kondome dabei. Hast du welche?«

»Die haben ja wohl die Kerle.«

»Darauf würde ich mich nicht verlassen.« Sabine warf die Tasche zu Boden und ging Richtung Tür. »Ich will jedenfalls nicht schwanger werden. Jedenfalls nicht jetzt und nicht von den Typen, die wir hier treffen. Mein Dad würde mich umbringen.«

»Meiner auch«, sagte Nele und legte die Beine auf den Tisch. »Aber Enkel will er trotzdem haben.« Sie zwinkerte.

»Ich geh los«, sagte Sabine. »Hier gibt's ja wohl eine Drogerie?«

»Klar.«

»Willst du mit?«

Nele hatte schon ihr Smartphone und ihre Kopfhörer hervorgeholt. »Ich bleib kurz hier und werde ein bisschen … chillen. Endlich habe ich mal 'ne Wohnung nur für mich.«

»Jedenfalls, bis ich wieder hier bin.« Sabine grinste.

Nele nickte und grinste ebenfalls. »Besser als zu Hause.

Meine Eltern sind dauernd da und gehen mir voll aufn Keks.«

»Okay, ich geh dann mal kurz«, sagte Sabine. »Bin gleich wieder da. Hab den Schlüssel dabei.«

Doch Nele hatte die Kopfhörer schon aufgesetzt.

Kapitel 7

Berlin, 2016

Kottbusser Tor, dachte er, als sein Blick den beiden jungen Damen folgte, die mit zwei Rucksäcken Richtung Eingangstür gingen. Die Eingangstür der Wohnung, die er kannte. In dem riesigen Wohnblock, den er kannte.

Und den die beiden Mädchen, die er sah, noch nicht kannten.

Kottbusser Tor.

Kotti, wie man ihn liebevoll nannte.

Liebevoll benannte man etwas nur, wenn man es eigentlich nicht mochte, fand er.

Und er mochte den Kotti nicht.

Nordafrikaner, Osteuropäer und Tschetschenen starrten ihn misstrauisch an. Verkrachte Existenzen aus Deutschland und Polen. Manche einheimisch, aber alle entwurzelt. Türken, Albaner und Rumänen. Eine undefinierbare Masse an Menschen, die klauten, bedrohten, belästigten und Leute überfielen in schmutzigen Hausfluren, engen Straßenschluchten, dunklen Gängen, zwischen Hipster Cafés und Betonburgen. Alles war anscheinend so tolerant. Bis es das nicht mehr war. Das schwule Pärchen, das von einer Gruppe mit Gürteln geschlagen wurde, weil es nach Ansicht der Gruppe *nicht normal* war.

Menschen wurden überfallen, Männer zusammengeschlagen, Frauen begrapscht. Hier war eine permanente Kölner Silvesternacht, dachte er. Anarchie in Permanenz.

Er hatte seinen iPod wieder eingeschaltet und die Kopfhörer aufgesetzt.

Es lief wieder Ministry. Diesmal *New World Order*. Wieder von der *Psalm 69*-LP. Seine Füße wippten im Takt, als er den Text lautlos mitsang und sich nur seine Lippen bewegten. *Irgendwie*, dachte er, *irgendwie passte der Song zum Kotti.* Auch wenn er nicht hoffte, dass das hier die neue Weltordnung war. Aber er wusste, dass die Leute hier leiden mussten. Und wenn Leute leiden mussten, dann war er froh. Jedenfalls dann, wenn es die richtigen Leute waren.

All the locals hide their tears of regret
Open fire cause I love you to death
Sky high with a heartache of stone
You'll never see me cause I'm always alone[5]

You never see me cause I'm always alone …

Er grinste kurz. Das passte. Das passte zu ihm.

Er sah Fixer, die im Hauseingang in ihrer eigenen Kotze lagen. Sah riesige Ratten, bei denen nicht viel gefehlt hätte, bis sie die Fixer angeknabbert hätten, so ähnlich wie das im Ersten und Zweiten Weltkrieg bei schwerverletzten Soldaten gewesen war *(Ratten … da war doch damals was mit Ratten gewesen?).*

Riesige Ratten. Dahinter das riesige Betonungetüm. In Weiß und Gelb. Das *Neue Kreuzberger Zentrum.* Auf den Balkonen mehr Satellitenschüsseln als Topfpflanzen. *Das*

5 *Alle, die hier wohnen, verbergen ihre Tränen der Reue,*
Eröffne das Feuer, denn ich liebe dich zu Tode.
Himmelhoch mit einem Herzschmerz aus Stein.
Du wirst mich nie sehen, denn ich bin immer allein. (Übersetzung des Autors)

neue Kreuzberger Zentrum. Das von den meisten nur *KZ* genannt wurde.

Der Ministry Song hämmerte weiter in seinen Ohren:

How to love without a trace of dissent
I'll buy the torture cause you pay for the rent
Tied high with a broken command
You're all alone to the promised land[6]

I'll buy the torture cause you pay for the rent. Er grinste.

Ich nehme die Folter, denn du zahlst die Miete ...

Das passte auch. Das passte so wunderbar.

Promised Land ... Das gelobte Land. Das passte nicht. Das war gewiss nicht hier. Er stieg über Lachen von Urin und Kotze. Papier mit braunen Schlieren dran.

Der Kotti war einer der Hauptdrogenumschlagpunkte in Berlin, gleich neben dem Görlitzer Park. Eigentlich arbeiteten Kotti und Görlitzer Platz in einer unheiligen Allianz zusammen. Denn die Dealer am Kotti hatten die Drogen nicht dabei, sondern in einem Versteck, damit sie von der Polizei nicht beim Dealen erwischt wurden. Dieses Versteck war oft im Görlitzer Platz. Dort wurden die Kunden hingelockt, *weil die Drogen dort versteckt waren.* Was sie manchmal waren, manchmal aber auch nicht. Die Kunden wurden dabei nicht nur nach Strich und Faden betrogen, sie wurden auch oft in den Görlitzer Park gelockt, um dann überfallen, zusammen-

6 *Wie kann ich lieben ohne eine Spur von Widerspruch.*
Ich nehme die Folter, denn du zahlst für die Miete.
Hoch aufgestellt mit einem gebrochenen Befehl,
Du bist der Einzige, der aufs Gelobte Land wartet. (Übersetzung des Autors)

geschlagen und ausgeraubt zu werden. Und manchmal auch totgeschlagen.

Ein Alkoholiker stolperte vor ihm über die Straße, lehnte sich gegen einen Papierkorb, umarmte ihn fast und fiel dann zu Boden. Sein Blick folgte dem Mann nach unten und fixierte ihn noch eine Weile. So als hätte sein Blick den Mann nach unten gedrückt. Dann löste er seinen Blick und ließ ihn wieder über das *Neue Kreuzberger Zentrum* schweifen. Das *KZ*.

Alkis, dachte er. Je mehr man von ihnen sieht, desto schlechter sollte man sich fühlen. Mitschuldig an ihrem Schicksal. Doch er fühlte nichts dergleichen. Das Leid des Mannes machte ihn euphorisch. Das, was vor ihm lag, machte ihn glücklich.

Dort vorne, ein Stück die Straße runter, in dem großen Betonblock, wo die beiden Frauen gerade hineingegangen waren.

Er wusste, wohin sie gingen.

Fühlte sich gut, weil er es wusste. Denn er wusste auch, was gleich kam.

Wusste, in welchen Raum sie gehen würden.

Wusste, dass dieser Raum schallisoliert war.

Wusste, dass die Frauen einen Schlüssel dazu hatten.

Er würde sie besuchen.

Würde nicht klingeln müssen. Weil er es nicht musste.

Denn auch er hatte einen Schlüssel.

Kapitel 8

Berlin, 2016

Kommissar Brinkheim hatte Dienst im LKA 1 in der Keithstraße, als der Anruf einging.

Die Mordkommission 113 hatte eine spezielle Notrufnummer eingerichtet. Für Eltern, die ihre Töchter vermissten. Das LKA 1 war zuständig für die Telefonbereitschaft.

Am Telefon war eine Jutta Hellwig.

Sie hatte die Anzeige in der Zeitung gelesen. Dass sich Eltern melden sollten, die ihre Tochter oder ihre Kinder vermissten. Und die in der Nähe der Kurfürstenstraße lebten.

Sie vermisste ihre Tochter. Jutta Hellwig wohnte mit ihrem Lebensgefährten ganz in der Nähe. Derfflingerstraße. Nahe dem Französischen Gymnasium.

Sie wollte ihre Tochter für vermisst erklären. Sie hatte sich lange nicht gemeldet. Dachte, dass ihre Tochter mit ein paar Freundinnen in Warschau wäre. Sie hatte auch einige SMS von ihrer Tochter bekommen, in denen stand, dass es ihr gut ginge.

SMS und WhatsApp.

Doch dann waren die Freundinnen ihrer Tochter gestern aus Warschau zurückgekommen. Nur die zwei. Ohne ihre Tochter Wiebke.

»Die ist doch gar nicht mitgekommen«, hatte eine von ihnen gesagt.

Diese Aussage hatte Jutta Hellwig wie ein Hammerschlag

getroffen. Sie war die ganze Zeit schon weg gewesen! Vermisst. Entführt. Verschleppt. Oder tot?

Das erzählte Jutta dem Beamten.

»Sie war also gar nicht in Warschau«, sagte Jutta Hellwig. Ihre Stimme überschlug sich. Trotzdem versuchte sie, ruhig zu bleiben.

»Wir dachten, wir melden uns lieber bei Ihnen. Auch wegen der Meldung in der Zeitung.« Sie machte eine Pause. »Wir müssen uns doch keine Sorgen machen?«

Kommissar Brinkheim sagte nichts.

Kapitel 9

Berlin, 2016

Nele hörte, wie sich Schlüssel in der Tür umdrehten.

»Sabine, bist du das?«

Keine Antwort.

Sie war noch in der Musik gefangen, die sie auf ihrem Smartphone über Kopfhörer hörte. Bei Spotify. Sie liebte schwarze Musik. Beyoncé, Rihanna. Ein Kerl, der mal was von ihr wollte, hatte gedacht, dass *schwarze Musik* gleichbedeutend mit Black Metal war. Hatte ihr damals eine CD geschenkt von diesen norwegischen Spinner-Bands. Emperor. Enslaved. Immortal. Diese weiß geschminkten Vollidioten, die ins Mikrofon kreischten und Kirchen anzündeten. CDs. Die gab es damals noch. Damals, als es noch kein Spotify gab.

»Sabine?«

Dann kam die Antwort. Aber nicht von Sabine.

»Herzlichen Glückwunsch zum Geburtstag!«

Sie drehte sich um. Sah jemanden im Gegenlicht der Sonne, das sich nur mühsam durch den filzigen Staub der Wohnung fraß. Sie hatte keine Angst. War sicher ein Kerl, den Sabine aufgerissen hatte. Das sähe ihr ähnlich. Erst das scheue Reh spielen, und dann gleich hier am Kotti irgendjemanden in die Wohnung schleppen. Denn woher sollte der sonst wissen, dass sie morgen Geburtstag hatte?

»Hör mal, wer immer du bist«, sagte Nele. »Es bringt Unglück, wenn man jemandem vorher zum Geburtstag gratuliert. Und wo ist eigentlich Sabine?«

Die Gestalt, die vorher unbeweglich nahe dem Fenster gestanden hatte, kam plötzlich mit schnellen Schritten näher. Nele wollte gerade aufspringen. Doch da spürte sie schon den Lappen auf ihrem Gesicht. Den Lappen mit dem scharfen Geruch.

»Sabine ist nicht hier«, murmelte die Stimme, während die Hände des Mannes den Lappen auf ihr Gesicht pressten. »Und ja: Vorher zum Geburtstag gratulieren ... das bringt wirklich Unglück!«

»Morgen hast du Geburtstag«, murmelte der Mann. Sie spürte kaum noch etwas. Sie spürte nur noch ganz weit weg, wie er ihre Handgelenke mit Kabelbindern fixierte. »In der Tat, erst morgen.« Doch diese Worte hörte Nele schon nicht mehr. Der Mann öffnete die Eingangstür noch ein Stück und schob einen großen, fahrbaren Mülleimer in die Wohnung. Mit ein paar Handgriffen hatte er Nele in den Mülleimer verfrachtet.

»Morgen hast du Geburtstag«, murmelte er noch einmal. »Und da habe ich eine schöne Überraschung für dich!«

Kapitel 10

Berlin, 2016

Clara hatte sofort von der Vermisstenmeldung erfahren. Während Jutta Hellwig, die Mutter von Wiebke, zitternd aussagte, war schon ein Ermittlerteam unterwegs, um wieder einen DNS-Abgleich zu machen. Dafür wurden Wiebkes Zahnbürste, Ladyshave und andere Dinge konfisziert. Dann hieß es warten.

Hermann hatte Clara von der Aussage von Jutta Hellwig erzählt, und es war alles Routine wie immer gewesen, doch bei einer Sache lief es Clara kalt über den Rücken.

Die Freundinnen von Wiebke hatten SMS und WhatsApp-Meldungen bekommen, dass Wiebke nicht mit nach Warschau kommt.

Und die Eltern hatten SMS und WhatsApp-Meldungen von Wiebke bekommen. Dass es schön sei in Warschau. Es konnte kein Zufall sein. Entweder Wiebke wollte abhauen. Und sie war noch immer unterwegs. Oder sie war in die Fänge des Killers geraten, der ihr dann später die Füße abgeschnitten hatte. Der beide Seiten, Wiebkes Mutter und die Freundinnen, hinters Licht geführt hatte. Und zu der Zeit, als beide Gruppen ihre SMS bekommen hatten, hatte der Killer sie schon in seiner Gewalt gehabt. Sie und auch ihr Handy. Er hatte ihr Handy genommen. Und ihre Füße.

Nur in dem Karton mit den abgeschnittenen Füssen war kein Handy gewesen. Hatte es der Junkie verloren? Oder hatte der Killer diesmal seine Strategie geändert?

Clara hatte wenig Zeit, darüber nachzudenken. Madlen Zimmermann war ins Revier gekommen, die beste Freundin von Wiebke. In ihrem normalen Leben war sie Madlen Zimmermann, doch im Internet war sie *Trixxxy.* Mit drei x. xxx. Das war wichtig. Clara fragte sich, ob es auch noch Frauen gab, die mit normaler Arbeit ihren Lebensunterhalt bestritten. Denn Madlen, blond, hellblaue Jeans und einen engen rosa Pullover am Körper, war gerade mal neunzehn Jahre alt und betrieb im Internet eine Webcam. Beim Platinblond ihrer Haare hatte sie der Natur genauso auf die Sprünge geholfen wie bei ihrer Oberweite. Sie hatte sich deswegen derart mit ihren Eltern zerstritten, dass sie aus deren Haus ausgezogen war. Durch die Webcam verdiente sie genug Geld für die eigene Wohnung. Und *wegen* der Webcam brauchte sie auch eine eigene Wohnung. So konnten sich die Dinge gegenseitig befruchten.

»Ich biete keinen Sex an«, sagte Madlen alias *Trixxxy.* »Ich betreibe Cam-Foren.«

»Sitzen Sie da mitten am Tag vor den Kameras?«

»Eher nachts beziehungsweise morgens«, sagte Trixxxy. »Am meisten ist am Samstag oder Sonntag gegen 2 Uhr morgens los.«

»Weil dann die Kerle aus den Clubs kommen?«

»Genau die. Die haben keine Frau abgekriegt und sind noch spitz.«

»Und was machen Sie dann?«

»Spreizen, Dildoshow, Dirty Talking. Ich erzähle Ihnen auch, dass ich die Reizwäsche, die ich vor der Cam trage, auch im Alltag anhabe. Das ist irgendwie wichtig für die.«

»Auch wenn es gar nicht stimmt?«

»Natürlich nicht.«

Clara musterte Trixxxy. »Ohne Brust-OP geht in dem Business wohl nichts mehr?«

Sie dachte an Viola, die ihr von den vierzig Euro Aufschlag beim Stundenlohn erzählt hatte, wenn die Körbchengröße stimmte.

Trixxxy rutschte auf ihrem Stuhl hin und her, als würde sie die Schwere ihrer Brüste gerade jetzt spüren. Wobei Silikon ja nicht allzu viel wog. »Hat alles Vor- und Nachteile. Bin bald bei Körbchengröße H. Muss sogar nachts einen Sport-BH tragen. Aber dafür gaffen die Typen und sabbern, wenn ich nur die Cam anschmeiße. Und Geld schmeißen sie auch sofort rein. Man muss nur einen guten Chirurgen finden. Die ganz teuren kosten fast achttausend Euro. Das ist zu teuer. Nach Polen würde ich aber auch nicht gehen für zweitausend Euro. Die schneiden dir das nicht richtig auf, unter dem Brustmuskel, wie es sein soll. Kenne eine, der haben sie das in der Türkei einfach so reingestopft. Ohne Halt. Der ist dann das Silikonkissen bis zum Schlüsselbein hochgerutscht. Sah megakomisch aus. Und rückgängig machen kostet da auch noch mal Kohle. Bei Beschwerden können die nämlich auf einmal kein Deutsch mehr. Auch kein Englisch.«

»Sie haben Silikon?« Clara versuchte es mit Humor. »Und offenbar nicht unter dem Schlüsselbein.«

Trixxxy lächelte. »Schön, wenn Ihnen als Frau nichts Negatives auffällt. Silikon hat trotzdem einen Nachteil.«

»Welchen?«

»Meine Titten sind sehr plastikartig. Das passiert halt, wenn man Silikon nimmt.«

»Was geht denn noch?«

»Kochsalzkissen. Ein neuer Trend.« Trixxxy nickte. »Wenn Silikon platzt, hat man ein Problem. Bei Kochsalz nicht. Das ist ja eine natürliche Flüssigkeit und wird vom Körper absorbiert. Dafür hat es wieder andere Nachteile. Und ich hab mich für Silikon entschieden.«

»Eine gute Wahl?«

»Wenn sie platzen, habe ich ein Problem. Aber sonst bin ich sehr zufrieden.

Nur mein Ex-Freund hat sich darüber immer aufgeregt. Ich hab ihm gesagt: Die sind halt für die Kamera und nicht zum Anfassen. Jetzt bin ich Single. Aber dann nervt mich auch keiner.«

»Sex bieten Sie ja nicht an?«

»Mit den Usern vor der Cam? Niemals! Ich hab mal für die User einen Porno gedreht. Aber da nehme ich einen Profi, den ich kenne.«

»Warum waren Sie mit Wiebke befreundet?« Clara merkte im gleichen Moment, dass die Frage missverstanden werden konnte. So nach dem Motto: *Warum hat eine unbescholtene Bürgerin wie Wiebke Hellwig solche Freundinnen wie Sie, die sich vor der Kamera ausziehen?* Doch Madlen alias Trixxxy hatte die Frage offenbar schon erwartet.

»Wiebke? Die war doch noch viel krasser drauf.«

»Wie bitte?« Das hätte Clara nicht erwartet. »Inwiefern?«

Madlen grinste. »Angeldust …«

»Angeldust?«

»Das war ihr Nickname. Bei dem, was sie … gemacht hat.«

»Und was war das?«

»Wir haben zusammen angefangen. Haben uns gegenseitig bei Dildospielen gefilmt. Wir sind halt beide etwas bi.« Sie lächelte kurz, wobei ihre Augen weiterhin puppenartig nach vorn starrten und sich nicht am Lächeln beteiligten. »Eigentlich 'ne tolle Sache. Man zieht sich aus und kriegt Aufmerksamkeit. Und als Nächstes kriegt man auch noch Geld. Das Problem war nur: Ich habe das damals zu Schulzeiten mit einer Maske gemacht. Wir waren ja beide noch in der Schule. Mich hat niemand erkannt.«

»Und Wiebke schon?«

»Wiebke schon. Die meinte, mit Maske kommt sie nicht in Stimmung. Sie wollte auch nie Sex mit Gummi. Es musste immer riskant sein. Aber die war da eh anders.«

»Was denn noch?«

»Die hat auch solche Sexting-Sachen gemacht. Aber am meisten sind ihr die Dildospiel-Filme um die Ohren geflogen.« Madlen betrachtete ihre verlängerten rosa Fingernägel. »Die ist dafür dann ewig gemobbt worden. Hat die meisten Pausen weinend auf dem Klo verbracht. Ein Junge war nett zu ihr. Der ist aber auch gemobbt worden, als er sich neben sie gesetzt hat. Dann war er wieder weg.«

Mobbing, dachte Clara. Das geschah bei Kindern viel härter und grausamer als in der Welt der Erwachsenen. Sie kannte solche Fälle: Ein vierzehnjähriges Kind sprang von einem Hochhaus. In seinem Abschiedsbrief stand: *Ich möchte nicht sterben, aber ich habe keine Freunde.* Ein Mädchen beschriftete um die achtzig Zettel mit Worten wie *Ich habe niemanden.* Sie erhängte sich in ihrem Kinderzimmer.

Trixxxy sprach weiter. »Sie hatte damals hundertsiebzig Freunde auf Facebook. Das sei ja viel zu wenig, haben ihr alle gesagt. Dabei ist das gar nicht so wenig. Und dann hat ihre Mama auch noch die Bilder gesehen und hat ihr dann Internetverbot für zwei Wochen erteilt.«

Internetverbot, dachte Clara. *Der moderne Stubenarrest.*

»Und dann?«, fragte Clara.

»Dann?« Madlen wackelte mit dem Kopf. »Dann hat sie sich bei Lust-In gelistet.«

»Lust-In?«

»Ja, soll wohl extra so klingen wie Linked-In und diese Karriereplattformen. Die Erotikseiten klingen ja alle so wie die großen Netzwerke. Es gibt ja auch *Fuckbook.*«

Clara nickte. »Schon mal gehört. Und da ist sie reingekommen? Sie ist doch gerade erst achtzehn geworden?«

Madlen nickte. »Guter Punkt! Sie hat mit Photoshop ihren Perso gefälscht und das Foto davon an die Plattform geschickt. Da war sie nämlich in der Tat noch siebzehn. Aber sie kannte da wohl einen Grafiker, der das mit dem Perso gemacht hat. Ist natürlich krasse Urkundenfälschung, so was.« Sie schaute Clara unsicher an. »Das bleibt doch unter uns?«

»Meine Kollegen werden es erfahren, aber glauben Sie mir, wir haben Wichtigeres zu tun, als diesen Grafiker zu jagen. Aber die Fälschung, das hat niemand gemerkt?«

»Nein. Und das war gut. Denn ein Perso war notwendig.«

»Um was zu tun?« Clara fragte, obwohl sie es schon ahnte.

»Lust-In ist eine Kontaktplattform. Entweder gibt es da Frauen, die suchen Beziehungen und Affären. Oder es gibt Frauen, die suchen auch eine Art Affäre. Aber für Geld.«

»Und Wiebke war ...?«

»Ja, sie war da als Angeldust. Und hat sich ... angeboten.«

Clara schluckte. »Als Prostituierte? Mit siebzehn?«

Madlen nickte. »Fragen Sie mal Frau Hellwig, Ihre Mutter, warum sie das gemacht hat.«

»Warum?« Clara zog es vor, die Person zu fragen, die da war. Und das war Madlen.

Madlen lehnte sich zurück und sammelte ihre Gedanken. »Wiebke musste sich erst überwinden. Aber Fakt war, dass ihr Vater, von dem ich gar nicht weiß, ob er ihr leiblicher Vater war, sie ab dem Alter von vier Jahren begrabscht hat.«

»Pädophilie?« Clara war hellwach.

»Vielleicht nicht ganz. Jedenfalls hat er sie vom vierten bis zum vierzehnten Lebensjahr begrabscht und befummelt und ...«, sie zuckte die Schultern, »vielleicht auch missbraucht. Bis sich Jutta Hellwig von ihm getrennt hat. Ab dann wuchs Wiebke nur bei ihrer Mutter auf. Später kam ein Lebensgefährte ihrer Mutter dazu. Der ist aber ganz okay.«

Eine typische Missbrauchsbiografie, dachte Clara. Für manche dieser Opfer war Prostitution, so seltsam es klang, ein Weg, um die Macht zurückzuerlangen, die die jungen Mädchen an die Männer verloren hatten.

»Dann ist sie auf den Strich gegangen …«, begann Clara.

Madlen verstand, was sie sagen wollte und beendete den Satz: »… um die Kontrolle über die Männer zurückzubekommen. Und über sich selbst.«

Kapitel 11

Berlin, 2016

Es war Donnerstagabend und Clara und Sophie standen in der Kaffeeküche, wo die rumpelnde Kaffeemaschine, wahrscheinlich das letzte Mal für heute, Dampf und Qualm ausstieß.

»Und«, fragte Sophie neugierig und fast schon hysterisch. »Wie hat er es gemacht?«

»Wer?« Clara hatte wirklich keine Ahnung, wen Sophie meinen konnte.

»Na, MacDeath.« Sophie sah Clara an, als wäre sie eine Demenzpatientin. »Wie hat er es gemacht?«

»Was?« Clara wusste noch immer nicht, worauf Sophie hinauswollte.

»Den Antrag. Wenn ihr heiraten wollt, muss er dir doch einen Antrag gemacht haben? Einen Heiratsantrag! Ist er auf die Knie gefallen?« Sophie holte einen Teebeutel aus dem Schrank.

Clara wand sich. »Na ja, nicht so richtig. Wir saßen am Küchentisch und er sagte, dass wir heiraten sollten, wenn wir ein Kind bekommen. Das wäre juristisch sicherer, er wäre dann sofort der natürliche Vater von dem Kind und das wäre doch irgendwie auch schöner.«

Sophie verzog das Gesicht. »Das war's?«

Clara nickte. »Das war's.«

»Er kann doch sonst so toll reden?«

»Tja, in dem Fall nicht.«

»Ich dachte, MacDeath sind Rituale wichtig? Wie sieht der Verlobungsring aus, den er dir gekauft hat?«

»Er hat mir keinen Ring gekauft, und ich will auch keinen Verlobungsring. Eheringe reichen vollkommen. Die will er aber bezahlen, wenn du sie mit aussuchen kommst.«

»Na super.« Sophie schnaubte. »Männer! Und das Kind?«

»Was soll mit dem Kind sein? Ist noch da.« Clara war wieder siedend heiß eingefallen, dass sie ja schwanger war.

»Freust du dich gar nicht? Machst du noch gar keine Pläne?«

»Das fragt mich MacDeath auch dauernd. Ich bin ...«, sie wusste nicht so recht, wie sie weiterreden sollte, »ich bin noch nicht ganz sicher. Du weißt, was mit meiner Schwester Claudia passiert ist. Ich habe auch mit MacDeath darüber gesprochen. Der hat was von posttraumatischer Belastungsstörung erzählt. Traumapsychologen und den ganzen Mist. Ich weiß nicht recht, ob das etwas bringt.« Sie schaute Sophie an. »Aber eines weiß ich: Die Welt da draußen ist voller Monster. Ich konnte Claudia nicht beschützen. Wenn ich daran denke, dass so etwas meinem Kind passieren könnte ... Wie kann ich sicher sein, dass ich ...«

»Also Clara«, sagte Sophie, »ganz ehrlich: Wenn irgendein Unhold auf dein Kind trifft, dann mache ich mir um einen von beiden Sorgen. Und das ist nicht dein Kind.« Sie setzte sich kurz auf die Anrichte neben der Spüle. Als die aber sehr laut knarrte, sprang sie wieder herunter. »Mann, du hast den Werwolf erschossen. Jeder, der sich mit deinen Kindern anlegt, tut mir leid.« Sie hielt kurz inne. »Was sagt dir denn dein Bauchgefühl?«

Clara dachte kurz nach. »Ich könnte ... ich könnte es mir schon schön vorstellen.« Sie nickte, als sei sie noch selbst unsicher. »MacDeath hat mir dazu etwas Interessantes gesagt.«

»Nämlich?«

»Er sagte, um den Tod zu überwinden und auch die Schuld, die ich mit mir herumschleppe, hilft es vielleicht, etwas Neues in die Welt zu setzen. Neues Leben, das den Tod des alten Lebens sozusagen, na ja, neutralisiert. Ein Leben gegen einen Tod. Und die Welt ist wieder in Ordnung.« Sie trank von ihrem entkoffeinierten Kaffee. »Klingt nach dem, was die Engländer *Lehnstuhl-Psychoanalyse* nennen, oder?«

»Klingt aber auch sehr weise«, sagte Sophie. »Claudia würde irgendwie weiterleben. Oder wieder leben. In jedem Fall käme neues Leben auf die Welt.«

»Und deswegen, sagt MacDeath, sollten wir erst recht heiraten.«

»Richtig, heiraten!« Sophies eben noch ernstes Gesicht hellte sich auf. »Das finde ich auch! Und darum solltet ihr euch auch Gedanken über die kirchliche Trauung machen.«

Ach herrje, dachte Clara. Da hatten sich ja zwei gefunden. Und damit meinte sie Sophie und MacDeath.

»Wie wollt ihr denn überhaupt heiraten?«, fragte Sophie. »Evangelisch oder katholisch? Oder etwa eine freie Trauung mit einem abgehalfterten Motivationstrainer oder Tennislehrer im Ruhestand, der erbaulichen Schwafelkram von sich gibt und Goethe zitiert?«

»Ich dachte, erst einmal standesamtlich.«

Sophie verdrehte die Augen. »Ja, aber was ist nach der Schwangerschaft? Evangelisch oder katholisch?«

»MacDeath will katholisch heiraten, weil ihm Rituale wichtig sind. Und deinen Tennislehrer würde er wahrscheinlich erschießen.«

»Ist denn MacDeath katholisch?«

»Gute Frage. Glaub schon.«

»Über so was redet man doch.«

»Hat sich bisher nicht ergeben. Kann es mir aber vorstellen.«

»Versteht sich.« Sophie rührte in ihrem Tee. »Der beschäftigt sich ja auch mit Ritualmördern. Unter Katholizismus geht es da nicht. Rituale haben die Jungs im Vatikan ja mehr oder weniger erfunden.«

Clara blies in ihren Kaffee, den sie extra mit Wasser verdünnt hatte. Die Meinungen gingen auseinander, ob man während der Schwangerschaft Kaffee trinken durfte oder nicht. Eigentlich sprach nichts dagegen, auch ihr Arzt hatte Clara das nicht verboten. Dennoch verdünnte sie den Kaffee.

»Dann noch mal zum Kleid«, sagte Sophie und machte ein Gesicht wie bei einer Denkmal-Enthüllung. »Soll es denn etwas von der Stange sein oder maßgeschneidert?«

»Na ja«, sagte Clara. »Allzu kompliziert müssen wir es nicht machen.« Sie planten, für kommenden Samstag auf Kleidersuche zu gehen. Sophie hatte schon ein paar Adressen herausgesucht. Clara stöhnte auf, als sie die Liste sah.

»Schau mal hier«, sagte Sophie und zeigte Clara einen Link auf ihrem iPad. »Haben richtig schöne Sachen. *Pronovias* aus Spanien.«

»Wusste gar nicht, dass die Spanier so gut im Brautkleidmachen sind.«

»Señora Vidalis?« Sophie zog die Augenbrauen hoch. »Ich denke, ein Teil deiner Familie kommt aus Spanien?«

»Na und? Ich weiß es trotzdem nicht.«

Draußen waren schwere Schritte zu hören.

»Hier, schau mal«, sagte Sophie. »Es gibt vier Untermarken. Die sind unterschiedlich teuer. Die hier müssen es ja nicht sein, aber hier … Atelier Diagonal. La Sposa.«

Clara schaute Sophie entgeistert an. »Dreitausend Euro? Spinnst du?«

»Nein, ich meinte das hier.«

»Das sind sogar viertausend! Für ein Kleid!«

»Man heiratet ja auch nur einmal«, entgegnete Sophie beleidigt.

»Wenn alles gut geht!« Die tiefe Stimme gehört zu dem Mann, der gerade den Raum betrat. Walter Winterfeld kam mit seinem leeren Kaffeebecher und füllte ihn an der Kaffeemaschine nach. In der Hand die obligatorische Zigarilloschachtel mit dem Benzinfeuerzeug. Wahrscheinlich stellte er sich gleich wieder ans Fenster, um nachzudenken und nach draußen zu rauchen. »Ich bin zweimal geschieden. Könnte jetzt zum dritten Mal heiraten. Wenn ich wollte.« Er grinste. Von Claras und MacDeath' Heiratsplänen hatte er schon gehört. »Nehmen wir mal das Kleid. Das wären dann, wenn ich eine Frau wäre, viertausend Euro geteilt durch drei. Dann geht es doch wieder? Jedenfalls, wenn ich immer das gleiche Kleid anziehe.«

»Sehr romantisch.« Sophie schüttelte den Kopf. »Vor allem, wenn ich mir *Sie* im Kleid vorstelle.«

Winterfeld schaute Clara an. »Äh, störe ich eigentlich?«

»Etwas mehr erbaulicher Zuspruch in Richtung Ehe wäre schön«, sagte Sophie. »Aber ansonsten stören Sie nicht.«

»Na wunderbar.« Winterfeld langweilte sich offenbar in seinem Büro oder er hatte etwas zu tun, wozu er keine Lust hatte und war für die Ablenkung dankbar. »Nur kurz, Clara: Was Neues zu Wiebke?«

»Noch nichts. Hermann und Boonstra verfolgen ihre Spur im Internet. Die war da ja auf einigen Plattformen aktiv.«

Winterfeld nickte. »Ja. Lust-In und wie das alles hieß. Siebzehnjährige, die auf den Strich gehen. Früher haben die Mädchen mit Puppenstuben gespielt.«

»Jede Frau möchte eigentlich eine Prinzessin sein«, sagte

Sophie und hielt Clara wieder das iPad vor die Nase. »Und eine Prinzessin braucht auch ein schönes Kleid.«

»Aber nicht jede Frau möchte viertausend Euro ausgeben«, sagte Clara. »Für ein Kleid, das sie nur einmal trägt.«

»Und das auch nur, wenn alles gut geht.« Winterfeld konnte sich den Kommentar nicht verkneifen. »Sonst ist entweder das Kleid mehrfach im Einsatz oder die Braut.«

»Sie sind echt unromantisch«, sagte Sophie. »Ein guter Mann hat nicht ständig neue Frauen, sondern begeistert dieselbe immer wieder aufs Neue.«

»Ich habe meine Frau nie betrogen«, sagte Winterfeld.

»Wäre Ihnen auch zu anstrengend gewesen«, sagte Sophie und grinste. Das fand Clara recht frech von Sophie. Aber Winterfeld nickte. »Richtig. Die Zeit hatte ich gar nicht.«

»Kommen wir mal wieder zum Erfreulichen«, sagte Sophie und suchte weiter auf der Hochzeitsseite auf dem iPad herum. »Wie wäre denn das? Schlichter. Kein Chichi. Eher so Empire-Stil. Würde zur standesamtlichen Trauung passen. Zur kirchlichen kann es dann ja prächtiger werden.«

Zur kirchlichen Trauung, dachte Clara. Dann wäre das Kind schon da. Aber dass sie schwanger war, das wollte sie Winterfeld in einer ruhigen Minute sagen, nicht hier zwischen Tür und Angel. Das Kind würde Anfang Juni im kommenden Jahr auf die Welt kommen. Wenn das Kind ein paar Monate alt war, könnte man die Taufe und die kirchliche Hochzeit kombinieren. Zu einer sogenannten *Traufe.*

Toller Name, dachte Clara. Clara fragte sich inzwischen, ob bei ihr vielleicht eine Hormonstörung vorlag, weil sie Sophies Begeisterung so überhaupt nicht teilen konnte. Sie freute sich zwar darauf, MacDeath zu heiraten, hätte dafür aber auch gut und gerne zu zweit mit ihm zum Standesamt gehen können. Da er das aber unbedingt größer aufbauschen wollte, hatte sie ihm die Planung übertragen. Die hatte er wie eine heiße Kartoffel an Sophie weitergereicht. Jetzt saß sie hier mit Sophie. Sodass sie sich jetzt letztendlich mit genau den Dingen beschäftigen musste, die sie hatte vermeiden wollen.

Sophie schaute sich unterdessen die Produktbeschreibung an. »Lieferzeit zwei Monate …«

»Das muss schneller gehen!«, sagte Clara. Und ihr fiel ein, dass sie ja auch zunehmen würde. Wie konnte sie ein Kleid bestellen, dass in zwei Monaten geliefert wurde und dann auch passte, wenn sie gar nicht wusste, wie viel sie dann durch das Kind an Leibesfülle gewonnen hatte? »Zur Not nehmen wir was anderes. Wir heiraten im Herbst. Da ist es eh dunkel.«

»Das heißt, dann sieht keiner, wenn das Kleid nicht richtig passt?«

»So ähnlich.«

»Du solltest Stilberaterin werden.« Sophie schüttelte erst den Kopf, nickte dann aber sogleich wieder, als sie das iPad betrachtete. »Hier, das ist doch perfekt! Auch Empire, schlicht, weiß, aber kurze Ärmelchen. Lieferzeit nur zwei Wochen.«

»Das klingt schon besser.« Clara nickte, aber nicht mit einem Gesicht, als wüsste sie vor Freude nicht wohin mit ihren Emotionen. Doch Sophie sprach schon weiter. »Dazu ein Fascinator aus Wildseide. Dann eine lockere Flechtfrisur, damit siehst du aus wie eine griechische Göttin, die dem Olymp entstiegen ist.«

Clara verdrehte die Augen.

»Und dann noch ein Seiden- oder Cashmerejäckchen zum Überziehen, falls es zu kalt ist.« Sophie war noch nicht fertig. »Oder ein Bolerojäckchen. Dann hier beim Kleid die Brust gerafft mit herzförmigem Ausschnitt.«

»Ja, ganz schön … aber der Ausschnitt als Herz? Ist das nicht zu kitschig?«

»Na hör mal«, sagte Sophie. »Bei der Hochzeit geht es um die Liebe! Und die Liebe ist das Licht des Lebens! Das beste ist, wir gehen Samstag zu Inga Brückner. Super Hochzeitsladen. Da finden wir garantiert was.«

»Und wo ist der?«

»Fast bei dir um die Ecke. Prenzlauer Berg.«

»Na dann.« Clara war gerade etwas anderes eingefallen. »Wie ist das eigentlich mit dir? Und Deckhard? Wo wir gerade beim Thema sind?« Kaum jemand im LKA nannte Kommissar Frank Deckhard *Frank*. Wahrscheinlich nicht einmal Sophie. »Läuft da jetzt was?«

Sophie wurde leicht rot. »Vielleicht …«, sagte sie. »Aber zurück zum Thema.«

Der arme Deckhard, dachte Clara. *Wenn die auch heirateten, musste er sich jeden Tag irgendwelche Kleiderbilder anschauen. »Passt das zu mir? Was findest du besser? Aber das ist doch schöner? Warum denn nicht das? Seh ich darin nicht zu fett aus? Das sagst du nur, weil ich es hören will …«*

»Was zieht eigentlich MacDeath an?«, fragte Sophie. »Einen Smoking?«

Clara zuckte die Schultern. »Finde ich fast zu übertrieben. Den kann er ja zur kirchlichen Trauung anziehen.«

»Die kirchliche Trauung ist aber doch nicht abends.«

»Na und?«

Sophie setzte ein entrüstetes Gesicht auf. »Mensch, einen Smoking trägt man erst ab 18 Uhr. Tagsüber trägt man bei festlichen Anlässen einen Cut.«

»Für die standesamtliche Trauung trägt MacDeath einfach einen schönen Anzug. Davon hat er ja schon ein paar.«

Winterfeld nahm seine Kaffeetasse und nickte beiden zu,

was so viel heißen sollte wie *Auf Wiedersehen und einen schönen Abend.*

»Wie?«, fragte Sophie. »Er kriegt nicht einmal einen neuen Anzug?«

»Reicht ja, wenn ich extra ein Kleid kaufen muss.«

»Ihr seid echt *so* unromantisch«, sagte Sophie. »Man heiratet doch nur einmal. Und wie gesagt: Die Liebe ist das Licht des Lebens.«

Winterfeld steckte noch einmal seinen Kopf zur Tür herein. »… und die Ehe ist die Stromrechnung!«

Kapitel 12

Berlin, 2016

Clara war seit einer Stunde im Büro und hatte etwa eine Stunde mit Jutta Hellwig, der Mutter von Wiebke, gesprochen. Die Sache mit dem Mann, der sie seit frühester Kindheit befummelt hatte, stimmte. Die Sache mit der Prostitution wollte Wiebkes Mutter nicht wahrhaben. Deshalb war jetzt Hermann dran.

Sie hatten schon gestern den Rechner von Wiebke beschlagnahmt. Hermann hatte bereits die relevanten Passwörter geknackt. Joost Boonstra war ebenfalls vor Ort, saß in einem weißen Hemd, das über seinem Bauch spannte, vor einem anderen Rechner und starrte verbissen auf den Monitor, im Mund eine Zigarette, die nicht angezündet war und die bereits am Mundstück dermaßen angefeuchtet war, dass er sie auch gleich hätte wegschmeißen können.

Sie hatten die Website von Lust-In geöffnet.

»Das ist sie doch oder?«, fragte Hermann und zeigte auf das Profil einer jungen Dame. Clara glich das Bild mit einigen Fotos ab, die sie von Jutta Hellwig erhalten hatte. Sie nickte. »Ja, das ist sie. Was steht da noch?«

»Ein Name von ihr ist Angeldust«, knurrte Boonstra. »Da der Name aber recht oft vorkommt, hat sie hier noch einen Untertitel: *Mageshart.*«

Claras Augen flogen über die Beschreibung. *Mageshart. Also eine, die es hart mag ... Bin tabulos, will genommen werden, nur keine bleibenden Schäden.*

»Hört sich nach devot und S&M an oder?«, fragte sie. »Frauen, die als Kind gedemütigt werden, werden ja oft devot.« Sie schaute Hermann an. »Haben uns die Zuhälter im Laufhaus ja auch gesagt. Oder sie werden dominant, um die Kontrolle zurückzubekommen, die sie verloren haben.«

Boonstra nickte. »Schauen wir mal, was da noch ist. Blogs oder Chats oder so etwas ...«

Hermann und Boonstra hatten ihre Rechner zusammengeschaltet, sodass beide auf die Informationen des anderen ohne Umschweife zugreifen konnten. »Da haben wir schon etwas«, knurrte Boonstra und kaute auf der Zigarette herum. »Ritzforen.« Er blickte nach oben. »Wie ritze ich mir die Haut auf. Und dann noch ... oh Gott.«

»Was denn?«, fragte Clara.

»Suizidforen. Was für Mittel muss man nehmen ...« Ihre Augen folgten einem Thread, wo ein Suizid-Interessierter über seine Vorlieben und Mittel sprach.

»*Sedativa*«, las Clara halblaut vor, »*Rohypnol* ... Da müssen wir mal MacDeath oder von Weinstein fragen.«

»Hier unten wird es spannend«, sagte Boonstra und scrollte nach unten. Clara las weiter.

»*Benzodiazepine eignen sich nicht zum Selbstmord. ... Du brauchst viel zu viel davon ... eher LSD. Da reichen 0,1 Milligramm, um einen Trip auszulösen, der vielleicht dein letzter ist ... Ist so heftig wie 50 Gramm Psilocybin. Aha.*«

»Hier hat jemand noch anderes Zeug ausprobiert.« Boonstra hatte noch einen weiteren Thread gefunden, den Wiebke auch gelesen hatte. Clara las weiter. »*Ein Milligramm Flunitrazepam hat bei mir total eingeschlagen. Möchte nicht wissen, was passiert wäre, hätte ich mehr als ein Milligramm genommen ... In jedem Fall besser als Phenobarbital. Die*

Mengen, die du einschmeißen musst, bis überhaupt was passiert, sind jenseits von Gut und Böse. Hab berechnet, dass du davon dreihundert Tabletten reinwerfen musst, damit du die große Reise antreten kannst …«

Clara sah erschüttert aus. »Hier hat sie mit anderen ihre Suizidpläne diskutiert.«

»Und nebenbei ist sie auf den Strich gegangen«, sagte Hermann. »Mit siebzehneinhalb Jahren. Und das offenbar freiwillig. Nach glücklicher Kindheit sieht das nicht aus.«

Clara setzte sich neben Hermann auf den Tisch. »Alles tragisch, in der Tat. Aber das hilft uns nicht weiter. Wer spricht denn da mit Wiebke in diesen Chats? Irgendwelche verdächtigen Chatpartner, die für ihr Verschwinden verantwortlich sein könnten?«

Boonstra zuckte die Schultern. »In diesem Teil des Internets ist halt alles etwas kontrollierter. Die Leute sind vorsichtiger mit ihren Informationen.«

»Und wo ist das anders?«

Boonstra und Hermann sahen sich an und grinsten. »Im Dark Web! Fall sie sich da auch rumgetrieben hat.«

»Dark Web«, murmelte Clara. Sie hatte schon einiges davon gehört. Die letzte Bastion des Internets, wo nach wie vor so gut wie gar keine Gesetze galten. »Und?«, fragte sie. »Können wir da hin?«

Boonstra und Hermann sahen sich noch einmal an. »Wir schon!«

In dem Moment klingelte das Telefon. Hermann schaute aufs Telefon. »Die KT«, sagte er. »Soll ich?«

Clara nickte. Hermann nahm den Anruf der Kriminaltechnischen Untersuchungsstelle entgegen und stellte sein Telefon auf laut. »Die DNS ist identisch«, sagte Stahnke, der KT-Mann am anderen Ende der Leitung. Alle wussten sofort, was gemeint war. Hermanns und Boonstras Grinsen sackte sofort nach unten. »Die DNS von Wiebke?«, fragte Hermann.

»Korrekt«, sagte Stahnke. »Die abgeschlagenen Füße … *sind* von Wiebke Hellwig.«

Kapitel 13

Berlin, 2016

Schon Sigmund Freud hatte gesagt, dass er die Frauen nicht verstand.

Und er tat es auch nicht. Vielleicht wollte er es auch nicht. Denn dann blieben sie geheimnisvoller. Und was geheimnisvoll war, das war selten. Und nur was selten war, das jagte er gerne.

Er hatte die Frauen gesehen, die an der Straße standen. Er hatte ihnen Schmuck geschenkt. Sie hatten sich zwar gefreut. Einige hatten den Schmuck sogar getragen. Aber netter waren sie zu ihm deswegen nicht geworden. Sie waren auf der anderen Seite der Scheibe geblieben. Unerreichbar für ihn. All die Jahre. Heute und gestern. Genau so wie all die Jahre zuvor.

Eine Hure hatte ihm erzählt, was die Freier alles machten, um sie weiterhin besuchen zu können beziehungsweise um das Geld weiterhin dafür abdrücken zu können. Einer, der kaum noch Geld hatte, aber trotzdem jeden Monat seine zweihundert Euro zahlte. Der dafür Flaschen sammeln ging, nur um einmal im Monat seine Verona zu besuchen.

Er wusste, was alles kostet. Und welche Sachen mehr kosten.

Anal, Oral, Drooling, S&M.

Menschen nehmen Geld. Oder besser: Lebende Menschen nehmen Geld.

Tote nehmen kein Geld.

Tote Mädchen nehmen auch kein Geld.

Und tote Mädchen sagen nicht Nein.

Vielleicht war es besser, wenn die Frauen tot waren?

Er hatte es ausprobiert. Hatte einer Frau richtig viel Geld gegeben, damit sie sich mit ihm im Kühlraum eines Schlachthauses traf. Sie musste zehn Minuten in dem Kühlraum verbringen. Und dann zu seinem Volkswagen-Bus gehen. Dem Bus, den er bei der Arbeit benutzte und wo er die Ladefläche hinten freigeräumt hatte. Dort hatte er eine Matratze hingelegt. Die Frau sollte sich stocksteif drauflegen, ohne sich zu bewegen. Und es *geschehen lassen.*

Er war in die bewegungslose, kalte Frau eingedrungen, die sich nur deshalb bewegte, weil sie vor Kälte zitterte. *Für jedes Mal, wenn du dich bewegst, ziehe ich zehn Euro von deinem extra Geld ab.* Und die Drohung hatte funktioniert. Und der Sex war gut. Viel besser als sonst.

Vielleicht bekam er nur eine Erektion, wenn die Frau unter ihm sich *nicht* bewegte? Wenn sie nicht mit ihm sprach? Wenn sie bewusstlos war? Wenn er die totale Kontrolle hatte?

Vielleicht war nur eine Frau, die sich nicht bewegte, eine gute Frau?

Oder war er nekrophil?

Nein, das war er sicher nicht.

Denn nur wer lebte, konnte sich fürchten. Und nur wer lebte, konnte sterben. Und den Moment, in dem die Frau starb, den wollte er erleben.

Denn es war nicht so, dass nur eine Frau, die sich nicht bewegte, eine gute Frau war. Es war so, dass nur eine tote Frau eine gute Frau war.

Am besten ist es, wenn du dich nicht bewegst, hatte er am Ende gesagt. Und er hatte der Frau das Geld gegeben.

Und noch besser ist es, wenn du tot bist.

Er dachte kurz nach. Dann war es klar.

Das Beste, dachte er, *ist eine Frau, die ich selbst getötet habe.*

Kapitel 14

Berlin, 2016

Die DNS der Füße war die von Wiebke Hellwig.

Clara saß noch immer auf der Tischkante im Computerraum und ertappte sich dabei, wie sie an ihren Nägeln kaute. Etwas, was sie seit dem sechzehnten Lebensjahr so gut wie gar nicht mehr machte. *Die DNS der Füße war die von Wiebke Hellwig.*

Damit war sie so gut wie tot. Von Weinstein hatte festgestellt, dass die Füße postmortal abgetrennt worden waren. Niemand lebte lange mit abgeschnittenen Füßen weiter. Allein die Infektionsgefahr war gigantisch, und falls der Täter keinen eigenen OP oder eine Art Arztpraxis hatte, konnte das Mädchen gar nicht mehr leben.

Clara dachte an Jutta Hellwig. Und an die Nachrichten, die sie noch bekommen würde. Erst war die Tochter weg. Dann tot. Und dann ohne Füße. Und keiner hatte es gemerkt. Jedenfalls nicht schnell genug. Vor zwei Jahren war so etwas schon einmal passiert. Ein Mädchen war in Berlin entführt worden. Der Vater hat seine Tochter an einem Nachmittag zum Sport gebracht und dann hundertachtzig Tage nicht wiedergesehen.

Das Mädchen wurde in einem abgeschlossenen Haus gefangen gehalten. Und dort zur Prostitution gezwungen. Tausendfünfhundert Meter Luftlinie vom Haus ihrer Eltern entfernt. Sie hatten ihr das Handy weggenommen. Das Mädchen in dem Bordell war nur deswegen freigekommen, weil ein Kunde Mitleid mit ihr gehabt und heimlich die Polizei verständigt hatte. Manche Kinder wurden selbst auf Seiten wie *backpage.com* als Sexsklavinnen angeboten. Kurz hatte es dort sogar eine Kategorie *child rape* gegeben, so ähnlich wie *Haushaltswaren* oder *Gartengeräte,* bis die dann doch wieder gelöscht wurde.

Hermann und Boonstra hatten in der Zwischenzeit bereits den TOR-Browser aktiviert, mit dem man ins Dark Web gelangen konnte. Die Suche war klar. *Angeldust.* Und *Mageshart.* So hatte sich Wiebke bei Lust-In und auf den anderen Plattformen genannt. Vielleicht war das auch hier ihr Name. *Angeldust,* dachte Clara. Angel Dust, auch genannt Phencyclidin, war außerdem eine hochgefährliche, Crystal Meth ähnliche Droge.

»Wir haben eine Anfrage bei Europol laufen«, sagte Hermann. »Die sollen uns verdächtige Links im Dark Web zu *Angeldust* schicken.«

»Und?«, fragte Clara und rückte näher heran.

»Noch warten wir.«

Es vergingen einige Minuten. Auf einmal stieß Boonstra einen Grunzer aus. Sagte in seiner Aufregung irgendetwas auf Holländisch. Es klang wie *Jeetje,* was wohl so viel wie *Oje* hieß. »Hermann, siehst du das?«, fragte er.

Hermann nickte. »Ja. Angeldust666. Die 666 ist einerseits mit Sex konnotiert. Und mit dem Satan. Ist ja nicht neu. Das Foto aber sieht ganz nach ihr aus. Hier!« Er drehte den Monitor zu Clara. Sie nickte. Das war das Foto von Wiebke. Allerdings sah sie hier weder sexy noch glücklich aus. Das Foto war dunkel. Sie schien auf einem Stuhl zu sitzen. Gefesselt. Irgendwo in einem dunklen Kellerverschlag.

»Was ist das?«, fragte Clara.

»Ein Red Room«, sagte Boonstra tonlos. »Manche sagen,

die Dinger seien nur eine urbane Legende. Aber offenbar gibt es die doch.«

»Red Room«, murmelte Clara. »Sind das nicht diese Orte, wo …«

Boonstra nickte. »… wo Menschen gegen Geld gefoltert werden.« Er senkte die Stimme. »Und die Zuschauer können entscheiden, was als Nächstes mit ihnen geschieht. Was als Nächstes *abgeschnitten* wird. So ähnlich wie eine von diesen Peepshow-Seiten. Nur dass sich hier keine Frau auszieht gegen Geld, sondern Menschen gegen Geld gefoltert werden. Sie verlieren hier keine Kleidung, sondern Gliedmaßen.«

Clara schüttelte den Kopf. Wenn es so etwas wie diese *Red Rooms* wirklich gab, dann waren sie die perverseste Erfindung, die die Menschheit je hervorgebracht hatte.

»Hier ist ihr Name«, sagte Boonstra plötzlich. »Irgendein User hat sie erkannt.« Alle rückten an den Bildschirm. »Und, o Gott«, Clara schüttelte den Kopf. »Ihr Profil ist hier gelöscht. Nur noch ein kurzer Text.«

Sie lasen den Text. Still.

Angeldust666 ist bald zur Schlachtung freigegeben. Irgendjemand hatte etwas mit ihr gemacht. Ob sie schon tot war?

»Verdammt«, zischte Boonstra. »Wer betreibt denn diesen verdammten Red Room?«

Hermann zuckte die Schultern. »Steht hier leider nicht.«

»Ich kläre das mit Europol«, sagte Boonstra. »Die müssen das doch irgendwie herausfinden können.« Er wählte wieder die Nummer von Europol und sprach mit seinen Kollegen.

»Hattest du schon einmal mit Red Rooms zu tun?«, fragte Clara Hermann, während Boonstra telefonierte.

Der schüttelte den Kopf. »Es gibt da einige Geschichten«, erklärte er. »Wie die von den drei Gefangenen, die Terroristen des Islamischen Staates sind. Sie haben Terroranschläge durchgeführt, Menschen grausam ermordet. Jetzt sind sie in einem Red Room gefangen. Und jeder kann mitmachen und den Folterern sagen, wie die Terroristen gefoltert werden können.«

»Und dann?«

»Sie werden gefoltert. Alle zahlen dafür. Es zieht sich hin. Stunden. Oder auch Tage.«

»Und irgendwann sterben sie?«, fragte Clara.

»Ja. Das auch. Aber es ergibt sich noch etwas anderes.«

Clara wechselte ihre Sitzposition auf der unbequemen Tischplatte. »Es war genau umgekehrt?«

»Richtig«, sagte Hermann. »Die Opfer waren keine ISIS-Terroristen. Die Opfer waren in Wirklichkeit ein Soldat, ein Journalist und ein Entwicklungshelfer.« Er blickte alle an. »Die Folterer waren ISIS-Leute ... Und ... die Internet-User, wir alle haben mitgemacht. Und dafür auch noch Geld bezahlt.«

»Wir haben was«, sagte Boonstra nach einer Weile. »Europol hat uns einen Link geschickt.«

»Und wer ist das?«, fragte Clara.

»Offenbar der Betreiber des Red Rooms«, sagte Boonstra. »Sein Name ist *BodyCount.*« Er kniff die Lippen zusammen.

Der gleiche Name, wie sie die Band des Rap Musikers Ice-T in den Neunzigern hatte. Und die berühmt geworden waren durch ihren Song *Cop Killer.*

»BodyCount ...«, sagte Clara leise. »Dich finden wir auch noch!«

Kapitel 15

Berlin, 2016

»Warum trägst du die Gummihandschuhe?«, fragte die Frau, die Vanessa hieß.

Er trug wirklich Gummihandschuhe. Gummihandschuhe, in denen sich der Schweiß sammelte, als wären sie keine Handschuhe, sondern Wasserbomben. Er hatte gesagt, dass er die Handschuhe brauche. Er hatte nicht gesagt, wofür. Und sie hatte nicht mehr gefragt.

»War ich jetzt ein böser Junge?«, fragte er, als er auf dem Tisch lag.

Der Tisch, der ein wenig an einen Wickeltisch erinnerte.

»War ich jetzt ein böser Junge, Vanessa? War ich ein Dreckschwein?«

»Ja, du warst ein Dreckschwein!« Vanessa gab ihm eine Ohrfeige. Genau so, wie es in dem Rollenspiel abgesprochen war. »Du hast in deine Hose gepinkelt!«

»Ja. Ich bin ein Dreckschwein, bin ein Dreckschwein …« Er umfasste ihr Handgelenk. »Sag es!«

»Du bist ein Dreckschwein!« Wieder eine Ohrfeige. Er genoss es. Merkte seine Erektion. So einen harten Schwanz hatte er schon lange nicht gehabt. Doch seinem Gehirn, das nicht aufgehört hatte, analytisch zu denken, war eine Ungereimtheit nicht entgangen. Vanessa spielte seine Mutter. Und er war der Teenager. Der ins Bett pinkelte. Und eigentlich sollte er sich auch auf dem Wickeltisch einnässen. So als ob es sein Bett wäre. Doch er konnte nicht. Sein Schwanz war so hart, dass er damit unmöglich pinkeln konnte. Er konnte einfach nicht. Dabei hatte er es sich so schön vorgestellt. Er wollte ins Bett pinkeln. Die Hure Vanessa sollte ihn sauberwischen. Beleidigen. Ohrfeigen. Und seinen Schwanz in die Hand nehmen. Dann sollte sein Schwanz hart werden. Dann erst! Nicht schon jetzt! Während die Hure noch die letzten Reste von Urin von seinen Beinen und Eiern wischte, dann erst sollte sein Schwanz hart werden und nicht vorher! Und er wollte abspritzen. So stark abspritzen, wie noch kein Mensch auf der Welt zuvor abgespritzt hatte.

Sein Schwanz war hart. Nur war er viel zu früh hart geworden.

Und deswegen konnte er nicht pinkeln. Und das war ihre Schuld! Er spürte eine kalte Wut auf diese Frau aufsteigen.

»Okay, jetzt unter uns«, sagte Vanessa. Er sah, wie sich ihre Brüste unter der Korsage hoben und senkten, während sie sprach. *Unter uns* hieß, dass sie jetzt nicht die Domina spielte, sondern sachlich zu ihm sprach. »Ich glaube, so kannst du nicht pinkeln, wenn dein Schwanz so hart ist. Ich kann dich abwichsen und dann versuchst du es …?«

»Nein«, sagte er. Und seine Stimme durchschnitt die Luft derart scharf, dass sie zurückwich. »Nicht abwichsen! Ich will dich ficken! Von hinten!«

»Du meinst … anal? Das kostet …«

»Ich weiß, dass das extra kostet«, unterbrach er sie und seine Stimme überschlug sich. »Und jetzt bück dich!«

Er stieß in sie hinein.

Hart und völlig ohne Gefühl. Wollte sie erniedrigen. Beherrschen. Ihr Gesicht nicht sehen. Stieß in sie hinein. Wie Hammerschläge. Während er es tat, war dieser Song in seinem Kopf. Der Song, den er vorher auf seinem iPod gehört hatte. Diesmal nicht von *Ministry.* Aber *Megadeth* fing auch mit *M* an. Der Song passte zum heutigen Tag. Denn der Song hieß *Black Friday.* Und heute war Freitag. Wenn auch nicht der Dreizehnte.

My hammer's a cold piece of blood-lethal steel.
I grin while you writhe with the pain that I deal.[7]

Der Hammer und der Schmerz. Der Killer mit dem Hammer. So sollte es auch hier sein. Denn diese Nutte war schuld, dass sein Schwanz zu früh hart geworden war. Und dafür musste sie leiden.

Nach einer Weile zog er seinen Schwanz aus ihr heraus.

»Bist du fertig?«

»Nein!« Er drehte ihren Kopf zu sich herum. »Mach ... mit dem Mund weiter!«

»Dann mach dich erst sauber! Und nimm ein neues Kondom, das ...«

»Nein! Du machst es ... *so, wie er ist!*«

Sie wich zurück. »Sag mal, spinnst du?«

Er holte aus. Eben hatte sie ihn geohrfeigt. Weil es so abgesprochen war. Aber jetzt wollte er sie ohrfeigen. Warum eigentlich ohrfeigen? Am besten gleich ins Gesicht schlagen. Oder gleich ... Gleich richtig!

Seine Hand suchte nach dem Rucksack, der neben dem Wickeltisch lag. Die letzte Zeile des Megadeth-Songs war in seinem Kopf. Er konnte den Text auswendig. So wie die Texte von allen Songs, die er mochte. Er konnte nicht anders, als den Text zu wiederholen. Doch diesmal nicht in Gedanken, sondern mit einer Stimme, die erst leise und dann laut wurde.

7 *Mein Hammer ist ein Stück aus kaltem, tödlichen Stahl,*
Ich grinse, wenn du dich windest in grausamer Qual ... (Übersetzung des Autors)

Wie ein Zug, der sich aus einiger Entfernung nähert, um dann alles zu zermalmen, was auf den Schienen liegt. Seine Augen fixierten irgendetwas, etwas, das in großer Entfernung lag, wobei er mit leeren Augen den Songtext sprach wie ein Gebet, während seine Hand nach dem Rucksack tastete.

Swinging the hammer, I hack through their heads,
Deviant defilers, you're next to be dead.[8]

Vanessa schaute ihn verwirrt an, während er die Worte sprach, sich seine Lippen bewegten und seine Augen ganz woanders hinstarrten. »Was soll denn das heißen?«, fragte sie.

»Das heißt, dass es schlechte Nachrichten gibt«, sagte er, und jetzt fixierte er Vanessa wieder, während er seine dicke Brille zurechtrückte.

»Was?« Ihre Brauen zogen sich zusammen, und sie rückte ein Stück von ihm weg.

»Du hast Besuch ... vom Sensenmann!« Mit diesen Worten zuckte seine Hand nach vorn und er zog ihren Kopf an den Haaren nach unten. Griff in seinen Rucksack. Nahm den Hammer. Den Zimmermannshammer, der vorne eine Schlagfläche und hinten eine Klaue hatte. Drehte ihn mit einer Hand um, sodass die Klaue nach vorn zeigte.

Umfasste den Griff.

Die Spitze war vorn. Er schlug zu.

Es gab ein nasses, matschiges Geräusch.

Der blutige Kopf kippte nach unten, der ganze Körper sackte zu Boden.

Darum trug er die Gummihandschuhe.

8 *Den Hammer schwingend hacke ich durch ihre Köpfe,*
Abartige Schänder, ihr seid die Nächsten, die tot sind. (Übersetzung des Autors)

Kapitel 16

Berlin, 2016

Hochzeitsmoden und mehr von Inga Brückner lag an der Ecke Schönhauser Allee und Wörther Straße, ganz in der Nähe von Claras Wohnung. Es war ein wunderbarer Samstagvormittag. Einige der Blätter fielen bereits verfärbt zu Boden, doch ansonsten konnte ein solcher Tag, auch wenn das kitschig klang, als Paradebeispiel des goldenen Oktobers durchgehen. Gegenüber ragte die rote Backsteinfassade des Stadtklosters Segen in die Höhe, und der Turm erhob sich in den klarblauen Herbsthimmel.

Clara stand vor dem Spiegel, während die Schneiderin Inga Brückner das Kleid absteckte. Sophie saß daneben und hatte sich gleich ein Glas Sekt geben lassen, das es hier für jeden Besucher gab, der idealerweise auch ein zahlender Kunde wurde. Eine Apfelschorle für Clara stand ebenfalls auf dem Tisch.

»Und?«, fragte Sophie, als wäre sie die Designerin.

Clara drehte sich hin und her. »Gut. Seide. Schlicht. Kein überflüssiger Schnickschnack.«

»Meinen Sie damit, es passt zu Ihnen?«, fragte Inga Brückner lachend.

»Hoffe ich doch. Jedenfalls für die standesamtliche Trauung.«

Brückner nickte. »Das denke ich.«

»Für die kirchliche Trauung wird es dann pompöser«, sagte Sophie und trank von ihrem Sekt. »Das muss es auch!«

»Eins nach dem anderen.« Clara warf Sophie einen gespielt strafenden Blick zu. Da fiel ihr noch eine Sache ein.

»Ich bin in der neunten Woche schwanger«, sagte sie. »Wie machen wir das …«

»Wann ist die Trauung?«

»Mitte November.«

Brückner nickte. »Ist nicht das erste Mal, dass wir ein, sagen wir mal, atmendes Kleid brauchen. Ich nähe das grob vor, sodass Sie sehen können, wie es letztendlich sitzt, und die letzte Anpassung machen wir dann ein paar Tage vorher.«

»Das geht?«

»Hier geht einiges, was in den großen Kaufhausketten nicht geht.«

»Siehst du«, sagte Sophie. »Hier bist du in guten Händen. Fehlt nur noch der Kopf.«

»Der Kopf?«

»Ich meine keinen einzelnen«, sagte Sophie. »Wir sind hier ja nicht bei der Arbeit.« Brückner schaute etwas verwundert drein, aber Clara und Sophie zogen es vor, ihr nichts über ihre Arbeit zu erzählen. Das war dann meist abendfüllend. Oder in diesem Fall vormittagsfüllend.

»Der Schmuck für den Kopf?«, rettete Brückner sie.

»Exakt.«

Brückner trat ein paar Schritte zurück und kniff ein Auge zu. »Was meinen Sie? Haare nach hinten, nicht allzu streng und vielleicht eine einzelne Blüte seitlich ins Haar? Eine Seidenblüte zum Beispiel? Ich kann Ihnen ein paar Modelle zeigen.«

»Kein Fascinator oder Hut?« Sophie schien enttäuscht.

»Hut sowieso nicht«, sagte Clara. »Ich will ja nicht nach Ascot zum Pferderennen. Und wir hatten uns ja geeinigt, dass es schlicht sein soll.«

»Du hast dich mit dir selbst geeinigt«, schmollte Sophie. »Und *schlicht* lasse ich zur standesamtlichen Trauung gerade noch einmal durchgehen. Bei der kirchlichen wird das aber anders!«

Inga Brückner befestigte die Seidenrose in Claras Haar und trat einen Schritt zurück.

»Was meinen Sie?«

Clara nickte. »Hübsch, oder?«

»Finde ich auch«, sagte Brückner. »Passt sehr gut zu den dunklen Haaren. Dadurch haben wir einen schönen Kontrast.«

»Das Licht in der Finsternis«, sagte Sophie mit theatralischem Ton.

Clara nickte. »Das passt dann doch zu unserem Job.«

Kapitel 17

Berlin, 2016

Es war 7:15 Uhr, als MacDeath am Bett auftauchte und Clara einen doppelten Espresso brachte. Die Sonne war noch nicht ganz aufgegangen, aber die Vorhänge waren geöffnet, und Clara sah die Museumsinsel malerisch im Morgennebel liegen, ähnlich wie eine Kulisse auf einem der berühmten Gemälde von Claude Monet.

»Danke«, sagte sie und trank die heiße, etwas scharfe, schwarze Flüssigkeit, die sie morgens so dringend brauchte wie die Luft zum Atmen. Wobei sie immer noch nicht sicher war, ob sie während der Schwangerschaft auch darauf verzichten musste. Doch in dem Moment wurden all diese Überlegungen von einem einzigen Sinneseindruck überwältigt. Denn der Espresso schmeckte … jedenfalls nicht nach Espresso! Sie blickte zu MacDeath hinauf.

»Was ist denn das?«, fragte sie vorwurfsvoll.

»Espresso.«

»Das ist doch kein richtiger Kaffee«, knurrte sie.

»Na ja, koffeinfrei. Du sollst doch während der Schwangerschaft …«

»Der Frauenarzt hat nichts von Kaffeeverbot gesagt«, schnappte sie.

»Kaffee ist ja auch okay. Sogar Espresso«, sagte MacDeath. »Nur Koffein darfst du keinen.«

»Na super!« Clara hätte MacDeath den Kaffee am liebsten ins Gesicht gekippt. Beide schwiegen sich eine Weile an, wie zwei Cowboys in einem Western, die Hände an den Schießeisen, oder zwei Samurai in Kurosawas Filmen, bevor sie aufeinander losgingen. Doch sie gingen dann doch nicht aufeinander los.

»Sag mal«, begann MacDeath und setzte sich neben sie auf das Bett, während er seine Hände bedächtig faltete. Wenn er so anfing, das wusste sie, dann kam ein Thema, das ihm unangenehm war. »Wie heißen wir dann eigentlich? Wenn wir geheiratet haben?«

Clara stutzte. »Wie wir dann heißen? Clara und MacDeath. Beziehungsweise, eigentlich heißt du ja Martin. Wie jetzt auch.«

»Ich meine den Nachnamen.«

»Tja, was dachtest du denn?«

»Also«, er zog umständlich seine Krawatte zurecht, »ich bin konservativ, das weißt du. Und daher würde ich gern meinen Namen behalten. Außerdem werde ich in so vielen Publikationen mit diesem Namen erwähnt, dass ich ihn auch behalten muss, wenn ich nicht will, dass ihn die ganze Welt vergisst. Sonst ist mein ganzer akademischer Ruhm weg.«

»Das heißt, du willst weiter Friedrich heißen?«

»Ja.« Er knetete seine Finger.

»Kannst du ja auch.«

»Das ist schön. Aber, äh … du solltest dann auch so heißen. Und unser Kind sowieso.«

Aha, dachte Clara, *jetzt kam die Katze aus dem Sack.*

»Das kann ich auch verstehen«, sagte Clara. »Aber in diesem Fall geht das nicht.«

»Warum nicht?«

»Weil mich alle als Clara Vidalis kennen.«

»Die paar Freunde und Kollegen? Die werden sich doch einen neuen Namen merken können.«

»Nicht nur die.«

»Wer denn noch?«

»Ach«, sie trank Kaffee, zog die Beine an die Brust und schaute durch das große, bodentiefe Fenster auf die Spree und den Berliner Dom im grauen, dunstigen Herbstmorgen. »Das ist ein zu weites Feld.« Sie machte eine kurze Pause »Aber überleg mal: Clara Friedrich. Das klingt wie eine preußische Prinzessin.«

»Ist aber doch nicht schlecht. Es gab mal eine Kaiserin Friedrich. Die Witwe des Königs Friedrich III. Es gibt nach wie vor die Kaiserin-Friedrich-Stiftung. Die ist unter Medizinern sehr bekannt.«

»Und das soll mich dazu bringen, diesen Namen anzunehmen?«

»Na ja«, sagte MacDeath. »Clara Friedrich klingt fast wie Kaiserin Friedrich. Richtig adelig. Ist doch nicht schlecht.«

»Martin Vidalis auch nicht.«

Er wackelte mit dem Kopf. »Ja, da hast du recht. Könnte auch ein kolumbianischer Drogenboss sein. Geht aber nicht.«

»Clara Friedrich geht auch nicht. Und Doppelnamen kommen ja wohl gar nicht in Frage! Oder willst du, dass ich so eine Bindestrich-Ziege werde?«

»Ich meine nur …«

»Wenn es wegen dem Kind ist, das kann gern Friedrich heißen. Wenn dir das wichtig ist.«

MacDeath nickte. »Das wäre doch mal ein Deal.«

Claras Handy klingelte auf dem hinteren Winkel des Nachttisches. »Kommst du ran?«, fragte sie MacDeath.

Der nickte. »Klar. Oh«, sagte er dann. »Bonnies Ranch!«

»Marquard?«

»Sieht so aus. Ich geh mal ran!«

Nach einigen Sekunden beendete er das Gespräch. »Zieh dich an. Wir fahren nach Norden.«

»Der Junkie?«

MacDeath nickte. »Ist gerade aufgewacht.«

Kapitel 18

Berlin, 2016

»Dann mal los zu Jack Seward«, sagte MacDeath, als sie beide in MacDeath' Wagen Richtung Norden fuhren.

»Jack Seward?«, fragte Clara, während sie sich im Spiegel der Sonnenblende den Lidschatten nachzog.

»John ›Jack‹ Seward ist der Irrenarzt in Bram Stokers *Dracula.*« MacDeath grinste in sich hinein. »Er hat in dem Buch eine der modernsten Irrenanstalten Londons. Einer seiner interessantesten Patienten ist Renfield, ein Mann, der völlig geisteskrank ist, Fliegen isst und immer auf die Rückkehr seines Meisters wartet.«

»Und der Meister ist wahrscheinlich Dracula?« Clara hatte das Buch zwar nicht gelesen, aber den Film mit Gary Oldman, Keanu Reeves und Anthony Hopkins vor einer gefühlten Ewigkeit im Kino gesehen.

»Ja. Und der hat sein Anwesen Carfax Abbey auch ganz in der Nähe von Sewards Irrenanstalt.« Er schaute in den Rückspiegel und wechselte die Spur, als sie vom Monbijoupark kommend von der Karl-Liebknecht-Allee Richtung Prenzlauer Allee weiterfuhren.

»Was würde Marquard von dem Vergleich halten?«

»Oh, der ist ihm wohlbekannt«, sagte MacDeath. »Er hat damals während meines Medizinstudiums einen Gastvortrag über Vampirismus bei Geisteskranken gehalten. Der gute Professor Marquard ist ja schon ein paar Tage älter. In seinem Büro hat er sogar ein Zitat von Bram Stokers *Dracula* eingerahmt, angeblich ein Andruck der zweiten Auflage, die Bram Stoker selbst signiert hat.«

»Ist mir noch gar nicht aufgefallen.« Clara klappte den Rückspiegel wieder herunter. »Achte nachher mal drauf«, sagte MacDeath. »Oder ich zeig's dir. Ach ja, und dann hat Marquard noch seine Habilitation über Vincent Verzeni geschrieben.«

»Aha«, sagte Clara und packte ihren Schminkstift zurück in die Handtasche. »Und wer war das schon wieder? Bestimmt kein UNICEF-Botschafter?«

»Bestimmt nicht.« MacDeath aktivierte die Klimaanlage, um die dunstige Frontscheibe freizumachen. »Er war ein Serienkiller in Italien. Lebte im 19. Jahrhundert. Er hat Frauen bei lebendigem Leib das Blut ausgesaugt. Marquard hat all die italienischen Städte bereist, in denen der Typ gewütet hat. Padua, Mantua, Florenz.« Er schaute zu Clara. »Den Fall kennt heute kaum jemand mehr. Steht nicht mal bei Google oder Wikipedia. Und was da nicht steht, existiert ja heutzutage nicht.«

»Apropos Friedrich«, sagte MacDeath, als sich nach einiger Zeit wieder die klassizistische Fassade von Bonnies Ranch vor ihnen erhob. »Im 17. Jahrhundert wurde das hier ursprünglich als das *Große Friedrichs-Hospital* zu Ehren von Kaiser Friedrich gegründet«, sagte MacDeath. Clara kannte einen Teil der Geschichte dieser Institution.

»So wie mit Clara Friedrich, der preußischen Prinzessin?«

»Siehst du! Passt doch sehr gut!« MacDeath steuerte den Wagen in die Einfahrt. »Darüber solltest du doch mal nachdenken. Der Kaiser war aber nicht die einzige Prominenz, denn auch der Stadtverordnete Rudolf Virchow gab sich die Ehre, um *akut kranke Irre* zu analysieren.« MacDeath lächelte. »So hieß Bonnies Ranch damals auch, dem Zeitgeist entsprechend, politisch-inkorrekt: *Irren- und Idiotenanstalt.* Die Ärzte waren die *irrenärztlichen Sachverständigen.*«

»In Sachen Medizin und Justiz hat sich eine Menge getan im 18. Jahrhundert oder?«

»Allerdings.« MacDeath nickte. »Das 17. und 18. Jahrhundert waren die Wendepunkte gewesen. Die Zeit der mittelalterlichen Foltern und Martern, der Pranger und Räder und Scheiterhaufen war vorbei. Der Körper war nicht mehr Hauptzielscheibe der Strafe. Im Gegenteil: Die Justiz befreite sich von dem Unbehagen, überhaupt strafen zu müssen, indem sie die Strafe in Bürokratie vergrub. Selbst bei der Todesstrafe musste der Verurteilte von einem Arzt begleitet werden. Es ging nicht mehr darum, diejenigen, die gefährlich für die Gesellschaft waren, einfach öffentlich zu töten. Es ging bei diesem Wendepunkt im 17. und 18. Jahrhundert darum, diese Menschen zu bessern und zu therapieren. Auch wenn für die Insassen das ewige Vegetieren in einer Gummizelle vielleicht nicht besser war als ein schneller Tod. Aber so war halt damals der Zeitgeist. Und so ist er eigentlich noch heute. Der Marter des Körpers folgte die Marter des Geistes.«

»Und Bonnies Ranch …«

»… ist eine der eindrücklichsten Manifestationen von diesem Denken. Damals wie heute.«

Wieder durchfuhren sie das Tor.

Kapitel 19

Berlin, 2016

Sie trafen Professor Marquard zuerst in seinem Büro. Jetzt fiel Clara auch der große Bilderrahmen auf, in dem eine gedruckte und signierte Seite sorgfältig eingerahmt war. Es war tatsächlich eine Passage aus Bram Stokers *Dracula.* Sie beschrieb die Szene, in der Dr. Seward mit seinem Patienten Renfield sprach.

»Wie geht es ihm?«, fragte Clara.

Marquard blies die Backen auf. »Fragen Sie lieber, wie es uns geht.«

»Hat er Ärger gemacht?«, wollte MacDeath wissen.

Marquard blies die Backen noch weiter auf und erinnerte Clara an einen Frosch. »Er hat sofort angefangen, in seinem Zimmer zu randalieren. Wir haben ihn dann fixiert und unter Beruhigungsmittel gesetzt. Allerdings nicht so viel, dass er wieder weiterschläft.«

»Können wir ihn sehen?«, fragte Clara.

»Wir können gleich zu ihm«, sagte Marquard. »Aber erwarten Sie nicht zu viel.«

Clara und MacDeath wechselten einen Blick.

»Also kam nichts Gehaltvolles heraus?«

Marquard kniff die Lippen zusammen. »Kaum. Es sei denn, sie haben irgendwelche Insider-Infos, die genau auf ein Versatzstück warten, dass dieser Irre dann zufällig ausspuckt. Aber wahrscheinlich kommt gar nichts. Ich vermute nämlich, dass er vor einiger Zeit noch etwas eingeschmissen hat, was nicht unter die typischen Drogen fällt, mit denen wir es sonst zu tun haben.«

»Sie meinen jenseits von LSD, Pilzen und Meth?«, fragte MacDeath.

Marquards Stimme senkte sich. »Ich meine Blubbr«, sagte er tonlos.

»Schon mal gehört«, sagte MacDeath.

Clara sagte der Begriff zunächst nichts. Es klang für sie wie eine Kaugummimarke, aber sie war sicher, dass Marquard so etwas nicht meinte.

»B L U B B R ?«, buchstabierte MacDeath.

»Richtig.« Marquard nickte und kniff sich ins Kinn. »Findet man nicht bei Google. Und so soll es wohl auch sein. Übelstes Zeug. Keine Ahnung, wie das hierherkommt. Wird meist in Afrika zusammengekocht. Manche sagen, dass Flüchtlinge es als Bodypacker über Italien oder die Balkanroute nach Europa bringen.« Er schloss seine Schreibtischschublade und steckte den Schlüssel in die Tasche seines weißen Kittels. »Kriegen Kindersoldaten an der Elfenbeinküste und in Liberia. Oder Sierra Leone, Kongo, Somalia. Die vergessen alles. Werden zu Killermaschinen. Bringen selbst ihre eigenen Eltern um. Und wenn die Wirkung nachlässt, sehen sie erst, was sie getan haben.«

»Und dann …?«, begann Clara, ahnte aber schon, was als Nächstes kam.

»Bringen sie sich selbst um. Weil sie natürlich nicht damit klarkommen, was sie getan haben.« Marquard nickte mit zusammengekniffenen Lippen. »Blubbr macht aus normalen Menschen Selbstmordattentäter. Und das ganz ohne Hassprediger, ISIS-Tweets oder Homeoffice-Radikalisierung.«

»Und das hat unser Junkie auch bekommen?«

Marquard zuckte die Schultern. »Ich weiß es nicht. Aber er verhält sich sehr … merkwürdig.«

Sie waren durch einige kalkweiße Gänge gegangen bis zu der Zelle des unbekannten Junkies. Es war keine Mittagszeit, was gut war. Denn wenn Mittagszeit war, liefen einige der Häftlinge mit Gabeln herum. Und damit stachen sie gern zu. Besonders gingen sie auf Leute los, die sie nicht kannten. MacDeath hielt trotzdem seinen Rücken zur Wand, als sie einen der typischen Lichthöfe durchquerten, in dem mehrere Bänke standen. Einige der Insassen saßen vor- und zurückwippend auf den Bänken, manche mit fröhlichen – oder zu fröhlichen – Gesichtern, andere finster vor sich hinbrütend.

»Einer meiner Studienkollegen hat mal eine Gabel in den Hals gekriegt«, sagte MacDeath. »Vier parallele, rundlich verlaufende Narben. Dabei war es eine Plastikgabel.«

»Wo kam die her?«, fragte Marquard.

»Von einem Pizza-Bringdienst.«

»Der Mann hat eine Pizza bestellt?«

»Ja. Mit einem Handy, das er offiziell nicht hatte.«

»Das ist betrüblich, aber vollständige Sicherheit gibt es nicht«, sagte Marquard. »Immerhin haben wir hier keine Steakmesser. Und wissen Sie, was mich wirklich wundert?«

»Was?«, fragte Clara.

»Bin letztens an die Johns Hopkins in die Staaten geflogen«, sagte Marquard. »Und wissen Sie, was sie auf den Transatlantikflügen als Erstes kriegen?« Er schaute beide an. »Eine schöne weiße Tischdecke und Messer und Gabel. Aus Metall.«

»Und vorher wird man an der Sicherheit mehr gefilzt, als wenn man ins Weiße Haus will«, sagte Clara.

»Richtig«, stimmte Marquard zu. »Aber Messer gibt es dann trotzdem.«

»Wie Slipknot, genau so«, rief der Junkie, der auf seiner Liege fixiert war. Sein Gesicht grau und eingefallen, während der riesige Verband auf seinem Kopf, wo man seinen Schädel geöffnet hatte, an einen Turban erinnerte, was ihm ein bizarres Aussehen verlieh. Während er sprach, flog Speichel aus seinem Mund, und Clara und MacDeath hielten Abstand. Marquard sowieso. Er stand dort, hob eine Augenbraue, kniff sich ins Kinn und betrachtete seinen Patienten wie ein Vater seinen missratenen Sohn betrachten würde. Da schrie der Junkie schon wieder: »Slipknot! Er sah aus wie Slipknot!«

Clara warf Marquard einen irritierten Blick zu.

»Wie Slipknot«, schrie der Junkie weiter, der nach der OP genauso weitertobte wie davor.

»Der Tränenbringer?«, fragte MacDeath.

»Ja! Wie Slipknot! Oder King Diamond. Oder nein … Marilyn Manson!«

»Das sind doch Rockbands?«, fragte Clara.

Marquard zuckte die Schultern, als wollte er sagen: *Alles verlorene Liebesmüh …*

»Keine Rockbands!« Der Junkie versuchte, sich Richtung Clara zu drehen, aber die Gurte hielten ihn fest. Einzig sein Speichel flog bis zur Heizung und zur Fensterscheibe. Clara ging vorsichtshalber noch weiter in Deckung. »Der Mann war Marilyn Manson. Er hat mir das Paket gegeben! Ich habe ihn gestern erst gesehen … gestern! Was für eine Show! Ja! Ja!« Er rüttelte an den Gurten, die ihn ans Bett fixierten, und hüpfte dadurch ein paar Zentimeter mit dem Bett nach vorne.

MacDeath und Marquard schauten sich an. Wie konnte er gestern jemanden gesehen haben? »Sie haben ihn *gestern* gesehen?«, fragte daher auch Marquard.

»Ja!« Der Mann nickte so eifrig, dass sein Kinn auf die Brust knallte und die Zähne klapperten, ohne dass er es merkte. »*Bizarre Festival!* Antichrist Superstar Tour! Der Manson ... so ein Typ! Der hat sich auf der Bühne mit der USA-Flagge ... den Arsch abgewischt!«

»Und wann war das noch?«, fragte MacDeath.

»Gestern! Gestern! Oder vorgestern!«

Clara zog ihr Smartphone und gab ein paar Begriffe ein. Sie zeigte Marquard und MacDeath die Suchergebnisse. »Hier«, murmelte sie. »Hab's euch doch gesagt! *Antichrist Superstar* von Marilyn Manson. Die Tour war 1997. Das besagte *Bizarre Festival* war auch 1997. Sogar in Deutschland. Der WDR hat's übertragen.«

»Das ist fast zwanzig Jahre her«, murmelte MacDeath. Er sah Marquard an. »Dann ist beim ihm das Kurzzeitgedächtnis völlig im Eimer. Wie bei Alzheimer-Patienten.« Marquard nickte. »Oder vielleicht sogar eine permanente Bewusstseinsschädigung. Habe ich ja gesagt ... Irgendwelche üblen Drogen. Viel dürfen Sie nicht erwarten.«

Der Junkie aber regte sich wieder. »Ihr glaubt mir nicht? Glaubt mir nicht?« Er schaute alle drei mit offenem Mund und heraushängenden Speichelfäden an. »Dann nicht! Dann nicht! Dann sterbt ihr eben! Sterbt ihr eben! Sterbt ihr ...« Mit diesen Worten erschlaffte er und fiel augenblicklich in einen bewegungslosen Schlaf.

»Okay«, sagte Clara. »Ich denke, hier ist in der Tat erst einmal nichts zu machen. Vor allem, da nach dem neuesten Stand der Junkie als alleiniger Täter ohnehin nicht mehr in Frage kommt.«

Marquard nickte. Er kannte den Bericht.

»Dennoch interessant«, sagte MacDeath, dass er gerade *Marilyn Manson* erwähnt hat.

»Warum?«, fragte Marquard.

»Na ja, alle Bandmitglieder der 1997-Besetzung hatten die Vornamen von Showbusiness-Diven und die Nachnamen von Serienkillern.«

Marquard überlegte. »Marilyn Manson. Marilyn Monroe und Charles Manson. Wer noch?«

»Marilyn Manson«, wiederholte MacDeath noch einmal, »dann Twiggy Ramirez, Ginger Fish, Daisy Berkowitz und Madonna Wayne Gacy.«

Clara verdrehte die Augen. »Wird Zeit, dass wir wieder an die Arbeit gehen.«

Doch die Arbeit kam bereits zu ihnen. Claras Handy klingelt. Es war die Leitstelle.

Kapitel 20

Berlin, 2016

Eine Frauenleiche, hatte die Leitstelle gesagt, *in einem Müllcontainer am Flughafen Tegel.*

Die Leiche war im östlichen Bereich des Flughafens gefunden worden. Westlich befanden sich die Terminals A, E und D. Östlich das Terminal C. Hunde hatten einen auffälligen Geruch in einem der Container nahe dem Gate C60 festgestellt. In etwa dort, wo auch der Zoll saß.

Der Bereich des Containers war abgesperrt, als der Wagen von Clara und MacDeath von den Sicherheitskräften durchgewinkt wurde. Regen prasselte auf den trostlosen, rissigen Asphalt, Blaulicht blinkte schweigend in den Herbstvormittag hinein. Ein großes, weißes Zelt war nahe dem Container errichtet worden. Vor dem Zelt diverse Plastikplanen, auf denen die Müllsäcke nebeneinandergelegt waren. Auch darüber war eine improvisierte Plane gespannt, um den Regen abzuhalten. Einige der Beamten hatten sich rauchend an einem der Personaleingänge vom Terminal C untergestellt. Von Weinstein und die Kriminaltechniker waren bereits vor Ort. Sie staksten in ihren Papieranzügen über die Plastikplane und öffneten mit Gummihandschuhen die anderen Müllsäcke, um nachzusehen, ob auch dort noch etwas Verdächtiges zu finden war. Ein leicht penetranter Geruch war in der Luft, der ohne den Wind und den Regen wohl noch schlimmer gewesen wäre.

Wolfgang Bisping, ein Beamter vom Zoll, stand mit zwei

Hunden daneben und kaute Kaugummi. Regentropfen liefen seinen Mützenschirm hinunter. Er begrüßte Clara und MacDeath knapp und führte sie in das Zelt. »Hier ist sie.«

Eine Leiche. Und wieder eine Frau. Ihr Schädel war eingeschlagen, wie zuvor gehabt mit einem stumpfen, aber dennoch pointierten Gegenstand. Es könnte ein Hammer gewesen sein, dachte Clara. Und um den Hals trug sie ... eine silberne Kette. Sie blickte MacDeath an. Sah, dass er das Gleiche gesehen hatte. Die Kette, zwischen den Halsfalten, dort, wo die Fliegen umherkrabbelten. Fliegen krabbelten über den Körper und die Papierfetzen, die Hamburger, Dönerverpackungen und den anderen Müll, der neben der Leiche auf der Plastikplane lag. Sie krabbelten dort, obwohl es regnete. Ansonsten war die Leiche nackt.

Fliegen, dachte Clara. Die letzten in diesem Jahr. Manche der Mikroben, die im Laufe der Verwesung entstanden, hatten sogenannte Pheromone, Duftstoffe, die die Fliegen anlockten. Die Fliegen bekamen einen wahren Leichenschmaus und *bedankten* sich bei den Mikroben, indem sie sie zu anderen schönen Orten flogen. Die Fliegen surrten nach oben, als sich einer der Kriminaltechniker bückte und ein Foto vom Unterleib der Frau machte. Der Unterleib der Frau war vom Solarplexus bis zum Schambein aufgeschnitten – und dann wieder amateurhaft zusammengenäht worden.

»Haben Sie sie gefunden?«, fragte Clara und wandte sich an Bisping.

»Nicht ich, eher die.« Er zeigte auf die zwei Schäferhunde. »Ich habe es gleich gemerkt, dass sie unruhig wurden. Haben sich vor den Container gelegt. Vorher haben sie gewinselt, an der Leine gezogen. Dachte erst, dass es ein toter Bodypacker wäre. Sie wissen schon, diese armen Schweine, die mit Koks vollgestopfte Kondome schlucken und damit nach Europa fliegen. Vor einer Stunde war das, da hat's noch nicht geregnet. Haben sich hingelegt und wollten nicht mehr weg.«

Clara kannte das Vorgehen. Ausgebildete Drogenhunde bellten nicht. Bellen fiel auf. Diese Hunde waren so trainiert, dass sie nicht auffallen sollten. *Nicht verbellen, sondern ablegen,* sagte man in der Fachsprache dazu.

»Und Leichen erkennen die auch?«, fragte Clara. »Ich dachte, die sind auf Drogen spezialisiert?«

»Hunde erkennen den Geruch von Leichen und Aas«, sagte eine Stimme von hinten. Es war von Weinstein, der sein Diktiergerät in der Hand hatte. »Solange es nicht die Kadaver von anderen Hunden sind. Und dies sind auch Leichen-Spürhunde, richtig?«

Bisping nickte. »Ja. Sie finden sowohl Drogen als auch lebende Tiere und Aas. Vieles davon wird gern mal über Grenzen geschmuggelt.«

»Können Sie nachschauen, ob noch mehr Leichen im Container sind?«

»Wir haben schon alles ausgeleert.«, antwortete Bisping, »Mehr ist da nicht.« Er warf dem einen Hund einen dicken Tauknoten hin, der sofort anfing, damit zu spielen.

»Belgische, stimmt's?«, fragte Clara, die sich ein wenig mit diesen Hunden auskannte.

Bisping nickte anerkennend. »Richtig. Die deutschen Schäferhunde sind alle überzüchtet, leiden an HD, Hüftdisplasie, der ganze Rücken ist schräg. Die machen das nicht so lange mit. Die hier schon. Sind die besten, die es gibt.«

»Wissen Sie, von wo die Leiche hierhergebracht wurde?« Clara schaute sich um. Sie wusste, wie diese speziellen Hunde ausgebildet wurden. Diese hier trugen Geschirr und Leine. Das bedeutete: *Ab jetzt wird gearbeitet.* Hunde, die Geschirr trugen und im Einsatz waren, verwandelten sich. Clara hatte schon Polizeihunde erlebt, die ohne Geschirr freundlich und verspielt, mit Geschirr aber hochgefährlich waren. Und es schien fast so, als würden auch diese Hunde stolz auf ihre Art der Uniform sein. Normalerweise hatte das Lieblingsspielzeug der Hunde auch den Geruch der Drogen, sodass sie sofort an diesen Geruch gewöhnt wurden. Und wenn sie etwas fanden, wurden sie belohnt. *Operante Konditionierung* und *positive Verstärkung,* nannte man das. Clara blickte sich um. Hinten ging es in die Tiefgarage, unterhalb von Terminal C war ein überdachter Parkplatz. Die Autobahn rauschte in einiger Entfernung. Perfekte Fluchtwege überall.

Bisping nickte. »Von den Parkplätzen da unten. Wir haben die Stelle schon markiert. Die Hunde konnten die Spur zurückverfolgen. Wie es aussieht, wurde die Leiche in einem Plastiksack mit einem Auto hierhergebracht. Der Mörder hat sie, wahrscheinlich im Schutz der Dunkelheit, hier hochgetragen und in den Container geworfen. Muss heute Nacht gewesen sein. Oder am frühen Morgen, als es noch dunkel war.«

»Gibt es hier Kameras?«

»Ja.« Bisping nickte. »Die Auswertung ist schon unterwegs ans LKA.«

»Denkst du, was ich denke?« Clara sah MacDeath an.

»Eine ähnliche Signatur wie bei der Hure in Tegel«, sagte MacDeath. »Und auch noch ganz in der Nähe von der anderen Leiche. Regionaler Fokus.« Er schlug den Mantelkragen hoch und blickte in den trüben Himmel. »Das sieht schon nach Serienkiller aus!«

»Das ist möglich«, sagte von Weinstein. »An der Leiche haben wir Sexspuren gefunden. Bisher kein Sperma oder Ähnliches, aber es deutet einiges darauf hin, dass die Leiche missbraucht wurde.«

»Wann?«

»Vor zwei oder drei Tagen. Vielleicht auch weniger. Der Fäulniszustand ist noch nicht allzu weit fortgeschritten.«

»Die Leiche in dem Tegeler See ist doch nicht missbraucht worden?« Clara wandte sich an von Weinstein. Der schüttelte den Kopf. »Jedenfalls habe ich nichts feststellen können.«

»Führe uns nicht in Versuchung«, murmelte MacDeath.

»Was?«

»Vielleicht konnte sich der Killer bei der ersten Leiche gerade noch zurückhalten«, sagte MacDeath. »Und bei dieser nicht. Nur musste er bei dieser auch irgendwann Schluss machen. Musste die Leiche vor sich selbst in Sicherheit bringen.«

»Und darum hat er sie in den Müllcontainer geworfen? Damit er nicht mehr an sie heran kann, auch wenn er wollte?« Clara hob die Augenbrauen.

»So eine Art erzwungene Entsagung.« MacDeath zuckte die Schultern. »Wäre eine Erklärung.«

»Führe uns nicht in Versuchung«, murmelte nun auch Clara. »Wir haben aber kein Kreuz gefunden, oder?«

Von Weinstein verzog das Gesicht, sah erst die verrenkte Leiche zwischen den Müllstücken und dann Clara an. »*Noch* nicht.«

Kapitel 21

Berlin, 2016

Die Obduktion war seit fünfzehn Minuten beendet. Noch war nicht klar, wer die Frau war. Von Weinstein saß Clara und MacDeath im Büro der Rechtsmedizin gegenüber, in seinen Händen die Sektionsunterlagen.

»Sie hatten doch nach einem Kruzifix gefragt«, sagte von Weinstein und sah Clara an.

»Gab es denn eins?«, fragte sie ungeduldig.

Von Weinstein nickte und hielt eine kleine Tüte nach oben. Darin ein silbernes Kreuz.

»Wo?«

»Der Täter hat es der Frau in die Vagina eingeführt. Wir haben es als Erstes im CT entdeckt.«

»Kruzifix in der Vagina.« Clara atmete leise aus. »Da ist in der Tat irgendein religiöses Element in dem ganzen Fall. Und wir kriegen den Zusammenhang nicht hin. Oder übersehen wir etwas?«

»Ungewöhnlich ist das nicht«, sagte MacDeath. »Viele Serienkiller haben religiöse Wahnvorstellungen. Denkt an Albert Fish. Der sah sich als Messias. Sie alle wollen das Heilige mit dem Schmutzigen vereinen. Hier haben wir das Kruzifix und die Vagina. Oder nehmt den Green River Killer. Der hat zwar über seiner Bibellektüre geweint, aber dennoch neunundvierzig Frauen umgebracht. Offiziell.«

»Und inoffiziell?«, fragte von Weinstein.

»Mindestens einundsiebzig«, sagte MacDeath.

Von Weinstein schüttelte den Kopf. Zu einer solchen Zahl konnte auch er, der geborene Zyniker, nichts sagen.

»Ich bin kein Fallanalytiker«, fuhr von Weinstein fort, »aber wir haben noch ein weiteres Indiz, dass es derselbe Killer war. Beim letzten Opfer«, er sah Clara und MacDeath an, »hat er der Frau die Eierstöcke herausgeschnitten.«

»Und hier?«

»Hier gleich die Gebärmutter mit Fötus und Eierstöcken«, sagte er tonlos.

Clara merkte, wie ihr kurz schwarz vor Augen wurde. »Wie bitte?«

»Sie war wohl schwanger. Recht früh noch. Zwischen siebter und zehnter Woche. Genauer können wir es nicht sagen.« Von Weinsteins Stimme klang so kalt wie das Neonlicht, das von der Decke strahlte.

Sie war schwanger, wiederholte Clara. *Vielleicht achte Woche.* Fast so wie sie. Und Clara hatte es noch niemandem gesagt. Nur MacDeath und Sophie. Weil ständig etwas dazwischenkam. Schreckliches, Grauenvolles. Auch die Frau war schwanger gewesen. Bis dieser Mann sie umgebracht hatte. Und was hatte er mit dem Kind gemacht?

»Wie sieht der Embryo aus?«, fragte sie.

»Können wir nicht sagen«, sagte von Weinstein.

»Können wir nicht …?«

»Es ist weg. Er hat es der Frau aus dem Bauch geschnitten. Auch die Gebärmutter ist verschwunden.« Von Weinstein zeigte auf ein Foto. »Er hat die Bauchhöhle aufgeschnitten und dann wieder ziemlich behelfsmäßig zugenäht.« Clara schaute auf die Naht. Es sah aus, als hätte jemand zwei Vorhänge mit dickem Garn zusammengenäht. Schnell und lieblos.

»Und wir wissen, dass sie schwanger war, weil …?«, fragte Clara. Irgendetwas in ihr sträubte sich dagegen, zu akzeptieren, dass der Killer der Frau auf derart brachiale Weise das Kind genommen hatte. Auch wenn die Frau schon tot war. Und das Kind auch. Er hatte Frau und Kind trennen wollen. Um jeden Preis.

»Weil wir in der Bauchhöhle ein Stück Plazenta gefunden haben«, sagte von Weinstein. »Anscheinend hat er die Gebärmutter im Körper geöffnet und den Embryo und die Plazenta herausgeholt. Die Gebärmutter und die Eierstöcke hat er wohl erst danach entfernt. Einen Embryo transvaginal entfernen kann nur ein erfahrener Chirurg. Und ich glaube nicht, dass unser Killer ein solcher ist.« Er schürzte die Lippen. »Also hat er einen eher stümperhaften Kaiserschnitt durchgeführt. Wir haben den HCG-Wert im Labor bestimmen lassen. Der Wert ist postmortal zwar nur eingeschränkt aussagefähig, deutet aber auf die achte bis zehnte Woche hin.«

»Dann ist es klar«, sagte MacDeath. »Die Rosen. Maria. Das ist die Unschuld. Die Huren, das ist die Versuchung. Die Sünde. Er tötet die jungen Mädchen, damit sie gar nicht erst in Versuchung geführt werden. Sich gar nicht erst versündigen. Und die Hure, die ein Kind hat …«

»Das darf nicht geschehen in seinem Wertekanon«, stellte Clara fest.

»Wertekanon ist gut«, sagte MacDeath. »Aber genau so ist es. Unabhängig davon, ob er jetzt religiös ist oder nicht: Das Kind einer Hure, so denkt der Killer, kann nur ein Wesen der Sünde werden. Darum entfernt er bei der einen Hure die Eierstöcke. Damit sie niemals ein Kind bekommt …«

»Post mortem«, sagte von Weinstein. »Die Eierstöcke bei der ersten Hure hat er post mortem entfernt. Da kann sie ohnehin nur noch im Geisterreich Kinder kriegen. Oder gerade nicht.«

»Wie ich immer sage«, sagte MacDeath und trank angewidert von dem Beutel-Tee, den von Weinstein für ihn gekocht hatte, »man darf bei diesen Leuten nicht nach Logik fragen. Es geht um einen symbolischen Akt. Indem er die Eierstöcke entfernt, verhindert er auf symbolische Weise, dass sich die Hure per se fortpflanzt.«

»Und indem er den Embryo herausschneidet erst recht?«, fragte Clara.

»Ganz genau. Das ist die zweite Eskalation, die er mit seiner Hobbyraum-Obduktion zeigen will. Ich könnte mir sogar vorstellen, dass der Killer sich erschrocken hat, als er gesehen hat, dass die Frau ein Kind im Leib trug.«

»Sie war zwischen der achten und zehnten Woche?«, fragte Clara. »Genauer geht das nicht?«

»Nein«, sagte von Weinstein. »Das können wir leider nicht genauer feststellen.«

»Wissen wir schon, wer die Frau ist?«, fragte Clara. »Wir reden hier schon selbstverständlich von einer Hure. Haben die KT-Leute schon etwas gefunden?«

»Ja«, sagte von Weinstein. »Da waren Ausweisdokumente in einem anderen Container. Laut Foto ist es die Frau.« Er ließ seinen Blick durch den Raum schweifen. »Da war er wohl unvorsichtig.«

»Oder enttäuscht, dass es vorbei war, nach der Euphorie und dem Rausch des Tötens«, gab MacDeath zu bedenken.

Von Weinstein zuckte die Schultern. »Oder so. Wir haben die Adresse der Frau und werden wieder einen DNS-Abgleich machen.«

»Und? Ist sie tatsächlich wieder eine Prostituierte?«, fragte Clara.

Von Weinstein zuckte die Schultern. »Wissen wir noch nicht. Wäre aber nicht verwunderlich.«

Prostituierte waren eine Hochrisikogruppe. Dass es sie als Opfer erwischte, war immer nur zu wahrscheinlich, wenn es um Vergewaltigung, Erpressung, Raub, Drogenhandel, Kidnapping oder auch Menschenhandel ging. Dennoch war die Frequenz in den letzten Tagen deutlich mehr als das, was sich statistisch als *normal* erklären ließ. Selbst in Berlin.

»Bleibt noch die Kette«, sagte Clara.

»Die Kette?« Von Weinstein schien nicht ganz bei der Sache zu sein.

»Ja, die Kette, die das Opfer um den Hals trug. Bei Jacqueline hatte er die Kette von Lisa Neumann. Es würde mich nicht wundern …«

»… wenn diese Kette von Wiebke Hellwig kommt! Genau!« MacDeath erhob sich. Clara stand ebenfalls auf.

»Wir leihen uns das hier mal aus!« Damit nahm sie sich das Polaroid-Foto von der Kette.

»Wiedersehen macht Freude!«, rief ihnen von Weinstein hinterher.

»Meinen Sie uns oder das Foto?«, fragte MacDeath.

»Das Foto natürlich!«

Kapitel 22

Berlin, 2016

»Wo wohnt Jutta Hellwig?«, fragte MacDeath.

»Hier ganz in der Nähe. Derfflingerstraße«, sagte Clara, die den Wagen lenkte und angestrengt auf die Straße blickte. Sie drehte sich kurz zu MacDeath um. »Du meinst also, es ist nur *ein* Killer?«

»Ich glaube ja. Ich hatte erst gedacht, es wären zwei Killer, von denen einer Mädchen und der andere Huren umbringt. Aber es ist anders.«

»Was ist anders?«

»Es ist nur ein Killer, der junge Mädchen *und* Huren umbringt. Das ist die gute Nachricht. Ein Killer macht weniger Arbeit als zwei. Die schlechte Nachricht ist: Es ist ein Serienkiller.«

»Die einen bestraft er durch den Tod, die anderen schützt er dadurch?«, fragte Clara.

MacDeath nickte. »Genau das ist richtig. Die jungen Mädchen will er durch den Tod schützen. Wer tot ist, wird nicht mehr in Versuchung geführt. Die älteren Huren aber will er durch den Tod bestrafen, damit sie nicht weiterhin lasterhaft leben können.« Er blickte eine Weile durch die Windschutzscheibe, ohne einen bestimmten Punkt zu fixieren. »Die einen schützt er durch den Tod, die anderen bestraft er durch den Tod. Das scheint sein Ziel zu sein. Ein bisschen vereint sich beides im letzten Opfer.«

»Inwiefern?«

»Er trennt das unschuldige Kind von der schuldigen Mutter. So als wollte er das Kind vor der Frau schützen.«

»Das nennst du schützen?«

MacDeath verzog das Gesicht. »Nimm das doch nicht immer persönlich und denk bei der Analyse nicht so, wie *du* denken würdest. Denke wie der Killer. Der Psychopath. Wenn er diese Mühen auf sich nimmt, hat das eine Bedeutung. Die einen bestraft er mit dem Tod, die anderen schützt er dadurch.«

»Mag sein, aber dennoch eine seltsame Art von Schutz. Und was soll das Kreuz?«

»Das ist eine Art Absolution.«

»Eine bitte was?« Clara glaubte wirklich, sie habe nicht richtig gehört. »Das Kreuz in der Vagina als Absolution?«

»Wir hatten es ja vorhin gesagt: Er verbindet das Heilige mit dem Schmutzigen. Das Kreuz mit der Vagina. Das Kreuz ist für ihn heilig. Die Vagina ist für ihn schmutzig.«

»Aber dann ist das doch erst recht ein Sakrileg«, sagte Clara. »Denn dann beschmutzt er doch das Kreuz. Oder er macht sich über beides lustig. Über die Frau und das Kreuz.«

MacDeath wackelte mit dem Kopf. »Auch möglich. Die Verbindung von sakralen Gegenständen mit Geschlechtsorganen ist nicht neu. Auch in Marquis de Sades *Die 120 Tage von Sodom* werden ständig irgendwelche Kruzifixe und Hostien irgendwo eingeführt. Das ist ganz klar ein Sakrileg.«

»Und?«

»Und im Film *Der Exorzist* sehen wir die besessene Regan, wie sie sich immer wieder ein Kreuz in die Vagina rammt und dazu *let Jesus fuck me* ruft.«

»Jesus soll mich ficken? Das ist doch wohl keine Absolution, die sie da macht?«

»Nein, genau das ist die Verhöhnung des Heiligen, wie wir

sie auch bei Marquis de Sade finden. Es kann aber sein, dass der Killer etwas anderes im Sinn hatte. Die Angst vor der Hure und vor dem Schmutzigen. Nämlich genau das, wovon auch der Film handelt: einen Exorzismus.« Er sah sie an. »Die Austreibung des Bösen. Er will das unschuldige Kind von der schuldigen Mutter entfernen. Und dann noch den lasterhaften Ort der Frau reinigen. Das Kreuz wirkt in dem Fall so ähnlich wie Weihwasser.«

Clara starrte eine Weile in den dunkelgrauen Herbsthimmel.

»Einen Exorzismus … Können wir ihn durch diese Erkenntnis leichter fangen?«, knurrte Clara.

MacDeath zuckte die Schultern. »Ich fürchte nicht.«

Jutta Hellwig hatte extra Tee und Kekse serviert. Als sie das Polaroid-Foto sah, konnte sie fast eine Minute lang nicht sprechen.

»Das ist die Kette von Wiebke«, stammelte sie immer wieder. »Die Kette von meiner Wiebke. Meiner kleinen Wiebke. Wie kann es sein, dass Sie ein Foto davon …«

Clara wusste nicht, was sie tun sollte. Es war eine dieser Situationen, in der alles, was sie sagte, falsch sein konnte. Jutta Hellwig zu sagen, wo sie das Foto herhatten, war falsch. Es zu verschweigen, war falsch. Zu lügen war falsch. Nichts zu sagen, war falsch. So war es schlecht. Und anders war es schlecht. Es war immer schlecht.

»Meine Tochter«, schluchzte Jutta Hellwig. »Wie kann das sein? Was ist mit ihr passiert? Sagen Sie es mir! Sagen Sie es mir!«

Clara konnte ihr nichts sagen. Sie konnte ihr auch nicht sagen, dass Wiebke Hellwig tot war. Dass sie ihre Füße verloren hatte. Und dass sie das Polaroid-Foto mit der Kette bei der Leiche einer Hure in einem Müllcontainer am Flughafen Tegel gemacht hatten. All das müsste sie ihr sagen, aber sie konnte es nicht. Doch sie würde es tun müssen. Denn jeder Angehörige, besonders die Mutter, hatte es verdient zu wissen, ob das Kind noch lebte. Die Ungewissheit war die größte Strafe. Die Gewissheit, auch wenn es die Gewissheit des Todes war, war fast immer besser als die Ungewissheit zwischen Leben und Tod. Denn erst dann konnte der Mensch mit der Trauer beginnen. Und die Trauer war der erste Schritt zur Bewältigung. Auch wenn sie niemals zum Vergessen führen würde. *Die Zeit heilt alle Wunden,* sagte man. Aber in solchen Fällen war das falsch. Und in den meisten anderen Fällen auch.

Schließlich hatte sie es ihr gesagt.

Jutta Hellwig hatte einfach nur stumm vor sich hingeweint. Menschen reagierten so unterschiedlich. Einige weinten. Manche blieben ganz reglos und gefasst. Und zertrümmerten ihre ganze Wohnung, wenn die Ermittler weg waren. Manche griffen auch die Ermittler an und mussten dann ruhiggestellt werden. Einige mussten sogar in stationäre Behandlung. Aber Jutta Hellwig hatte einfach nur geweint. Irgendwann hatte sie aufgehört und Clara nach draußen begleitet. Aber vielleicht hatte sie danach weitergeweint. Clara hoffte, dass Jutta Hellwig ihre Trauer irgendwann besiegen konnte. Vielleicht würde ihr auch die psychosoziale Beratung der Polizei helfen. Vielleicht auch nicht.

Irgendwann saßen sie wieder im Auto.

Ein Anruf war angekommen.

Mit zwei Nachrichten.

Die Leiche von der Hure im Container war endgültig identifiziert worden. Sie hieß Silke Meiwing. In ihrem Job aber nannte sie sich *Vanessa.* Gleichzeitig hatte die Kamera am Parkplatz des C-Terminals in Tegel eine obskure Aufnahme gemacht. Ein schwarz gekleideter Mann, der einen riesigen Sack nach oben zum Müllcontainer schleppte. Das Gesicht war nicht zu erkennen gewesen. Immerhin konnte man den Wagen halbwegs sehen. Einen Audi 80. Mit überklebtem Nummernschild. Ein schwarzer Audi. Schwarz wie das Klebeband, mit dem der Fahrer das Nummernschild überklebt hatte. Schwarz wie die Seele seines Fahrers.

Einen Audi 80, dachte Clara. *Wie viele gab es davon in Berlin?* Sie selbst hatte auch schon einmal einen gefahren. Ein typisches Killerfahrzeug war es nicht. Das war eher der VW-Bus, den besonders Serienkiller in den USA bevorzugten, wie sie es einmal auf einem Vortrag vom FBI gehört hatte. Der Volkswagen-Bus als präferiertes Transportmittel für Serienkiller. Vielleicht kein Wunder, dachte sie, da der Gründervater von Volkswagen, Adolf Hitler, ja ebenfalls ein Serienkiller gewesen war.

Kapitel 23

Berlin, 2016, in der Hölle

»Es gibt Hunderte von Höllen«, sagte der Mann in dem Raum, von dem Nele nicht wusste, ob es ein Keller war. »Das hier ist deine!«

Er rückte den Tisch mit den Werkzeugen zurecht. »Weißt du, dass der griechische Philosoph Platon alle Hinweise auf eine Hölle bei Homer löschen wollte? Er glaubte, die Idee einer Hölle sei gefährlich für den Verstand!«

Nele saß gefesselt auf dem Stuhl. Sie hatte sich erbrochen und ekelhafter, saurer Brei lief an ihrem T-Shirt herunter. Der Mann mit der metallenen Totenkopfmaske hatte etwas davon mit einem Lappen behelfsmäßig weggewischt. »Der Rest bleibt so«, hatte er erklärt. »Das macht die Zuschauer bestimmt an.«

Nele wusste nicht, welche Zuschauer der Mann meinte. Sie wusste nur, dass sie kurz davor war, vor Angst wahnsinnig zu werden. *Die Hölle, das sind die anderen,* hatte mal irgendwer gesagt. *Die Hölle … das war aber ganz bestimmt … dieser Mann!*

»Bei Dante hat die Hölle sieben Ebenen«, sprach der Mann weiter. »Im Hinduismus über zwanzig, im Buddhismus sogar über hundertdreißig, und die burmesische Hölle hat sogar vierzigtausend.«

Nele blinzelte in die Kamera, wo bereits ein rotes Licht leuchtete.

»Ja, die Hölle«, sagte der Mann. »In der griechischen Hölle gibt es vier Flüsse: Phlegethon, Cocytus, Acheron, Styx.« Er schaute sie durch seine Totenkopfmaske an. »Hier gibt es auch einige Flüsse. Einer lief bereits an dir herunter: *Erbrochenes.*« Er grinste diabolisch. Dann gibt es noch Schweiß, Urin. Und natürlich später, wenn es richtig ernst wird ... Blut!«

Er sortierte irgendwelche Werkzeuge auf dem kleinen Tisch hinter Neles Stuhl. »Aber das Blut kommt erst, wenn du zur Schlachtung freigegeben bist.«

Er lief einmal um den Stuhl herum.

»Ich hatte bereits viele hier auf diesem Stuhl. Die meisten schaffen es nur für einen Tag«, sagte der Mann. »Aber du, du bist die Erste, die genau an dem Tag auch noch Geburtstag hat.« Er nahm die Maske ab. Grinste. Blinzelte, als könne er schlecht sehen. Und setzte dann eine Brille auf. Doch seine wasserblauen Augen hinter der dicken Brille zeigten keine Regung. Als wären sie Murmeln, die in sein Gesicht eingesetzt worden waren. Das war das Todesurteil, wusste Nele. Sie hatte ihn ohne Maske gesehen. Das hieß, dass sie sterben würde. Ganz klar und ganz sicher.

Er hatte ihr Handy in der Hand.

»Oh, da ist eine SMS gekommen. Soll ich vorlesen?«

Er wartete nicht, sondern tat es einfach.

»Meine liebe Nele. Jetzt bist du schon 17 Jahre alt! Alles Gute! Wann kommst du heute Abend?«

Nele sagte nichts, aber Tränen schossen ihr in die Augen. Dieses ... Monster las die SMS von ihrer Mama. Ihre Mama schrieb ihr. Und dieser Killer las ihre SMS. Damit waren beide in einem Raum. Ihre Mama. Und der Killer. Doch Mama konnte nicht helfen. Es waren Tränen der Verzweiflung. Noch nie in ihrem Leben hatte sie sich so machtlos gefühlt. So allein. So voller Angst.

Er ging zu der Kamera. Und stellte sie wieder aus.

»Um eine Sache muss ich mich noch kümmern«, sagte er. »Aber du sitzt hier ja ... warm und trocken.«

Mit diesen Worten ging er zur Tür.

Nahm Neles Handy mit.

Schrieb eine SMS an die Eltern. Und eine WhatsApp-Nachricht.

»Mir geht es bestens! Vielen Dank! Vielleicht übernachte ich bei Sabine in der Ferienwohnung. Dann sehen wir uns erst morgen. GLG Eure Nele.«

Und er ließ Nele in dem halbdunklen Raum zurück.

Mit den Werkzeugen, den Waffen, dem Erbrochenen.

Und ihrer Angst.

Kapitel 24

Berlin, 2016

Clara war in ihrer Wohnung, um ein paar Sachen zu packen. Bald würden MacDeath und sie endgültig zusammenziehen. Und es war Zeit, auch einmal ein paar Dinge wegzuwerfen. Sich vom Alten zu trennen, jetzt, wo das Neue vor ihr lag.

Sie öffnete einen der Kartons in ihrem Schlafzimmer.

Auch wenn Clara nicht in den typischen Polizeieinsätzen arbeitete, hatte sie sich dennoch privat etwas von der Ausrüstung gekauft, die eigentlich für Polizisten Standard sein sollte, die der Berliner Pleitesenat aber denen, die für Frieden und Ordnung sorgen sollten, nicht zur Verfügung stellte. Da gab er lieber mehrere Millionen für einen viel zu kleinen Flughafen aus, der ohnehin nie seine Pforten öffnen würde. Der durchschnittliche Berliner Polizist war einmal im Jahr am Schießstand und verschoss dort vierzig Patronen mit einer Walther PPK. Während der Islamist in einem Lager in Syrien pro Jahr mehrere Tausend Patronen verschoss. Und zwar mit einer AK 47. Die nach Kriegswaffenkontrollgesetz eigentlich verboten war. Und die eine dünne kugelsichere Weste der Berliner Polizei locker durchschlug. Und dagegen traten die Polizisten mit ihren Walther PPKs an, mit denen sie vierzigmal im Jahr schießen durften. Irrsinnige Vorschläge, man solle doch das Schießen mit Laserpointern üben, rundeten die durchgängig schwachsinnige Sicherheitspolitik ab. Immerhin war Clara davon nicht direkt betroffen, da sie für eine Spezialeinheit des LKA arbeitete.

Sie schaute in den schwarzen Koffer. Stichhemmende Handschuhe, doppelwandige Hemden und Blusen, daneben der Magnum Investigator, ein schwarzer Halbschuh, der unter der polierten Lederoptik ein rutschfester Laufschuh war und den auch FBI-Beamte gern trugen. Wobei die den sicherlich, so dachte Clara, von ihrem Dienstherrn bezahlt bekamen. Und irgendwann hatte sie sich auch einmal kühlende Unterwäsche gekauft. Sogenannte *Under Armour Underwear.* Die hatte sie bisher noch nie getragen, wusste aber, dass die Kollegen, die bei der 1.-Mai-Demo teilweise sechzehn Stunden in voller Kampfmontur herumstanden und durch die Straßen hetzten oder stundenlang im nicht klimatisierten Einsatzwagen bei 35 Grad saßen, große Stücke auf diese kühlende Unterwäsche hielten – die es allerdings auch nur für Männer gab. Aber was soll's. Die Polizeiwelt war und blieb eine Männerdomäne. Das galt für Ermittler und Täter. Hauptsache, die Unterhose passte. Und das hatte Clara schon einmal ausprobiert.

Claras Handy klingelte. Sie kannte die Nummer. Es war die Leitstelle.

»Was gibt's?«, fragte sie.

»n'Abend, Kollegin. Wiemer hier. Da ist eine Natalie für Sie in der Leitung. Sie will Sie unbedingt sprechen.«

»Unbedingt mich?«

»Ja. Es geht um Vanessa. Diese Natalie hat neue Informationen.«

Natalie, dachte Clara. Viola hatte sie empfohlen, weil sie Jacqueline etwas besser kannte. Denn die Ermittler waren bei Vanessa nicht gerade bedeutend weitergekommen. Sie hatten die Wohnung durchsucht, die Nachbarn befragt. Doch weder konnte irgendjemand etwas sagen, noch hatten sie einen schwarzen Audi oder Ähnliches gesehen. Der Killer war wie die Nacht. Überall und dennoch unsichtbar. Oder er hatte einfach nur verdammt viel Glück. Auch das Gespräch mit Natalie würde ihnen vielleicht nicht wirklich helfen. Sie hatten Natalie zum Schluss ihre Karten gegeben und sie gebeten, sofort anzurufen, wenn ihr noch etwas einfallen sollte.

»Geben Sie her.«

Es knackte.

»Clara Vidalis?«, fragte die Frauenstimme am anderen Ende.

»Ja?« Sie merkte, wie sich ihr Puls erhöhte.

»Hier ist Natalie. Details später. Können Sie sofort kommen? Ich glaube, ich habe den Kerl gesehen! Wie es aussieht, hat er gerade einer der Kolleginnen Schmuck geschenkt.«

Claras Herz schlug ihr bis zum Hals. War es wirklich der Killer? Den sie *Smiley* nannten? »Können Sie ihn irgendwie festhalten?«

»Wir wissen nicht, wie er reagiert. Vielleicht ist er bewaffnet?«

»Dann verwickeln Sie ihn in ein Gespräch, bis ich da bin!« Clara setzte ihr Bluetooth ins Ohr, steckte das Handy in die Tasche, schnallte Holster und Waffe um, griff ihren Autoschlüssel und zog ihre Jacke an. »Wo ist er?«

»Im Moment in dem Bordell *Zur Rose*. Waldstraße, Ecke Eichborndamm!«

Reinickendorf, dachte Clara. *Was hatte MacDeath noch über die regionalen Killer gesagt? Jack the Ripper war so einer … Und der Tränenbringer vielleicht auch?*

»Ich versuche, so schnell da zu sein wie möglich!«

»Nehmen Sie lieber Verstärkung mit.«

»Das hatte ich eh vor.«

Sie lief nach unten zu ihrem Wagen und rief die Leitstelle an. Dann schaute sie kurz auf Google Maps.

Kapitel 25

Berlin, 2016

Clara war unter Missachtung sämtlicher Verkehrsregeln nach Norden gefahren. Das Bordell *Zur Rose* lag an der Waldstraße, Ecke Eichborndamm. Zwischen Eichborndamm und Humannstraße genau genommen. Eigentlich schöne, klassizistische Häuser, die sich zwischen hässlichen, kastenartigen Neubauten behaupteten, doch heute war es eine trostlose Gegend. Nordwestlich das Arbeitsamt, nordöstlich die Storck AG, die Süßigkeiten herstellte. Ansonsten war hier gar nichts süß. Vorne eine Tankstelle. Ein Mann, der missmutig den Kragen hochklappte und aus dem Auto stieg, um zu tanken. Eine Altbauwand, die plötzlich abgeschnitten war wie so oft in Berlin und wo eine riesige, graue Fassade in die Nacht ragte. Darauf eine mit Neonleuchten angestrahlte Werbung für irgendwelche Chips. Davor die große Anzeigetafel der Tankstelle. Die Preise für Super, Diesel, Benzin und E10, was niemand tankte. Zwei Mofas fuhren knatternd die Straße hinunter. Kahle Bäume, graue Mietskasernen, ein paar Büsche. Etwas südlich eine Brücke, über die ratternd etwas fuhr. Ob Auto oder Zug vermochte Clara nicht zu sagen.

Sonst nichts.

Kein Mann. Aber auch keine Polizei.

Sie rief die Leitstelle an. »Wo bleibt die Verstärkung?«

»Müsste sofort hier sein.«

»Von *müsste* kann ich mir nichts kaufen!« Sie legte genervt auf. Behielt am Eichborndamm das Bordell im Blick. Rief Natalie an. »Wo ist der Kerl? Ist er noch drin?«

»Kommt jetzt raus«, sagte sie.

Verdammt, dachte Clara. *Jetzt oder nie.* Noch ein Anruf. »Wo ist die Verstärkung, verdammt?«

»Jeden Moment da.«

»Jeden Moment ist nicht jetzt! Beeilt euch, verdammt!«

Regen fiel zur Erde und brach sich in den Laternen, die ihr trübes Licht auf die Straße warfen. Sie stieg aus. Den Bluetooth-Ohrhörer im Ohr. Wartete. Das würde ein Nachspiel haben mit diesen lahmarschigen Kollegen, dachte sie. Zwischen Eichborndamm und Humannstraße. Dunkle Wolken und der Abendhimmel spiegelten sich in den Pfützen.

Sie stand an der Ecke. Spürte die Pistole unter ihrem Holster.

Sah das Bordell. Die abgeklebten Fenster. Die rosa Herzen, die unten blinkten und sich melancholisch in den Pfützen spiegelten. Die Herzen gesellten sich zu den schweren Wolken, die träge über den Himmel zogen und sich ebenfalls in den Pfützen spiegelten. Wo, verdammt, war der Kerl?

Noch einmal der Griff zum Telefon. Sie wählte die Nummer von Natalie. »Wo ist er?«

»Geht gerade raus. Sie sollten ihn jeden Moment sehen.«

»Noch sehe ich ihn nicht.«

Dann Anruf bei der Polizei. »Wann kommt ihr endlich?«

»Zwei Minuten!« *Zwei Minuten?,* dachte sie. *Das war nicht sofort!*

Sie starrte auf den Eingang des Bordells. Nichts.

Blickte nach links. Keine Verstärkung. Keine Polizei.

»Sie suchen die Polizei?« Auf einmal war da eine Stimme hinter ihr.

Sie drehte sich um. Sah schemenhaft einen Mann. Auf dem

Kopf eine Kapuze. Irgendetwas schimmerte im Gegenlicht der Laternen. Vielleicht eine Brille.

In dem Moment spürte sie die Faust in ihrem Gesicht. Hart. Als hätte der Mann irgendetwas in der Hand gehabt. Einen Schlagring. Oder auch nur eine Rolle mit Münzen. Die Wucht des Schlages war enorm. An der Nase, am Mund, am Jochbein. Plötzlich. Ohne Warnung. Erbarmungslos. Nicht zu hart, aber hart genug, um sie zu Boden zu werfen. Clara schlug auf dem nassen Asphalt auf. Sie und noch etwas anderes. Irgendetwas war dem Mann aus der Tasche gefallen. Sie griff instinktiv zu. Packte das, was da lag.

»Scheiße«, zischte der Mann. »Gib das her!«

Clara griff umso fester zu.

Und dann trat er zu.

Trat Clara mit aller Kraft in den Bauch. Zwei Mal.

Sie brachte keinen Laut hervor. Die Luft wurde ihr aus den Lungen gepumpt. Eine Explosion aus Schmerz fauchte in ihrem Inneren, füllte sie aus, als würde sie mit kochendem Blei ausgegossen.

Dann hörte sie die Sirenen.

Hörte die Schritte des Mannes, die sich rasch entfernten.

Sie hielt ihren Bauch. Ihren Unterleib.

Spürte die Nässe. Die Nässe des Regens.

Und da war noch etwas anderes.

Auch nass.

Aber warm.

Sie tastete mit letzter Kraft. Es kam von unten.

Sah es kurz in der Hand.

Dunkel. Rot.

Sie sah Blut.

Ihr eigenes.

Dann verlor sie das Bewusstsein.

BUCH 3

Die Fantasie ist immer besser als das Verbrechen – weil ich in meinen Fantasien immer die Kontrolle über alles hatte. Ich war der Regisseur und der Hauptdarsteller. Ich sehe mir selbst dabei zu, wie ich das Verbrechen begehe, ich mache dieselben Sachen, die ich auch im wirklichen Leben gemacht habe, nur ohne all die Probleme und Enttäuschungen.

Dennis Rader, der »BTK-Mörder«

Kapitel 1

Berlin, 2016

Sie wachte auf. Draußen war es dunkel. Konfuse Schemen des Traumes, den sie eben noch hatte, waberten durch ihren Geist. Sie blinzelte. Drinnen nur ein schwaches Licht hinter ihr. Vor ihr ein Mann. Sie erkannte die Konturen. Sie sah das Gesicht von Winterfeld. Kriminaldirektor Walter Winterfeld, Chef der Mordkommission im LKA 113. Ihr Chef.

»Wo bin ich?«, fragte Clara. Um im nächsten Moment schon zu wissen, wo sie war. Jedenfalls ungefähr.

»Virchow-Klinikum«, sagte Winterfeld. »MacDeath war auch bis eben hier. Er wollte Sie nicht wecken. Er musste zurück ins LKA wegen des Täterprofils.«

Virchow-Klinikum, dachte Clara. Sie war im Krankenhaus. Sie blickte sich um. Ein Einzelzimmer. Die altbackenen Möbel. Der Tisch mit zwei Stühlen, der abgewetzte Ledersessel, auf dem Winterfeld saß. Der Fernseher, der oben an der Wand befestigt war und bei dem man immer dachte, er würde in jedem Moment herunterfallen und einem die Füße zerschmettern. Die Anschlüsse über dem Bett. Der Nachttisch mit den Tabletten, der Wasserflasche. Und einem Blumenstrauß. Wahrscheinlich von MacDeath oder den Kollegen.

Sie war in einem Krankenhaus. *Virchow-Klinikum.* In einem Krankenhaus nach einem Einsatz aufzuwachen. Das war leider nicht das erste Mal. Sie hatte Tritte verspürt. Hatte im wahrsten Sinne des Wortes Sterne gesehen. Hatte sich vor

Schmerzen gekrümmt. Dann war alles schwarz geworden. Es konnte nicht lange her sein. Und es war ihr schon einmal passiert. Es war wie damals, als sie die Videobotschaft des Namenlosen erhalten hatte. Der Namenlose, der ihr erzählt hatte, dass ihre Schwester nicht in ihrem Grab lag. Dass sie, Clara, jahrelang vor einem leeren Grab gestanden und gebetet hatte. Dass jemand anders ihre Schwester ausgegraben hatte. Um wieder das mit ihr zu machen, was er schon vor ihrem Tod mit ihr gemacht hatte. *Hörte das nie auf?*, dachte sie. *Wiederholt sich im Leben immer nur das Schlechte? Alles Schöne ist einmalig, aber alles Schlimme kommt wieder. Immer und immer wieder.*

»Virchow-Klinikum?«

Winterfeld nickte. »Abteilung für Gynäkologie und Neonatologie.«

»Und warum bin ich …«

Winterfeld erklärte ihr mit knappen Worten, wo die Beamten Clara gefunden hatten. Dass es noch ein disziplinarisches Nachspiel haben würde für die Kollegen, die viel zu spät gekommen waren. Und dass sie verletzt worden war. Vielleicht von dem Killer. Von dem aber jede Spur fehlte.

Die Tür öffnete sich.

»Das wird Ihnen diese Dame besser erklären können«, sagte Winterfeld. Selbst in dem schummerigen Licht, das im Raum herrschte, konnte Clara sehen, wie Winterfeld blass wurde.

Eine Frau in einem weißen Kittel betrat den Raum, wie es aussah, eine Ärztin. Eine schwarze Hornbrille auf der Nase, die blonden Haare hochgesteckt, ein Klemmbrett in der Hand. Hübsch und elegant, aber auch der Karrieretyp *Tu mir nichts, dann tu ich dir nichts …*

»Was ist passiert?«, fragte Clara.

»Ich bin Dr. Lydia Olbring« sagte die Ärztin. »Oberärztin hier auf der Station.«

»Dachte ich mir«, sagte Clara. »Was ist denn passiert?«

»Das sollten wir ... äh ...«, Olbring blickte Winterfeld an, »... am besten unter vier Augen besprechen.«

Winterfeld erhob sich. »Unter Frauen, meinen Sie. Habe verstanden. Ich bin gleich wieder da.«

Er ging zur Tür und verschwand.

»Also?«, fragte Clara. »Sie können gleich zur Sache kommen, ich bin Schmerzen gewohnt.«

»Wollen Sie das jetzt wissen?«

Clara verdrehte die Augen. »Viel Wichtigeres habe ich ja offenbar nicht zu tun.« Sie blickte sich um. »Also raus damit, warum bin ich hier? Es ist wegen ... meinem Kind, nicht wahr?«

»Da haben Sie recht.«

»Tja, wenn es sich um eine Wurzelbehandlung handeln würde, wär ich wohl kaum auf der Gyn.«

»Richtig.« Olbring setzte sich zu Clara aufs Bett. »Zunächst einmal sind Sie in Sicherheit.«

»Und?«

»Wie und?«

»Ich bin in Sicherheit. Das heißt, jemand anders ist es nicht.«

Olbring atmete tief ein und aus. »Sie haben recht. Kommen wir zur Sache. Sie haben ... Sie haben Ihr Kind verloren.«

Die Erinnerungen flackerten in Claras Geist auf. Der Mann mit der Brille. Reinickendorf. Die Tritte. Das Blut. Sie hatte es verdrängt, aber es war da. Wie dünnes Eis unter ihren Füßen, in das sie jederzeit einbrechen könnte. Oder aus dem von unten heraus gierige Hände hindurchgreifen konnten, um sie nach unten zu ziehen. Nach unten in die Tiefe ihrer Erinnerung. Denn da war noch etwas. Etwas, das …

»Mein Kind? Es ist tot?« Die Tränen schossen in ihre Augen. Sie konnte nichts dagegen tun. Sie spürte den salzigen Geschmack auf ihrer Zunge, spürte die Wärme auf ihren Wangen.

Olbring presste die Lippen zusammen. Nickte. »Durch die stumpfe Gewalteinwirkung kam es zu einer vaginalen Blutung und Teilablösung der Plazenta. Wir haben einen Ultraschall gemacht. Wir sehen … keinen Herzschlag mehr.«

»Tot?«, fragte Clara noch einmal.

Olbring nickte wieder. »Ein Teil der Plazenta hat sich gelöst. Dadurch kam es zu einer Fehlgeburt. Der Fötus … ist tot.«

»Tot …«, murmelte Clara noch einmal. »Und jetzt?«

»Wir werden eine Ausschabung Ihrer Gebärmutter durchführen müssen. Sie werden zwischen zwei bis drei Tagen hierbleiben.«

»Bekomme ich eine Vollnarkose?« Clara wunderte sich über ihre rationale Klarheit, aber sie wusste, dass die Erschütterung noch kommen würde, wie ein Zeitzünder, der erst später detonierte.

»Sie bekommen eine Dämmerschlafnarkose«, sagte Dr. Olbring.

»Propofol?«, fragte Clara. Sie kannte das Mittel. Propofol wurde bei einer solchen Dämmerschlafnarkose intravenös verabreicht.

»Ja, Propofol«, sagte die Ärztin. Clara kannte sich mit solchen Mitteln ein wenig aus, da sie auch oft von Serienmördern eingesetzt wurden, um ihre Opfer zu betäuben. Ein Arzneistoff aus der Gruppe der Narkotika, der aufgrund seiner kurzen Plasmahalbwertszeit und relativ geringen Kumulation als gut steuerbar galt. In den handelsüblichen Präparaten war Propofol in einer milchig-weißen Emulsion gelöst.

Dr. Olbring sprach weiter. »Da es keine schmerzausschaltende Wirkung hat, wird es meist mit einem Opioid wie zum Beispiel Sufentanil oder Piritramid kombiniert.«

»Klingt gut«, sagte Clara tonlos.

»Die meisten wissen gar nicht, dass es so etwas gibt«, sagte die Ärztin. »Aber Sie kennen den Namen?«

»Habe mal recherchiert. Sie wissen doch, ich bin bei der Mordkommission.«

»Mord ist Ihr Hobby?«, fragte die Ärztin. Sie wollte mit Humor die Lage entspannen, und es gelang ihr sogar ein wenig.

»Ja.« Clara nickte. »Michael Jackson hat sich das Zeug doch von seinem Hausarzt spritzen lassen, um schlafen zu können. Wahrscheinlich, weil er vorher zu viel auf Koks war. Das Zeug schafft auch noch positive Träume. Aber wenn man zu viel davon nimmt, kann man auf einen richtigen Trip kommen. Und den überlebt man nicht. Wie Mr. Jackson.«

»Sie werden es überleben, Frau Vidalis«, sagte Dr. Olbring. »Sie bekommen es ja nur heute.«

»Und dann?«

»Wollen wir das nicht später besprechen?«

»Nein!« Claras Stimme war schneidend scharf, als sie sich im Bett aufsetzte. »Ich will wissen, was dann passiert. Nach dem Propofol. Sie brauchen mir keine beruhigenden Ärzte-Märchen zu erzählen! Ich bin ein großes Mädchen.«

»Dann kommt der Embryo in die Pathologie.«

»Und dann?«

»Dann werden die Überreste *entsorgt.*«

»Sie werden *was?*«

»Es ist noch kein Lebewesen, Frau Vidalis, das wissen Sie doch als Hauptkommissarin. Es muss aus Hygienegründen entsorgt werden.«

Clara schwieg. *Es wird entsorgt,* dachte sie. *Vernichtet ... Es ...* Sie wusste, dass die Ärztin *das Kind* meinte. *Es ...* Aber *Es,* das klang nicht richtig. Das klang falsch. Das klang nicht wie ihr Kind. Und das, was sie mit dem Kind vorhatten, war auch nicht richtig. Doch sie konnte nichts sagen, auch wenn sie es wollte. Ihr Kind wurde ... *entsorgt* ... Sie war einfach nur fassungslos. Fassungslos und hilflos.

Mein Kind, dachte sie. Ein kleines Wesen, nicht einmal ein wirkliches Wesen. Nur wenige Zentimeter lang. In der neunten Woche. Eigentlich gesund. Keine Behinderungen. Keine Erbkrankheiten. Dennoch tot.

Mein Kind wird entsorgt?, wollte sie sagen, aber nur ihr Mund bewegte sich.

»Sie sollten etwas schlafen. Morgen früh machen wir den Eingriff.« Dr. Olbring zeigte auf Claras Nachttisch neben dem Bett, auf dem auch der Blumenstrauß stand. »Neben der Wasserflasche sehen Sie eine Tablette. Nehmen Sie sie und Sie werden etwas schlafen können.«

Doch Clara hörte in ihrem Inneren nur diese Worte: *Mein Kind wird entsorgt ...*

Die Tür schlug zu. Sie war allein.

Mein Kind wird entsorgt ...

Sie schaute auf die Tablette. Wollte sie schlafen? Ja, bei Gott, das wollte sie. Aber noch nicht. Denn die Gedanken tobten in ihrem Kopf. Mein Kind wird entsorgt, dachte sie. Es reicht nicht, dass es stirbt. Dass ein Monster es geholt hat, bevor es überhaupt geboren wurde. Es wird auch noch entsorgt. Und zwar jetzt. Im Oktober 2016. Langsam kam die Wahrheit. Langsam zündete der Zeitzünder. Langsam explodierte die Bombe. Auch wenn es eigentlich keine langsamen Explosionen gab. Ihr Kind war tot. Und es sollte auch noch *entsorgt* werden.

Vernichten und sterben, dachte sie. Was war da eigentlich der Unterschied? In ihrem Job wusste sie sehr gut, wann und wie gestorben wurde. Sehr viele Menschen starben im Juli. Weil sie in irgendwelchen Seen oder im Meer ertranken. Schwangere hingegen starben am häufigsten im September. Na ja, sie war schwanger gewesen und es war Oktober. Am meisten gestorben wurde im Januar, März und Dezember. Weil die meisten, auch wenn sie todkrank waren, noch Weihnachten erleben wollten und sich über die Feiertage retteten. Ihren Enkeln noch das Geschenk überreichen, bevor sie starben. Entweder im Januar. Oder schon im Dezember. Aber fast immer nach Weihnachten. Und warum im März? Vielleicht weil März von Mars kam und Mars der römische Kriegsgott war? Vielleicht, dachte Clara, aber es war ihr eigentlich auch scheißegal.

Nicht egal war ihr, dass es schon wieder einen Toten zu viel gegeben hatte. Und dass es diesmal ihr eigenes Kind war.

Sie hatte schon einmal darüber nachgedacht. *Ad plures ire,* hatten die alten Römer zum Sterben gesagt. Das hieß übersetzt *Zu den vielen gehen. Die vielen,* das waren die Toten. Denn wahrscheinlich war die Zahl aller Toten, die jemals gestorben waren, noch immer, trotz sieben Milliarden Menschen auf der Welt, viel größer als die Zahl der Lebenden, die heute auf der Erde wandelten.

Die Toten, dachte Clara. Würde das sinnlose Sterben jemals aufhören? Ihr Kind war tot. Ob Sohn oder Tochter, das würde sie nie erfahren, aber ihr Kind war tot. Eines von den vielen, unzähligen Kindern, denen es nicht erlaubt war, weiterzuexistieren. Weil eine Krankheit, ein launischer Gott oder ein perverser Mörder sich einen Spaß daraus gemacht hatte, den Lebensfaden eben dieses Kindes einfach abzuschneiden; egal, ob es nun drei Wochen, drei Monate oder drei Jahre alt war.

Sie sah ihr Kind vor sich. Und es schien zu ihr sprechen. *Clara, ich werde bei dir bleiben. Denn ich gehöre zu dir.* Wieder schossen ihr die Tränen in die Augen, noch viel stärker als zuvor. Denn das Kind war da. Es sprach zu ihr. Und es war doch nicht da. Sie sah ihr Kind. Es ging ein paar Schritte rückwärts. Langsam, einen Schritt nach dem anderen. Und dann war es verschwunden. Wie ein Schatten. Einer der Schatten. Einer von all den anderen Schatten, denen es auch nicht erlaubt war, weiterzuexistieren.

Ich gehöre zu dir, hatte ihr Kind ihr gesagt. Doch es war nicht hier. Wozu gehörte es dann? Zu welcher Welt? Was hätte aus ihm werden können, wenn es nicht viel zu früh gestorben wäre, gestorben, bevor es diese Welt überhaupt betreten hatte? Was wäre aus ihm und all den anderen toten Kindern geworden, hätten sie weitergelebt? Und zwar in der wirklichen Welt, nicht nur in den Erinnerungen? Denn nur in den Erinnerungen, da gab es Claras Kind. Nicht einmal auf einem Foto, nicht einmal auf einem Tonband, sondern nur auf einem schlecht erkennbaren Ultraschallfoto. Die Zeit, die angeblich alle Wunden heilte, würde Clara nur mitteilen, dass irgendwann eine Menge Zeit vergangen war, dass aber all diese Jahre, irgendwann Jahrhunderte oder Jahrtausende, nichts daran ändern würden, dass ihr Kind tot war? Dass es tot war und tot bleiben würde. Und zwar für immer.

Was hätte ihr Kind werden können, dachte sie sich. Auch Kommissar oder Kommissarin? Nein, lieber nicht, dachte sie. Vielleicht Arzt oder Ingenieur, Erfinder oder Unternehmer.

Ihr Kind hatte noch keinen Namen, aber dennoch war sein Name aufgeschrieben. Auf der Tafel all der Millionen von Namen, die es nicht geben sollte, nicht geben durfte. Die nur kurz aufflackerten, um dann hinweggefegt zu werden. Verloren, vergangen und vergessen. Vergessen, außer von denen, die wussten, dass ein Teil von ihnen fehlte, dass ein Teil von ihnen tot war, dass ein Teil von ihnen da sein sollte, aber nicht da war. Und niemals da sein würde, bis in alle Ewigkeit. Irgendwo unter der Erde oder in einem Krematorium zu blauer Asche verbrannt oder, wie in ihrem Fall, *irgendwo in der Pathologie, um danach* entsorgt *zu werden* … Inmitten von Organmüll, Magengeschwüren und Rachenmandeln. Nein, dachte Clara, das durfte nicht geschehen.

Sie weinte lange in dieser Nacht.

Lag wach und weinte und sah vor sich das Gesicht ihres Kindes. Ein Gesicht, das es niemals geben würde.

Und dann wurde ihr klar, dass all ihre Angst vor einem Kind, all ihre Befürchtungen und all ihre Überzeugung, dass sie ja gar kein Kind haben wollte, nichts daran änderten, dass sie jetzt das Kind wollte, dass sie es vermisste und dass sie es brauchte. Sie war hier, allein und ohne ihr Kind. Und ihr wurde klar, was sie schon längst wusste, aber erst jetzt begriff: Man wusste die Dinge erst zu schätzen, wenn man sie verlor. Nichts war wertvoll. Bis zu dem Tag, an dem es nicht mehr da war. Und das, was ihr am wertvollsten erscheinen sollte, das hatte sie verloren. Und erst jetzt fiel ihr auf, wie viel es ihr wert war. Das, was dieses perverse Schwein, der ihr in den Bauch getreten hatte, was der ihr weggenommen hatte …

Und plötzlich stieg ein furchtbarer Hass in ihr auf. Ein Hass auf den Mörder. Ein Hass auf Gott. Ein Hass auf den

Tod. Ein Hass auf die Welt. Und sie merkte, wie sehr sie ihre Dienstwaffe vermisste, eine Glock 19. Normalerweise hatten die Berliner Polizisten eine Sig Sauer, aber Clara hatte sich eine Glock als Zweitwaffe bestellt. Der Plastikgriff lag gut in der Hand, die Zielführung war sehr gut und der Rückstoß moderat. Sie verzieh Fehler nicht so wie die Sig Sauer, aber der Rückstoß war in Ordnung. Ja, der Rückstoß. In all den Filmen und Krimis sah man nie, dass die Waffen einen Rückstoß hatten. Dass allein schon der Gedanke, dass die Waffe gleich zurückzucken würde, wenn man schoss, dafür sorgen konnte, dass der Schuss nicht ins Ziel ging.

Ihre Waffe. Der Griff war aus Plastik. Der Rest war aus Stahl. Dunkler Stahl, der sich immer gut anfühlte. Der immer warm war. Von wegen *kalter Stahl*. Es war fast *gemütlich*, die Waffe anzufassen. Der Abzug war ein Schalter, mit dem man die Realität umschalten konnte. Und Clara hatte es schon mehrfach getan. Und sie würde es wieder tun. Sie dachte an die ersten Übungen mit der Glock auf dem Schießstand. Die Patronenhülsen, die aus der Waffe flogen und wegen deren man beim Schießen eine Schutzbrille trug. Die Patronenhülsen, die unglaublich heiß waren. Von denen ihr einmal eine in den Ausschnitt ihrer Bluse gefallen war. Es war höllisch heiß gewesen, aber sie hatte den brennenden Schmerz ertragen. Es war ganz zu Beginn ihrer Laufbahn gewesen. Und wie hätte es ausgesehen, wenn sie sich unter das T-Shirt gepackt hätte, um die Patronenhülse herauszuholen, die sich in ihrem BH verklemmt hatte?

Ihr BH, dachte sie. Ihre Brust. Die Patronenhülse war dort gewesen, aber ihr Kind, das sie dort stillen wollte, würde niemals dort ankommen. Für immer vergessen, für immer verloren. Für immer tot.

Die Glock. Die Patrone. Die Lösung für das Monster, das nicht nur die Mädchen und die Huren, sondern auch ihr Kind ermordet hatte.

Vielleicht, dachte sie, ist das die Lösung.

Irgendwann in der Nacht sah sie einen bläulichen Lichtschein an der Tür. Licht von außen, das sich in einer Brille brach. Es war MacDeath. Er schlich sich ins Zimmer. Setzte sich zu ihr. Nahm ihre Hand.

Sofort griff sie die seine.

Packte so fest zu, wie sie konnte.

Er zuckte zusammen. Auch er hatte geweint, das sah sie an seinen Augen. Und plötzlich fiel ihr ein, dass sie MacDeath noch niemals hatte weinen sehen.

»Clara«, sagte er, »du brichst mir fast die Hand.«

»Wir ... wir bleiben doch zusammen?«, fragte sie.

Er schien sich über die Frage zu wundern. »Natürlich. Was denkst du?«

»Das Kind ...«, Claras Stimme wurde brüchig. »Es ist weg. Aber wir, wir sind doch noch da?«

Er umarmte sie. Küsste ihre Stirn. »Natürlich. Und das bleiben wir auch!«

»Willst du mich trotzdem noch heiraten?«, fragte sie.

»Natürlich. Das habe ich schon vor der Schwangerschaft gewollt und das will ich immer noch. Jetzt erst recht.« Er zog Clara an sich.

Sie verharrten einige Sekunden in dieser innigen Umarmung, bis Clara plötzlich hochschreckte.

»Das Kind«, sagte sie mit einer Stimme, als wäre ihr siedend heiß etwas eingefallen. »Mein Kind ... Es geht in die Pathologie?«

Sie sah das Erstaunen in seinem Gesicht nicht. »Ja«, sagte

er. »Ich nehme an, da ist es schon. Aber du solltest jetzt mitten in der Nacht nicht …

Sie packte seine Hand fester. »Du wirst es mir beschaffen!«

»Was?«

»Das Kind!«

»Das Kind wird untersucht. Und dann wird es … entsorgt.«

»Entsorgt …!?« *Da war das Wort wieder!* Und jetzt auch noch von MacDeath. Dem Vater des Kindes. Sie packte seine Hand so fest, dass er begann, sich zu winden. »Das wirst du nicht zulassen! Es ist auch dein Kind!«

Er streichelte über ihre Hand, die sein Handgelenk umklammert hielt, so als hoffte er, dass sie dadurch ihren Griff lockern würde. Aber das tat sie nicht. Und er ahnte wohl, dass sie nicht lockerlassen würde, bis er etwas für sie tat.

»Das Kind«, sagte sie. »Du musst es holen!«

»Es ist nur ein Embryo. Es ist …« Zwischen den Tränen in seinem Gesicht blitzte auch wieder seine medizinische Rationalität hervor. Was Clara in Moment aber gar nicht gebrauchen konnte.

»Es ist unser Kind«, zischte sie. Und hätte sie nicht in einem Einzelzimmer gelegen, wären spätestens jetzt ihre Zimmernachbarn wach geworden. »Und du wirst nicht zulassen, dass es in irgendeiner Pathologie-Müllverbrennungsanlage zusammen mit Raucherbeinen, Blinddarm-Appendixen und Tumoren verbrannt wird!« Sie funkelte ihn an. Vor ihren Augen sah sie die schwarzen Tonnen, in die solche Abfälle im Krankenhaus kamen. Die schwarzen Tonnen für biologischen Abfall mit dem charakteristischen Biohazard-Zeichen.

»Es wird nicht sofort verbrannt«, sagte MacDeath. »So läuft das nicht. Es kommt erst mal in ein Gefäß mit Formalin, das wird beschriftet, dann geht es an den Pathologen und dann …«

»Hör auf«, zischte Clara. »Es ist unser Kind. Es gehört … zu uns!«

Erst jetzt schien MacDeath zu verstehen, auf was Clara hinauswollte. »Du hast recht.« Dann fragte er vorsichtig, als ob er es noch immer nicht ganz verstanden hätte: »Du willst, dass ich es … mir aushändigen lasse?«

»Erraten.«

»Und wenn die nicht wollen?«

»Dann entwendest du es halt!«

»Das könnte strafbar sein.«

»Du bringst es nach Hause«, sagte Clara, und ihre Stimme wurde zwei Oktaven tiefer. »Damit wir es bestatten können.« MacDeath öffnete den Mund, aber Clara sprach schon weiter. »Und wenn dir das nicht gelingt, dann kannst du dir die Hochzeit in die Haare schmieren!«

Sie sank zurück. Und drehte sich um.

Kapitel 2

Berlin, 2016, in der Hölle

»Ich habe mal einen schönen Satz gelesen«, sagte die Stimme hinter ihr.

»Jeder Mensch hat den Teufel in sich und kann nicht ruhen, bevor er ihn nicht gefunden hat … *Deinen* werden wir heute finden.«

Nele saß gefesselt auf dem Stuhl in dem schummrigen Raum. Es schien ein Keller zu sein. Denn sie hörte durch die zugeklebten Fenster von draußen ganz schwach den Verkehrslärm. Und zwar von oben. Wahrscheinlich wirklich irgendein Keller. Hatte man das nicht den Opfern von Entführungen immer eingetrichtert? *Merk dir, wo du bist? Achte auf die Geräusche.* Alles kann irgendwann wichtig sein. Oder auch nicht.

Der Mann sah sie an. Er trug wieder die Totenkopfmaske.

»Weißt du, wer ich früher war?«, fragte er. Er schwieg eine Weile, und als Nele nicht antwortete, sprach er einfach weiter. »Ich war immer nur der Fahrer, wenn die anderen in die Disco wollten. Der Idiot, der nichts trinken durfte und dann am Rand der Tanzfläche rumstand und sich den ganzen Abend an einem alkoholfreien Bier festgehalten hat. Meine Kumpels, obwohl es eigentlich keine Kumpels waren, haben die Frauen angequatscht. Frauen wie dich.«

Er rückte etwas näher. Nele versuchte wegzurücken, so gut es ging. Doch es ging nicht.

»Du warst eine von denen, hinter denen die anderen her

waren. Du hättest mich damals nicht mal mit dem Arsch angeguckt! Stimmt doch?«

Was sollte sie tun? Sollte sie ihm sagen, dass es nicht stimmte? Dass er attraktiv war? Weil er das vielleicht hören wollte? Aber was war hier attraktiv? Sie hatte gestern sein Gesicht gesehen und hatte gedacht, dass dies ihr Todesurteil wäre. Denn der Killer hatte sich ihr ohne Maske gezeigt. Das hieß, dass er es sich leisten konnte, sich ihr zu zeigen, denn über kurz oder lang würde er sie töten. Sie hatte kurz sein Gesicht gesehen, aber attraktiv hatte sie ihn nicht gefunden. Jetzt sah sie nur die Totenkopfmaske. Eine silberne Totenkopfmaske mit Augen, die irgendwo hinter den metallenen Höhlen blitzten.

Sie hatte mal etwas über Schizophrenie gelesen. Bei den Schizophrenen war es so, dass das Gehirn Funktionen der Außenwelt übernahm. Diese Leute reagierten auf irgendetwas, das von außen kam. Obwohl da gar nichts kam. Und dieser Kerl, der lebte doch komplett in seiner eigenen Welt. Würde sie irgendwie an ihn herankommen? Ihn irgendwie drehen können? *Du bist ein toller Hecht,* konnte sie wohl kaum sagen. Das würde er sofort durchschauen. Vielleicht sollte sie es etwas subtiler versuchen?

»Ich bin sicher«, sagte sie mit zitternder Stimme, »du warst damals bestimmt ein ganz netter Typ …«

Er stutzte kurz und wich ein Stück zurück. Für eine Sekunde glaubte sie, sie habe etwas erreicht. »War ich das?« Seine Stimme wurde schneidender. »Ganz nett? Wer *ganz nett* ist, ist ein Idiot. *Nett ist die kleine Tochter von Scheiße!«* Er fletschte die Zähne. *Das war nach hinten losgegangen,* dachte sie panisch. Er aber sprach schon weiter. »In der Schule haben sie immer meine Sachen durch die Gegend geschmissen. Sie haben mich mit einer Super-8-Kamera auf dem

Schulklo beim Scheißen gefilmt! Einer hat Räuberleiter gemacht und der andere ist an der Tür hochgekrabbelt und hat die Kamera über die Kante gehalten!« Es schien ihr, als würden seine Augen hinter der Maske blitzen.

Was erzählte dieser Kerl ihr da? Das Böse war besonders dann kaum zu ertragen, wenn es entweder unsere Vorstellungskraft überstieg. Oder wenn es total banal erschien. Hier war es beides. Denn banal war es auch. Was erzählte er ihr hier in dieser Folterkammer? Von Discofahrten, Schultaschen, die durch die Gegend geschmissen wurden, und Toiletten, wo man ihn beim Kacken filmte? *Soll froh sein, dass es damals noch keine Smartphones gab,* sagte sie zu sich. Heute hätten sie so etwas sofort bei YouTube gepostet. Doch dann schnürte ihr die Angst wieder die Kehle zu, wie ein kochend heißer Kloß, der ihren Hals verstopfte und ihr Herz unter Strom setzte, sodass es immer schneller schlug, als würde es sich irgendwann in einer roten Explosion selbst zerfetzen.

Der Mann sagte nichts. Er ging zum Tisch mit den Instrumenten, die sie nur aus den Augenwinkeln sah. Er schien irgendetwas zu betrachten. Irgendetwas, das im Licht der Neonleuchte blitzte. Irgendetwas, das sicher sehr *scharf* war. Oder vielleicht gerade nicht? Weil es dann doller wehtat?

»Ich werde dich töten«, sagte er. »Und quälen. Vor dem Tod und danach. Und den Leuten wird es gefallen. Und was ist mit mir?«

Er beugte sich wieder zu ihr herunter, das Messer nahe an ihrer Kehle. Sie merkte, wie ihr die Tränen in die Augen schossen. »Was ist mit mir?«, schrie er jetzt. Sie wich zurück. Schrie leise auf, während ihr salzige Tränen über die Wangen rannen.

»Wie … was meinst du … was ist mir dir?«

»Ja«, sagte er und ging wieder einen Schritt zurück. »Was

ist mit mir? Damals, als sie mich beim Scheißen gefilmt haben. Als ich in der kleinen Pause meine Sachen zusammengesucht habe. Später, als ich der doofe Fahrer war und an der Ecke der Tanzfläche stand, da habe ich mir überlegt, wie ich es machen würde. Wie ich es diesen Schlampen heimzahle. Wusste genau, was ich mache. Wann. Wo. Und wie lange. Die Vorstellungen waren super! Sie haben mich so … scharf gemacht!«

Ihr wurde übel. Jetzt würde er sie vergewaltigen, das wusste sie. Vergewaltigen, foltern, töten. In welcher Reihenfolge auch immer.

Doch der Mann sprach weiter. »Das war die Fantasie. Und die Fantasie hat ein Problem gegenüber der Realität. Die Fantasie ist immer … *besser* als die Realität.« Er spuckte das Wort fast aus. »Bevor ich eine wie … wie dich schnappe …« Er trat ein paar Schritte zurück und betrachtete Nele gefesselt auf dem Stuhl. Ihre dunklen Haare, ihr knappes T-Shirt mit dem Erbrochenen, ihren Mascara, der ihr vermischt mit Tränen über die Wangen rann, als würde Tinte aus ihren Augen laufen. »Ich sehe mir dann selbst dabei zu, wie ich das Verbrechen begehe. Und in meiner Fantasie ist alles anders. Alles besser. In meinen Vorstellungen *bist* du anders, *schreist* du anders, *stirbst* du anders. Anders und besser.«

Er hielt ein paar Sekunden inne. Rückte die Totenkopfmaske zurecht. »Ich kann dich zwar töten«, sagte er leise, »aber ich kann dich nicht dazu zwingen, so zu sterben, wie ich es will.«

Mit diesen Worten ging er zur Tür.

Wo wollte er hin? Ließ er sie jetzt allein? Würde sie doch nicht sterben? Vielleicht war das die Situation, in der sie alles noch retten konnte? In der sie ihm zeigen konnte, dass sie ihn verstand? Und dafür würde er ihr nichts tun?

»Ich … ich verstehe dich«, sagte sie. »Es ist … es ist nicht immer einfach.« Er blieb an der Tür stehen und blickte sich um. Sie biss sich auf die Zunge. Was war sie für eine dumme Kuh! Er wollte gehen. Und jetzt hatte sie es versaut! Er blieb! Wegen ihr! Wegen diesem pseudopädagogischen Bullshit, den sie eben gesagt hatte. Warum eigentlich? Sie merkte, wie ihre Wut auf sich selbst fast noch größer war als ihre Angst.

Der Mann nickte. »Verstehen …« Er lachte tonlos und hob das Messer. »Ich werde meine Geschichte schreiben. Und zwar … in dich!«

Sie würgte wieder, merkte, wie grüne Galle nach oben stieg, die sie herunterschluckte, wieder hervorwürgte und ausspuckte.

»Es ist nicht schlimm, wenn man missverstanden wird«, sagte er und warf das Messer auf die Ablage. »Es ist schlimmer, wenn man *verstanden* wird.«

Dann ließ er die Tür ins Schloss fallen. Und war weg.

Kapitel 3

Berlin, 2016

»Wie geht es Ihnen?«, fragte Kriminaldirektor Winterfeld, der noch einen Strauß Blumen und eine Karte mit Genesungswünschen mitgebracht hatte. Die ganze Abteilung hatte unterschrieben, sogar von Weinstein und Bellmann.

»Na ja, wie es einem so geht, wenn sie einem mit einem Kärcher den ganzen Unterleib auskratzen.« Sie zog das Kissen hinter sich zurecht und setzte sich etwas aufrecht. Sie hatten Clara vor zwei Stunden aus dem OP geschoben. Die *Ausschabung war beendet.* Und sie betete für MacDeath, dass er ihr den toten Embryo bringen würde. Egal, was er dafür tun musste, ob er dafür seine Approbation verlor, seinen Ruf oder was auch immer. Sie wollte das Kind bestatten. Wollte nicht, dass es mit irgendwelchen OP-Abfällen verbrannte, wie schlecht gewordenes Essen, das man beim Camping ins Lagerfeuer warf. Und MacDeath sollte die kleine und tote Clara Junior lieber früher als später auf Eis legen und an einem sicheren Ort verwahren. Sonst würde es zwei Leichen geben.

»Mit einem Kärcher …?« Winterfeld stutzte kurz. »Schöner Vergleich, ähm, so genau wollte ich es gar nicht wissen.«

»Was ist mit dem Killer?«, fragte Clara. »Was Neues?«

»Sind alle auf der Suche. Wir briefen Sie, wenn wir Näheres wissen.«

Näheres wissen. Es war ihr, als wäre da irgendetwas, was sie wusste. Was aber in irgendeinem hinteren Teil ihres

Gehirns vergraben war. Durch den Schock. Die Bewusstlosigkeit. Und dann noch die Dämmerschlafnarkose. Alles, was war, nahm sie nur durch einen klebrigen Nebel wahr.

»Es ist nur«, sagte Winterfeld und verstummte dann auf einmal. Er knetete seine Hände, als wollte er irgendetwas sagen, aber es schien, als wäre er nicht sicher, ob es jetzt die richtige Situation dafür wäre.

»Kommen Sie«, sagte Clara. »Irgendwas wollen Sie mich doch fragen.«

»Ja, allerdings. Ich weiß nur nicht, ob wir hier …«

»Mein Gott, ich bin hier noch zwei Tage festgetackert. Wann können wir in Ruhe reden, wenn nicht jetzt?«

Winterfeld lächelte und versuchte, sich auf dem seltsamen Lederstuhl so bequem wie möglich hinzusetzen. Was ihm aufgrund seiner Statur nicht recht gelang. »Ich war ja in der Kaffeeküche dabei. Und wusste auch schon ungefähr, dass Sie und MacDeath …«

»Ich weiß«, sagte Clara. »Und Sie wussten nicht, dass wir ein Kind erwarten.«

»Sie sind auch nicht verpflichtet, es zu diesem Zeitpunkt schon zu sagen. Hätte noch zwei Wochen Zeit gehabt wegen Arbeitsschutz und, und, und … Sie wissen schon.« Er stockte plötzlich, denn die Sache mit dem Kind hatte sich ja erledigt.

»Und dass wir heiraten?«

»Na ja, ganz zu übersehen war das ja nicht, dass sich da zwischen Ihnen was entwickelt.« Er lächelte. »Damals der Whiskyabend in dieser Bar in Kreuzberg, wie hieß die noch …?«

»Die Legende von Paula und Ben?« Clara wunderte sich, warum sie sich gerade an diesen Namen erinnerte. Vielleicht weil sich dort doch etwas sehr Wichtiges und Zukunftsweisendes abgespielt hatte.

»Genau.« Er lehnte sich zurück. »Zusammen arbeiten und dann zusammen sein. Der Arbeitsmarkt ist auch ein großer Heiratsmarkt. Bellmann …«

Clara spitzte die Ohren. »Könnte der ein Problem dabei werden?«

»Denke nicht.« Winterfeld schüttelte den Kopf und zog die Unterlippe über die Oberlippe. »Sie sind ja beide keine Schutzpolizisten, sondern in einer Spezialeinheit. Und MacDeath ist sogar zu 30 Prozent dem BKA zugeordnet. Und manchmal auch bei Scotland Yard, Obscene Publications, FBI und weiß der Teufel …«

»Also das funktioniert schon mal?«, fragte Clara. »Und wir können weiterarbeiten wie bisher?«

»Klar. Wie heißt es so schön in *Red Heat?*« Er sprach mit russischem Akzent weiter. »*Wir sind Polizisten, keine Politiker. Wir dürfen uns mögen.*« Winterfeld nickte in gespielt gönnerhafter Pose. »Eine Bedingung gibt es aber!«

»Welche?« Was meinte Winterfeld? Wollte er jetzt auf Behördenvorschriften herumreiten? Das war doch sonst nicht seine Art.

»Dass ich auch zur Hochzeit eingeladen werde.«

»Die Liebe ist das Licht des Lebens?«, begann Clara.

»… und die Ehe die Stromrechnung, ja«, ergänzte Winterfeld. »Aber da bin ich auch ein schlechtes Beispiel. Dabeisein will ich aber trotzdem.«

»Sind Sie auch. Sie stehen ganz oben auf der Shortlist! Unbedingt! Ohne Sie wäre ich nicht, wo ich bin. Und hätte MacDeath wahrscheinlich nie kennengelernt.«

»Nun übertreiben Sie mal nicht.«

»Hatten Sie nicht damals, als wir den Werwolf gejagt haben, Bellmann und dem BKA-Chef ständig in den Ohren gelegen, dass wir diesen Experten aus Quantico, der auch noch Deutscher ist und zurück nach Berlin will, abwerben sollen?«

Winterfeld nickte und grinste. »*Bellmann in den Ohren liegen* ist mein zweiter Vorname.«

Die Tür öffnete sich. Eine Schwester kam herein und brachte das Abendessen, das in Krankenhäusern ja immer bereits um 17 Uhr serviert wurde. Die Zeit, zu der man in der Berliner Bohème-Szene eigentlich erst mit dem Frühstück durch war. »Lassen Sie es sich schmecken, Frau Vidalis«, sagte Schwester Mareike. Das schien der Name der Schwester zu sein, wenn Clara ihr Namensschild richtig entziffert hatte.

»Kriege ich auch was?«, fragte Winterfeld.

»Sie können sich draußen einen Kaffee nehmen.« Schwester Mareike lächelte.

»Der ist aber sehr schwach.«

»Wir wollen hier ja auch keine Herzinfarktpatienten. Und Patienten, die hier noch um Mitternacht rumgeistern, weil sie nicht schlafen können, wollen wir auch nicht.«

»Schlaf wird eh überbewertet«, sagte Winterfeld und stand auf. »Wenn es okay ist, leiste ich Ihnen noch beim Essen Gesellschaft. Hole mir einen Kaffee. Und dann muss ich los.«

»Gerne!« Clara schob sich bereits eine Scheibe Graubrot mit einer künstlich aussehenden Wurstscheibe in den Mund. Sie hatte nach einem Eingriff immer einen barbarischen Hunger. Jedenfalls war es bei den bisherigen OPs ihres Lebens – einer Mandel- und einer Blinddarm-OP – so gewesen. Und heute auch.

»Ach ja, Frau Vidalis«, sagte Schwester Mareike. »Wir haben Ihre Sachen eingeschlossen. Brauchen Sie irgendwas?«

»Was haben Sie denn da alles?« Jetzt fiel es ihr auch ein: Klar, sie musste doch irgendwelche Sachen dabeigehabt haben.

Die Schwester zuckte die Schultern. »Portemonnaie, Handy und ein Schlüssel, glaube ich …«

Ein Schlüssel … Langsam zerteilten sich die Verkrustungen in Claras Gehirn, die der Schock und die Narkose hervorgerufen hatten, als würde ein Eisbrecher durch sie hindurchfahren. »Ein Schlüssel?« Sie vergaß, in ihr Graubrot zu beißen.

»Warten Sie, ich schließe Ihnen den Safe auf.«

Schwester Mareike öffnete den Safe und legte Claras Habseligkeiten vor ihr auf den ausklappbaren Tisch.

»Der Schlüssel!«, rief Clara.

»Ja.« Schwester Mareike zuckte die Schultern. »Ihr Haustürschlüssel?«

»Nein, das ist der … der …« Sie hatte es vergessen. Aber jetzt war es wieder da. Mit der Wucht eines Hammerschlags war die Erinnerung da! Der Mann! Er hatte ihr in den Bauch getreten. Hatte ihr Kind, ihr kleines, unschuldiges Kind getötet. Er hatte etwas fallen gelassen. Sie hatte es ergriffen. Vielleicht hatte er sie deshalb getreten?

Er war ihm offenbar aus der Tasche gefallen, als er die Münzrolle hervorgeholt hatte. Die Münzrolle, die er als Schlagring benutzt hatte.

Und Clara hatte es mit letzter Kraft umklammert. *Scheiße,* hatte der Mann gesagt und sie getreten. Zweimal. Und war weggerannt, als er die Polizeisirenen gehört hatte. Und Clara hatte auf dem nassen Gehweg gelegen und hatte das umklammert, was der Mann verloren hatte. Den Schlüssel. Den Schlüssel, der jetzt vor ihr lag. Ein Haustürschlüssel, wie es aussah. Mit einem blauen Schlüsselschild. »Der Schlüssel! Der Schlüssel«, rief sie, und ihre Stimme überschlug sich plötzlich.

Winterfeld kam mit einem dampfenden Kaffeebecher zur Tür herein. »Schlüssel?«, fragte er. »Die Tür war offen.«

»Diesen Schlüssel hier«, sagte Clara. »Den hat der Kerl verloren! Der Killer! Das ist der Schlüssel des Killers!«

»Ich lasse Sie dann mal in Ruhe weiterreden«, sagte Schwester Mareike und steuerte Richtung Tür. »Aber regen Sie sich nicht auf. Sie brauchen Ruhe und Kraft«, mahnte sie, ehe sie ging.

»Sie meinen, der Schlüssel gehört dem Killer?« Winterfeld betrachtete den Schlüssel und vergaß vor Aufregung, von seinem Kaffee zu trinken.

»Es ist die einzige Spur, die wir haben.« Sie betrachtete den Schlüssel wie ein Artefakt aus einer Sage. »Hier steht etwas. Ziemlich abgeblättert. Adal... Adalber...«

»Zeigen Sie mal«, sagte Winterfeld und fixierte blinzelnd den Schlüssel. »Adalbertstraße, würde ich sagen.«

»Wo ist die Straße noch?«

»Kreuzberg, glaube ich. Geht vom Kottbusser Tor Richtung Norden. Tolle Gegend ...«, knurrte er.

»Irgendwas muss das mit dem Killer zu tun haben.« Sie biss sich auf die Lippe.

»Glauben Sie, er lebt dort?« Winterfeld drehte den Schlüssel in der Hand. »Zylinderschlüssel«, murmelte er. »Wie ein Haustürschlüssel. Könnte wirklich seine Wohnung sein.«

»Was auch immer. Aber das müssen wir unbedingt herausfinden!« Sie zerknüllte das Abdeckpapier des kleinen Margarinedöschens. »Ist die lang, die Adalbertstraße?«

Winterfeld zuckte die Schultern. »Glaube schon. Ich schau mal ...« Er tippte etwas in sein Smartphone. »Verdammt, ja. Geht vom Kottbusser Tor fast bis zur Spree. Ein verdammt langes Elend von einer Straße. Fast wie die transsibirische Eisenbahn.«

»Aber wir müssen doch ...«, begann Clara.

Winterfeld nickte. »Wir müssen schauen, wo dieser Schlüssel passt.«

In dem Moment war Clara klar, dass sie gerade beide den gleichen Gedanken hatten.

»Dann müssen wir den Schlüssel vervielfachen …?«

»Mindestens hundertmal«, ergänzte Winterfeld. »Und damit eine Hundertschaft losschicken. Und zwar schnell.«

»Machen Sie das?«, fragte Clara.

Winterfeld nahm den Schlüssel. »Klar! Sie können ja schlecht! Sie entschuldigen, dass ich Ihnen doch nicht Gesellschaft leiste beim Essen. Den Kaffee lasse ich Ihnen hier. Habe noch nichts davon getrunken.«

Er warf seinen Mantel über den Arm.

»Wenn Sie was finden, sagen Sie mir sofort Bescheid?« Clara war kurz davor, aufzustehen und sich anzuziehen. »Dann komme ich!«

»Sie sollten erst mal gesund werden.«

»Ich werde krank, wenn ihr den Kerl hochnehmt und ich nicht dabei bin.«

»Die werden Sie hier aber deswegen nicht entlassen.« Er nickte in Richtung der Stationsaufsicht.

»Dann entlasse ich mich eben selbst.«

»Entlassen …«, murmelte Winterfeld. »Ich weiß eher, wer heute noch kündigt.«

»Der Schlüsseldienst des LKA?«

Winterfeld nickte. »Der macht heute eine lange Nachtschicht.« Er kniff ein Auge zu. »Ich melde mich.«

Mit diesen Worten eilte er zur Tür und war weg.

Clara schaute auf den dampfenden Kaffee und auf das angebissene Brot und kam sich komplett nutzlos vor. Immerhin hatten sie den Schlüssel. Und jetzt wollten sie einen ganzen Straßenzug überprüfen. Mit hundert Schlüsseln. Und hundert Beamten. Was würde Bellmann dazu sagen? Aber es ging nicht anders. Es war Wahnsinn. Aber es war die einzige Lösung.

Nur die Wahnsinnigen haben Erfolg, hatte Winterfeld ihr damals gesagt, als sie beim LKA 113 angefangen hatte. *Und nur die, die Erfolg haben, bestimmen, was Wahnsinn ist.*

Kapitel 4

Berlin, 2016

Irgendetwas stimmte nicht. Das wusste er.

Nele wartete dort drinnen auf ihn. Sie konnte noch eine Weile warten.

Er sah die Leute unten an den Türen. Er wusste nicht warum, aber er wusste, dass sie nach ihm suchten. Wusste, dass sie die Türen ausprobierten. Wusste, dass sie den Schlüssel hatten, den er bei dieser Bullenschlampe liegen gelassen hatte.

Er könnte schnell reingehen. Nele umbringen.

Genauso schnell, wie er im Krankenhaus gewesen war. War dieser Kommissarin gefolgt, die er bewusstlos getreten hatte. Und die offenbar schwanger war. Irgendwas hatte er gehört. Er und seine Gehilfen, die er ins Krankenhaus geschickt hatte. Er war nicht nahe genug an sie herangekommen. Aber er wusste jetzt, wer sie war. Und wer sie noch besucht hatte.

Das wusste er. Aber er wusste nicht, wie viele von den Bullen unterwegs waren. Ob sie vielleicht gleich vor seiner Tür standen.

Irgendwann würden diese Einsatzwagen kommen.

Die schwarz gekleideten Beamten. Mit Sturmhauben. Und Gewehren.

SEK.

Mit denen war nicht zu spaßen.

Er musste cool bleiben. Sich fokussieren. Auch wenn es

ihn so geil gemacht hätte, die Schlampe abzuschlachten. Aber das musste warten. Abgesehen davon gab es Millionen von Schlampen, die seinem Beuteschema entsprachen.

Eben war er aufgeregt gewesen. Eben, als er kurz davor gewesen war, die Schlampe zu foltern und zu töten. Alles zu filmen. Und damit auch noch Geld zu verdienen.

Jetzt aber war er wieder ruhig. Ganz ruhig.

Der Ruhepuls ging von 60 bis 80.

Bei 115 verschlechterte sich die Feinmotorik.

145 war die optimale Kampfbereitschaft.

Ab dann wurde auch die Grobmotorik schlechter.

Ab 175 Verlust der Tiefenschärfe und Nachtsehfähigkeit.

Und dann wurde es ernst. Irrationales Verhalten, Flucht, Angriff, aber meist Erstarren, Bitten, Betteln. Und manchmal auch ... unkontrollierter Stuhl- und Urinabgang, wie man das in der Fachsprache nannte.

Das hatte er auch bei seinen Opfern schon gehabt. Und es war immer eine besondere Sauerei. Da half nur eine Menge ... Katzenstreu.

Puls 175, dachte er. Sein Puls war immer niedrig.

Außer, wenn er erregt war.

Außer, wenn eine klaffende Wunde wie eine Vagina aussah.

Er musste weg. Und zwar jetzt. Sonst war er für den Rest seines Lebens in Sicherheitsverwahrung.

Sie würden seinen Platz finden. Einen seiner Plätze.

Aber nicht ihn.

Denn sie wussten nicht, wer er war.

Und Nele?

Für Nele war es heute ein glücklicher Tag.

Sie würde nicht sterben, die Schlampe.

Aber es war ja auch ihr Geburtstag.

Er setzte sein iPod auf. Ging durch die Tür Richtung Hinterhof. Genoss den Song, der so klang, als würde er von ihm handeln.

So a doctor said
Would be best for me
Give me coloured pills
and neurosurgery[9]

Jetzt über den Hof.

Dann in den anderen Korridor.

Und raus.

Weit weg von der Adalbertstraße.

Hit him with a hatchet
And ran from my cell
Need no special cure
Trying to keep my well[10]

Sie können mich suchen, dachte er. *Aber sie werden mich nicht finden.*

Denn ich bin nicht da.

Ich bin nur ein Schatten.

Heute Nacht, das wusste er, waren die Schatten lebendig.

9 *Ein Doktor sagte mir, es wäre das beste, bunte Pillen zu bekommen, und Neurochirurgie*

10 *Ich schlug ihn mit einer Hacke, und rannte aus meiner Zelle, ich brauche kein spezielles Mittel, um mich gut zu fühlen, von: Unleashed:* The One Insane, *Album:* Across the Open Sea

Kapitel 5

Berlin, 2016

Der Anruf erreichte Clara im Krankenhaus. Es war sieben Uhr morgens am nächsten Tag.

»Ich dachte, es interessiert Sie«, sagte Winterfeld. »Wir haben die Wohnung.«

»Adalbertstraße?«

»Ja. Nummer 73. Wir gehen gleich rein. Mit SEK.«

Mit SEK.

SEK. Sondereinsatzkommando. Vorbild der SEKs waren die SWAT-Teams aus den USA, die Special Weapons and Tactics. Die Polizei jedes Bundeslandes hatte ein SEK, das beim Landeskriminalamt angehängt war. Die SEKs auf Bundesebene waren die Grenzschutzgruppe 9 oder GSG 9 der Bundespolizei und die 2015 eingerichtete BFE+, die besonders gegen Terroristen vorgehen sollte. Die SEKs wurden meist zur Terrorismusbekämpfung, zur Geiselbefreiung und für Zugriffe eingesetzt, aber sehr oft auch bei drohenden Selbstmorden, Entführungsfällen, Vollstreckung von Haftbefehlen und besonders Razzien im Bereich der organisierten Kriminalität.

Clara kannte dort Kollegen. Marc und Philipp zum Beispiel. Das Auswahlverfahren war hart. Nur 20 Prozent schafften es. Das Training war genauso hart. Schießen, Klettern, Fahren, Nahkampf. Zwischen fünfunddreißig und vierzig war dann auch bei den meisten Schluss. Eines der SEKs, das wusste Clara, war in der Kruppstraße in Moabit stationiert, das andere in Schulzendorf in der Ruppiner Chaussee.

Nahe Tegel. Dort, wo sie auch die Opfer gefunden hatten. Tegel, Moabit, dachte sie, aber sie war hier. Im Virchow-Klinikum. Irgendwo zwischen Tegel und Moabit und sonst wo. Festgehalten und zur Untätigkeit verdammt.

Verdammt, sie nahmen den Killer hoch und sie, Clara, lag hier untätig im Krankenhaus? Sollte sie lange fragen, Formulare ausfüllen und betteln, dass sie gehen dürfte? Nein, sie würde einfach so gehen. Sich anziehen und dann einfach raus aus der Station.

Nach fünf Minuten lief sie an der Stationsaufsicht vorbei.

»Ich geh mir kurz eine Zeitung holen«, sagte sie.

»Weiß gar nicht, ob der Kiosk jetzt schon aufhat.«

»Hinten an der Amrumerstraße ist einer. Der hat schon auf.«

»Ja, aber ruhig angehen lassen. Sie sind noch nicht fit.«

»Muss doch wissen, was in der Welt passiert.«

Nach weiteren drei Minuten war sie mit dem riesigen Fahrstuhl nach unten gefahren. Nach weiteren zwei Minuten saß sie im Taxi Richtung Kreuzberg.

»Was machen Sie hier?«, fragte Winterfeld, als Clara aus dem Taxi stieg und dem Fahrer einen Schein hinstreckte.

»Ich bin dabei. Habe ich doch gesagt.«

»Gehören Sie nicht ins Bett?«

»Eigentlich ja.«

»Dann haben Sie sich selbst entlassen?«

»Offiziell bin ich eine Zeitung kaufen gegangen. Aber ich unterschreibe denen alles.«

»Ist dann Ihre Verantwortung, wie die sagen würden.« Winterfeld kannte die administrativen Prozesse nur zu gut. Auch wenn er kein Freund von ihnen war.

»Ist alles meine Verantwortung.« Sie zuckte die Schultern. »Mein ganzes Leben ... ist meine Schuld.« Sie schaute die Fassade nach oben. »Hier ist es?«

Winterfeld nickte. Sie blickten beide an der Fassade hinauf. Abgebröckelter Putz, Graffiti und zerschrammte Türen und Fensterrahmen. Hier würde man WGs erwarten. Oder Ferienwohnungen. Obwohl die ja eigentlich verboten waren.

Drei schwarze Polizeitransporte hielten am Bürgersteig. Die hinteren Türen öffneten sich. Und die SEK-Truppen verteilten sich auf der Straße. Dahinter zwei Rettungswagen, falls ein Opfer oder mehrere doch noch am Leben sein sollten.

»Wissen Sie wo?«, fragte der Einsatzleiter. Es war Marc, soweit es Clara an den Augen sehen konnte. Die SEK-Truppen trugen Sturmhauben, um nicht erkannt zu werden. Als Sondereinsatzkommando der Polizei kannte niemand im normalen Dienst ihre wirklichen Namen. Jeder Mitarbeiter des SEKs in Berlin hatte eine dreistellige Nummer. Und selbst vor Gericht, wo es verboten war, sich zu verhüllen, wurden Mitglieder von SEK-Einheiten für Aussagen vorher von einem Maskenbildner geschminkt, damit sie niemand erkannte. Zu groß war die Gefahr, dass irgendein Drogenboss oder der Chef eines Araberclans sich bei den Familien der SEKs für eine Razzia rächte. Sie schaute noch einmal hin. Ja, es war Marc. Mit ihm zusammen hatte sie den Werwolf hochgenommen. Und mit seinem Heckler-&-Koch-Scharfschützengewehr hatte sie ihn erschossen.

»Untergeschoss.«

Mehr schwarz gekleidete Elitekämpfer schälten sich aus dem Einsatzwagen hervor. Mit ihren fünfzehn Kilogramm schweren, schusssicheren Westen mit Stichschutz, Sturmhaube, ballistischem Helm und Atemschutzmaske. Das Funkgerät an der Brust befestigt, daneben ein Mehrzweckmesser. Und Waffen. Glock, Sig Sauer, Walther P99. Und wenn es wirklich hart auf hart kam, hatten die Beamten zwei gute Freunde, die ihnen halfen: Herrn Heckler und Herrn Koch. HK MP5 und HK MP7.

Sie schaute gemeinsam mit Winterfeld auf den Bildschirm im Einsatzwagen, der die Bilder der Kameras an den Helmen der SEK-Beamten übertrug. Die Einsatztruppen stürmten die Treppe hinunter in den Keller. Mülltüten und Zeitungen lagen herum, Anarchiezeichen und irgendwelche Lebensweisheiten waren an die kalkigen Wände gesprüht. *Life sucks if your girlfriend doesn't,* stand dort. Dann war die Schrift schon wieder weg und die Beamten nahmen die nächste Treppenflucht. Einen schwarzen Springerstiefel nach dem anderen. Nach unten, dort, wo entweder das Grauen auf sie wartete, oder eine ganz normale Wohnung. Weil sie falsch gelegen hatten. Weil es gar nicht die Adalbertstraße in Berlin war. Weil es …

»Wir nehmen diese Tür«, sagte Marc durch das Funkgerät. Die Kamera zeigte je einen Eingang auf jeder Seite des Treppenhauses im Untergeschoss. Der erste Eingang hatte gar keine Tür, sondern man konnte durch die Öffnung direkt in die Wohnung oder die Kammer oder was immer das dort war, schauen. Plastiksäcke standen dort, irgendwelche Wannen und eine Schubkarre. Hier wurde offenbar gerade renoviert oder neu gebaut und das alles ohne Eingangstür.

Die andere Tür war geschlossen. Wie ein Mund, der seine Geheimnisse nur dann freigibt, wenn er gewaltsam geöffnet wird. Und vielleicht war es ganz geschickt von dem Killer, dass nebenan eine Baustelle war, die jeden Lärm aus seinem Keller übertönte.

»Wir gehen rein, okay?«

»Ja«, sagte Winterfeld knapp. »Zugriff!«

Clara sah in der Kamera den Rammbock, der die Tür aus dem Türschloss herauswarf. Sie hörte den Knall bis nach oben auf der Straße.

Dann war Stille.

Zehn Sekunden.

Zwanzig Sekunden.

Sie schaute Winterfeld an.

»Was ist los?«, fragte der. »Erwarten Bericht. Treffer?«

»Scheiße, ja«, sagte Marc. »Das ist ein Treffer.«

Kapitel 6

Berlin, 2016

»Sie können rein, alles sicher«, hörten sie Marc. »Eine Geisel. Weiblich.«

»Sie lebt?«, war Claras erste Frage.

»Ja«, kam die knappe Antwort.

Clara und Winterfeld stiegen die Treppe hinunter, gingen durch die Tür, von der Teile des Schlosses an der Wand baumelten.

Die Wände waren schallisoliert. Riesige Platten aus Styropor und Glaswolle. Eine Kamera auf einem Stativ. Ein Tisch, auf dem irgendetwas lag. Darüber eine blaue Plane.

In der Mitte des Raumes ein Stuhl. Und auf dem Stuhl ein gefesseltes Mädchen. Gefesselt und geknebelt. Am Körper ein enges T-Shirt. Der Geruch von Erbrochenem.

»Wo bleiben die Ärzte?«, fauchte Winterfeld.

Das Mädchen schaute die Ermittler mit einer Mischung aus Angst und Erleichterung an. Als wollte sie sagen: *Ist es vorbei? Oder ist das nur ein neuer Trick?*

Dr. Klanke vom LKA und drei Sanitäter stürzten in den Raum.

»Können Sie mich verstehen?«, fragte Klanke.

»J… Ja«, sagte das Mädchen mit brüchiger Stimme. Einer der SEK-Männer schnitt mit einem kleinen Bolzenschneider die Handschellen durch und gab sie Clara. Clara hatte Gummihandschuhe angezogen und ließ die Handschellen in einem Asservatenbeutel verschwinden.

»Wie heißen Sie?«, fragte Clara. Sie wollte die junge Frau ablenken, während Klanke und die Sanitäter ihre medizinischen Gerätschaften auspackten.

»Nele …«, flüsterte sie. »Nele Wessling.«

»Frau Wessling«, sagte Clara. »Sie sind in Sicherheit! Das zählt für den Moment. Alles andere besprechen wir später.«

Nele nickte. Wieder schossen ihr Tränen aus den Augen.

Klanke öffnete einen Koffer. Klebte ein EKG.

Leuchtete dem Mädchen in die Augen.

»Kein Blut, keine Prädilektionsstellen«, murmelte er. »Keine Gewalt gegen den Hals, keine Würgemale.«

Clara nickte. Erst jetzt sah sie das Gesicht. Eigentlich sehr hübsch. Aber die Augen voller Angst, Tränen und verwischtem Lidschatten, der ihr die Wangen heruntergelaufen war. Die Lippen spröde und rissig. Das Gesicht blass und weiß wie die Styroporplatten, die im ganzen Raum an den Wänden befestigt waren.

»Ich lege Ihnen einen Zugang«, sagte Klanke. »Nazel Glukose«, sagte er zu einem der Sanitäter. »Nazel« bedeutete Natriumchlorid oder NaCl, was nichts anders als eine Kochsalzlösung war, vermischt mit Glukose. Der Sanitäter befestigte den Beutel mit der Flüssigkeit an einem Stativ. »Sie sind dehydriert.« Das Mädchen nickte nur. Einer der Sanitäter nahm die Spritze, um den Zugang zu legen. Legte eine Aderpresse an.

»Verdammt, keine Vene.«

Clara kannte das Phänomen. Wenn Menschen zu dehydriert waren, war die Vene in der Armbeuge wegen des Flüssigkeitsmangels kaum mehr zu finden. Und man konnte dort keinen Zugang legen. Der Körper zentralisierte sich bei extremen Flüssigkeitsdefiziten. Was bedeutete, dass nur noch der Stamm des Körpers und das Gehirn mit genügend Blut versorgt wurden. Die Gefäße in den sogenannten »Extremitäten«, den Armen und Beinen, zogen sich zusammen, um so wenig Blut wie möglich zu verbrauchen.

»Dann halt großer Zugang«, sagte Klanke. »Hören Sie«, sagte er zu dem Mädchen. »Wir müssen Ihnen einen Zugang in die Halsvene legen. Es könnte ein bisschen …«

»Machen Sie einfach«, flüsterte Clara. Das Mädchen hatte nur stumm genickt und vor sich hin gestarrt. Wahrscheinlich stand sie noch zu sehr unter Schock.

Der Sanitäter stach ihr die Spritze für den Zugang in die Halsvene. Das Mädchen zuckte kurz. Dann ließ er den Zugang in den Schlauch einrasten. Die Flüssigkeit gluckerte nach unten. Aus dem Beutel in den Schlauch, dann in den Zugang, und dann in den Hals des Mädchens.

Zwei der Sanitäter holten eine Trage. »Welches Krankenhaus ist hier das nächste?«, fragte Klanke.

»Am Urban in Kreuzberg. Am Landwehrkanal. Die wissen Bescheid.«

»Wir kommen mit«, sagte Winterfeld. »Wir müssen der Familie Bescheid sagen. Und zusehen, dass die im Krankenhaus eine Auskunftssperre verhängen.«

Die Männer legten das Mädchen auf eine Trage und wuchteten sie die enge Kellertreppe hinauf.

»Sind Sie dabei?«, fragte er.

Clara nickte. »Klar. Von einem Krankenhaus in ein anderes.«

Kapitel 7

Berlin, 2016

»Sie ist da gut untergebracht, oder?«, fragte Winterfeld, als er mit Clara aus dem Auto stieg. Sie waren zurück in der Adalbertstraße 73, beim Unterschlupf des Killers. Oder vielleicht war es nur eines von vielen Verliesen, die der Mörder über die ganze Stadt verteilt hatte. Hermann saß auf dem Rücksitz und quälte sich ebenfalls nach draußen.

»Das Urban-Krankenhaus ist eines der größten Maximalversorgungshäuser der Stadt«, sagte Clara. Das Krankenhaus war malerisch am Landwehrkanal gelegen, mit Cafés und Restaurantschiffen am Ufer, sodass man gar nicht an ein Krankenhaus dachte. »Auskunftssperre hat funktioniert, Einzelzimmer hat sie auch. Also alles so weit gut.« Nur Verwandte und die Eltern durften zu Nele. Und selbst die mussten sich anmelden.

»Wer so eine Freundin hat wie sie, braucht ja auch keine Feinde mehr«, knurrte Winterfeld.

»Na ja«, sagte Clara. »Was würden Sie machen, wenn Sie eine solche SMS bekommen?« Sabine, die Freundin von Nele, die sie in Berlin besucht hatte, war wieder nach Braunschweig abgereist. Sie hatte eine SMS von Nele bekommen. Darin stand: *Habe tierisch Stress mit meinen Eltern. Muss wieder nach Hause. Hab noch Spaß in Berlin.* Sabine hatte allerdings keinen Spaß in Berlin, sondern hatte sich in der Großstadt dann doch unwohl gefühlt und war in den Zug gestiegen und zurück nach Braunschweig gefahren. Dass die

SMS vom Killer abgeschickt wurde, ahnte Sabine nicht. Zur Stunde war Sabine beim LKA Niedersachsen in Hannover, um ein Phantombild anfertigen zu lassen. Denn sie hatte, bevor die SMS einging, vor der Wohnung einen Müllmann gesehen mit einem verdächtigen großen Mülleimer auf seinem rollbaren Abfallgefährt. Die Hoffnung der Ermittler war, dass dieses Bild in etwa dem ähnlich war, was die Phantomzeichner des LKA in Berlin nach den Angaben der Edelhure Viola gemacht hatten.

Clara, Winterfeld und Hermann gingen an der Begrenzung vor dem Eingang zur Adalbertstraße 73 an den Beamten der Schutzpolizei vorbei und betraten das Haus.

»Schon was Neues, wem das Haus hier gehört?«, fragte Winterfeld.

»Ja und nein«, sagte Hermann. »Hier sind ein paar Ferienwohnungen drin. Eigentlich gar nicht mehr legal, aber der Inhaber des Wohnblocks ist wohl ein Immobilieninvestor in London, der über einige Verschachtelungen Hunderte von Inseraten auf Ferienwohnung-Portalen schaltet.«

»Könnte der Killer dazugehören?«

»Vielleicht. Er könnte auch nur eine Art Hausmeister sein.«

»Jedenfalls ist er einer, der offenbar einen Schlüssel hat«, sagte Winterfeld. »Also muss er doch irgendeine Rolle spielen. Und das sollte uns dieser komische Investor bald sagen können, oder?«

Hermann nickte. »Ja, sehe ich auch so.«

»Sonst schicken wir dem Kerl Interpol auf den Hals.«

»Keine Sorge«, sagte Hermann. »Dem steigen wir aufs Dach. Dafür wird Boonstra schon sorgen!«

Sie gingen einige Schritte die Kellertreppe hinunter, bogen

dann nach links und waren am Eingang zum Keller. *The Last House on the Left,* dachte Clara. War das nicht einmal ein Horrorfilm in den Siebzigern gewesen? Aber da müsste sie eigentlich MacDeath fragen, der sich mit so etwas sehr viel besser auskannte.

»Wo ist MacDeath eigentlich?«, fragte sie, als die drei den dunklen Verbindungsgang durchschritten, der in den großen Kellerraum führte. Auch hier waren die Wände mit Glaswolle und Styroporplatten isoliert. Die Stimmen klangen seltsam gedämpft. Gedämpft und unheimlich.

»Tja«, Winterfeld wand sich ein wenig. »Wir hätten ihm sagen sollen, dass Sie sich selbst aus dem Krankenhaus entlassen haben.« Er schaute sie an. »Er war eben mit Blumen im Virchow und ist ziemlich erschrocken, als Sie nicht da waren.«

»O Gott«, sagte Clara. »Das ist dumm gelaufen. Aber jetzt weiß er Bescheid.«

»Ja, er meldet sich gleich bei Ihnen. Er wollte sofort zu Ihnen. Hab ihm gesagt, dass Sie bei mir in Sicherheit sind.«

»Sehr gut«, sagte Clara. »Was macht er gerade?«

»Im Moment ist er am LKA und stellt eine große Übersicht zusammen über all das, was wir über Täter und Opfer wissen. Was der Täter wollen könnte und den ganzen psychologischen Kram. Ob er eine miese Kindheit hatte, keine Masters-of-the-Universe-Figuren zu Weihnachten gekriegt hat und so weiter.«

Clara ließ die Dunkelheit und die Stille des Kellers auf sich wirken. »Ich glaube, der hat so einiges nicht zu Weihnachten gekriegt.«

Ihr Blick fiel nicht nur auf die Kamera und den Stuhl, der mit dem Boden verschraubt war. Den Tisch mit den ... Werkzeugen: Messer, Zangen, Beile. Verschiedene Skalpelle. Und eine Bohrmaschine. Dahinter ein großer Monitor, auf der sich der Killer sein Werk wahrscheinlich immer wieder anschaute und dabei weiß Gott was machte. Auch hier überall Styropor und Glaswolle.

»Hermann, tust du mir einen Gefallen?«, fragte Winterfeld.

»Äh, ja.«

»Okay. Ich geh mal kurz rauf auf die Straße, und du bleibst bitte hier unten, wartest eine Minute und schreist dann, so laut du kannst.«

»Hier?«

Winterfeld schüttelte den Kopf aufgrund von Hermanns Begriffsstutzigkeit. »Nein, auf Mallorca! Mann, natürlich hier! Ich will wissen, ob die Isolierungen wirklich funktionieren.«

Winterfeld ging. Hermann schrie aus Leibeskräften, sodass sich Clara die Ohren zuhalten musste. Nach einer Minute war Winterfeld wieder unten. »Hast du geschrien?«

»Hat er«, sagte Clara. »Sehr laut.«

»Also da draußen habe ich nichts gehört.«

»Tja«, sagte Hermann, »dann scheinen die Isolierungen zu funktionieren.«

»Das ist die gute Nachricht für den Killer.« Winterfeld zog sich Gummihandschuhe an. »Die schlechte ist: Er hat hier wahrscheinlich wirklich seine Opfer gefoltert.« Er schnüffelte. Der Raum roch in der Tat nach Schweiß und Angst und Blut. Vermischt mit einer Prise von Erbrochenem und Exkrementen. So, wie ein Folterkeller nun einmal roch. Der Geruch des Falschen. Des Perversen. Der Geruch des Bösen.

»Was hast du mit Boonstra noch rausgefunden?«, fragte Winterfeld, als er den Beistelltisch mit den Messern und der Bohrmaschine inspizierte, »wie heißt so eine Art von Internet-Folterkammer noch? Ein *Red Room?*«

»Ja. So eine Art interaktiver Snuff-Film.« Hermann sah sich um. »Das hier muss das Studio sein.«

»Perverses Arschloch«, knurrte Winterfeld. »Na ja, schauen wir mal.« Auch Hermann und Clara zogen sich Handschuhe an und sie durchsuchten die Kisten, die ebenfalls im Raum standen. Kisten und Regale. Ein Regal war hinter einer schwarzen Plane verborgen. Darauf eine bizarre Mischung von Gegenständen. Elektroschocker, Tabletten, Lappen, eine Flasche mit einer durchsichtigen Flüssigkeit mit der Aufschrift *Trichlorethylen,* ein Substitut für Chloroform. Dann ein sogenannter *Stiffneck* um den Hals zu fixieren, so wie er in der S&M-Szene oft angewandt wird. Dazu Mundknebel, Masken, Fußfesseln. Und noch ein paar andere *Geräte,* von denen Clara gar nicht wissen wollte, wozu der Killer sie brauchte. Batteriesäure, Salz, eine Autobatterie mit zwei Kabeln und ein Lötkolben.

Neben dem Regal war eine große Korkwand. Darauf waren Fotos angepinnt. Gesichter von Frauen. »Schaut mal hier«, sagte Clara.

Winterfeld blinzelte auf die Bilder. »Das sind aber keine Frauen, die er entführt oder umgebracht hat?« Clara schüttelte den Kopf. »Nein, die hat er irgendwo ausgeschnitten.« Sie leuchtete mit der Taschenlampe unter die Fotos. Dort waren kleine Haftnotizen befestigt. Unter den Frauenfotos standen kurze Wörter.

Frauen – Messer

Frauen – Bohren

Frauen – Kleben

Frauen – Fesseln

Frauen – Ficken

Frauen – Fressen

»Sag dem Polizeifotografen, dass wir von alldem Fotos

brauchten«, sagte Winterfeld zu Hermann. Clara machte sich daran, schon einmal mit ihrem Smartphone ein paar Aufnahmen zu machen.

»Das wird ein Festessen für MacDeath.« Winterfeld schüttelte den Kopf. »*Frauen Messer, Frauen Fressen* ... Mein Gott, du Idiot«, Winterfeld meinte damit offenbar den Täter, »such dir einen vernünftigen Job, lass dir die Fresse operieren und such dir eine Frau. Dann bist du auch ausgelastet.«

Clara schüttelte den Kopf. »Typen wie der sind nie ausgelastet. Das wissen Sie so gut wie ich.«

Winterfeld nickte resigniert. »Weiß ich tatsächlich. War eher Wunschdenken. Der hört erst auf, wenn er tot ist.«

»Ob das ein Kannibale ist?«, vermutete Hermann. »Wegen *Frauen Fressen?*«

Clara zuckte die Schultern. »Für mich erst einmal unwahrscheinlich. Die meisten Kannibalen stimmen sich mit dem Opfer ab, bevor sie es aufessen.«

»Jeffrey Dahmer nicht.«

»Stimmt. Jeffrey Dahmer nicht. Unser Kerl scheint auch genau darauf zu stehen, dass er dem Opfer maximale Gewalt antut. Und das alles gegen den Willen des Opfers. Wir haben keine dominant-devote Beziehung. Er macht erst als ›Smiley‹ einen auf freundlich und beschenkt die Frauen und zeigt dann aber schnell sein wahres Gesicht.«

»Und diese Art von Frauen sucht er?«, fragte Hermann und schaute auf die Fotos. »Brünett und eher üppig?«

»Ja«, sagte Clara, »ich nehme an, dass genau das hier sein Beuteschema ist. Der Typ von Frau, auf den er steht. Und den er nicht kriegt. Und dafür bestraft.«

»Und deswegen umbringt«, ergänzte Winterfeld.

»Was bei Serienkillern auf das Gleiche hinausläuft. Die bringen immer die Frauen um, auf die sie stehen.«

»Hier ist noch was«, sagte Hermann plötzlich.

Auf einem weiteren Regal waren eine Unmenge von DVDs. Und auch einige alte VHS. Hermann nahm die Kassetten und Hüllen vorsichtig in die Hand. »*The Flowers of Flesh and Blood, Bloody Reunion, MPD Psycho …*«

»Horrorfilme, oder?«, fragte Winterfeld.

»Und Pornos. Aber nur Hardcore.« Hermann schüttelte den Kopf. »Alles erst ab achtzehn. Oder einundzwanzig. Deutsch, Englisch und eine Menge sogar aus Russland. *Inside Lydia's Ass. Genommen und gehangen. Die Bestrafung Teil 9. Madame Blowtorch …*«

»Tja«, sagte Winterfeld. »*Szenische Inszenierung von Thomas Manns Buddenbrooks* hätte mich bei dem auch gewundert.« Er schneuzte sich kurz mit einem zerknüllten Papiertaschentuch. »Das kommt alles mit aufs LKA. Kann sich MacDeath mit befassen.«

»Aber davon nimmt er nichts mit nach Hause!« Clara wusste um MacDeath' Sammelleidenschaft für bizarre Filme. Nicht Pornos, aber Horrorfilme dafür umso mehr. »Das ist beschlagnahmt!« Besonders in ihrer künftigen gemeinsamen Wohnung wollte Clara solche Filme ganz bestimmt nicht haben.

»Und was ist das hier?«, fragte Winterfeld, der fast über etwas gestolpert war.

»Eine Wanne«, sagte Hermann.

»Das seh ich. Und was ist da drin?« Er ging in die Knie und fühlte mit den Handschuhen nach der seltsamen, grobkörnigen, blau-weißen Substanz in der Wanne.

»Vielleicht Katzenstreu?« Hermann hatte mit seiner Freundin einige Jahre zwei Katzen gehabt. Bevor sie auf einen Hund umgestiegen waren. »Ja, verdammt, das ist Katzenstreu.«

Winterfeld blickte beide an. »Wofür zur Hölle braucht der Katzenstreu?«

Clara kam ein furchtbarer Gedanke. »Katzenstreu bindet Flüssigkeit, oder?«

»Ja.« Hermann und Winterfeld nickten.

»Vielleicht nutzt er es, um Leichen *auszutrocknen.* So eine Art … beschleunigte Mumifizierung.«

Kapitel 8

Berlin, 2016

MacDeath hatte sich bereits im großen Konferenzraum des LKA ausgebreitet. An einer Metaplanwand waren die Bilder der bisherigen Opfer befestigt.

Lisa Neumann, Andrea Fischer alias Jacqueline, Silke Meiwing alias Vanessa, Wiebke Hellwig und am Ende Nele Wessling. Bei allen das gleiche Schema. Alle waren brünett. Und mehr oder weniger üppig gebaut.

Boonstra und Hermann saßen dort mit zwei Rechnern, Clara mit ihrem iPad und Notizblock, und Winterfeld thronte am Ende des Tisches.

Vor MacDeath waren die Videokassetten und DVDs aufgebaut. »Na so was«, sagte MacDeath erwartungsgemäß, als er eine der schmierigen VHS-Kassetten in die Hände bekam. »*Guinea Pig – The Flowers of Flesh and Blood.* Von 1985. Das müsste in Sammlerkreisen einiges wert sein.«

Clara schüttelte den Kopf. »Manchmal frage ich mich, ob du überhaupt auf der richtigen Seite arbeitest.«

»Klar tue ich das. Aber um die Monster zu verstehen, muss man eine Weile in ihren blutigen Stiefeln mitlaufen«, sagte MacDeath. »Jedenfalls wurde gegen diesen Film von einem Hollywood-Schauspieler Anzeige erstattet, weil man dachte, da würde tatsächlich eine Frau ermordet werden. Die Macher mussten dann zeigen, wie sie es gemacht haben.« Er blickte alle an. »Wie sagte mein Freund Michael Hames vom Obscene Publications Squad in London bei Scotland Yard:

Guinea Pig is fake. But it looks bloody real. Nicht echt, aber er sieht verdammt echt aus …«

»Schön«, sagte Winterfeld. »Können wir dann zur Sache kommen? Clara, Sie wollten das Meeting leiten? Fühlen Sie sich fit genug dafür?«

»Klar«, sagte sie. Und das entsprach der Wahrheit. Denn nichts zu tun wäre für ihren körperlichen und vor allem geistigen Zustand viel schlimmer. »Erster Punkt: Wir haben zwei Phantomzeichnungen des Täters. Eine von Viola hier von den Zeichnern am LKA in Berlin. Das andere ist ein Phantombild von dem Müllmann beim Neuen Kreuzberger Zentrum. Kommt von Sabine Hauff, der Freundin von Nele Wessling. Haben die Kollegen vom LKA Hannover gerade geschickt.«

Sie tippte auf ihr iPad, und zwei Bilder wurden per Beamer an die Wand geworfen. Auf beiden Bildern ein Mann mit fettigen blassblonden Haaren und einer dicken Brille. Die Bilder sahen sich nicht exakt ähnlich. Aber würde ein Computer beide übereinanderlegen, könnte man den Mann erkennen.

»Wie sieht der für Sie aus?«, fragte Clara.

»Untersetzt. Nicht gerade hübsch. Und irgendwie unsicher«, sagte Winterfeld.

Clara nickte. »Wie einer, der linkisch und unbeholfen Prostituierten Schmuck schenkt, zum Beispiel.«

»… und sie dann aber umbringt«, knurrte Winterfeld.

»Die, die immer so freundlich grüßen, sind die Gefährlichen«, sagte MacDeath. »Geht das Bild an alle Einsatzzentralen?«

»Ist schon unterwegs«, sagte Clara. »Wir klären noch, ob wir die Medien einschalten.« Sie blickte Hermann an. »Etwas Neues zu dem Wagen? Dem Audi 80?«

Er schüttelte den Kopf. »Davon gibt es Tausende in Berlin.

Auch schwarze. Wir können es eingrenzen auf den Norden. Reinickendorf. Wobei der auch in Teltow zugelassen sein kann.«

»Trotzdem. Wir suchen im Norden.«

»Okay.« Hermann machte sich eine Notiz.

»Und der Vermieter von der Adalbertstraße 73?«, fragte Winterfeld.

»Da sind wir dran. Haben bereits vorsorglich mit härteren Bandagen gedroht.«

»Und das werden wir auch tun«, knurrte Winterfeld. »Wenn der sich nicht bald rührt, steigen wir ihm mit Interpol aufs Dach. Und schick das Phantombild mit.«

Hermann nickte wieder. »Mache ich.«

»Von dem Red Room im Dark Web haben wir nichts Neues«, sagte Boonstra, um einer etwaigen Frage vorzubeugen. »Der ist abgeschaltet. Das Profil von *BodyCount* gelöscht. Würde ich an seiner Stelle aber auch machen, wenn mir die Bullen den Laden hochnehmen.«

»Vielleicht ist das Profil auch nur deaktiviert«, meinte Hermann.

Boonstra nickte. »Auch möglich. Aber mehr haben wir an der Front erst einmal nicht.«

»Schauen wir uns doch mal die Täterprofile an«, sagte Clara. »MacDeath, ich glaube, du hattest da etwas vorbereitet.«

»Ganz recht! Es gibt drei Grundtypen. Den Macho, den Einzelgänger und den Sadisten.«

»Den Macho?«, fragte Winterfeld. »Klingt erst mal harmlos.«

»Ist es aber nicht. Der *Macho* will Macht ausüben. Und ein besonders schlimmes Exemplar dieser Sorte haben wir schon einmal gejagt.«

»Du meinst den Werwolf?« Clara hatte damals mit MacDeath diesen Killer gejagt, der eine blutige Schneise durch Berlin gezogen hatte. Genau genommen hatte sie MacDeath dabei kennengelernt.

»Ja, so wie der Werwolf, der eine Corvette fuhr. Diese Typen haben oft ein getuntes Auto, machen Bodybuilding, wollen als harte Kerle gelten. Im Grunde sind sie aber unsicher. Brauchen Zuspruch. Und wenn sie den nicht kriegen, werden sie zum exploitativen Vergewaltiger. Vergewaltigen mehrmals. Sie sehen überall das, was ihnen nicht genug Zuspruch gibt. Wenn ihre Mutter ihnen nicht genug Zuspruch gegeben hat, suchen sie die nächstbeste Frau, die sie an ihre Mutter erinnert, und vergewaltigen die. Völlig wahllos und willkürlich.«

»Passt das zu unserem Killer?«, fragte Clara.

»Na ja, schaut selbst.« MacDeath lächelte gequält und zeigte auf die Phantombilder, die noch an die Wand projiziert waren. »Der wird nie wie ein Macho aussehen.«

»Also?«

»Also wenn, dann liegt der Macho-Anteil vielleicht bei 10 Prozent. Er wäre gern einer, ist aber keiner.«

»Was ist er dann?«

»Zum Teil ein Einzelgänger. Der zweite Typus. Der sucht auch Bestätigung, ist dauerhaft frustriert und auch aggressiv, weil er sie nicht bekommt. Aber er ist auch harmlos. Seine Aktivitäten beschränken sich auf Pornos und Masturbation. Wenn er ganz mutig ist, geht er in den Puff. Oder er schaut bei Frauen durchs Fenster. Oder steigt sogar in deren Wohnung ein und klaut Unterwäsche.«

»Vielleicht war unser Killer einmal so?«, sagte Clara. »Und wurde dann schlimmer?«

»Auf jeden Fall.« MacDeath nickte. »Mindestens 40 Prozent von unserem Killer gehören zur Kategorie Einzelgänger.«

»Dann haben wir schon 50 Prozent«, sagte Winterfeld. »Wo ist die restliche Hälfte?«

»Beim Sadisten«, sagte MacDeath. »Unser Killer erscheint mir wie der typische sadistische Killer. Allein schon dieser Red Room, in dem er Leute foltert und dafür auch noch Geld bekommt, spricht Bände. Der sadistische Killer ist der klassische Serienmörder. Die Angst und das Leid seiner Opfer erregt ihn. Er ergeht sich in Fantasien, was er seinen Opfern alles antun wird, und zwar seit der Pubertät. Aus diesen Fantasien werden dann irgendwann genaue Pläne. Seine größte Angst ist, dass die Realität nicht so toll wird wie seine Fantasien. Dafür ist er ein Perfektionist, dessen Perfektionismus bis ins Pedantische geht. Er plant die Dinge, die er sich beschaffen und bauen muss.«

»Größer als die Realität?«, fragte Winterfeld.

»Exakt.« MacDeath nickte. »*Ich machte mein Fantasieleben mächtiger als mein wirkliches Leben.* Das hat Jeffrey Dahmer, der Kannibale von Milwaukee, gesagt, und so ist es auch. Diese Typen sind manchmal richtige Ingenieure. Bauen irgendwelche Stative oder Gerüste, in die sie die Opfer reinhängen, quälen, vergewaltigen. Da sind solche Killer, und da gehört sicher auch unserer dazu, extrem einfallsreich. Manche bauen sich ganze Räume zu Folterkammern um. Und, na ja, unser Killer macht es ja genauso. Denkt nur an die Katzenstreu.«

»Gut«, sagte Winterfeld, lehnte sich zurück und betrachtete jeden der Meetingteilnehmer einzeln wie Winston Churchill sein Kriegskabinett. »Und wie machen wir jetzt weiter? Falls wir mal davon ausgehen, dass die Phantombilder nicht sofort einen Treffer landen, der Audi 80 unauffindbar bleibt und diese Londoner Immobilienhaie trotz Interpol nicht erreichbar sind oder irgendeinen Hausmeisternamen rausrücken, der mit unserem Killer gar nichts zu tun hat?«

»Tja …« MacDeath faltete die Hände, faltete sie wieder auseinander und betrachtete seine Fingerspitzen, so als könnte er dadurch die losen Fäden der Ermittlungen genauso zusammenfügen wie seine Finger. »Früher war das einfacher«, sagte er. »In London gab es einen Pornoladen. Wann immer da ein Kunde Kinderpornos wollte, zeigte er das meist dadurch, dass er die ausgestreckte Hand mit der Handfläche nach unten in Hüfthöhe hielt, was wohl der Größe eines Kindes entsprechen sollte. Jedenfalls, immer dann, wenn ein Kunde dieses Zeichen machte, gab der Besitzer des Pornoladens dem Kunden eine Telefonnummer. *Ruf da an,* hieß es dann, *wir haben so was nicht, aber die haben das.*«

»Und am anderen Ende war ein verdeckter Ermittler?«

»Exakt. Mein Freund Michael Hames vom Obscene Publications Squad hat das früher oft so gemacht.«

»Tja, heute gibt es das Internet. Da geht keiner mehr in schmuddelige Pornoläden.«

»Eben. Aber ich habe eine andere Sache in London gelernt.«

»Wir hören«, knurrte Winterfeld, der sich ungeduldig nach vorne gebeugt hatte und seine Zigarilloschachtel nebst Benzinfeuerzeug in der Hand hin und her drehte und dabei mehrere Male versehentlich fallen ließ.

»Ich war vor zehn Jahren beruflich in London bei Scotland Yard und den Sonderabteilungen. Obscene Publications und so weiter. Da hat ein Filmproduzent einen der verdeckten Ermittler kontaktiert. Der Produzent war von einem dubiosen Mann angesprochen worden, der mit zwei Frauen einen *ganz speziellen* Film drehen wollte.«

»Einen Snuff-Film?«, fragte Boonstra.

»Genau. Er wollte die zwei Mädchen foltern und das Ganze filmen. Ganz wichtig war ihm, dass es zwei waren, sodass die eine sah, was er mit der anderen machte, bevor sie dann selbst dran war.«

»Mein Gott«, sagte Clara.

»Er nahm mit dem Ermittler Kontakt auf, der ihm Tipps gab. Was er in seinem Keller ändern musste, wie er die Leichen loswerden würde.«

»Und wie?«

»Es waren zwei dicke Mädchen. Er sagte ihm, das Fett würde dafür sorgen, dass sie komplett verbrennen würden.«

»Was nicht stimmt«, sagte Hermann. »Man braucht zwei Stunden bei 800 Grad im Krematorium, damit wirklich nichts mehr übrig bleibt.«

»Klar«, sagte MacDeath. »Aber der Typ hat es wohl geschluckt. Er hat sich mit ihm öfter in einer Bar in King's Cross getroffen. Immer in einer hinteren Ecke. Angeblich, *damit man sich in Ruhe unterhalten kann.* In Wahrheit aber, weil er alles aufgenommen hatte, um Beweismittel zu haben, und dabei so wenig Nebengeräusche wie möglich wollte.«

»Schlau.« Winterfeld klappte sein Feuerzeug auf, ließ es aufflammen und wieder zuschnappen. Eine Angewohnheit, die Clara auf die Nerven ging. »Und dann?«

»Sie haben die zwei Mädchen als Lockvogel genommen. Alles gesichert. Und als er gerade loslegen wollte, haben sie ihn festgenommen.«

»Wow«, sagte Boonstra. »Die mussten aber Nerven haben, die Damen.«

»Hatten sie auch«, sagte MacDeath. »Und genau so eine Dame brauchen wir jetzt auch.« Er schaute auf die Bilder.

Clara dämmerte es allmählich. »Du meinst, eine von der

Polizei gibt sich als Hure aus? Treibt sich da oben in Reinickendorf und Tegel rum und lässt sich beschenken?«

MacDeath nickte. »Und bevor sie sich töten lässt, greifen wir ein.«

Boonstra schaute zwischen Clara und den Bildern der Opfer hin und her. »Wenn mir die Bemerkung gestattet ist, Frau Vidalis, aber wenn Sie etwas fülliger wären, würden Sie auch in das Beuteschema passen. Brünett und hübsch ...«

Hermann schaute Boonstra neben sich halb belustigt, halb entrüstet an. »Sie wollen Clara zum Lockvogel machen? *Boonstra the Butcher.* Nomen est omen ...«

Winterfeld erhob sich. »Auf keinen Fall! Die Kollegin gehört eigentlich ins Krankenhaus beziehungsweise mindestens ins Bett. Außerdem hat der Killer sie schon gesehen, als er sie niedergeschlagen hat! Schon vergessen?«

Boonstra blickte wie ein geprügelter Hund drein. »Dann sollten wir intern mal suchen. Es muss aber eine sein, die Biss hat. Die sich zur Not auch verteidigen kann.«

Winterfeld nickte. »Wir haben einige harte Frauen im SEK. Die schauen wir uns mal durch. Und dann kann der Kerl was erleben!«

Kapitel 9

Berlin, 2016

Heike Janssen war einunddreißig Jahre alt und bis vor einem Jahr beim SEK gewesen. Eine der wenigen Frauen, die es dort gab. Denn die Anforderungen waren nicht gering. Allein schon die schwere Ausrüstung und den zehn Kilo schweren Helm zu tragen, war etwas, an dem die meisten Frauen einfach aufgrund ihrer Statur scheiterten. Heike Janssen war in Nahkampf ausgebildet, konnte schießen und entsprach als brünette Frau fast dem Beuteschema des Killers. Einzig die Oberweite mussten sie noch etwas ausstopfen. Und eine Perücke aufsetzen, die ihre praktische Kurzhaarfrisur für die SEK-Einsätze in eine wilde, dunkle Löwenmähne verwandelte. Dazu ein Minirock, ein enges Schnürtop, eine Jacke mit Tigerfell, Strapse und hochhackige Schuhe.

»Kannst du damit laufen?«, fragte Clara.

Heike lächelte. »Wird schon gehen.«

»Passen Sie auf«, sagte Winterfeld, »wir setzen Sie in der Nähe der Ecke Waldstraße und Eichborndamm ab. Mit einem Privatfahrzeug. Am besten schwarzer Mercedes oder Porsche, so als ob der Zuhälter sein Pferdchen zum Anschaffen schickt.«

»Und dann stehe ich da einfach rum und warte?«

»Korrekt. Laufen Sie einfach diesen Weg immer wieder ab.« Winterfeld nickte. »Eichborndamm, Waldstraße, Bordell *Zur Rose* und dann die *Lustlaube,* das Laufhaus, in dem Jacqueline, das erste Opfer, eine Zeit lang gearbeitet hat.«

»Und Sie?« Mulmig war Heike die ganze Sache doch, das sah man ihr an. Mit anderen Kollegen vom SEK Wohnungen zu stürmen, war eine Sache. Einem unberechenbaren Psychopathen ausgesetzt zu sein, von dem noch niemand wusste, wer er war, war etwas anderes.

»Wir behalten Sie natürlich im Auge. Es ist immer ein Einsatzwagen in Zivil ganz in der Nähe.« Er nickte zur Bestätigung seiner eigenen Worte. »Damit aber auch wirklich nichts schiefgehen kann, implantieren wir Ihnen diese Dinge hier!«

Auf dem Tisch lag ein kleiner Koffer. »Hermann!« Winterfeld nickte Hermann zu.

»Das ist ein GPS-Tracker«, übernahm Hermann. In einer Plastikverpackung waren zwei Plättchen von der Größe eines Nagelkopfes. Daneben ein etwa handtellergroßer, schwarzer Gegenstand. *Argus Nano,* offenbar der Firmenname, stand auf der Plastikverpackung.

»GPS-Tracker?«, fragte Heike und schaute das Ding argwöhnisch an.

»Sind das nicht die Dinger, die man Katzen einspritzt? Haustieren, damit man sie wiederfindet, falls sie weglaufen?

»Ja. Begann schon 1998. Hat ein Professor aus England entwickelt. Erst mal bei sich selbst.«

»Ist das ein schlimmer Eingriff?«

»Nein«, sagte Winterfeld. »Wie eine Spritze. Und danach holen wir das Ding wieder raus.«

»Das hier«, sagte Hermann, »ist der Sender. Am besten ist, wenn die GPS-Chips und der Sender nahe beieinander sind.«

»Zum Beispiel?«

»Zum Beispiel in Ihrer Handtasche. Die Chips können auch zwei Stunden ohne den Sender Signale schicken, aber dann hört es auf, weil ihre Stromversorgung dann erschöpft ist.«

Winterfeld sah auf die Uhr. »20 Uhr«, sagte er. »Das ist doch die Zeit, wo der Kiez seine Kinder auf die Straße schickt?«

Clara nickte. »Soweit ich weiß, ja.«

Kapitel 10

Berlin, 2016

Er sah die Frau.

Sie war genau sein Typ.

Der würde er nicht nur etwas schenken.

Die wollte er für sich haben. Ganz und gar. Oder noch besser *ganz und roh,* dachte er und lächelte über seinen eigenen Witz.

Die Nacht war auf seiner Seite. Die Dunkelheit auch.

Doch die Dunkelheit war unberechenbar. Denn sie war nicht immer dunkel.

Er wollte sie mitnehmen. Ganz in Ruhe.

Und dabei wollte er nicht gesehen werden.

Er hatte einen Warnschuss erhalten. Sie hatten sein *Spielzimmer* in der Adalbertstraße gefunden. Dafür wusste er, wer ihn jagte. Clara Vidalis. Und Martin Friedrich. Die erst zu dritt gewesen waren und jetzt nur noch zu zweit. Denn scheinbar hatte Clara Vidalis ihr Kind verloren. Durch ihn. Das war gut.

Andererseits hatten sie sein Spielzimmer gefunden. Das war schlimm. Darum musste er ab jetzt noch mehr aufpassen. Musste noch unsichtbarer werden.

Und dafür brauchte er die Dunkelheit.

Die wirkliche Dunkelheit.

Dunkelheit so schwarz wie meine Seele, hätte er vielleicht gesagt, wenn er dafür den Humor gehabt hätte. Aber er hatte keinen Humor.

Er hatte das Begehren. Nach dieser Frau, die dort stand und auf jemanden wartete. Vielleicht auf ihn.

Er würde für die Dunkelheit sorgen.

Und für die Schatten.

Kapitel 11

Berlin, 2016

Es war Abend. Clara lag bei MacDeath auf der Couch, auf dem Tisch eine große Tasse aromatisierter Früchtetee.

»Findest du das richtig?«, fragte sie. »Dass ich hier auf der Couch rumliege und sich unsere Kollegin Heike in Gefahr begibt?«

»Nun hör mal zu«, sagte MacDeath, der einige Kerzen im großen Wohnzimmer anzündete. *Er kann ja auch romantisch sein, wenn er will,* dachte Clara. »Du bist krankgeschrieben, eigentlich gehörst du ins Krankenhaus für noch mindestens zwei Tage. Ich konnte denen die Entlassung aufschwatzen, weil ich auch Mediziner bin, die Grundversorgung hier vornehme, wir dich morgen zur Nachuntersuchung fahren und uns sofort melden, wenn es irgendwelche Komplikationen geben sollte.« Er blies das Streichholz aus. »Eigentlich hättest du auch bei der Razzia in der Adalbertstraße gar nicht dabei sein dürfen. Möchte wissen, was du dir dabei gedacht hast.«

Was du dir dabei gedacht hast … Jetzt klang er wie ihre Mutter.

»Aber das ist mein Fall!«

»Ich glaube, den Täter schnappen wir nicht so schnell. Von daher ist es auch noch dein Fall, wenn du wieder voll auf dem Damm bist. Abgesehen davon …« Er ging im Wohnzimmer auf und ab, was Clara wahnsinnig machen konnte, vor allem, wenn sie untätig auf der Couch lag. Konnte er sich nicht einfach zu ihr auf die Couch setzen und einfach ihre Hand halten? Auch wenn sie am Ende des Tages die Erschöpfung wie eine Breitseite gespürt hatte und am Ende auch nichts anderes mehr gekonnt hatte, als sich bei MacDeath auf die Couch fallen zu lassen. »Gewöhn dich dran, dass auch mal Sachen ohne dich laufen«, dozierte MacDeath. »Die Friedhöfe sind voll von unersetzlichen Menschen.«

Clara nickte. »Sie sind leider nicht voll genug von Serienkillern. Von denen laufen noch zu viele frei und lebendig herum.«

»Das stimmt leider.« MacDeath schaute auf sein Handy. »Die Kollegen sagen uns sofort Bescheid, sobald sich etwas tut. Im Moment hält sich Heike Janssen nahe dem Bordell *Zur Rose* auf. Da, wo du auch dem Killer begegnet ist.«

»Als ob das ein gutes Omen wäre.«

»Immerhin«, sagte er und trank ebenfalls von einer großen Tasse Tee, die auf dem Sims eines künstlichen Kamins stand, »immerhin läufst du nicht mehr allein in fremde Wohnungen rein, wo dann irgendwelche Killer wie der Namenlose auf dich warten.«[11]

»Oder dieser andere Typ, von dem ich immer noch nicht weiß, ob er jetzt mehr Täter oder Opfer war. Karl oder wie der hieß … der hatte da draußen doch seinen eigenen Folterkeller, wo er wochenlang die Psychologin festgehalten hat, die vor Gericht zu seinen Ungunsten ausgesagt hatte.«

»Karl.« MacDeath nickte resigniert. »Der war auch noch mein Praktikant hier am LKA.«

Clara schaute nach draußen durch die große Fensterfront, die zum Balkon führte. Sah den Dom und die Museumsinsel.

11 In Clara Vidalis 1: »Final Cut«

Insel der Seligen nannte man diese Museumsinsel auch. Clara würde gern wieder einmal ins Museum gehen, konnte aber die Zeit in Jahren abzählen, die sie nicht mehr dort gewesen war. *Insel der Seligen.* Wahrscheinlich lebte auch sie auf einer Insel der Seligen, hier auf der Couch bei MacDeath, während andere ihr Leben riskierten oder zum Opfer wurden. Sie aber, die all die Schrecknisse kannte, die passieren konnten, war doch am Ende immer noch sicherer. Hoffte sie jedenfalls. Oder besser: Das hatte sie gehofft. Denn diejenigen, die genau wussten, was für Grauen es gab, waren die wirklich weniger in der Gefahr? Waren die davor gefeit, dass ihnen genau dieses Grauen zustieß? Half Paranoia wirklich? Oder bildete Clara sich das nur ein, um sich selbst Mut zuzusprechen? Erwischte es am Ende doch jeden, wenn es ihn erwischen sollte? Jetzt, nachdem sie wieder an einen Killer geraten war. Dieser Killer, der ihr wieder etwas weggenommen und ihr Kind getötet hatte. Es war wie damals mit dem Drachen. Der Killer, den sie gejagt und getötet hatte. Der hatte vorher das Kind von Isabel Venturas verspeist. Und hatte sich damit an eine Stelle aus der Offenbarung des Johannes gehalten: *Und der Drache trat vor die Frau, die gebären sollte. Um, wenn sie geboren hätte, ihr Kind zu fressen.*[12]

Ständig kamen Drachen, dachte Clara. Und wir können entweder auf unserer Insel der Seligen leben und hoffen, dass sie nicht kommen. Oder ständig in Alarmbereitschaft leben und dadurch hoffen, dass sie nicht kommen. So ähnlich wie die Geschichte mit dem Regenschirm, den man ja nicht mitnimmt, damit man beim Regen nicht nass wird. Nein, indem man den Regenschirm mitnimmt, verhindert man von vornherein, dass es überhaupt regnet.

12 Aus Clara Vidalis 2: »Seelenangst«

Die Drachen, die sie jagten … Denn diese Killer waren wie Drachen. Drachen, die töteten, Feuer spien und nicht zu fangen waren. *Wir jagen den Drachen,* hatte John Douglas vom FBI einmal gesagt, *aber manchmal gewinnt der Drache.*

Sie schaute nach oben. MacDeath hatte sein Handy ergriffen. Eben war offenbar eine SMS eingegangen.

Er schüttelte den Kopf. »Das gibt's doch nicht!«

Clara setzte sich auf. »Was denn?«

»Kompletter Stromausfall in Reinickendorf. Das ganze Viertel.«

»Etwa auch da, wo …«

Er nickte. »*Genau* da, wo Heike ist.«

Clara setzte sich mit einem Ruck aufrecht hin. Und warf dabei fast den Tee um.

»Kann das Zufall sein?«

MacDeath zuckte die Schultern. »Das hoffe ich. Aber komisch klingt es schon.«

»Und Heike? Wo ist die?«

»Sie haben sie noch auf GPS. Bewegt sich Richtung Norden.«

»Und was sagt sie?«

»Sie erreichen sie nicht. Vielleicht ist durch den Stromausfall ein Mobilfunkmast außer Gefecht gesetzt?«

»Du hast aber Empfang?«

»Ja. Aber wir sind auch viel weiter südlich. Kann sein, dass es im Norden nicht mehr funktioniert.«

Clara stand auf. »Wir müssen da sofort hin! Wenn die GPS-Chips keine Energie mehr haben und durch den Stromausfall keine Sendemasten funktionieren, müssen wir sie suchen.«

MacDeath nickte.

»Wir nehmen meinen Wagen«, sagte Clara und ging Richtung Garderobe, um ihren Mantel anzuziehen, »da ist Polizeifunk drin. Der wird ja wohl funktionieren!«

»In Ordnung«, sagte MacDeath, »aber ich fahre!«

Kapitel 12

Berlin, 2016

Die Finsternis kam.

Und Clara merkte einmal mehr, wie sehr sich der moderne Mensch an das Licht gewöhnt hatte. Ohne zu wissen, dass die Dunkelheit die Grundfarbe des Universums war. Dass in einigen Städten vor lauter Licht nicht mehr die Sterne zu sehen waren. Dass man schon von »Lichtverschmutzung« sprach. Hier war es anders. Dunkel, schwarz und Furcht einflößend.

Und Clara verstand, warum eine der Sieben Plagen, mit denen Gott die Ägypter geschlagen hatte, die Finsternis gewesen war.

Clara und MacDeath fuhren die 111 hinauf, der Flughafen Tegel zur Linken. Der gesamte Norden Berlins jenseits des Flughafens lag im Dunkeln.

»Wie ist es bei euch?«, fragte Clara.

»Stockdunkel«, sagte die Stimme im Funkgerät. Es war die von Winkler von der Bereitschaftspolizei, der gemeinsam mit dem SEK den Einsatz begleitete. »Sind an der Waldstraße, Ecke Eichborndamm.«

»Dr. Friedrich und ich sind gleich bei euch. Winterfeld ist mit Hermann unterwegs. Fahren die 111 hinauf. Wo ist sie?«

»Sie … verdammt, das Signal ist weg«, sagte Winkler.

»Wie weg?«

»Wir können das Signal nicht orten.«

»Seit wann?«

»Zehn Sekunden.«

»Was war der letzte Punkt?«

»Scharnweberstraße.«

»Scharnweberstraße?« Clara blickte MacDeath an. »Was zur Hölle macht sie da? Sie sollte viel weiter nördlich sein!«

Sie fuhren weiter an Tegel vorbei nach Norden Richtung Eichborndamm. »Warum habt ihr sie nicht gleich eingesammelt?«

»Weil wir nicht konnten. Das Signal ist mal da und mal weg. Und immer an anderen Stellen.«

In Claras Kopf rotierte es. Wahrscheinlich mussten sie die einzelnen Punkte in den Computer eingeben und einen wahrscheinlichen Aufenthaltsort errechnen. Sie wählte Heikes Nummer. Sofort sprang der Anruf auf die Mailbox. »Verdammt!«

MacDeath fuhr mit dem Wagen langsam über die Kreuzung, die in völliger Dunkelheit da lag. Ein Fußgänger tastete sich vorsichtig über die Straße. Rechts lag die U-Bahn-Station Scharnweberstraße. Wo sie Heike zuletzt per GPS gesehen hatten.

»Ich erreiche Heike auf dem Handy nicht.« Sie fluchte leise.

»Wir auch nicht.« Winklers Stimme knisterte im Funkgerät. »Anscheinend ist durch den Stromausfall ein Sendemast ausgefallen.«

»Verdammte Scheiße! Hat sie ein Funkgerät dabei?«

»Haben wir nicht dran gedacht. Wir dachten, Handy und Überwachung und GPS reichen.«

»Sollte es ja auch«, knurrte Clara in sich hinein. »Solange es keinen Stromausfall gibt. Habt ihr ein Signal?«

»Nein. Keins. Das letzte wie gesagt in der Scharnweberstraße.«

»Das läuft doch über Satellit? Die sind doch wohl kaum vom Stromausfall betroffen?«

»Bis eben hatten wir auch ein super Signal. Sie hat sich halt nur sehr schnell bewegt.«

»Sehr schnell?« Was sollte das heißen? Heike Janssen sollte doch bei dem Bordell *Zur Rose* warten, bis dieser Typ auftauchte. Oder war sie …

Winkler führte ihre Gedanken zu Ende. »Ja, so als ob sie … in einem Auto fahren würde. Ähnliche Geschwindigkeit.«

»Mein Gott …« Clara hätte am liebsten den Kopf auf das Handschuhfach geschlagen. Aber sie brauchte all ihre Sinne, um in dieser Finsternis überhaupt vorwärtszukommen. *Im Auto gefahren …* »Kann es sein, dass sie jemand …«, sie zögerte, »… mitgenommen hat?«

»Vielleicht …« Winkler zögerte. »Vielleicht ist sie irgendwo eingestiegen? Und hat damit gerechnet, dass wir ihr folgen? Und jetzt funktioniert die Übertragung der GPS-Tracker durch den Stromausfall nicht.«

»Aber das sind doch Satelliten. Die sind doch weit oben!«

»Ja. Aber die Signale der Satelliten werden auch weitergeleitet. Und zur Weiterleitung braucht man Strom.«

Clara kniff die Augen zu. Das Bild von Heike tauchte vor ihrem inneren Auge auf. Heike … Sie hatte sich darauf verlassen, dass die anderen, Clara und ihre Kollegen, auf sie aufpassen würden! So wie bei den Frauen in London, deren Geschichte MacDeath erzählt hatte. Den Frauen in London war nichts passiert. Und Heike? Sie war in ein Auto eingestiegen. Aber wo? Und mit wem? Und wo würde er hinfahren?

»Wir haben ein Signal!« Winklers Stimme schnitt durch die Stille der Nacht und das Rauschen des Motors.

»Wo?«

»Zobeltitzstraße, Ecke Graf-Haeseler-Straße. Südlich von der Glaserei!«

Clara atmete tief ein und dann aus. »Gott sei Dank!« Sie wählte noch einmal Heikes Nummer. Wieder die Mailbox. »Ist das Signal noch da?«

»Ja, ist es!«

»Wir müssen so schnell wie möglich dahin! Nicht, dass sie wieder verschwindet!«

»Das sollte klappen«, sagte Winkler.

»Was macht Sie da so sicher, nach alldem, was schief gegangen ist?«

»Das Signal«, sagte Winkler, »bewegt sich nicht.«

Kapitel 13

Berlin, 2016

Sie erreichten die Kreuzung Zobeltitzstraße, Graf-Haeseler-Straße. Noch immer war alles in tiefe Dunkelheit getaucht. Winkler und zwei Beamte suchten mit Taschenlampen die Gegend ab. Ein Einsatzwagen des SEKs hielt und spuckte drei schwerbewaffnete SEK-Beamte aus.

Dumm, dass alle Taschenlampen nutzen müssen, dachte Clara. *Der Killer sieht uns und wir sehen ihn nicht. Falls er in der Nähe ist.* Einzig die SEK-Männer hatten Infrarot-Sichtgeräte, mit denen sie auch im Dunkeln sehen konnten.

»Wo ist denn jetzt das Signal?«, fragte sie.

»Direkt auf der Kreuzung. Aber genau erkennen wir es nicht. Man kann es auf zehn Meter orten, aber nicht näher.«

Clara hörte Motoren. Sie blickte sich um. Der schwarze Mercedes von Winterfeld hielt. Hermann und der Kriminaldirektor stiegen aus.

»Schon was Neues?«, fragte Winterfeld.

»Wir suchen«, sagte Clara. »Sie muss hier irgendwo sein. Hier auf der Kreuzung.«

Winterfeld blickte sich um, soweit man das in dieser Dunkelheit tun konnte. »Weiß das E-Werk Bescheid, dass hier ein ganzes Viertel ohne Strom ist?«

»Klar«, sagte Winkler, »die sind schon dran.«

»Verdammte Scheiße!« Er stemmte die Hände in die Hüften. »Hier ist aber niemand auf der Kreuzung! Außer uns Blödmännern!«

Was hatten sie getan?, dachte Clara. *Hatten sie Heike Janssen wirklich in ihren Untergang laufen lassen? Aber warum war dann das Signal hier? Hier, ganz in der Nähe? Sie musste doch irgendwo sein!*

»Vielleicht versteckt sie sich unter einem der Autos?« Sie beugte sich nach unten, leuchtete unter die Pkws. Nichts.

Sie schaute sich um. An der Kreuzung eine Glaserei, ein rot-weißes Schild mit einem Verkehrszeichen, soweit sie das im Schein der Taschenlampe erkennen konnte. Im Süden ein Baucontainer. Dann eine Einfahrt. Dann noch ein Container. Sonst Bäume, Verkehrsschilder und Stadthäuser. In einigen Fenstern brannten Kerzen. In keinem der Fenster brannte richtiges Licht. Es herrschte tiefste, filzige Dunkelheit.

Saubere Arbeit, dachte Clara. Und hoffte immer noch, dass der Stromausfall und das Verschwinden von Heike nicht miteinander zusammenhingen. Sie ging auf einen der Baucontainer zu. »Sie könnte hier irgendwo auf der Kreuzung sein?«, fragte sie.

Winkler schaute auf das Signal. Die SEK-Beamten hatten neben ihren Gewehren ihre Sig Sauers griffbereit. Er nickte.

Sie ging zu dem Container. Vielleicht lag Heike Janssen bewusstlos in dem Baucontainer? Vielleicht war sie dadrin, und die Klappe war zugeschoben? Vielleicht ... Sie näherte sich leise dem Container. Klopfte. Kam sich irgendwie dämlich dabei vor. »Heike Janssen?«, fragte sie. »Wir sind hier ...«

Keine Antwort. Sie leuchtete mit der Taschenlampe durch den Spalt. Im Inneren Bretter, Steine, Bauschutt und eine halbe Klobrille. Lag ihre Kollegin vielleicht zwischen dem ganzen Müll, scharfkantiger Keramik und spitzen Nägeln? Und konnte nicht sprechen, weil sie bewusstlos war?

Gleich würden sie die Feuerwehr rufen. Den Container aufschneiden. Und dann …

In dem Moment sah sie die Tüte, die an den Containergriff gebunden war. Eine weiße Tüte, wie von einer Döner-Bude. Zum Mitnehmen. Weiß und ein wenig durchsichtig. Sie leuchtete näher heran.

Da war etwas Rotes.

Sie zog instinktiv Gummihandschuhe an.

Öffnete die Tüte.

Wollte sich abwenden. Schaute stattdessen noch tiefer hinein.

Das rote … Blut.

Dazwischen Teile von Haut und Gewebe. Rot, zerfetzt, blutig.

Und darin … zwei GPS-Sender.

Kapitel 14

Berlin, 2016

»Du wolltest mich reinlegen, richtig?«

Sie lag nackt auf dem Tisch. Wie ein Festessen. Er stand über ihr. Sie lag dort. Gefesselt. Über dem Kopf eine festgezurrte Plastiktüte.

Blut lief an ihren Armen herunter, dort, wo er ihr die GPS-Tracker herausgeschnitten hatte.

Sie keuchte unter der Tüte. Bald, sehr bald, würde sie tot sein. Und er am Leben.

»Du wirst mir dabei zusehen, *Heike* …«, sagte er, »zusehen, wie ich dein Grab schaufele. Jetzt.«

Sie keuchte lauter. Der Sauerstoff wurde weniger. Darum musste er sich beeilen.

Er hatte das erfahren, was er erfahren wollte. Sie hatte geredet. Irgendwann redeten alle, wenn der Schmerz nur groß genug war. Der Schmerz und die Dunkelheit. Für den Schmerz hatte er gesorgt. Und für die Dunkelheit auch. Er war der Todesengel, der in der Finsternis im Sturzflug Kurs auf seine Opfer nahm. Seine Opfer im Sturzflug ergriff und sie in seine Höhle zerrte. Ja, dieser Vergleich gefiel ihm.

Stromausfall. Schmerzen. Und Dunkelheit.

Sie zuckte und zitterte unter der Tüte.

Noch war sie nicht tot. Aber fast.

Jetzt war es Zeit, in sie einzudringen.

Der Schmerz, dachte er, ist der Schmierstoff für *mein Ding*.

Und sie wird es erfahren. Die letzten Minuten in ihrem

Leben werde ich es sein, der bei ihr ist. Der bei ihr ist. Und *in ihr* ist.

Ich. Der Tränenbringer.

Es dauerte nicht lange, bis er kurz vor dem Höhepunkt war.

Vielleicht würde das Timing klappen.

Vielleicht würde er kommen, wenn sie starb.

Vielleicht würde diesmal, dieses eine Mal, die Realität genau so sein wie die Vorstellung. Die Wirklichkeit so wie seine Träume. Genau so. Oder vielleicht noch besser.

Drei, vier Stöße, während sie unter der Tüte zuckte. Sich bewegte, sich wehrte. Erst mehr, dann immer weniger.

Langsam erschlaffte ihre Gegenwehr. Während seine Erregung ins Unermessliche stieg. Endlich war es, wie es sein sollte, dachte er. Endlich war die Realität fast so gut wie die Vorstellung. Er wurde besser. Er wurde endlich besser!

Ihr Tod. Wie mochte ihr Tod riechen? Wie mochte ihr Tod schmecken?

Er war kurz vor dem Höhepunkt.

Sie zuckte noch zweimal.

Dann noch einmal.

Bewegte sich nicht mehr.

Er griff nach vorne.

Nahm ihr die Tüte vom Kopf.

Ihr lebloses Gesicht mit den gebrochenen Augen starrte zur Decke.

Er nahm die Tüte an seinen Mund.

Nahm einen tiefen Zug. Sog die noch verbliebene Luft in seine Lungen. Die Luft, die ihr den Tod gebracht hatte.

So schmeckte ihr Tod. So roch ihr Tod.

Ihr Tod war sein Leben.

Dann kam er.

Er war fertig.

Ging, mit offener Hose, in die Küche.

Nahm sich eine Dose Bier.

Dann fiel sein Blick auf die Eier im Kühlschrank.

Ein perfider Gedanke kam ihm. Pervers und genial zugleich, wie er fand. Er musste es ausprobieren. Denn schon als er daran dachte, wurde sein Schwanz wieder hart.

Er nahm eines der rohen Eier.

Ging an den Tisch, wo die Leiche mit ausgestreckten Beinen lag.

Führte vorsichtig das Ei in die Vagina ein. Weiter. Tiefer.

»Habe ich dir ein Kind gemacht, du Schlampe?«, fragte er. Das Gesicht der Leiche blieb regungslos. »Habe ich?«, fragte er noch einmal.

Er schaute sie prüfend von allen Seiten an, während er seinen Schwanz in der Hand hatte.

»Ja«, sagte er dann und grinste. »Habe ich. Und ich werde es töten! Ich werde euch ficken. Und töten. Euch ausrotten!«

Mit diesen Worten schlug er auf den Unterleib der Leiche.

Hörte, wie das Ei in ihrem Inneren zerplatzte.

Hörte das Schmatzen und das Knacken, das aus ihrem Unterleib kam.

Das Eiweiß, das aus ihr herausfloss, genauso wie das Leben, das vorher aus ihr herausgeströmt war. Das Leben, das er durch die Tüte eingeatmet hatte.

Das Leben, das vorbei war. Der Tod, der immer siegte.

Das Platzen, als er das Ei zerschlug.

In dem Moment kam er noch einmal.

Kapitel 15

Berlin, 2016

Es war Nacht, als Clara bei MacDeath auf dem Balkon stand und in die Nacht hinausblickte. Drei Uhr. Eigentlich schon Morgen, aber doch noch tiefste Nacht.

Sie hatten gesucht. Mit Hunden. Mit Einsatzstaffeln. Aber sie hatten nichts gefunden.

Sie schaute in das Whiskyglas. War es schlau, in ihrem Zustand Whisky zu trinken? Nach dem Eingriff und vor dem Hintergrund, dass sie eigentlich krankgeschrieben war? Aber ihr Kind war weg. Es war tot. Es würde nie mehr auf die Welt kommen. Es war kurz erschienen, um sogleich wieder hinweggefegt zu werden. Genauso wie Heike Janssen. Sie hatte ihnen vertraut. Und sie hatten sie verraten. Wenn Menschen plötzlich verschwanden und man sie innerhalb von einer Stunde nicht fand, das wusste sie, dann blieben diese Menschen verschwunden. Weil sie entführt worden waren. Oder tot sind. Meistens zuerst das eine, dann das andere.

Ihr Kind war tot. Heike Janssen war tot. Da konnte sie auch Whisky trinken.

Ein Mann, der nicht trinkt, lebt nicht wirklich. Das hatte Ernest Hemingway gesagt. Ob das auch für Frauen galt? Jedenfalls hatte Hemingway es mit dem Trinken ziemlich übertrieben. Und sich irgendwann mit einem Gewehr in den Kopf geschossen. Von Hemingway stammte auch die kürzeste und traurigste Kurzgeschichte, die auch zu Claras Situation passte.

Babyschuhe abzugeben. Nie getragen.

Sie hatte noch keine Kleidung für das Kind gekauft. Noch kein Kinderzimmer eingerichtet. Vielleicht war es ganz gut so, dass Clara an all das noch gar nicht gedacht hatte. Weil sie es jetzt auch nicht mehr brauchte. Oder sollte sie einen neuen Versuch starten? Irgendwann vielleicht. Aber nicht jetzt.

Wichtig war, dass sie das Kind hatten. Ihr Kind. Sie hatten es bei sich. Den Embryo. Auf Eis gelegt und in Formalin fixiert. MacDeath hatte es geschafft. Er hatte in der Pathologie so lange auf die junge Assistenzärztin eingeredet und ihr etwas über die Bedeutung der Beerdigung für den Trauerprozess der Eltern erzählt, bis sie ihm wortlos das Gefäß mit dem Embryo in die Hand gedrückt hatte. Gerade rechtzeitig, bevor es in die Fässer mit dem Biohazard-Symbol gegangen wäre und dann weiter zur Verbrennungsanlage. Hatte es abgefangen und in einen Eisbehälter gesteckt. Und jetzt lag dieser weiße Behälter bei ihm im Gefrierfach in der untersten, linken Ecke des Kühlschranks. Wo sollte er es auch sonst aufbewahren? Clara hatte gewollt, dass er es mitnahm, und das hatte er getan. Sie hatte sich dabei ertappt, wie sie zum Kühlschrank gegangen war, um sich das kleine Wesen anzuschauen. Aber im letzten Moment hatte sie es nicht getan. Irgendetwas in ihr hatte sie davon abgehalten. Irgendeine innere Stimme, die es gut mit ihr meinte. Denn manche Dinge sollte man nicht sehen. Der Namenlose, ein Killer, der ähnlich war wie der Tränenbringer, hatte Clara verraten, dass ihre Schwester Claudia jahrelang nicht in ihrem Grab gelegen hatte, weil ihr Mörder sie ausgegraben hatte, um sich noch einmal an ihr zu vergehen. Der Mörder war Ingo M. Er hatte Claras Schwester missbraucht und ermordet. Und er hatte auch den Namenlosen als Kind missbraucht. Und der Namenlose hatte Ernst gemacht. Er hatte Ingo M. gefunden. Und getötet. Grauenvoll getötet. Und Ingo M. hatte nichts anderes verdient. Der Namenlose aber hatte Clara die Wahrheit gesagt. Dass er anstelle von Clara Rache genommen hatte. Und dass Ingo M. auch noch die Leiche von Claudia Vidalis geschändet hatte. Und Clara hatte jahrelang geweint, getrauert und gebetet – vor einem leeren Grab. Weil sie die ganze Zeit nicht gewusst hatte, dass das Grab leer war. Jetzt wusste sie es. Und es war einfach nur schrecklich. So etwas zu wissen, half niemals. Es tat nur weh. Denn eines hatte Clara gelernt: Es half nicht immer, alles zu wissen. Manchmal verdienten die Menschen mehr als die Wahrheit. Manchmal verdienten sie einfach nur, dass ihr Glauben und ihre Hoffnung belohnt wurden. Egal, ob es stimmte oder nicht. Nein, sie, Clara, würde sich das Kind nicht anschauen. Um nichts in der Welt. Sie würden es unbesehen aus dem Kühlschrank nehmen und es bestatten, wenn das hier, dieser Fall, dieses Grauen, vorbei war. Falls sie dieses Phantom, das sich *Tränenbringer* nannte, irgendwann fassen sollten. Falls es nicht genauso gesichtslos und unsichtbar war wie das Verbrechen selbst. Überall. Und dennoch nirgends.

Sie trank von dem Whisky, der ihr brennend die Kehle hinunterlief. Sie hatte einen Bademantel angezogen und darüber ihren Wintermantel. Eigentlich müsste sie frieren, aber sie fror nicht. Sie stand in Hausschuhen auf dem kalten Balkon, sah den Dom und die Museumsinsel. Sie lagen dort genau wie vorhin, als der Anruf gekommen war.

Stromausfall.

Die Ermittler hatten einen manipulierten Verteilerkasten gefunden. Dass man mit so wenig Aufwand mal eben ein ganzes Viertel lahmlegen konnte, erhöhte nicht gerade Claras Vertrauen in die deutsche Infrastruktur, ein Vertrauen, das ohnehin nicht sehr hoch war. Wobei das in anderen Ländern wahrscheinlich noch schlimmer war. Es zeigte aber auch, dass der Killer sich mit solchen Dingen offenbar auskannte. Was ihn nicht weniger gefährlich machte. Der Stromausfall hatte dafür gesorgt, dass die Funkmasten und damit die Handys ausfielen. Dass die Kollegen Heike Janssen nicht mehr sahen. Und dann musste der Killer zugeschlagen haben. Wie auch immer er das genau gemacht hatte. Und dann hatte er ihr … die GPS-Tracker herausgeschnitten. Der Receiver war verschwunden. Das Handy von Heike Janssen hatten sie in der Waldstraße gefunden. Zertreten. Es war bereits in der Kriminaltechnik. Es waren DNS-Spuren von Heike Janssen darauf. Sonst keine.

Der Receiver, der zu den GPS-Trackern gehörte, war komplett verschwunden.

Kapitel 16

Berlin, 2016

Clara hatte noch einen Arzttermin gehabt und war deshalb etwas später als sonst beim Dienst. Vielleicht war es ganz gut so gewesen. Denn am Eingang des LKAs war am frühen Morgen ein Karton abgelegt worden. Der Karton war erst durch die Bombenkontrolle gegangen. Keine Spuren von TNT, kein Geruch nach Mandeln, keine Briefbombe. Dann hatten sie den Behälter in der Kriminaltechnik vorsichtig geöffnet.

MacDeath und Hermann saßen in Winterfelds Büro, als Clara zur Tür hereinkam. Winterfeld war oben bei Dr. Bellmann, wie Clara von Winterfelds Sekretärin erfahren hatte. Dr. Alexander Bellmann, Chef des LKA Berlin, konnte sehr ungemütlich werden, wenn sich Fahndungserfolge zu lange hinzogen. Und das war hier seiner Meinung nach mit Sicherheit der Fall.

Auf dem Tisch lagen Fotos. Fotos von dem Karton. Und von dem, was in dem Karton war. Clara hatte schon geahnt, was es sein konnte. Während MacDeath sprach. Während sie das Foto anstarrte. Während sie das, was sie sah, verarbeitete – hatte sie schon das Bild vor Augen gehabt.

»Ihr Kopf«, sagte MacDeath.

Enthauptet, dachte Clara. *Die Darstellung des abgetrennten Kopfes verwandelt das Bildnis der Person ins Bildzeichen ihrer Auslöschung.*

Die alten Römer hatten den Kelten das Köpfen abgewöhnt, da im Alten Rom nur ehrwürdige Personen geköpft werden durften. Dem einfachen Volk wurde der Bauch aufgeschlitzt, und sie wurden gekreuzigt.

»Der Täter hat Heike Janssen den Kopf abgeschnitten«, sprach MacDeath weiter. »Die Sendung ist wohl heute Morgen sehr früh am Eingang des LKAs abgelegt worden. Der Überbringer ist unbekannt, wahrscheinlich wieder einer der Junkies.«

Zwölf Sekunden. Manche lebten angeblich noch zwölf Sekunden ohne Kopf weiter. Beziehungsweise der Kopf lebte. Der Kopf war damit auch das einzige Leichenteil, das auch für sich allein als Leiche galt. Ein Kopf ohne Körper war auch juristisch als Leiche definiert. Ebenso wie ein kopfloser Rumpf.

Clara schaute auf das Foto. Der Kopf, der irgendwie gar nicht, aber irgendwie dann doch wie Heike Janssen aussah. Sie, die gestern noch ausgerüstet mit GPS-Trackern und voller Optimismus mit den Einsatzkräften Richtung Norden gefahren war. Gestern Abend, bevor die Dunkelheit zuschlug.

»Der Kopf wurde post mortem abgetrennt«, sagte MacDeath und gab Clara die weiteren Fotos.

Sie sagte nichts.

»Ihr Freund und sie wollten Kinder. Eins oder zwei. Nächstes Jahr.« Hermann schüttelte den Kopf.

Enthaupten … Gedanken zogen durch Claras Kopf, die unnötig und überflüssig waren, die sie aber nicht unterdrücken konnte. Vielleicht war das die Art und Weise ihres Gehirns, mit dem Grauen fertigzuwerden? *Bis zur Erfindung der Guillotine hat es teilweise bis zu zehn Axtschläge gebraucht, bis Menschen enthauptet waren. In Saudi-Arabien werden zum Tode Verurteilte nach dem Freitagsgebet enthauptet. Die Henker dort schaffen es mit einem Schlag. Das konnte man auf YouTube sehen. Ebenso wie die Enthauptung von dem Wall-Street-Journal-Redakteur Daniel Pearl, der vor laufender Kamera in Pakistan enthauptet wurde.*

Und jetzt war der Schrecken hier. Beim LKA in Berlin.

Sie schüttelte langsam den Kopf. Es war Gewissheit. Heike Janssen war nicht entführt, war nicht vermisst, war nicht weg. Sie war tot.

Und Clara? Sie hatte eigentlich keine Zeit oder Energie mehr, um überrascht zu sein. Oder geschockt.

Vielleicht war sie ausgebrannt. Oder leergeweint. Wahrscheinlich beides.

Die Tür flog auf.

Winterfeld kam mit schnellen Schritten herein und warf einen Eckspanner auf seinen Schreibtisch. *Eilt,* stand auf dem Eckspanner. Und: *Beschlusssache.* »Morgen zusammen«, brummte er. »Habt ihr keine Heizung in euren Büros oder was macht ihr hier?« Offenbar hatte er schlechte Laune.

»Dachte, wir sollten mal reden«, sagte Hermann.

»Sollten?« Er zog die Augenbrauen zusammen. »Wir *müssen!* Aber vor allem müssen wir handeln! Bellmann ist außer sich, dass wir diesen Killer immer noch nicht haben. Der überlegt schon, ob das BKA den Fall übernehmen soll. Die Medien stehen ihm auch auf den Füßen. Der Begriff *Reinicken-Ripper* wird wahrscheinlich noch Unwort des Jahres. Und dass ich jetzt auch noch den Tod einer Kollegin erklären muss, den man indirekt uns in die Schuhe schieben kann, macht die Sache nicht besser. Und dass wir bisher nur den Kopf haben und nicht die Leiche, erst recht nicht. Ebenso wenig wie die Tatsache, dass wir mit den Recherchen nicht weiterkommen.« Er schaute Hermann an. »Schon irgendetwas bezüglich des Autos oder der Investoren in London?«, knurrte er.

»Vom Auto noch nichts, und die Investoren schicken uns eine Liste ihrer Subunternehmer. Wenn wir Glück haben, ist er da drauf.«

»Was heißt *wenn wir Glück haben?*«

»Weil viele der Hausmeister und Facility Manager da wohl schwarz arbeiten. Damit da nichts aktenkundig ist, gibt es auch keine Listen.«

»Und offiziell gibt es dann den Mitarbeiter auch nicht?« Winterfeld schaute erbost drein.

Hermann nickte. »Richtig. Könnte sein.«

»Vielleicht sollten wir das Finanzamt auf den Fall ansetzen«, knurrte Winterfeld. »Das ist ja die einzige Behörde in Deutschland, die noch funktioniert.«

»Wir doch wohl auch«, sagte Hermann.

»Nennst du das funktionieren?«

»Wir haben es im Griff.«

»Möchte nicht wissen, wie es aussieht, wenn ihr es nicht im Griff habt«, knurrte Winterfeld. »Wie auch immer: Eine Kollegin ist tot. Und der Typ läuft weiterhin frei herum!«

Hermann verschränkte die Arme. »Glaubst du, ich finde das toll, dass wir diesen Perversen immer noch nicht haben? Aber was willst du machen?«

»Ich wüsste da was«, sagte MacDeath.

Winterfeld drehte sich zu ihm um. »Na dann raus damit«, sagte er.

»Wir haben eine gute und eine schlechte Nachricht bei der ganzen Angelegenheit«, begann MacDeath.

»Eine gute?« Winterfeld hob die Augenbrauen.

Auch Clara konnte nicht viel Gutes finden.

»Die schlechte Nachricht ist klar«, begann MacDeath. »Der Typ hat mittlerweile zwei Frauen und zwei Mädchen umgebracht. Wenn nicht noch mehr. Und eine Kollegin. Wir haben ihn immer noch nicht gefasst, obwohl er höchstwahrscheinlich meistens im Bereich Tegel und Reinickendorf aktiv ist, wir seinen Aktionsradius also eingrenzen können. Was uns bisher aber nicht geholfen hat. Er kann es sich also leisten, uns an der Nase herumzuführen und diesmal eine seiner Sendungen direkt hierher ins LKA zu schicken.«

»Ja, leider.« Winterfeld rieb seine Fingerspitzen aneinander. Sein Handy piepte und er drückte den Anruf weg. »Und die gute Nachricht?«

»Er sucht den Kontakt zu uns. Fühlt sich herausgefordert. Das ist der Moment, in dem Killer übermütig werden. Das sehen wir hier: Er traut es sich, den Kopf eines Opfers, das auch noch eine Kollegin von uns war, einfach hier vor der Tür am LKA abzustellen. Die berühmte Hybris von Serienmördern, die sie schon so oft in den Knast gebracht hat. Und genau das müssen wir ausnutzen.«

»Aha.« Winterfeld steckte sein Handy in die Sakkotasche. »Und wie?«

»Wir müssen noch mal richtig ran und alle Ergebnisse zusammentragen. Und dann brauchen wir das, was Bellmann unbedingt verhindern will.«

»Und was ist das?«

»Die Medien.«

»Die Medien?«

»Ich erklär es Ihnen allen gleich! Ich muss dafür nur ein paar Dinge vorbereiten.«

»Wie lange werden Sie brauchen?«

»Eine Stunde.«

Winterfeld stand auf. »Okay, ihr habt's gehört! Bringt alle euren aktuellen Stand der Ermittlungen mit. Treffen im großen Konferenzraum in einer Stunde!«

Kapitel 17

Berlin, 2016

Eine Stunde später saßen alle im großen Konferenzraum.

MacDeath begann, indem er sich zunächst an Winterfeld wandte. »Sie erwähnten, dass Bellmann Angst vor den Medien hat?«

Der nickte. »Allerdings.«

»Die braucht er nicht zu haben. Der Killer hingegen schon.« MacDeath sah alle an. »Denn genau *die Medien* werden wir einschalten.«

»Wie bitte?« Winterfelds Kopf zuckte nach vorne. Auch auf Claras Gesicht war die Verwunderung deutlich zu sehen. Was hatte MacDeath vor?

»Wenn wir nicht zum Killer kommen, kommt der Killer eben zu uns«, sagte MacDeath.

»Und wie?«, fragte Winterfeld.

»Indem wir ihn aus der Reserve locken.«

»Und wie das?« Winterfeld konnte sich darunter offenbar noch immer nichts vorstellen.

»Wir machen eine Reihe«, sagte MacDeath. »Am besten im Radio. Das wird regional mehr gehört. Über berühmte Berliner Serienkiller.«

»*Berlin, deine Serienkiller …*«, murmelte Winterfeld. »Das wäre doch ein schöner Titel.«

»So ähnlich, ja.«

»Killer, die wir schon gejagt haben?«, wollte Hermann wissen.

»Warum nicht.« MacDeath nickte. »Es darf eben nicht so aussehen, als würden wir die Sendung nur wegen des Tränenbringers machen.«

»Und dann? Wie soll das dann ablaufen?«

»Dann kommen erst einmal ein paar unserer früheren Serienkiller, die einer von uns vorstellt.«

»Und wer zum Beispiel soll die vorstellen?«, fragte Clara.

»Du zum Beispiel«, sagte MacDeath.

Clara legte das Kinn auf die Brust. »Warum gerade ich?«

»Weil die Leute gerne mal Frauen sehen und hören und es ohnehin viel zu viele Männer in unserem Job gibt. Die Ermittler sind meist Männer und die Täter sowieso.«

»Frauenquote«, sagte Winterfeld grinsend. »Gilt auch fürs Radio.«

»Sehr witzig.« Clara konnte dem nicht viel abgewinnen. »Und was mache ich genau? Erzähle ich denen von den Killern, die wir schon geschnappt haben?«

»Exakt.«

»Von allen hintereinander weg? Vom Werwolf? Und dann von den anderen?«

»Dem Werwolf, dem Namenlosen, dem Drachen, dem Todeswächter …« MacDeath heftete zwei Papiere an die große Pinnwand. »Und all das, was wir hier haben, führt dann zu ihm. Dem *Tränenbringer!*« Auf beiden Papieren waren die Phantombilder des Tränenbringers zu sehen. Das eine vom LKA in Berlin, basierend auf der Zeugenaussage von der Edelhure Viola, das andere aus Hannover vom LKA Niedersachsen, das den mysteriösen Müllmann zeigte, den Sabine Hauff am Neuen Kreuzberger Zentrum gesehen hatte, kurz nachdem Nele Wessling entführt worden war.

»Beide Bilder sehen sich ähnlich«, sagte MacDeath.

Beide Bilder zeigten in der Tat einen Mann mit rundlichem

Gesicht und großer, dicker Brille. Wobei die Brille auch eine Tarnung sein konnte. »Und die«, sagte MacDeath, »werden wir auch den Medien zeigen.«

»Ach, überhaupt, schon was Neues zu seinem Wagen?« knurrte Winterfeld. »Dem Audi?«

Hermann schüttelte den Kopf. »Hast du eben schon gefragt. Der Computer läuft bereits heiß. Durch Fragen werden die RAM Sticks nicht schneller. Wir können ja auch nicht ausschließen, dass er nicht in Reinickendorf gemeldet ist, daher müssen wir auch einmal die große Runde durch Berlin und Umland machen.«

Der Computer läuft heiß, dachte Clara. Sie wünschte, sie könnte mit ihren Gedanken dasselbe machen.

»Dann bau halt noch ein paar RAM Sticks ein, wenn es dann schneller geht«, sagte Winterfeld, bevor er sich an Clara und MacDeath wandte. »Also, verstanden. Wir reden in den Medien über unsere Killer und auch über den Tränenbringer und zeigen die Phantombilder.« Er kaute am Ende seines Bleistifts, biss aus Versehen ein Stück Radiergummi ab, spuckte es verärgert in seine Hand und ließ es unter dem Tisch verschwinden. »Das ist aber nicht viel anders als das, was *Aktenzeichen XY* mit Ede Zimmermann früher auch gemacht hat.«

»Hier an dieser Kreuzung wurde die kleine Nele zum letzten Mal gesehen«, ahmte Hermann den Dialekt von Eduard Zimmermann nach.

MacDeath konnte sich ein Grinsen nicht verkneifen. Dann nickte er. »Ist eine Weile her, aber prinzipiell haben Sie recht. Nur dann machen wir etwas, was Ede Zimmermann damals nicht gemacht hat. Wie ich sagte: Wir fragen nicht nur die Bevölkerung. Wir locken den Täter auch aus der Reserve.«

»Mit falschen Informationen?«, fragte Clara.

MacDeath nickte wieder. »Mit falschen Informationen, die ihn im Innersten zerrütten und schmerzen. Wo er in seiner Hybris aufbegehren muss, um das Ganze wieder richtigzustellen.«

»Und wie?«

»Indem wir seine Verhaltensweisen analysieren und die Schwachpunkte so genau wie möglich isolieren. Und ihn damit konfrontieren. Wenn er geschwächt oder gedemütigt ist, wacht das kleine Kind in ihm auf, das damals verletzt wurde. Und dieses Kind in ihm müssen wir packen. Dann wird er verletzlich. Und macht Fehler. »Er zeigte auf das Bild von Wiebke an der Wand. »Welches Verhalten hatten wir hier?«

»Unterwerfung«, sagte Clara. »Und ein Opfer, das auch unterworfen werden wollte. Sie hat sich ja nicht nur *Angeldust666,* sondern auch *Mageshart* genannt.« MacDeath kritzelte einige Worte auf ein Kärtchen und klebte es unter das Foto von Wiebke. »Richtig«, sagte er. »Sie war devot und auch von einem gewissen Selbsthass getrieben, trieb sich in Ritz- und Suizidforen herum und hielt nach Sedativa Ausschau, höchstwahrscheinlich, um sich mit einer Überdosis umzubringen. Gedemütigt zu werden, war für sie nur eine gerechte Strafe. Die auch noch viel wirkungsvoller war, wenn sie von einem anderen kam, der ihr Schmerzen zufügte, und sie sich nicht nur selbst ritzte.« Er sortierte die Unterlagen. »Darüber hinaus bekam sie durch ihren *zweiten Job* als junge Prostituierte die Kontrolle über die Männer zurück, die sie durch den Missbrauch ihres pädophilen Vaters verloren hatte.«

»Aber geilt es einen dominanten Killer nicht noch mehr auf, wenn sein Opfer nicht freiwillig devot ist, sondern das Ganze unfreiwillig gegen seinen Willen erduldet?«, gab Winterfeld zu bedenken.

»Das stimmt.« MacDeath machte noch eine Notiz. »Wie der alte Witz vom Sadisten und vom Masochisten. Der Masochist sagt: *Quäl mich*. Der Sadist sagt: *Nein*. Der Masochist sagt: *Danke!*« MacDeath hielt kurz inne. »Es kann allerdings sein, dass Wiebke Hellwig die Unterwerfung als unfreiwillig vorgespielt und als gewollt genossen hat. Ich nehme an, sie wusste, wie man andere um den Finger wickelt.«

»Um den Fuß wickeln wäre bei Wiebke Hellwig ja auch schwierig geworden«, sagte Winterfeld.

Clara verdrehte die Augen.

Winterfeld sprach weiter. »Aber es ist ja am Ende schiefgegangen. Ihr wurden die Füße amputiert. Sie ist mit hoher Wahrscheinlichkeit tot. Hat dann wohl doch nicht funktioniert.«

MacDeath nickte. »Ja, weil der Tod des Opfers ein elementarer Teil des Spiels des Killers ist. Und sie, Wiebke, hat wohl nicht geahnt, dass es derart ernst werden würde. Das wurde es aber. Denn erst wenn das Opfer tot ist, ist er mit dem Spiel durch. Da kann das Opfer noch so sehr schauspielern, das eigene Leben vorzutäuschen, ist schwierig, wenn jemand einen umbringt. Der Tod lässt sich nun einmal nicht simulieren.« Er hielt kurz inne. »Das Ganze folgt bei diesen Killern einem penibel durchgetakteten inneren Drehbuch, an das sich der Killer halten muss, damit er seine Erfüllung bekommt. Dieser Drang, das Opfer letztendlich zu töten, ist wie ein Karussell, das sich immer schneller dreht und von dem der Killer nicht mehr abspringen kann. Es sei denn, seine Gondel reißt irgendwann und er fällt krachend irgendwo in die Menge. Ohne dass wir wissen, wo er zuschlägt. Und wo die Gondel einschlägt.«

»Aber er hat das doch alles sehr genau geplant«, sagte

Hermann. »Das sieht für mich wenig nach einem komplett affektgesteuerten Killer aus.«

»Das ist auch kein Widerspruch«, sagte MacDeath. »Die sorgfältige Art der Vorbereitung, eigene Räume wie diesen *Red Room* in der Adalbertstraße vorzubereiten, Räume, in dem er sogar andere an seinen Abartigkeiten teilhaben lassen kann, sind ein klares Indiz für einen typischen organisierten Serienkiller. Er will die Kontrolle haben. Und das will er der Welt zeigen.«

»Das heißt, er will die Kontrolle und er will so wahrgenommen werden, wie er es will, und nicht so, wie ihn vielleicht andere einschätzen«, fragte Winterfeld und kaute wieder am Bleistift, »Wenn wir der Welt also etwas anderes über ihn erzählen, dann macht ihn das wütend und lockt ihn aus der Reserve?«

»Davon ist auszugehen.« MacDeath nickte. »Selbstbild und Fremdbild passen bei ihm nicht zusammen. Das heißt, in seinem Inneren weiß der Killer, dass sie nicht zusammenpassen. Er will allerdings nicht daran erinnert werden. Besonders, wenn wir etwas erzählen, von dem er weiß, dass es stimmt, aber von dem er auf keinen Fall will, dass es jemand hört. Und genau das werden wir tun!«

»Dann müssen wir nur hoffen, dass er irgendwann einschaltet und zuhört.«

»Wir müssen die Sendung eben ein paarmal senden und das auf verschiedenen Kanälen. Zudem speichern wir sie noch zum Abruf in der Mediathek des Senders, verbunden mit Marketing und Werbung für die Sendung, damit er sie auf keinen Fall verpasst. Oder jedenfalls davon hört.«

»Nennen wir ihn Tränenbringer?«, fragte Winterfeld. »Oder wie?«

»Ja, Tränenbringer«, sagte MacDeath. »Der Junkie hat

ihn so genannt und der war wohl in seinem Auftrag unterwegs. Außerdem ist das der einzige Name, den wir haben.«

»Okay. Noch mal zurück zu den anderen Opfern«, schaltete sich Clara erneut ein. »Gilt das auch für die anderen beiden Mädchen? Dieses Täter-Opfer-Verhalten? Die Story, die wir erzählen, sollte ja konsistent sein.«

MacDeath schaute auf die Planwand. »In ähnlicher Weise gilt das auch für Lisa Neumann und Nele Wessling, auch wenn wir von denen noch kein derart detailliertes Psychogramm wie von Wiebke Hellwig haben, weil einfach weniger im Internet zu finden war.« Er sah Hermann und Boonstra an. »Oder haben wir etwas Neues?«

Beide schüttelten den Kopf. »Nichts Bahnbrechendes jedenfalls«, sagte Boonstra. »Lisa hat sich auch für Live-Cooking und für Shabby-Chic-Möbel interessiert, aber das hilft uns wohl kaum weiter. Mehr konnten wir bisher aus ihrem Umfeld nicht herausfinden. Nele Wessling steht noch zu sehr unter Schock, als dass wir sie schon zielgerichtet befragen können. Und so lange können wir nicht warten.«

»Nein«, sagte MacDeath. »Und der Folterkeller von dem Killer war dann sicher auch beiden zu *shabby*.«

»Wenn wir ihn reizen wollen«, begann Clara und ging über MacDeath' geschmacklose Bemerkung hinweg, »müssen wir ja wissen, wie er zu dem geworden ist, was er ist. Und das müssen wir in der Story entsprechend falsch oder provokativ darstellen.«

»Falsch trifft es nicht ganz«, sagte MacDeath. »Es muss gerade richtig sein, nur dann kann es verletzen.«

»Also nur provokativ.«

»Genau. Das Richtige provokativ darstellen. So offensichtlich, dass es pornografische Qualität hat, weil es halt alles zeigt. Wenn dieses Scheusal eines nicht hören will, dann die ungeschminkte Wahrheit über sich selbst. Und dazu müssen wir in der Tat in seine Historie schauen. Wir müssen uns vorstellen, was ein solcher Typus von Killer gemacht hat, um zu dem zu werden, was er ist.«

»Und was könnte das sein?«, fragte Winterfeld.

»Diese Killer fangen meistens damit an, dass sie Tiere quälen und töten. Männer, die Frauen töten, töten zum Beispiel am liebsten Katzen, weil Katzen sie an Frauen erinnern. Interessanterweise fangen einige von ihnen auch später, wenn sie bereits Menschen getötet haben, wieder an, Tiere zu töten.«

»Sie töten dann wieder Katzen?«, fragte Boonstra.

»Wenn sie eigentlich Frauen töten wollen, ja. Ist ja auch einfacher, ein Tier zu nehmen, wenn gerade kein Mensch da ist.«

»Und Frauen, die Männer töten wollen, töten Hunde?«, fragte Hermann. Wahrscheinlich hatte er Angst um Schnuppi, seinen neuen *Frenchie*.

»Bleiben wir mal bei den Frauen und den Katzen«, sagte MacDeath und hob die Hände. »Also, die Killer haben eine derartig ausgeprägte Fantasie, dass sich vor ihren Augen das Tier in jedes beliebige Wesen verwandelt. In ihrer Vorstellung meine ich. Sie schauen der Katze in die Augen und es wird ein Mädchen, das gerade durch ihre Hände stirbt. Andere hängen Puppen auf, die sie mit roter Farbe und starken Feuerwerkskörpern füllen. Die Explosion zerreißt nicht nur die Puppe, sondern lässt auch die Farbe spritzen. Sie glauben dann, es wäre ein Mensch, der zerrissen wird, und dass es sein Blut ist, das herausspritzt.«

Er zog drei Blätter aus seinem Ordner hervor und heftete sie nacheinander an die Wand. »Ich hatte ja gesagt: Es gibt drei Grundtypen. Den Macho, den Einzelgänger und den Sadisten.«

»Und unser Killer ist eine Mischung aus alledem?«, fragte Winterfeld. »Richtig?«

»So wie die meisten«, sagte Clara.

»Richtig. Als Einzelgänger«, MacDeath zeigte auf das erste Papier, »ist er wahrscheinlich mit Pornos und Horrorfilmen großgeworden. Und hat sich vorgestellt, wie es wäre, wenn er das anderen antun würde. Zum Beispiel den Mädchen, bei denen er nicht landen konnte.«

»Das hat er dann später als sadistischer Killer gemacht«, sagte Clara. »Die Folter, die er anwendet, ist die konkrete Umsetzung der Jugendfantasien.«

»Richtig«, sagte MacDeath. »Möglicherweise über den Umweg des Tieretötens.«

»Und der Macho? Das war doch auch einer der Typen«, fragte Hermann. »So machoartig sieht der mir nicht aus.« Er schaute auf die Phantombilder. »Eher wie ein Nerd.«

MacDeath lächelte. »Das ist ja gerade Teil des Problems«, sagte er. »Er will ein toller Kerl sein, ist es aber nicht. Dennoch will er imponieren.«

»Und wem?«, fragte Winterfeld. »Den Opfern?«

»Indirekt ja. Wobei die Opfer tatsächlich die Opfer in einem, man könnte sagen, Stellvertreterkrieg sind. Wirklich beeindrucken will er andere, die pathologisch viel früher in seiner Historie verankert sind.«

»Seine Eltern?«

»Genau, in diesem Fall höchstwahrscheinlich die Person, mit der alle Serienkiller ein Problem haben.«

»Nämlich?« Clara wusste, dass MacDeath die Antwort eigentlich schon vorwegnahm.

»Seine Mutter« sagte Winterfeld schnaufend. Er hatte schon genug Mörder eingebuchtet, die durch Morden eine krankhafte Mutterfixierung kompensierten. Was sie oft dennoch nicht davon abhielt, auch ihre eigene Mutter umzubringen.

»Richtig«, sagte MacDeath. »Seine Mutter. Für die er stellvertretend die Mädchen und vor allem die Huren tötet.« Er schaute in die Runde.

»Sie erwähnten die Huren«, sagte Winterfeld, »was ist mit denen?«

»Genau dazu komme ich jetzt.« MacDeath klebte die Fotos von Jacqueline und Vanessa an die Wand. »Bei Jacqueline hat er die Eierstöcke mitgenommen, bei Vanessa gleich … das ganze Kind.« Auch MacDeath gingen diese Worte schwer über die Lippen.

Das ganze Kind … Clara spürte einen Stich in ihrem Magen. Vielleicht ergriff sie deshalb das Wort. »Dann hat er wohl öfter Trophäen mitgenommen?«

»Wahrscheinlich. Auch das ist nichts Ungewöhnliches. Jeffrey Dahmer hatte die Köpfe seiner Opfer im Kühlschrank zwischen Bierdosen aufbewahrt. Albert Fish hat sogar den Kot seiner Opfer mitgenommen.«

»Leichenteile haben wir aber nicht gefunden in der Adalbertstraße?«, fragte Winterfeld.

Clara und Hermann schauten gleichzeitig in ihre Unterlagen. »Nein«, sagte Clara. »Den ganzen kranken Wahnsinn, die Haftnotizen mit *Frauen Fressen* und so weiter, die Horrorfilme, die Katzenstreu, all so etwas. Aber nichts Organisches. Vielleicht nimmt er die Sachen doch nicht mit …«

»… oder er hat noch einen Raum, in dem er diese Dinge aufbewahrt«, ergänzte MacDeath. »Nein, er *muss* sogar noch einen haben, denn er hat Heike Janssen bestimmt nicht in der Adalbertstraße den Kopf abgeschnitten.«

»Jacqueline hat er die Eierstöcke herausgeschnitten«, sagte Clara. »Vanessa hat er das Kind entfernt. Und: Er hat sie auch noch missbraucht. Post mortem.« Die Bilder aus der Rechtsmedizin blitzten vor ihrem inneren Auge auf. »In beiden Fällen hatten wir die aufgeschnittene Bauchdecke. Die beide Male amateurhaft wieder zugenäht wurde.«

MacDeath nickte, als wäre das die normalste Sache der Welt. »Das ist sein idealistischer Ansatz.«

»Sein bitte *was?*« Winterfeld blinzelte verwirrt.

»Idealistisch und pädagogisch, Sie haben schon richtig gehört. Er möchte nicht, dass sich die Huren fortpflanzen, weil sie etwas Schmutziges tun. Der einen reißt er post mortem die Eierstöcke heraus, damit eine Fortpflanzung gar nicht erst möglich ist. Auch nicht im nächsten Leben, falls das jetzt gleich jemand fragt.« Er räusperte sich. »Bei der anderen wächst schon ein, für ihn, schmutziger Hurensohn heran, den er entfernt und mitnimmt.«

»Damit der ebenfalls im nächsten Leben nicht doch noch auf die Welt kommt?« Winterfeld blickte MacDeath an.

»So denkt er.« MacDeath nickte. »Symbolisch denkt er jedenfalls so.«

»Und dann vergewaltigt er sie dennoch post mortem?«, fragte Clara. »Ist das nicht ein Widerspruch? Er hat Sex mit den Huren? Macht also das, was er selbst nicht will?«

MacDeath wackelte mit dem Kopf. »Das ist nur auf den ersten Blick widersprüchlich. Von seiner Hybris aus ist es eine Neutralisierung eines schmutzigen Aktes. Indem der Killer die Hure noch einmal penetriert, neutralisiert er den Geschlechtsakt, der vorher stattgefunden und der den *Hurensohn* erschaffen hat. Oder er versucht, ihn sogar rückgängig zu machen.«

»Dann hält er sich für derart rein und sauber, dass der Geschlechtsakt mit ihm den schmutzigen Geschlechtsakt vorher neutralisiert?«, fragte Clara.

MacDeath nickte. »Das ist seine verklemmte Seite, die den Sex als solchen aufgrund seiner Erziehung ablehnt. Vielleicht ist er eigentlich asexuell. Oder er wäre es gerne.«

»Auch, wenn die Hure tot ist und er eine Leiche … äh … bumst?«

MacDeath nickte wieder. »Auch dann.«

Winterfeld schüttelte den Kopf. »Manchmal glaube ich, es gibt nur Verrückte.«

»Gibt es auch«, sagte Boonstra. »Aber wenn dich das stört, bist du im falschen Job. Aber tröste dich: Die Politik ist noch schlimmer!« In Den Haag hatte Boonstra noch mehr mit Politikern zu tun als Winterfeld in seinem Job als Kriminaldirektor.

»Ist er nekrophil?«, fragte Hermann. »Macht es ihm Spaß, äh, Sex mit Leichen zu haben?«

»Schwer zu sagen.« MacDeath wackelte noch stärker mit dem Kopf und sah beinahe aus wie eine Waage, die sich nicht sicher war, auf welcher Seite sie einrasten sollte. »Einerseits ist der Geschlechtsakt idealistisch motiviert. Andererseits hat keiner Sex mit einer Leiche, nur weil er der Welt etwas zeigen will. Wer sich komplett davor ekelt, also normale Menschen wie du und ich, fassen eine Leiche nicht an, auch wenn sie dadurch eine noch so wichtige Botschaft unter die Leute bringen könnten.«

»Dann *ist* er nekrophil?«, fragte Hermann.

»Jein.« MacDeath verzog das Gesicht. »Es gibt *taktile Nekrophile,* die sich nur danach sehnen, eine Leiche zu berühren. Dann die *romantischen Nekrophilen,* die Körperteile von geliebten Menschen behalten oder auch in Gegenwart von Toten onanieren.«

»*Heirate mich* von Rammstein«, murmelte Hermann.

»Richtig«, sagte MacDeath. »Denn Song kenne ich auch!

Ich nehm dich zärtlich in den Arm, doch deine Haut reißt wie Papier, und Teile fallen von dir ab, zum zweiten Mal entkommst du mir. Der Song handelt von einem *romantischen Nekrophilen.*« Clara verdrehte die Augen, während MacDeath weitersprach. »Die sind aber eigentlich harmlos. Gefährlich sind die sogenannten *mörderischen Nekrophilen,* die nur beim Sex mit frischen Leichen Befriedigung finden und die diese Leichen erst einmal herstellen müssen. Durch den Mord von Lebenden. So ähnlich wie in H.P. Lovecrafts Kurzgeschichte *Die geliebten Toten.*« Er kniff die Augen zusammen und verharrte ein paar Sekunden. »Eine Sache spricht dafür, dass er so einer sein könnte.«

Clara schien den gleichen Gedanken zu haben. »Der Müllcontainer am Flughafen?«

»Ja. Er hat die Leiche in den Müllcontainer geschmissen. Vielleicht, um nicht wieder in Versuchung geführt zu werden, sich noch einmal an der Leiche zu vergehen. So wie Raucher mit guten Vorsätzen zu Silvester ihre Zigarettenschachtel demonstrativ ins Feuer werfen.«

»Eine Sache ist trotzdem ungewöhnlich«, sagte Clara. »Dass er zwei Opfergruppen hat. Junge Mädchen und erwachsene Prostituierte.«

MacDeath nickte. »Ungewöhnlich und doch nicht. Ich habe lange darüber nachgedacht.«

»Und wenn man lange genug denkt?«, fragte Winterfeld. »Auf was kommt man dann?«

»Dann wird es wieder logisch. Es passt. Es passt zu seiner Spaltung in schwarz und weiß. Gut und schlecht. So wie sie vielen Serienmördern zu eigen ist. Schuldig und unschuldig. Und am Ende: lebendig und tot.«

»Aber er bringt doch beide um?«, fragte Winterfeld. »Er verschont doch niemanden.«

»Das stimmt. Dennoch: Die Teenager sind für ihn unschuldig«, fuhr MacDeath fort. »Mit Ausnahme von Wiebke. Ansonsten schneidet er ihnen die Extremitäten ab. Ihre Füße, damit sie nicht zu den Männern laufen kann, die dann schmutzige Sachen mit ihr machen. Ihre Nase. Der Geruchssinn ist einer unserer ältesten Sinne. Der sogenannte *Riechkolben* ist tief in unserem ältesten Teil des Gehirns verankert. Männer, die Sex wollen, sondern sogenannte Pheromone ab, Duftstoffe, die Frauen anziehen.« Er verzog das Gesicht. »Ohne Nase wird das schwierig.«

»Das heißt, die jungen Mädchen geraten gar nicht erst in Versuchung, weil sie tot sind. Und die älteren Frauen, die Huren …«

»… werden *gereinigt.* Wenn man so will. Indem er ihnen Eierstöcke und den Embryo wegnimmt. Und sie auch noch missbraucht.«

»Wie hattest du diese *Reinigung* der Frauen genannt?« Clara beugte sich vor.

»Einen … Exorzismus«, sagte MacDeath.

»Exorzismus?«, fragte Winterfeld.

»Nun, er steckt den Huren Kruzifixe in die Vagina. Ein klares Indiz für ritualisierte Gewalt, aber auch für seinen idealisierten Ansatz. Ebenso wie die Rose, die den abgeschnittenen Extremitäten beigelegt wird. Die Rose ist das Symbol für die Jungfrau Maria. Die einzige Kreatur der Schöpfung, die ohne Sünde ist.«

»Maria«, murmelte Clara. »Die Mutter Christi. Manche sagen sogar *die Mutter Gottes.*«

»Auch das«, sagte MacDeath, »ist kein Zufall. Die *Mutter Christi* ist auch eine Mutter.«

»Schuld ist immer die Mutter? Von der wir vorhin schon gesprochen hatten?«, fragte Winterfeld, streckte die Arme aus und unterdrückte ein Gähnen. »Wie sich das für Serienkiller gehört?«

»Sie werden es nicht glauben, aber genau das ist sie.« Er blätterte in seinen Unterlagen. »Und seine Mutter schauen wir uns jetzt einmal an.«

Kapitel 18

Berlin, 2016

»Die Mutter«, sagte MacDeath, »ist immer schuld. Oder die Frau. Und wenn die nicht schuld ist, dann war es der Teufel, der alle dazu angestiftet hat. Und wen hat der Teufel als Erstes verführt? Natürlich auch eine Frau! Eva, am Baum der Erkenntnis. Selbst bei Killern, die nicht religiös sind, sind diese religiösen Archetypen oft gespeichert.« Sein Blick glitt über die Pinnwand. »Daher sind Frauen auch die klassischen Opfer von Serienkillern. Jedenfalls von männlichen Serienkillern, die heterosexuell sind. Und das trifft ja auf die Mehrzahl der Serienkiller zu.«

»Und wie ist das bei unserem Killer abgelaufen mit seiner Mutter?«, fragte Winterfeld.

MacDeath putzte seine Brille umständlich mit seiner Krawatte. »Ich kann nur sagen, was normalerweise abläuft. Zuerst kommt beim Kind die orale Phase. Alle Bedürfnisse werden von der Mutter befriedigt. Werden sie nicht schnell genug oder nicht mehr befriedigt, entsteht Unlust beim Kind.«

»Dafür gibt es dann Kuscheltiere«, sagte Hermann.

»Genau«, sagte MacDeath, »die Stofftiere sind Übergangsobjekte. Zuerst sorgen sie dafür, dass das Kind sich nicht einsam fühlt. Dass es glaubt, *die Herde* sei bei ihm. Darum schlafen ja manche Babys besser, wenn der Staubsauger angeschaltet ist, weil das bedeutet, dass die Herde vor Ort und wachsam ist. Später werden die Kuscheltiere zu Übergangsobjekten.« Er hielt einen Moment inne. »Bei einigen Kindern klappt das mit den Übergangsobjekten allerdings nicht. Sie fühlen sich allein gelassen, wenn die mütterliche Zuwendung irgendwann notwendigerweise abnimmt. Sie wissen, dass sie ohne die Mutter schwach, klein und unselbstständig sind. Und dadurch projizieren sie negative Gefühle in die Mutter hinein.«

»Zusammen mit frühen Allmachtsfantasien«, ergänzte Clara.

MacDeath nickte. »Verständlicherweise. Das Kind ist schwach und will stärker sein. Kann es aber nicht, denn es ist ja faktisch total machtlos. Ohne die Eltern kann es gar nichts machen. Die Eltern kaufen alles, sorgen für alles, wissen alles, erklären alles und verbieten alles. Auch wir Erwachsenen können Ohnmacht nicht aushalten, und für ein Kind ist es nicht besser.«

»Was macht also das Kind?«, fragte Winterfeld.

»Es fängt an zu fantasieren. Normalerweise legt sich das Fantasieren nach einer Weile wieder, und das Ich des Kindes stutzt sich selbst zurecht. Bei den meisten jedenfalls. Bei einigen aber auch nicht. Die Allmachtsfantasien bleiben. Sie speisen sich zunächst aus der Machtlosigkeit des Kindes, das sich von seiner Mutter verraten fühlt. Dann verwandeln sich diese Fantasien in Hass, schließlich in Sadismus, Dominanz und Hybris.« Er faltete die Hände. »All das, was einen Serienkiller auszeichnet. Unseren auch.«

»Was war oder ist der Vater des Tränenbringers wohl für ein Typ?«, fragte Winterfeld. »Wir haben ja bisher nur Überlegungen zu der Mutter angestellt.«

»Ich denke«, begann MacDeath, »dass wir es hier mit dem klassischen Ödipuskonflikt zu tun haben. Der Sohn will die Mutter besitzen in Konkurrenz zum Vater. Das legt sich normalerweise auch, wenn der Sohn sich mit dem Vater identifizieren kann. Kommt es nicht zu dieser Identifikation, weil er den Vater nicht als gleichwertig empfindet, gibt es ein weiteres Problem. Besonders, wenn der Vater diese Distanz irgendwann spürt und versucht, irgendwie eine Bindung zu seinem Sohn aufzubauen.«

»Und wie?«

»Oftmals versucht der Vater, die Konkurrenzsituation aufzulösen, indem er andere Frauen ins Spiel bringt, die für den Sohn interessant sein könnten. Und das macht er, indem er versucht, *einen Mann aus dem Jungen zu machen.*«

»Ich nehme an, dabei kann einiges falsch laufen?«, fragte Clara, die MacDeath' Gedankengänge erahnen konnte.

»Richtig. Stichwort *andere Frauen.* Wenn der Vater dem Sohn verbietet, Mädchen zu treffen, ermuntert er ihn eigentlich genau dazu. Der Junge soll Befriedigung darin finden, das väterliche Verbot zu umgehen.«

»Irgendwann soll der Sohn ja auch Mädchen kennenlernen, oder?«, meinte Hermann.

MacDeath nickte. »Ja, soll er. Die Aktion kann aber auch nach hinten losgehen, wenn es zu offen angegangen wird. Fordert der Vater den Sohn zum Beispiel in obszöner Direktheit auf, sich wie ein Mann zu benehmen, Frauen aufzureißen, Sex zu haben, zieht der Sohn sich zurück und schämt sich vor dem obszönen Vater.«

»Da ist was dran«, sagte Boonstra. »Meine eine Oma war katholisch, die andere protestantisch. Die katholische Oma sagte immer: *Mach das nicht. Das ist verboten!* Die protestantische aber sagte: *Nun ja, du darfst das eigentlich nicht. Aber wenn du es trotzdem machst, musst du das mit deinem Gewissen vereinbaren.*«

MacDeath nickte. »Einmal gibt es eine Art Verbot oder Befehl und das andere Mal ein schlechtes Gewissen.«

»… und das schlechte Gewissen«, ergänzte Boonstra, »ist jedenfalls deutlich schwerer auszuhalten, als einen Befehl zu befolgen, den man für unsinnig hält. Oder eine Regel zu brechen. Außerdem kann man im Katholizismus hinterher beichten, und alles ist vorbei.«

»So ist es«, sagte MacDeath, »der obszöne Vater des Tränenbringers hat seinem Sohn scheinbar jede Wahl mit dem anderen Geschlecht gelassen, indem er den Sohn vielleicht konfrontativ zum Sex aufgefordert hat. Das ist gründlich schiefgegangen, wie es zu erwarten war, weil die Faszination von Sex auch immer in der Umgehung eines Verbotes liegt. Gibt es dieses Verbot nicht, führt das zu Impotenz.«

»Ist das so?«, fragte Winterfeld.

»Klar. Schauen Sie sich doch die Welt heute an. Es gibt auf allen Kanälen immer mehr Sex zu sehen. Gleichzeitig haben immer weniger Leute realen Sex. In Japan hat die Mehrheit der Männer mit fünfunddreißig Jahren noch nie Sex gehabt. Irgendwann sterben die aus, deswegen sind die Japaner auch führend bei der Robotertechnologie.«

»Tja«, sagte Winterfeld, »wir holen uns eine Million Flüchtlinge, die Japaner lösen den Fachkräftemangel mit Robotern. Fragt sich, was schlauer ist.«

»Die Maschinen können auch gefährlich werden«, sagte MacDeath, »denkt an den *Terminator.*« Er hielt kurz inne. »Jedenfalls: Je mehr etwas thematisiert wird, desto mehr verschwindet es.«

»Und was ist das Resultat?«, fragte Winterfeld und kratzte sich mit seinem Kugelschreiber am Kopf.

»Das Resultat ist, dass der Sohn ein gestörtes Verhältnis zu anderen Frauen bekommt und sie nur noch als Objekt wahrnehmen kann.«

»Als lebendes oder totes?«, fragte Winterfeld.

MacDeath zuckte die Schultern. »Beides.«

»Also«, fragte Winterfeld, »was erzählen wir über den Killer in dieser Radio- oder TV-Sendung?«

»Genau diese Story«, sagte MacDeath, »über seine Mutter und seinen Vater. Und seine Rolle darin. So verletzend wie möglich! Wenn er der dominante Serienkiller ist, der sich selbst überschätzt, sollte ihn das aus der Reserve locken. Und dann wird er anfangen, Fehler zu machen.«

Winterfeld schaute ihn eine Weile an. Immer noch skeptisch, aber zunehmend überzeugt. »Und dann könnten wir ihn schnappen?«, fragte er.

»Könnten wir«, sagte MacDeath.

Kapitel 19

Berlin, 2016

Clara saß im Wohnzimmer von Ingo Hoppe.

Ingo Hoppe war Moderator der sehr erfolgreichen Show *Dein Vormittag*. Clara hatte vorher mit Konrad Kuhnt, dem Programmchef von radioBERLIN 88,8 gesprochen. Der *rbb*, Rundfunk Berlin-Brandenburg, der das Programm ausstrahlte, hatte sich sofort bereit erklärt, den Ermittlern bei der Suche nach dem Tränenbringer zu helfen.

Hoppe, von schlanker Gestalt mit graumeliertem Haar und wachen Augen, gekleidet in ein hellblaues Hemd und dunkelblauen Anzug, hatte Clara zu sich nach Hause eingeladen, da man dort in Ruhe sprechen könne. Das schöne Haus lag in Lichterfelde West, in der Nähe des gleichnamigen Bahnhofs und des West-Bazars, eines Gebäudekomplexes aus dem ausgehenden 19. Jahrhundert mit Fachwerkstrukturen, Giebeln und architektonischen Feinheiten, der aussah, als könnte er auch in Lübeck stehen.

Es war früher Abend und ein Feuer prasselte im Kamin. Eine große Tasse Tee stand vor jedem von ihnen.

»Erst einmal vielen Dank für die Bereitschaft, uns so schnell und unkompliziert zu helfen«, sagte Clara.

Hoppe lächelte. »Für uns ist es selbstverständlich, der Polizei bei den Ermittlungen zu helfen. Besonders in einem solchen Fall.«

»Sie moderieren die Sendung selbst?«, fragte Clara.

»So ist es«, sagte Hoppe. »*Dein Vormittag* ist eine der erfolgreichsten Radiosendungen des *rbb* und der Hauptstadt. Sie wird pro Stunde von über hunderttausend Menschen gehört.« Er schlug die Beine übereinander. »Viele denken immer, das Fernsehen sei das Nonplusultra, oder das Internet, aber am Vormittag erreicht man mit dem Radio die allermeisten. Im Auto, bei der Arbeit oder zu Hause. Und: Highlights wie dieses Gespräch werden in den Folgetagen noch dreimal wiederholt.«

»Wann genau geht es los?«

»Die gesamte Sendung geht von 10 bis 13 Uhr und besteht aus drei Talk-Teilen. Der Live-Teil, unser Haupt-Act also, beginnt normalerweise um 10:50 Uhr. Vorher ein Song, danach die Nachrichten.«

»Der Haupt-Act wären dann wir?«

Er nickte. »Genau. Sie sollten gegen 10 Uhr 30 unten beim Empfang sein. Das reicht. Maske und so etwas brauchen wir ja nicht. Kerstin holt Sie ab. Um 11 Uhr kommt die kurze Unterbrechung für die Nachrichten zur vollen Stunde. Die mache ich auch, und dann geht es weiter.« Er schaute kurz nach draußen auf die Veranda und in den Garten, als wäre ihm gerade etwas eingefallen. »Ach ja, Musik spielen wir meist aus den Achtzigern. Chris Rea, Rod Stewart, Eurythmics, solche Sachen.«

Clara musste lächeln. »Eurythmics ... *Sweets Dreams.*«

»Ja, passt nicht so ganz zu Serienkillern, oder?«

»Oder doch: *Some of them want to use you. Some of them want to abuse you ... Andere missbrauchen.* Das wollen viele der Serienkiller auch.«

»Auch wieder wahr.« Hoppe schaute auf den Ausdruck einer Mail, die er vorher vom LKA bekommen hatte. »Es gibt ein paar Themen, die Sie dringend unterbringen möchten.« Sein Blick flog über den Text. »Das wären diese Themen?«

»Genau. All die psychologischen Details über den Killer muss ich unbedingt loswerden.«

»Alles klar. Dann weiß ich, was Sie unbedingt sagen wollen, und führe das Gespräch in die Richtung. So klappt das meistens am besten.«

Clara nickte. »Keine Einwände.«

»Sitzen Sie lieber oder stehen Sie beim Interview?«

»Ich glaube, ich stehe lieber.«

Er lächelte. »Sehr gut. Mache ich ebenfalls.«

Hoppe schaute noch einmal auf den Ausdruck der Mail. »Sie wollen ja auch Hinweise aus der Bevölkerung sammeln. Dafür melden sich Ihre Kollegen bei mir wegen der Nummer?«

»Ja, machen sie. Wir richten eine spezielle Nummer ein. Alles, was dort eingeht, wird dann sofort ans LKA geleitet, damit die Kollegen die Informationen ohne Verzögerung verarbeiten können.«

»Und die Nummer kann man zurückverfolgen?«

»Ja. Für den Fall der Fälle. Aber das sagen wir niemandem. Und das behalten Sie und Ihre Kollegen bitte für sich.«

»Versteht sich von selbst.« Er trank von seinem Tee. »Sie werden sehen, dass wir im Interview hinter uns eine Menge Bildschirme haben. Ebenso sind sieben bis acht Telefonleitungen gleichzeitig online, sodass Zuhörer auch Hinweise kurz nach dem Interview geben können.«

Clara nickte zufrieden. »Das hört sich sehr gut an. Es könnte allerdings sein, dass sich noch jemand meldet.«

»Jemand anders?«

»Ja. Jemand, der den entscheidenden Hinweis geben könnte.«

Ingo Hoppe setzte sich kerzengerade auf. »Und wer könnte das sein?«

»Der Täter selbst«, sagte Clara.

»Der Täter *selbst?* Das meinen Sie mit dem *Fall der Fälle?*«

Clara nickte. »Genau das meine ich.«

Hoppe rutschte nach vorne. Die Aussicht schien ihm unbehaglich zu sein. »Sie rechnen damit, dass sich der Killer selbst meldet?«

»Schauen Sie«, sagte Clara. »Es gibt für alle Dinge immer zwei Gründe: einen *guten* Grund und einen *wahren* Grund.«

»Interessante Einteilung. Was ist der gute Grund?« Hoppe beugte sich nach vorn. »Denn das ist wahrscheinlich der langweiligere von beiden.«

»Vollkommen richtig. Der *gute Grund* ist, dass wir eine Reportage über Serienkiller des LKA Berlins bringen, in der einige meiner Fälle vorkommen, aber eben auch der aktuelle Fall des *Tränenbringers*. Dabei werden Ermittler wie ich interviewt, und es werden zudem Informationen über den aktuellen Fall rausgegeben, sofern diese nicht vertraulich sind. Und wir bitten die Bevölkerung um Mithilfe und fragen, ob sie irgendetwas gesehen haben.«

»So wie früher bei den RAF-Fahndungsbildern?«

»Genau.«

»So läuft es ja häufig«, sagte Hoppe.

»Genau. Darum ist es ja auch der *gute Grund.*« Clara lächelte. »Der *wahre Grund* ist, dass sich eben nicht nur möglichst viele Bürgerinnen und Bürger melden sollen, um mögliche Hinweise zu geben, sondern auch ein ganz besonderer VIP-Hörer.«

»Der Tränenbringer? Der Killer selbst?«

»Genau.«

»Und wie machen Sie das?« Ganz zu behagen schien Hoppe die Angelegenheit nicht.

»Indem wir erst einmal hoffen, dass der Killer zu irgendeinem Zeitpunkt mithört.«

»Wie gesagt«, meinte Hoppe, »wenn Sie perfekte Reichweite in Berlin wollen, kommen Sie um uns nicht herum.«

»Eben«, sagte Clara, »deshalb komme ich ja zu Ihnen. Und darum sprechen wir in der Sendung über Informationen, die der Killer hören kann. Die er aber nicht hören *will.*«

»Weil Sie ihn verletzen oder irgendwie in Rage bringen?« Hoppe schien sofort zu verstehen. Was Clara nicht überraschte. Denn Aufgabe eines jeden guten Moderators war es ja, die Stärken, aber auch die Geheimnisse und damit die Schwächen des jeweiligen Gesprächspartners herauszufinden. Auch wenn das in diesem Fall nicht für den Interviewpartner – nämlich Clara – galt, sondern für einen ganz besonderen potenziellen Zuhörer. Den Killer.

»Richtig. Wir haben ein psychologisches Täterprofil des Killers. Darin sind all die Schwächen des Killers aufgelistet, die ihn, wenn alles gut geht, in Rage versetzen.«

»Derart in Rage, dass er sich meldet? Weil er etwas richtigstellen will?« Hoppe schaute ein wenig beunruhigt drein.

»Das ist das Ziel.« Sie dachte an die Worte von MacDeath. *»Wenn wir nicht zum Killer kommen, kommt der Killer eben zu uns.«*

»Und das funktioniert?«

»Erstaunlich oft. Es gab in den USA einige Killer, bei denen die Ermittler des FBI ähnlich verfahren sind. Etwa beim Zodiac-Killer, beim BTK-Mörder …«

»BTK?«

»Steht für *Bind, Torture, Kill. Fesseln, Foltern, Töten …*«

»Da bin ich ja in guter Gesellschaft.«

»Sind wir. Sind wir alle.«

»Aber Moment …« Hoppe schwante jetzt erst, was das

für ihn bedeutete. »Das heißt, es kann sein, dass er sich bei ... *mir* meldet?«

»Das wollen wir doch hoffen«, sagte Clara mit dem optimistischen Unterton einer Motivationstrainerin. Ihr war nicht entgangen, dass Ingo Hoppe etwas blass um die Nase geworden war. »Aber keine Sorge: Sobald das passiert, sind wir dran.«

»Und darum wollen Sie auch nachverfolgen können, von wo die Anrufe kommen? Weil der Killer einer der Anrufer sein könnte?«

»Ganz genau«, sagte Clara und senkte den Kopf. »Und darum werden wir uns jetzt kümmern.«

Kapitel 20

Berlin, 2016

Clara hatte nach ihrer Rückkehr in das LKA ein paar Dinge aus ihrem Büro geholt. Sie ging gerade im dritten Obergeschoss zum Fahrstuhl, der sie nach unten in den großen Konferenzraum bringen sollte. Dort wo MacDeath all die Informationen über Täter und Opfer an die drei großen Stellwände gehängt hatte. Winterfeld kam ihr kurz vor dem Aufzug auf dem Flur entgegen. Dass er weder einen Kaffee noch seine Zigarilloschachtel in der Hand hatte, zeigte Clara, dass irgendetwas Besonderes vorgefallen sein musste und er im Stress war. Im positiven Stress, wie es aussah.

»Wir haben den Kerl«, sagte er.

Sie blieb einen Moment stocksteif stehen. Hatte sie richtig gehört?

»Sie haben … den Killer?« Clara konnte nicht ganz glauben, was sie da hörte. Würde die Radiosendung, das Profiling, all das, was sie eben besprochen hatten, vollkommen unnötig sein? All die Planung für die Katz? Aber wenn sie den Killer hätten, das wäre natürlich auch nicht schlecht, dachte sie. Dann war all die Arbeit, die sie umsonst getan hatten, das, was man ein »Luxusproblem« nannte. Da sprach Winterfeld schon weiter.

»Wir wissen jedenfalls, wer er ist«, sagte Winterfeld. »Kommen Sie mit.«

Sie fuhren mit dem Aufzug hinunter. »Aber Sie haben ihn noch nicht gefasst?«

»Noch nicht, aber das schaffen wir sicher auch noch.« Er öffnete die Tür. Boonstra und Hermann saßen dort an ihren Rechnern. Der Inhalt beider Monitore war zudem mit Beamern an die Wand geworfen. »Boonstra, bitte!«

Boonstra ließ sich nicht lange bitten.

»Torsten Rippken«, sagte er.

»Ist das der Name des Killers?« Clara spitzte die Ohren. Auf einem der Beamer war ein Foto von seinem Gesicht zu sehen. Aufgedunsen. Blonde, dünne Haare. Eine Brille.

»Richtig«, sagte Boonstra.

Clara zeigte auf den Beamer. »Und das ist er?«

»Das ist er.« Boonstra tippte etwas in den Computer. »In seiner ganzen Pracht!« Gleichzeitig waren auf der zweiten Leinwand die Phantomzeichnungen zu sehen. Sie sahen nicht ganz so aus wie das Foto. Aber das Foto sah aus wie sie.

Clara nickte. »Kommt hin.« Kurz fiel ihr auf, dass der Killer leichte Ähnlichkeit mit Boonstra hatte. Aber sie beschloss, das für sich zu behalten, da Boonstra wegen seiner Figur ohnehin dauerhaft schlecht gelaunt war. Wenn sie ihm zusätzlich die Ähnlichkeit mit einem Serienkiller unterstellte, war das seiner guten Laune sicher nicht förderlich. Sie blickte Hermann und Boonstra an. »Wie habt ihr das rausgefunden?«

»Sind seinem Arbeitgeber aufs Dach gestiegen«, sagte Boonstra. »Mit Nachdruck.« Hermann nickte. »*Arbeitgeber* ist gut. Dieser Schwarzarbeitsvermittler hat dann doch gemerkt, dass er zu viel Dreck am Stecken hat, um mit uns Blindekuh zu spielen.« Er ließ die Gelenke seiner Hände knacken.

»Diese Immobilienfirma, die wir schon auf dem Radar hatten?«

»Rimkeit Investment«, fuhr Hermann fort. »Wird von London aus gesteuert. Die haben allein hier in Berlin an die fünftausendfünfhundert Wohnungen. Vieles auch über Vermietungsportale mit Ferienwohnungen und so weiter. Alles nicht ganz sauber. Alles nicht legal. Viel Schwarzarbeit. Illegal Beschäftigte. All so was.«

»Und das habt ihr die wissen lassen? Dass ihr wisst, wie viel Dreck die am Stecken haben?«

»Sie wissen, dass wir es wissen.« Boonstra nickte. »Wir haben denen gesagt: Entweder ihr rückt mit den Namen eurer Mitarbeiter raus, auch denen, die schwarz bei euch arbeiten, oder wir hetzen euch das Finanzamt, das Ordnungsamt oder gleich die Steuerfahndung und den Zoll auf den Hals. Und dann werdet ihr für den Rest eures Lebens Dokumente sichten, Anwälte bezahlen …«

»… und wenn alles durch ist«, ergänzte Hermann, »habt ihr nicht mal mehr saubere Unterhosen.«

Clara nickte anerkennend. »Toll, was ihr so alles hinkriegt, wenn ich nicht da bin.«

»Na ja«, sagte Winterfeld. »Hätten wir nicht den Schlüssel von der Adalbertstraße von Ihnen, wäre uns das nicht gelungen.«

Der Schlüssel, dachte sie. *Den ich nur ergreifen konnte, weil er dem Killer aus der Hand gefallen war. Weil er in der Hand den Schlagring trug. Und weil er wegmusste. Nachdem er mich getreten hatte. Mich getreten und mir mein Kind genommen hatte …*

»Die Wohnung in der Adalbertstraße«, riss sie Hermanns Stimme aus ihren Gedanken, »gehört nämlich auch zu diesem Laden dazu.«

»Torsten Rippken also«, murmelte Clara. Es war der Name der Person, die ihr Kind getötet hatte. Und sie fühlte wieder einen kalten Hass auf diesen Menschen in sich aufsteigen. »Wo ist der gemeldet?«

»Das ist das Problem«, sagte Boonstra. »Nirgends!«

»Nirgends?«

Winterfeld setzte sich neben Clara auf den Tisch. »Dieser Hurensohn scheint abwechselnd in den Wohnungen zu wohnen, die er sauber macht, in denen er Sachen repariert und so weiter. Er scheint eine Art Hausmeister zu sein. Und damit ist er überall. Und nirgends.«

»Hausmeister in den Rimkeit-Wohnungen?«

»Richtig. In den fünftausendfünfhundert Wohnungen.«

Fünftausendfünfhundert Wohnungen, dachte Clara. Das waren nicht gerade wenige.

»Und seine Chefs ...« Clara suchte nach Worten. »Die wissen nicht, wo er sich gerade rumtreibt?«

»Da er schwarz arbeitet, hält sich das mit den Dokumentationspflichten in Grenzen«, sagte Hermann, »und man kann wohl kaum davon ausgehen, dass so ein geschniegelter Immobilienhai aus London ständig über fünftausend Wohnungen im Blick behält, um zu prüfen, was irgendein schmieriger Schwarzarbeiter da gerade macht.«

Clara hatte ihr iPad geöffnet und Rimkeit Investment gegoogelt. Klein war der Laden weiß Gott nicht. Er hatte Filialen in allen Hauptstädten Europas. Sie kauften baufällige Wohnblöcke und machten dann Wohnungen oder Ferienwohnungen daraus. Oder sie vermieteten heruntergekommene Bauten als Flüchtlingsunterkünfte für horrende Summen an hilflose Gemeinden und Städte. »Dann ist dieser Typ nirgends gemeldet und nutzt diese Wohnungen, zu denen er die Schlüssel hat?«

»Nutzt sie für seine üblen Spiele«, ergänzte Boonstra. »Als Speicher, als Gefangenenzelle, als Red Room, als Wohnung, wahrscheinlich auch als Aufbewahrungsort für Leichen. Da nicht immer alle Wohnungen mit Touristen belegt sind, hat er auch immer freie Wohnungen, in denen er seine Opfer festhalten, filmen oder auch umbringen und ausweiden konnte.«

»Aber das riecht man doch!«

»Wenn er sie ausbluten lässt, mit der Katzenstreu mumifiziert, Duftbäume aufhängt …« Winterfeld kratzte sich mit seinem Kugelschreiber am Kopf und fuhr sich durch die Haare. »Nicht unbedingt. Und wie ich diesen Wunderknaben einschätze, sorgt der schon dafür, dass er auch für die Reinigung der Wohnungen zuständig ist. Er macht also hochoffiziell seinen eigenen Dreck weg.«

»Vernichtet Beweismittel und wird dafür auch noch bezahlt«, knurrte Boonstra.

»Und wenn man bedenkt, wie einige Ferienwohnungen in Berlin aussehen, nachdem die Ryanair-Sauftouristen da eingefallen sind, fällt es keinem groß auf, wenn der Hausmeistertyp im Anschluss mit Sagrotan und Duftbäumen durchgeht«, ergänzte Hermann.

Clara nickte. Ihr Gesicht spiegelte sich in der Oberfläche des iPads. »Ganz schön clever. Er hat das, wovon jeder Killer träumt. Räume, in denen er sich austoben kann und in denen es nicht auffällt, wenn er hinterher ordentlich aufräumt.«

»Denkt an den Müllmann, den Sabine Hauff in Kreuzberg am Kotti gesehen hat«, sagte Winterfeld. »Da hat er doch bestimmt diese Nele einfach in der Tonne nach draußen transportiert.«

»Wäre nicht das erste Mal«, murmelte Clara. »Konnte Nele das bestätigen?«

»Noch nicht, weil sie durch den Schock einen Blackout hatte. Aber so könnte es gewesen sein. Jedenfalls ist sein Job für solche Aktionen perfekt!«

Der Hausmeister des Todes musste Clara kurz denken. Was wie Satire klang, hatte sich hier aufs Schlimmste bewahrheitet.

»Er hat also keine feste Anschrift«, sagte sie. »Aber es muss doch eine Akte und so was über ihn geben?«

»Gibt es auch.« Hermann zog ein paar Papiere hervor. »Eltern Dieter und Ramona Rippken. Zuletzt wohnhaft am Eichborndamm 15. Einfamilienhaus. Ziemlich verfallen. Das Haus steht noch da und ist noch bewohnt. Allerdings von anderen Leuten, die die Familie Rippken nicht kennen. Wir waren schon dort. Das Haus ist irgendwann zwangsversteigert worden, und Torsten Rippken ist bei einer Tante aufgewachsen. Bis er achtzehn war, dann hat er Reißaus genommen.«

»Warum die Zwangsversteigerung?«

»Der Kredit wurde nicht mehr bezahlt. Und da war noch einiges fällig.«

»Wurde der Vater berufsunfähig?«

Winterfeld musste sich ein Grinsen verkneifen. »Nicht ganz. Aber er brauchte das Haus nicht mehr.«

»Warum?«

»Er hatte einen Ort gefunden, an dem er noch billiger leben konnte.«

Clara stemmte die Hände in die Hüften. Ihr Chef spielte wieder Spielchen mit ihr. »Nun lassen Sie schon die Katze aus dem Sack«, sagte sie, obwohl sie sich schon denken konnte, was gleich kam.

Winterfeld hob die Hände. »Dieter Rippken hat an einem Tag im Jahr 1993 begonnen, auf Staatskosten zu wohnen.«

»Er ist im Knast?«

Winterfeld nickte.

»Dann müssen wir doch sofort zu ihm.«

»Dann brauchen wir Pendel, Gläser und Tarotkarten«, sagte Boonstra.

Clara verstand den geschmacklosen Witz. »Weil er tot ist?«

»Hat sich im Knast umgebracht. 2004. Nachdem er zehn Jahre gesessen hat, hat er's wohl nicht mehr ausgehalten. Komisch eigentlich. Normalerweise bringen sich Leute im Knast entweder sofort um. Oder gar nicht.«

»Wie?«

»Hat sich einen Löffel an der Steinfensterbank scharf geschliffen und sich damit die Pulsadern aufgeschnitten.«

»Respekt«, sagte Clara. »So macht das nicht jeder. Die meisten nehmen einen Gürtel oder Bettwäsche und hängen sich auf. Warum war er im Knast?«

»Mord«, sagte Boonstra. »Er hat seine Frau umgebracht. Ramona Rippken. Torstens Mutter.«

Clara nickte. »Okay, so werden Monster geboren.« Sie dachte an das, was MacDeath gesagt hatte. Die Rolle der Mutter bei Serienkillern. Die Mütter, die immer an allem schuld waren. Die Mütter, die irgendwann sterben mussten. Diesmal aber nicht durch die Hand des Sohnes, sondern des Vaters. Obwohl es sie nicht gewundert hätte, wenn der Sohn damals daneben stand und fasziniert zuschaute.

»Also«, sagte Winterfeld und zog seine La-Paz-Zigarilloschachtel aus der Sakkotasche. »Diese Infos haben wir schon mal. Besonders die Story mit der Mutter. Die hilft sicher für die Radiosendung.«

»Mit Sicherheit.« Clara nickte. »Ich spreche gleich mit MacDeath und bereite die Agenda für das Interview morgen vor.« Sie schaute Winterfeld an. »Aber wir verlassen uns doch nicht nur auf die Sendung?«

»Nein«, sagte Winterfeld. »Wir werden uns trotzdem den

Arsch absuchen, bis wir ihn haben. Aber die Sendung ist einfach zu nützlich, als dass wir sie verschieben. Was damals beim BTK-Mörder geklappt hat, wird ja wohl hier in Berlin mit dem Tränenbringer auch klappen.« Seine Mundwinkel sackten ein Stück nach unten. »Hoffe ich jedenfalls.«

Clara packte iPad und Notizbuch in ihre Tasche und stand auf, um zu MacDeath zu gehen. Eine Sache war ihr noch eingefallen. »Sollten wir ihn wissen lassen, dass wir wissen, wer er ist?« Clara blickte alle drei abwechselnd an. Sie war sich selbst nicht sicher, was das beste Vorgehen war.

»Nein«, sagte Winterfeld. »Das ist ein Trumpf, der uns eher hilft, wenn der Killer nichts davon weiß. Wir wollen, dass er übermütig wird und sich aus der Deckung traut. Wenn wir seinen Namen nennen und ein echtes Foto zeigen, kann es sein, dass er sofort die Hosen voll hat und sich komplett einigelt.« Er blickte alle nacheinander an. »Und wenn er eines kann«, schloss Winterfeld, »dann das: sich verkrümeln, sich einigeln. Da sind wir uns doch einig, oder?« Alle nickten.

»Die fünfeinhalbtausend Wohnungen können wir parallel immer noch durchsuchen. Da kommt bis Weihnachten keine Langeweile auf.«

»Dann nehmen wir auch kein Foto von ihm für die Radiosendung?«, fragte Hermann.

»Wir nehmen das Phantombild, das ihm am ähnlichsten sieht«, sagte Winterfeld. »Ohne dass es ihm *zu* ähnlich sieht.«

Clara nickte. »Machen wir so!«

Ähnlich sehen, ohne zu ähnlich zu sehen, dachte sie. Der Spruch hätte auch von MacDeath kommen können.

Kapitel 21

Berlin, 2016

Punkt 10:50 Uhr.

Das Interview begann, und Clara saß im Senderaum des *rbb* im *Haus des Rundfunks,* dem riesigen Rundfunkgebäude in der Masurenallee im Westend nahe dem Theodor-Heuss-Platz. Das Haus war in den späten Zwanzigerjahren errichtet und 1931 feierlich eingeweiht worden. In seiner Geschichte hatte es vieles gesehen: Weimarer Republik, Nationalsozialismus, Nachkriegswirren, Kalter Krieg, Teilung und Wiedervereinigung Berlins. Schon ab 1933 hatten die Nazis gemerkt, dass sie von hier aus perfekt ihre Propaganda senden konnten. Nach dem Zweiten Weltkrieg stand das Gebäude für mehr als zehn Jahre unter sowjetischer Regie, obwohl es offiziell zum britisch besetzten Sektor Berlins gehörte. Die Russen wollten von dort aus Propaganda in Ost und West senden. Schließlich gaben die Russen das Haus im Jahr 1956 wieder an die Stadt Berlin zurück. Nicht ohne vorher fast die gesamte Sendeeinrichtung mitgenommen zu haben. Dann wurde es zum Hauptquartier des SFB, des *Senders Freies Berlin,* und damit eine der wichtigsten Stimmen des Westens für Demokratie und Freiheit.

Clara hatte schon öfter Interviews zu Serienmördern gegeben, aber sie konnte nicht bestreiten, dass sie dennoch nervös war. Der Prozess des Interviews an sich war für sie nicht neu. Neu war auch nicht, dass in solchen Fällen, wenn die Ermittler bei der Suche nach einem Mörder nicht weiterkamen, die

Medien eingeschaltet wurden. Aus England war bekannt, dass die *Times* die Ermittler immer um Razzien am Freitagabend bat. Damit genug Zeit blieb, um eine tolle Story für die *Sunday Times* zu schreiben.

Neu war für Clara hingegen, dass dieses Interview für sie etwas Persönliches war. Denn sie wollte den Tränenbringer fassen, allein schon, um Rache an ihm zu nehmen. Und wer etwas persönlich nahm, der machte schneller Fehler. Clara war vorhin im Revier die Checkliste durchgegangen. Und sie tat es jetzt noch einmal im Kopf. Die Hotlines waren eingerichtet, die Fangschaltung ebenfalls. Fangschaltungen waren zwar nichts Besonderes mehr, seitdem man mit Apps wie *Flexispy* oder *Track your Kid* jedes Handy orten konnte. Eigentlich waren diese Apps für die Überwachung von Kindertelefonen durch deren Eltern gedacht, doch wen interessierte das schon. Die offiziellen Fangschaltungen des LKAs waren allerdings um einiges schneller. Und sie waren legal.

Clara schaute auf die Monitore, die Mikrofone und die Skripte, die auf den Bildschirmen zu sehen waren.

»Sie arbeiten im LKA, Mordkommission 113?«, begann Hoppe. »Einer Spezialeinheit?« Hoppe saß ihr an einem großen Tisch gegenüber. Im Hintergrund diverse Monitore. Beide hatten Kopfhörer mit Mikrofonen auf dem Kopf.

Clara nickte. »Wir sind an das LKA 1 angehängt. *Delikte am Menschen.* Delikte am Menschen führen normalerweise zu den abgründigsten Straftaten. Im LKA 1 arbeiten insgesamt fast dreihundert Leute.«

»Und bei Ihnen?«

»Wir haben drei Abteilungen«, sagte Clara. »Mit viel weniger Leuten. Die Abteilung für Pathopsychologie, die ich leite. Dann die Abteilung für operative Fallanalyse und die

Abteilung für Cybercrime. Zudem ist uns das Institut für Rechtsmedizin angegliedert.«

»Klingt ja wie in den Filmen.«

Clara lächelte. »Teilweise schon.«

»Kommen wir zu dem Mann, um den es geht«, fuhr Hoppe fort. »Der Killer, von dem wir sprechen, jagt gleichermaßen Mädchen und erwachsene Frauen.« Er beugte sich vor. »Ist das nicht ungewöhnlich, dass ein Killer Mädchen *und* Frauen jagt? Und ist das für Sie etwas Neues?«

»Ja und nein.« Die Frage hatten sie so abgestimmt, um nicht gleich *in medias res* zu gehen und trotzdem eine gute Einführung in die Sendung zu haben. »Serientäter jagen meist die Opfer, die sie sexuell begehren. Die meisten Täter sind heterosexuelle Männer, sodass die meisten Opfer Frauen sind.«

»Das war auch bei Ihren bisherigen Fällen so, die sehr prominent in den Medien platziert wurden?«

»Zum Teil ja. Der Namenlose hat Frauen auf Internetplattformen mit falscher Identität angesprochen und bei späterer Gelegenheit ermordet.«

»Aber hat er nicht auch Männer ermordet?«

»Richtig. Männer hat er ebenfalls umgebracht, aber nur, um sein Ziel besser zu erreichen. Die Frauen hat er umgebracht, um seiner toten Schwester ein Opfer darzubringen.«

»Die Schwester hat er selbst getötet?«

»Ja. Und er glaubte, dass seine Schwester ihm durch dieses Opfer vergeben würde.«

»Das klingt nach einem kultischen Ritual«, bemerkte Hoppe. »Gibt es solche Fälle häufiger?«

»Nun, nicht so häufig wie Handtaschendiebstahl. Zum Glück. Aber wir Menschen des 21. Jahrhunderts ticken halt nicht so aufgeklärt und rational, wie wir denken. Hirnforscher sagen, dass es das letzte Update unseres Gehirns vor siebzigtausend Jahren gegeben hat. Auch wenn ich keine Ahnung habe, wie man so etwas herausfindet. Fakt ist: Was unsere Gehirne angeht, leben wir noch in der Steinzeit.«

»Aber nicht jeder bringt deswegen Frauen für seine Schwester um.«

»Zum Glück. Darum müssen wir genau hinschauen.« Clara gestikulierte mit der Hand, obwohl das von den Hörern niemand sehen konnte. Hoppe sah es und lächelte. Clara sprach weiter. »Manchmal zeigen sich seltsame Charaktereigenschaften bereits in der Kindheit. Es gab einmal einen Killer, der als Kind dabei erwischt wurde, wie er Teile der Asche seines verstorbenen Großvaters aus der Urne aß. Dies war für ihn eine Art *Einswerden* mit dem Toten, den er zurückhaben wollte. Auch in der katholischen Eucharistie, dem *Abendmahl,* finden wir solche Tendenzen, auch wenn sie dort natürlich symbolisch sind. Aber die Gläubigen verzehren den *Leib Christi.* Was den Jungen angeht, der die Asche isst, kann dies später dazu führen, dass er stellvertretend andere Menschen tötet, damit durch ihren Tod der Großvater wieder lebendig wird. Ähnlich wie dies der Namenlose mit den Frauen gemacht hat, weil er seine Schwester zurückhaben wollte.«

»Klingt sehr archaisch.«

»Ist es auch. Auch der *Drache,* ein früherer Fall, ein satanistischer Ritualmörder, sah sich in einer heiligen Opfermission. In einem anderen Fall, wir nannten ihn *Todeswächter,* ging es um Selbstjustiz. Zudem war hier das Täter-Opfer-Verhältnis weit weniger klar.«

»Dazu ist ja auch einiges geschrieben worden«, bemerkte Hoppe. »Man sagte, der Todeswächter war Opfer und Täter zugleich.«

Clara nickte. »So war es in der Tat.« Vor ihrem inneren

Auge tauchte die große Pinnwand mit all den Killern auf, die sie bisher gejagt hatte. Mit dem Werwolf, dem Namenlosen, dem Todeswächter, dem Inkubus, dem Totenzeichner und vielen anderen mehr … und jetzt hatte sie den Tränenbringer im Visier.

»Ist es schwer, sich in diese Scheusale hineinzuversetzen?«, fragte Hoppe nun. »Denn das müssen sie ja, um sie zu verstehen. Und um sie schließlich zu fangen.«

»Das stimmt. Mein Kollege sagt immer: *Um die Monster zu verstehen, muss man eine Weile in ihren blutigen Schuhen mitlaufen.*«

»Nicht für immer?«

»Um Gottes willen, nein. Nicht für immer. Wenn man für immer in ihren Schuhen mitläuft, würde man irgendwann genauso denken und fühlen wie sie. Und wenn man genauso denkt und fühlt wie ein Serienkiller, ist man irgendwann selbst einer.«

»Zweifeln Sie manchmal am Zustand dieser Welt?«

Sie nickte. Und schaute etwas verbissen drein. »Natürlich. Ich kann gar nicht anders. Aber das ist, glaube ich, allen zu eigen, die die Welt nicht nur durch eine rosarote Brille sehen. Besonders wenn sie einen Job wie meine Kollegen und ich haben und den Abschaum der Welt jagen. Schon bei Macbeth von Shakespeare heißt es: *Das Leben ist eine Geschichte, erzählt von einem Irren.*

»Es gibt ein Phantombild«, sagte Hoppe, »das Sie, liebe Hörerinnen und Hörer, ab sofort auf unserer Website sehen können und das wir auch in den TV-Nachrichten zeigen.« Er wandte sich an Clara. »Auf den ersten Blick sieht der Täter recht harmlos aus.« Hoppe beschrieb das Phantombild. Das Bild eines untersetzten Mannes, nicht allzu attraktiv, irgendwie unsicher mit einer altmodischen Brille. Es war das Phantombild, das den seltsamen *Smiley* zeigte, der den Huren Geschenke brachte und den Viola gesehen hatte. Oder den Müllmann am Neuen Kreuzberger Zentrum, den Sabine Hauff gesehen hatte und der vielleicht in seinem Mülleimer Nele Wessling entführt hatte.

Clara lächelte Hoppe kurz zu. Er hatte den Killer richtig beschrieben. *Sieht recht harmlos aus* … Das sollte eingestreut werden. Als *harmlos* bezeichnet zu werden, war sicher nicht das, was sich der Tränenbringer wünschte.

»So ist es häufig«, sagte Clara. »Hannah Arendt sprach so passend von der *Banalität des Bösen.* Genau so banal sind auch oft die Begründungen, warum ein Killer tötet.«

»Haben Sie Beispiele?«

»Da gibt es bei allen Formen des Verbrechens Beispiele: Berühmt ist ja der Ausspruch von Willie Sutton, dem berühmtesten Bankräuber aller Zeiten. Als er gefragt wurde, warum er Banken überfällt, sagte er: *Weil da das Geld ist.*«

»Was ja zweifellos stimmt.«

»Ja, aber Banküberfälle lohnen sich heute nicht mehr. Das haben die meisten Kriminellen begriffen.«

»Und ein Banküberfall ist auch weit weniger schlimm als Mord. Jedenfalls, wenn es keine Geiselnahmen gibt.«

»Genau. Aber ich nenne Ihnen ein anderes Beispiel. Ein schrecklicheres, das eher zu unserem Fall passt: Der US-Serienkiller Ed Kemper erschoss seine Großmutter mit einer Schrotflinte. Als die Polizei von ihm wissen wollte, warum er das getan hatte, sagte er nur: *Ich wollte wissen, wie es ist, Grandma zu erschießen.* Oder nehmen Sie Silvio S., der vor einem Jahr den kleinen Elias am Berliner Lageso entführte, vergewaltigte und dann umbrachte. Als man ihn fragte, warum er das Kind auch noch ermordet hatte, sagte er: *Es hat so rumgequiekt. Und ich musste arbeiten.*«

»Ist diese … Banalität …«, Hoppe suchte kurz nach Worten, »… ist diese Banalität der Motive ein Schlüssel, um den Killer zu erwischen?«

»Ja. Die meisten Killer sind letztlich doch sehr simpel gestrickt. Auch wenn sie differenziert vorgehen. Oder jedenfalls so tun als ob. Sie wollen der Welt zeigen, wie toll und unbesiegbar sie sind. Und sie wollen ihren Trieb befriedigen. Da das bei ihnen aufgrund krankhafter Störungen nicht auf die *normale* Art und Weise geht, bringen sie Leute um. Foltern sie. Machen Rituale. Die Ausführung ist meistens differenziert. Aber das Motiv ist oft simpel.«

»Aber nicht alle, die unzufrieden sind, bringen gleich Menschen um.«

»Nein. Bei vielen beschränken sich die Aktivitäten auf Pornos und Masturbation. Irgendwann geht so einer vielleicht ins Bordell. Oder er klettert auf Balkone und schaut bei Frauen ins Wohnzimmer. Wenn er wirklich mutig ist, klaut er Wäsche aus dem Schrank und behält sie als Fetisch.«

»Und was will er am Ende erreichen?«

»Das, was die meisten Killer erreichen wollen. Wir hatten einmal einen Killer, den Werwolf, der Frauen vergewaltigte und brutal umbrachte. Er fuhr ein getuntes Auto, machte Bodybuilding, wollte als harter Kerl gelten. Im Grunde aber war er unsicher. Genauso wie der Tränenbringer auf dem Phantombild unsicher aussieht. Und es gewiss auch ist. Solche Männer brauchen Zuspruch. Aber den kriegen sie nicht. Und wenn sie den Zuspruch nicht kriegen, werden sie zum exploitativen Killer. Vergewaltigen Frauen. Mehrmals. Frauen, bei denen sie *normal* niemals landen könnten. Sie sehen überall das, was ihnen nicht genug Zuspruch gibt. Wenn ihre Mutter ihnen nicht genug Zuspruch gegeben hat, suchen sie die nächstbeste Frau, die sie an ihre Mutter erinnert, und vergewaltigen die. Völlig wahllos und willkürlich.«

Die Mutter. Das war einer der wichtigsten Stichpunkte für den Killer. Einer der roten Knöpfe, die man drücken musste, um den Killer aus der Deckung zu locken. Und Clara hatte dieses Wort *Mutter* jetzt schon mehrfach eingestreut.

»Möchte der Killer sich an seiner Mutter rächen?«, fragte Hoppe. »Ich frage deshalb, weil die Mutterfixierung bei Serienmördern ja scheinbar zum Repertoire gehört.«

»Tut sie auch«, sagte Clara. »Nehmen Sie *Psycho.*«

»Der erfolgreichste Film von Alfred Hitchcock«, sagte Hoppe. »Norman Bates und seine Mutter ...« Er nickte Clara kurz zu. »Darüber sprechen wir nach den Nachrichten.«

Kapitel 22

Berlin, 2016

Die Nachrichten unterbrachen ihr Gespräch. Und Clara wusste nicht, ob sie das gut oder schlecht fand. Vielleicht war es ganz gut, weil auf diese Weise einiges sacken konnte. Bei den Zuhörern. Und vielleicht auch bei dem Killer. Clara hörte den Nachrichten mit einem Ohr zu, während sie gleichzeitig schon wieder beim nächsten Teil des Gesprächs war.

Kreuzberg. Er ist einer der besten Songschreiber der Popgeschichte: Paul Simon. Der dreizehnfache Grammy-Gewinner lieferte Klassiker wie Mrs. Robinson, Sound of Silence *oder* Graceland. *Was seine Fans heute Abend im Tempodrom in Kreuzberg erwarten dürfen, das sagt uns Heiner Knapp aus der radioBERLIN-Musikredaktion … das Konzert wird präsentiert von radioBERLIN 88,8.*

Hohenschönhausen. In der Wartenberger Straße beginnen Ende Oktober die Arbeiten für eine neue Flüchtlingsunterkunft … soll bis zum kommenden Sommer ein fünfstöckiger Containerbau für vierhundertfünfzig Menschen entstehen … zunächst müssen dort jedoch Zauneidechsen umgesiedelt werden, weil sie unter Naturschutz stehen …

Die meisten Vermieter von Ferienwohnungen ignorieren offenbar das Zweckentfremdungsverbot des Senats … Ricardo Westphal mit den Einzelheiten …

Unser Killer tut das auch, dachte Clara kurz und hörte weiter zu.

Wilmersdorf. Auf dem Olivaer Platz hat es einen schweren Unfall gegeben. Ein Autofahrer erlitt einen Herzinfarkt … raste ungebremst in …

Doris Anselm ist mit dem radioBERLIN Ü-Wagen vor Ort.

Es war 11:05 Uhr.

Hoppe nickte ihr zu.

Noch fünf Sekunden, vier, drei, zwei, eins …

Kapitel 23

Berlin, 2016

»Mein Gast im Studio heute ist Hauptkommissarin Clara Vidalis vom LKA Berlin«, sagte Hoppe. »Und wir sprechen von ihrer Jagd auf den *Tränenbringer,* einen psychopathischer Killer, der in Berlin bereits möglicherweise mehr als sechs Frauen ermordet hat.« Er schaute Clara an. »Wir sprachen vor der Pause von *Psycho,* Hitchcocks erfolgreichstem Film, der die typische krankhafte Mutterfixierung meisterhaft darstellt. Frau Vidalis, das war ja nicht nur Fiktion in *Psycho?*«

»Ganz und gar nicht.« Sie schüttelte den Kopf. »*Psycho* ist ein Film, der auf dem Roman von Robert Bloch basiert«, ergänzte Clara. »Und Bloch hatte sich die Geschichte von Ed Gein aus Wisconsin genau angeschaut. Ed Gein gab es wirklich. Der brachte nicht nur seine Mutter um, sondern auch andere Frauen, um sich aus deren Haut ein Frauenkostüm zu nähen. Eigentlich wollte er eine Frau werden. Und dadurch seine Mutter ersetzen. *Schweigen der Lämmer* basiert ebenfalls auf Ed Gein.«

»Dann sind solche Storys realer, als man zuerst denkt?«

»Absolut. Das sind sie.« Clara nickte.

»Zurück zu dem Killer: Was ist seine Mutter dann für ihn?«

»Der Klassiker: Heilige und Hure. Das ist ein uraltes Thema. Auch in der Literatur taucht das auf.«

»Ach ja?«

»Ja.« Clara nickte. »Bei James Joyce zum Beispiel. Aber da schweifen wir zu sehr ab. Jedenfalls: Als Mutter soll sie für den Killer die Heilige sein. Dafür verehrt er sie, weil sie nur für ihn da ist. Doch wenn sie anfängt, Hure zu sein, einfach nur, weil sie Sex hat oder ihren Mann liebt, hasst er sie. Weil er sich schmutzig und benutzt fühlt. Darum hat er die jungen Mädchen umgebracht und ihnen Gliedmaßen amputiert.«

»Den Zusammenhang müssen Sie erklären.«

»Einem Opfer«, sagte Clara, »hat er die Füße abgeschnitten. Symbolisch deswegen, damit dieses Mädchen nicht zu den Männern laufen kann, die dann schmutzige Sachen mit ihr machen. Bei einer anderen war es die Nase, die der Killer ihr vor ihrem Tod abgetrennt hat. Männer, die Sex wollen, sondern sogenannte Pheromone ab, Duftstoffe, die Frauen anziehen. Ohne Nase, so denkt der Killer, kann die Frau nicht auf die Männer hereinfallen.« *Gut,* dachte Clara, *dass MacDeath mich vorher ausreichend gebrieft hat.*

»Denkt er das wirklich, oder ist das Zufall?«

»Es kann wie Zufall oder wie eine Handlung im Affekt aussehen«, sagte Clara. »Aber unterbewusst folgt dieser Vorgang einer gewissen Rationalität. Und die müssen wir erkennen.«

»All diese Dinge, die er tut«, sagte Hoppe, »sind die nicht verdammt schwer durchzuführen? Ich meine, ohne erwischt zu werden? Oder ohne dass andere Verdacht schöpfen?«

»Natürlich.« Clara nickte. »Für *gewöhnliche* Leute wie Sie und mich ohnehin. Weil das oft jenseits unserer Vorstellungskraft liegt. Ich werde dafür bezahlt, dass ich meine Vorstellungskraft den Killern anpasse, aber dennoch bin ich immer wieder erstaunt. Und erschüttert.« Sie schaute Hoppe an. »Wir sprachen ja vom BTK-Mörder.«

»*Bind, Torture, Kill,* richtig?«, erinnerte er sich.

»Exakt.« Clara trank von dem Wasser, das vor ihr stand. »Er hat dreißig Jahre lang eine blutige Spur durch die Gegend von Wichita in den USA gezogen und mehr als ein Dutzend Frauen ermordet. Gleichzeitig war er Vorstand in seiner Kirchengemeinde.«

»Äh … ein …«, sagte Hoppe, »… ein vorbildlicher Christ.«

»Allerdings. Es machte ihm Freude, Leute zu fesseln. Oder aufzuhängen. Auch sich selbst. Manchmal …« Clara dachte einen Moment nach. Die Identifikation mit dem schrecklichen BTK-Mörder sollte das Selbstbewusstsein des Tränenbringers stärken. Nur, um es nachher umso mehr zu zerstören und ihn dazu zu bringen, sich beim Sender oder beim LKA zu melden. Und die Dinge *richtigzustellen.* »… der BTK-Mörder liebte es, sich in seinem schwer einsehbaren Garten im Sommer an einem Baum aufzuhängen, wenn seine Frau und seine Kinder nicht zu Hause waren. Nicht so, dass er stranguliert wurde. Dennoch fand seine Frau am Abend bei ihm seltsame Anzeichen. Teile des Halses waren gebräunt. Doch da, wo der Strick war, war alles weiß.«

»Und was hat er seiner Frau erzählt?«

Clara zuckte die Schultern. »Diesen Psychopathen fällt immer eine Ausrede ein. Darin sind sie sehr gut. Sie können sich perfekt verstellen.« Sie hielt kurz inne. »Aber zurück zu den Huren.«

»Die Huren«, sagte Hoppe. »Die Huren werden bestraft, weil sie eben Huren sind und keine Heiligen?«

»Richtig. Viele Prostituierte haben einen sogenannten *Elektrakomplex.* Sie fühlen sich nicht von ihrer Mutter, sondern von ihrem Vater verraten. Vielleicht wurden sie auch von ihrem Vater missbraucht. Als Hure bekommen sie über die Männer die Kontrolle zurück, die sie als Kind oder Jugendliche verloren haben.«

»Und unser Killer hat eine Mutterfixierung«, ergänzte Hoppe. »Also einen, wie nennt man das, Ödipuskomplex?«

»Richtig, benannt nach Ödipus, der tragischen Gestalt aus der griechischen Sage, der versehentlich seine eigene Mutter heiratete. Elektrakomplex trifft Ödipuskomplex. Zwei Gegensätze, die sich anziehen und deren Vereinigung in Desaster und Mord endet. Weil das Opfer den Täter trifft.«

Hoppe räusperte sich. »Wir dürfen aufgrund der Sendezeit nicht allzu stark in Details gehen, aber einige der Huren hat der Killer missbraucht? Auch nach …«

Clara nickte. »Auch nach dem Tod. Post mortem. Lebendig hat er sich aufgrund seines Minderwertigkeitskomplexes nicht an sie herangetraut. Auch da gibt es Unterschiede bei den Tätern. Manche wollen, dass das Opfer noch lebt, wenn sie es vergewaltigen. Sie wollen seine Angst spüren. Anderen ist es wichtig, das Ganze zu inszenieren.«

»Zum Beispiel?«

»Manche vergewaltigen die Frau und schaffen den Ehemann vorher aus dem Weg, weil er stören oder sich einmischen könnte. Manche hingegen wollen gerade, dass der Ehemann – unfreiwillig – dabei zuschaut. Für manche ist er ein Hindernis, für andere Teil der Show. Man könnte sagen, je mehr sich ein Killer zutraut, desto eher vergreift er sich an Lebenden und desto mehr Leute lässt er partizipieren. Unfreiwillig natürlich.«

»Und unser Killer traut sich nichts zu. Und kann die Frauen erst nach dem Tod … missbrauchen?«

»So ist es. Letztendlich ist er ein Feigling. Ein böser Feigling. Aber ein Feigling.«

Das war die nächste Breitseite, die der Killer hören sollte. Schon allein deswegen, weil es stimmte. Weil er böse und feige war. Und Clara hoffte inständig, dass er es hörte.

»Sie haben gesagt, dass er den toten Huren etwas … entfernt hat?«

»Ja. Eine der Huren war schwanger. Er hat bei ihr post mortem den Embryo entfernt.« Clara spürte einen brennenden Schmerz in ihrem Unterleib, als sie die Worte aussprach. Sie schluckte kurz, trank erneut von dem Wasser und sprach weiter. »Es war eine symbolische Abtreibung. Indem er den schmutzigen *Hurensohn* abtrieb, erlöste er ihn, jedenfalls innerhalb seiner eigenen kranken Gedankenwelt, von seinem Schicksal, als Kind einer Hure geboren zu werden. Der Tod ist für den Killer besser als das Leben. Und damit gibt er dem Sohn das Schicksal, das er selbst gern hätte.«

»Weil er selbst nicht leben möchte?«

»Ja. Weil er lieber tot als am Leben wäre. Und am liebsten gar nicht geboren.«

»Und darum glaubt er, er würde dem Embryo einen Gefallen tun, wenn er gar nicht erst geboren wird?«

»Ja. Dieser Killer hasst das Leben. Einen Sohn einer Prostituierten von seinem künftigen Leben zu befreien, ist für ihn eine Art Gefallen. Er sieht das Kind und damit sieht er sich selbst. Schutzlos in einer Welt, in der er nicht sein wollte. So kann man es sagen.« Sie machte eine kurze Pause. »Sein Hass auf die Huren zeigt sich aber auch noch in der Signatur seiner Taten, also die Art und Weise, *wie* er die Taten durchführt.«

»Sie spielen darauf an, dass er eine Hure symbolisch mit ihren Innereien erdrosselt hat?«

»Ja. Ebenfalls post mortem. Einfach deshalb, weil das bei einem lebenden Menschen, na ja, was soll ich sagen …«, Clara suchte nach Worten, »… weil das bei einem lebenden Menschen kaum machbar wäre. Aber der Modus Operandi des Erdrosselns ist eine sehr persönliche Art zu töten.«

»Was meinen Sie damit?«

»Es wird meist bei Opfern angewandt, die der Täter entweder kannte oder hasste. Oder beides. Und besonders bei denen, die ihn maßlos enttäuscht haben.«

»Und die ihn zudem an seine Mutter erinnern?«

»Das kommt als letzter Aspekt hinzu. Richtig. Die Hure stirbt stellvertretend für seine Mutter, die ihn allein gelassen hat. Andererseits will er seiner Mutter auch imponieren.«

»Ist das sein Geltungsbedürfnis, von dem wir vorhin sprachen?«

»Genau. Gerade seiner Mutter will er am Ende zeigen, dass er ein toller Kerl ist. Er ist es aber nicht. Und am Ende weiß er das. Und er weiß auch, dass seine Mutter, egal ob sie noch lebt oder nicht, es niemals glauben wird. Weil sie ihn für seine Schwäche verachtet. Und er das weiß.«

Das war wieder ein Schachzug. Natürlich wusste Clara, dass Ramona Rippken, Torsten Rippkens Mutter, längst tot war. Aber den Killer glauben zu lassen, dass seine Mutter vielleicht doch noch lebte, auch wenn das nicht der Fall war, und dass sie ihn nach wie vor erbärmlich fand, konnte helfen, den Mörder noch mehr aus der Reserve zu locken. Denn das hatte sie von MacDeath gelernt: Man brauchte bei diesen Psychopathen nicht mit Logik zu argumentieren. Sie lebten in ihrer eigenen Welt.

»Er will seiner Mutter also imponieren«, schlussfolgerte Hoppe. »Auch wenn er sie hasst?«

»Ja. Und die Opfer befinden sich tatsächlich in einem Stellvertreterkrieg. Sie werden umgebracht, weil sie gerade da sind. Wie jemand, der eigentlich gerne warm essen würde, aber dann doch nur das isst, was im Kühlschrank ist. Der nimmt halt das, was da ist.« Sie überlegte ein paar Sekunden. »Wirklich beeindrucken will er andere, die pathologisch viel früher in seiner Historie verankert sind. Die Person, die er gleichzeitig hasst und verehrt. Und das ist seine Mutter.«

»Kann man so etwas auch rechtzeitig feststellen?«, fragte Hoppe. »Sodass es gar nicht erst zum Mord kommt?«

»Das kann man. Bei einigen Psychopathen äußert sich das im sogenannten *Infantilismus.* Sie wollen sich wieder als Kind fühlen.« Clara machte eine kurze Pause und überlegte, ob sie das während der Sendezeit sagen sollte, entschied sich am Ende aber doch dafür. »Es gibt Menschen, die lassen sich windeln. Vorzugsweise in Domina-Studios. Manche stehen sogar besonders darauf, sich während des Windelvorgangs einzukoten. Und dann ausschimpfen zu lassen.«

Sie sah, wie Hoppe das Gesicht verzog.

»Um von dort aus das Motiv des Killers zu erkennen«, sagte Clara, »spricht man vom Modus Operandi, also der Art, *wie* er etwas macht. Dann gibt es noch den Grund, die Antwort auf die Frage, *warum* er etwas macht.«

»Was ist der Unterschied zwischen Modus Operandi und dem, *was* er macht?«

»Sehr gute Frage.« Clara hielt einen Moment inne. »Den Modus Operandi vollführt er, *weil* es funktioniert. Huren umbringen, ist leichter, als die Chefin eines DAX-Konzerns umzubringen. Wenn er sich also an Frauen rächen will, nimmt er lieber Huren als weibliche DAX-Vorstände.«

»Verständlich«, sagte Hoppe. »Das ist ja auch einfacher. Vor allem, da es ja ohnehin so gut wie keine Frauen in DAX-Führungsetagen gibt.«

»Bei der Polizei auch nicht«, sagte Clara. »Aber genau diese Opferwahl ist ein Aspekt des Modus Operandi.«

»Und das, *was* er macht?«

»Das Erste macht er, *weil* es funktioniert. Das andere, den Mord, die Vergewaltigung post mortem, das Rausschneiden von Embryos, das ist das, was eigentlich nicht nötig wäre, um die Frauen umzubringen. Was er aber trotzdem macht. Einfach deswegen, weil er es machen *muss.*«

»Es ist für ihn …«, begann Hoppe.

Clara unterbrach ihn: »Ersteres ist das, was getan werden muss. Teilweise auch praktisch gedacht. Letzteres ist für ihn ein Bedürfnis.«

Hoppe lehnte sich zurück und schien einen Moment seine Gedanken zu sammeln.

»Dann möchte er eigentlich seiner Mutter zeigen, dass er ein toller Hecht ist? Indem er Frauen tötet?«

»Richtig. Einerseits, um es seiner Mutter heimzuzahlen, andererseits, um seiner Mutter zu zeigen, dass er auch sie töten könnte. Und um dadurch in ihrer Gunst zu steigen. Weil er eben so stark und gefährlich ist.«

»In ihrer Gunst zu steigen, indem er andere Frauen umbringt, die ähnlich sind wie seine Mutter«, folgerte Hoppe. »Und? Gelingt das bei diesem Killer?«

»Nein«, sagte Clara mit einer Bestimmtheit in ihrer Stimme, die so endgültig klang wie die Posaunen des Jüngsten Gerichts. »Für seine Opfer ist er der absolute Schrecken. Der Sensenmann. Der Untergang.« Das war Absicht, um das Selbstwertgefühl des Killers zu steigern, bevor es in den nächsten Sätzen wieder vernichtet wurde. »Aber eigentlich ist er etwas ganz anderes …«

Sie machte eine Pause, und Hoppe ließ sie ausreden. So wie es abgemacht war. »Er ist ein Feigling. Ein Angsthase. Der Angst vor Frauen hat. Besonders vor einer Frau …« Sie machte eine Pause. »Er nennt sich *Tränenbringer,* aber er ist einer, der immer noch Angst vor seiner Mutter hat. Er ist nicht der Tränenbringer, er ist der, der die Tränen vergießt. Wie der Jugendliche, der heimlich unter der Bettdecke onaniert und Angst hat, dabei von seiner Mutter erwischt zu werden.«

»Beim Onanieren?«, fragte Hoppe.

»Beim Onanieren«, bestätigte Clara. »Und bei anderen Dingen. Es würde mich nicht wundern ...« Sie hielt einen Moment inne, um den Moment voll auskosten zu können. Das hier musste der Killer hören. Wenn er das hörte, musste er sich melden. Oder sie würden ihn nie erwischen. »Es würde mich nicht wundern, wenn er ... früher ins Bett gemacht hat.« Sie hielt noch einmal inne. »Oder dies noch immer tut.«

Sie gab Hoppe ein Zeichen.

Die Sendung war zu Ende.

Kapitel 24

Berlin, 2016

Er saß in seinem Wagen, als er die Sendung hörte.

Die Dinge, die sie über ihn erzählten.

Von denen er nicht wollte, dass sie überhaupt irgendjemand wusste.

Von denen er aber wusste, dass sie wahr waren.

Woher, zum Teufel, wusste diese Ermittlerin Clara das alles? Diese … *Hure?*

War es noch nicht genug?

Hatte er nicht genug getan, um sich Respekt zu verschaffen?

Vielleicht hätte er dieser Ermittlerin, dieser Clara Vidalis, das Kind nicht heraustreten, sondern *herausschneiden* sollen, wie bei dieser dreckigen Hure Vanessa.

Er hörte die Stimmen im Radio. Und sein Gehirn, das er nicht abschalten konnte, wiederholte all diese Beleidigungen noch einmal.

Kemper wollte wissen, wie es ist, Großmutter zu erschießen …

Silvio hat das Kind erwürgt, weil es rumgequiekt hat. Und er musste ja arbeiten …

Und dieser Mann tötet Frauen, weil er seine Mutter nicht töten konnte. Auch wenn er es gewollt hätte. Er tötet, um sich weniger schwach zu fühlen, weniger devot und weniger nutzlos vor seiner Mutter, die immer größer, stärker und gefährlicher war als er.

Und das Schlimmste, was sie gesagt hatten: … *dass er früher ins Bett gemacht hatte … Oder es womöglich noch immer tat …*

Er merkte, wie die Wut in ihm nach oben kochte.

Merkte, wie er sich kaum mehr auf den Straßenverkehr konzentrieren konnte.

Seine Mutter … stark.

Er … schwach.

Er hatte die Frauen getötet, weil er seine Mutter nicht töten konnte.

Das sagten sie doch. Ja, verdammt, das sagten sie doch!

Er hatte die Frauen getötet. Aber nicht seine Mutter.

Das sagten sie.

Und das Schlimmste daran war … Sie hatten recht.

Doch es gab ein Gesetz im Leben des Torsten Rippken. Etwas, das er das *Gesetz des Tränenbringers* nannte.

Niemand durfte *so etwas* sagen und überleben.

Er wendete und fuhr nach Norden.

Jetzt wusste er, was er tun würde.

Kapitel 25

Berlin, 2016

Clara hatte gewartet.

Sie hasste das Warten. Das Warten, das sich entweder in einer monotonen Unendlichkeit verlief und irgendwann zu einer schieren, staubigen Ewigkeit wurde. Oder das Warten, das abrupt von etwas viel Schlimmerem unterbrochen wurde. Das Warten, das Lauern, das Luftholen vor dem Sprung. Die Stille, die abgelöst wurde von der Explosion. Dem schnellen Messer, das plötzlich gezogen wurde und eine Baucharterie durchtrennte.

Clara kannte dieses Warten. Und sie wusste, dass diese Form des Wartens niemals belohnt wurde. Dass diese Form des Wartens immer mit dem Schlimmsten endete. *Gut Ding will Weile haben,* hieß es im Volksmund, doch *Schlecht Ding will Weile haben,* passte viel besser. Denn nach dem langen, langen Warten passierten eigentlich nur zwei Dinge: Entweder passierte gar nichts oder es passierte das Schlimmste, was vorstellbar war. Manchmal allerdings, selten genug, passierte das, was zwar schrecklich war, aber was sich alle wünschten: Die Eiterblase, die endlich platzte, der erlösende Schuss, der Stecker, der gezogen wurde.

Diesmal war es der Anruf.

Ein Mann.

Ein Mann, der unbedingt Ingo Hoppe persönlich sprechen wollte. Er hatte beim Sender angerufen. Hatte sich weiterverbinden lassen.

Ich möchte etwas klarstellen, hatte er gesagt. *Es geht um den … Tränenbringer.*

Haben Sie Informationen zum Tränenbringer?, hatte der Beamte vom LKA gefragt.

Ich bin der Tränenbringer, hatte die Stimme nur geantwortet.

Dann war es ganz schnell gegangen.

Die Fangschaltungen standen. Über BKA und BND waren alle öffentlichen Telefonzellen im Großraum Berlin derart aktiviert worden, dass die Ermittler binnen Sekunden wussten, von welcher Telefonzelle der Anruf kam. Denn niemand hielt den Täter für dumm genug, dass er mit einem Mobiltelefon anrief. Dennoch waren die Ermittler auch auf diesen Fall vorbereitet. Denn mit einem Prepaidhandy zum Beispiel hatte man maximale Anonymität. Daher waren auf einem großen Monitor, der vor Boonstra auf dem Tisch stand, alle Sendemasten Berlins aufgeführt, darunter die relevanten Netzbetreiber. Telekom, Vodafone, O_2 und noch ein paar andere.

Clara, Winterfeld, Hermann, Boonstra und MacDeath saßen im großen Konferenzraum. Das Telefon war auf laut gestellt. Clara hatte ein Chatfenster vor sich, über das sie Ingo Hoppe dabei half, die richtigen Fragen und Antworten zu stellen. Denn derjenige, der jetzt sprach, war kein gewöhnlicher Interviewpartner. Wenn es wirklich der Tränenbringer war, dann war dies ein Mann, der zwei Mädchen und, soweit es die Ermittler wussten, mindestens zwei Frauen umgebracht hatte. Dazu hatte er noch eine Polizistin ermordet und eine Frau verletzt. Heike Janssen und Clara. Und Nele Wessling hätte er auch umgebracht, wären die Ermittler ihm nicht auf die Schliche gekommen. Der Killer musste daher zunächst einmal so lange wie möglich in der Leitung gehalten werden, um den Ermittlern genug Zeit zu geben, den Anruf bestmöglich zurückzuverfolgen. Wenn es eine Telefonzelle war, waren genügend Beamten in der Nähe jeder Zelle, um Torsten Rippken sofort zu schnappen. Sollte es aber tatsächlich ein Mobiltelefon sein, dann waren die Mobilfunkzellen, die ein Sendemast abdeckte, ausschlaggebend. Mit den Koordinaten dieses Sendemastes ließ sich die Position eines Handys ungefähr feststellen. Der Radius dafür war circa dreihundert Meter. Das war schlecht. Doch je dichter die Masten standen, desto genauer war die Ortung. Daher war es in der Stadt viel einfacher, Handys zu lokalisieren als auf dem Land. Das war gut. Dennoch brauchten die Ermittler etwas Zeit, um den Standort möglichst genau lokalisieren zu können. Dafür musste der Anrufer genau die Zeit bekommen, die die Ermittler brauchten. Und dafür musste er richtig behandelt werden: Mit Ehrfurcht, aber keinesfalls übertrieben kriecherisch. Denn so etwas durchschauten solche Täter sofort.

Eine Sekunde verging.

Noch eine.

Dann hörten sie die Stimme.

Etwas kalt und nasal, aber es war die Stimme eines Menschen. Nicht die eines Teufels, eines Dämons, eines übernatürlichen, bösen Wesen. Es war die Stimme eines Menschen.

Die Stimme war normal. Auch wenn der Mann dahinter böse war.

»Sie kommen sich sehr wichtig und intelligent vor, nicht wahr?« Die Stimme war eiskalt. Aber auch ein wenig unsicher, schleppend. So als hoffte der, dem sie gehörte, dass man ihm abnahm, dass er es ernst meinte. Auch wenn es vielleicht nicht so war. »Sie und Ihre Kommissarin. Clara … Vidalis!«

Clara tippte auf ihrem Chatfenster.

Mit wem spreche ich? Und dann noch: *In Gespräch verwickeln …*

»Mit wem spreche ich?«, fragte Hoppe.

Ein hämisches Lachen.

»Das wissen Sie. Und wer ich wirklich bin, das geht Sie nichts an … noch nicht … nur …«

Claras Blick wechselte zu Boonstra und Hermann, die die Fangschaltungen überwachten.

»Der ruft auf einem Handy an«, sagte Boonstra.

Clara zog die Augenbrauen zusammen. *Konnte das sein? Das war doch nicht der Killer. Der würde doch niemals so blöd sein … Oder er hatte die Beamten bei den Telefonzellen erkannt? War das möglich?*

Doch der Mann sprach schon weiter. »… noch jedenfalls nicht.« Die Stimme machte eine Pause. »Ihrer neuen Freundin Clara Vidalis habe ich … das Kind weggenommen.« Er lachte leise.

Clara spürte einen Stich in ihrem Magen. Ihr Herz schlug schneller.

»Die Info ging nicht nach draußen«, sagte Boonstra. »Das kann niemand wissen außer uns und dem Killer. Wenn der es überhaupt weiß.«

In Claras Kopf rotierte es. Das konnte nur eines heißen: Er war es wirklich oder es gab noch jemanden, der davon wusste. Und der Killer hatte sie tatsächlich ins Krankenhaus verfolgt! Sie hatte keine Zeit, sich über den Schrecken dieser Erkenntnis allzu viele Gedanken zu machen, denn die nächsten Gedanken hämmerten schon an die Tür in ihrem Gehirn. Vielleicht war es auch wieder einer von diesen Junkies? Doch die hatten doch kaum zusammenhängend sprechen können. Der Schmerz über den Verlust ihres Kindes wurde übertönt von der alles entscheidenden Frage: War er es? Oder war er es nicht?

Da sprach die Stimme weiter. »Noch geht es Sie nichts an. Wenn es Sie aber etwas angeht, werden Sie es merken.«

Clara tippte in das Chatfenster. *Was werde ich merken?*

»Was werde ich merken?«, fragte Hoppe.

Stille am anderen Ende. Blick zu Boonstra und Hermann. »Hat er aufgelegt?«

Hermann starrte verbissen auf den Monitor. Schüttelte den Kopf.

»Sie werden merken … dass das, was Sie dann spüren …«

Der Mann am anderen Ende ließ sich so lange Zeit wie möglich.

Hören Sie zu, tippte Clara in das Chatfenster.

»Der hat ein Handy«, sagte Boonstra. »Unglaublich.«

»Norden«, sagte Hermann. »Wir haben drei Handymasten.« Er schaute Clara und MacDeath an. »Reinickendorf!«

MacDeath' Augen weiteten sich. Claras ebenfalls. Der lokal operierende Killer. Der *Reinicken-Ripper* … Konnte er es sein?

»Sie glauben, ich sei schwach«, sagte die Stimme dann, ohne weiter darauf einzugehen, was er mit *spüren* meinte. »Sie glauben, ich würde niemals so stark werden wie meine Mutter …«

Clara tippte wieder. *Hören Sie weiter zu. Sagen Sie bloß nichts.*

Wieder ertönte die Stimme. »… dann werde ich Ihnen mal Folgendes sagen …«

Wieder eine Pause.

Hören Sie weiter zu …

»… wenn ich mit Ihnen angefangen habe«, sprach die

Stimme weiter, »... dann werden Sie *Ihre* Mutter verfluchen. Dafür ... dass sie Sie auf die Welt gebracht hat.«

Ein Klicken.

Die Verbindung endete.

Claras Kopf zuckte nach links zu Boonstra und Hermann. »Wo?«

»Dreihundert-Meter-Radius. Zwei Masten kommen in die engere Auswahl. Scharnweberstraße ...«

Scharnweberstraße. Dort, wo Heike Janssen verschwunden war ...

»... oder Sebastian-Friedhof. Auch Reinickendorf.«

»Dann los«, sagte Clara. »Alle in den Einsatzwagen.«

Sie sah Boonstra an, der ungläubig auf den Monitor starrte. »Ich bin sicher, es ist der Sebastian-Friedhof«, sagte er.

»Warum?« Alle Blicke richteten sich auf Boonstra.

»Sehr einfach«, sagte er und seine blauen Augen sahen aus, als könnte er immer noch nicht glauben, was er da sah. »Weil dort jemand liegt, den er ... kennt.«

Kapitel 26

Berlin, 2016

Zwei Überwachungswagen rasten den Tempelhofer Damm hinunter nach Süden auf die Stadtautobahn. Im ersten saßen Winterfeld, Boonstra und Hermann, im zweiten Clara und MacDeath. Dazwischen fuhren zwei Einsatzwagen des SEKs.

»Macht er es uns so einfach?«, fragte Clara, während sie am S- und U-Bahnhof Tempelhof vorbeirasten und mit quietschenden Reifen auf den Autobahn-Zubringer fuhren. Regen trommelte gegen die Windschutzscheibe und auf das Dach des Wagens.

MacDeath zuckte die Schultern. »Vielleicht weiß er, dass es zu Ende ist.«

Boonstras Stimme aus dem Vorderwagen knackte im Funkgerät.

»Ich wollte euch noch etwas sagen. Vorhin im Konferenzraum«, sagte er.

»Schießen Sie los!«

»Das glauben Sie nicht!«

»Nun machen Sie schon!« Clara wurde langsam ungeduldig. Boonstra war manchmal genauso umständlich wie von Weinstein.

»Sebastians-Friedhof«, sagte Boonstra. »Dort wurde vor zwei Tagen Wiebke Hellwig bestattet.«

»Wie bitte?« Clara und MacDeath sahen sich an. »Die Hellwigs wohnen doch gar nicht in Reinickendorf, sondern in Tiergarten.«

»Ja, aber die Familie kommt ursprünglich aus Reinickendorf. Dort ist ein Familiengrab. Habe das eben mit der Friedhofsverwaltung und dem Einwohnermeldeamt gecheckt. Wollte nur auf Nummer sicher gehen, bevor ich es euch sage.« Er holte kurz Luft. Aufgrund seines Bauchumfangs musste er beim Sprechen immer Atempausen einlegen. »Da waren sozusagen schon Plätze frei für die Mutter und dann auch für Wiebke.« Er machte eine kurze Pause. »Liegt fast am Eingang, nahe dem Haupttor.«

Clara hatte das Reservieren von Grabplätzen immer schon makaber gefunden. Aber hier hatte es noch eine ganz andere Bedeutung. Sie wusste, dass Mörder oft auf der Bestattung ihrer Opfer auftauchten. Ingo M., der Mörder von Claras Schwester Claudia, war auf der Beerdigung von Claudia gewesen. Er hatte Fotos vom Grab gemacht und später zu diesen Fotos onaniert.

Die Dnepropetrovsk Maniacs kamen ihr in den Sinn, zwei russische Serienkiller aus der Ukraine. Sie hatten Obdachlose und Männer und Frauen überfallen und sie mit Hämmern und Schraubenziehern zu Tode gefoltert. Insgesamt einundzwanzig Opfer. Das Ganze hatten sie gefilmt und im Internet hochgeladen. Eines dieser Videos trug den Namen *Three guys, one hammer – drei Jungs, ein Hammer.* Angeblich hatte ein anonymer Internet-Mogul den beiden Mördern viel Geld angeboten, wenn sie ihm einen echten Snuff-Film liefern würden. *Three guys, one hammer.* Mit dem dritten *guy* war das Opfer gemeint. Gerade der Hammer hatte dazu beigetragen, dass die Gesichter mancher Opfer kaum mehr zu identifizieren waren. Auch heute noch konnte man diese Filme, die zum Grausamsten gehörten, was Clara je gesehen hatte, im Internet finden, wenn man nur ein paar Minuten gründlich suchte. Auch die beiden Killer, die Dnepropetrovsk Maniacs, waren auf der Beerdigung einiger ihrer Opfer gewesen und hatten Fotos von der Bestattung gemacht. Und auch später noch hatten sie vor den Grabsteinen ihrer Opfer posiert, mit ausgestrecktem Mittelfinger. Das ging so lange weiter, bis es zu Ende war.

Erwischt wurden die Killer, wie so häufig, durch die typische Dummheit, die meist der Selbstüberschätzung und Hybris folgte, die Serienkiller dazu brachte, sich unbesiegbar zu fühlen: Einer der Killer wollte in einem Secondhandgeschäft das Handy eines seiner Opfer verkaufen.

»Der Klassiker«, sagte MacDeath. »Der Killer auf der Bestattung seiner Opfer. Oder später am Grabstein. Oder beides.«

»Würde man alle Menschen, die auf der Bestattung eines Mordopfers sind, prophylaktisch festnehmen und verhören, hätte man meist auch den Killer«, sagte Winterfeld raschelnd im Funkgerät. »Hatte ich schon vor Jahren vorgeschlagen, aber das will hier ja keiner von diesen Realitätsverweigerern hören.«

Clara nickte. Winterfeld hatte sich mit dieser Aussage damals nicht beliebt gemacht.

Heinrich Himmler ist zurück, hatte eine Staatssekretärin für Justiz damals sogar gesagt. »Also nicht in die Scharnweberstraße, sondern auf den Friedhof?«, fragte Clara, als sie die A100 hinunterrasten, Richtung Siemensdamm.

»Richtig«, sagte Winterfeld. »Ein SEK in die Scharnweberstraße. Damit wir auf Nummer sicher gehen. Der Rest auf den Sebastian-Friedhof!«

Clara schaute aus dem Fenster. Sturmwolken zogen über den Himmel und Regen prasselte noch immer zur Erde, während sie am Siemensdamm auf die A111 wechselten und dann rechts auf den Kurt-Schumacher-Damm. Hier, ganz in der Nähe war es gewesen, wo Heike Janssen in die Fänge des Killers geraten war. In der Finsternis der Nacht und des Stromausfalls. Und jetzt war es bald genauso finster. Auch ohne Stromausfall. Denn nicht nur der Sommer war vorbei, sondern auch der Herbst. Jetzt kam nur noch der Winter. Dann Schwärze. Und dann irgendwann das Ende.

Sie fuhren die Ollenhauer Straße hinauf. Dann rechts runter in die Humboldtstraße. Rechts von ihnen der Sebastian-Friedhof. Die Friedhofsmauer war aus roten Backsteinen gebaut.

»Das Haupttor ist weiter vorne«, sagte Winterfeld durch das Funkgerät. »SEKs bereit machen.«

Clara und MacDeath starrten angestrengt am Fahrer vorbei auf die Straße. Vorbei an den typischen Berliner Mietskasernen auf der linken Seite. Vor ihnen das Haupt-Einsatzfahrzeug mit Winterfeld, Boonstra und Hermann. Weiter vorne erhob sich schon das Haupthaus des Friedhofs, die Friedhofsverwaltung und ein zweites Haus von einem Steinmetz, der Grabsteine herstellte. Sie schaute nach rechts. Nur kurz aus dem Augenwinkel. Dort ein kleines Tor. Es schien ein zweiter Eingang auf den Friedhof zu sein. Hinter dem Tor ein Wagen.

Schwarz.

Gerade noch rechtzeitig erkannte sie einen Schriftzug, der in weißer Fraktur auf die Heckscheibe geschrieben war.

Ihr Herz setzte einen Schlag aus.

BodyCount.

Auf der Heckscheibe stand *BodyCount.*

Kapitel 27

Berlin, 2016

BodyCount!

Der Name des Killers im Dark Web.

Der Name des Mannes, der die Red Rooms betrieb.

Der Name des Mannes, den sie suchten.

»Anhalten, sofort!«, schrie sie.

»Wie bitte?«, fragte der Fahrer. »Wir sollen doch dem Konvoi folgen und …?«

»Tun Sie, was ich sage!« Es war eine Schärfe in Claras Stimme, die keinen Widerspruch duldete.

Der Fahrer hielt mit quietschenden Bremsen.

»Was ist denn los?«, fragte MacDeath.

»Er ist hier!«, sagte Clara und sprang Richtung Tür. »Er ist hier!«

»Aber das Grab von Wiebke Hellwig ist doch …«

»Aber sein Wagen steht hier. Ich habe den Schriftzug gesehen … *BodyCount.*«

Sie blickte nach hinten. »Also kommst du mit?«

»Willst du da allein hin?« MacDeath verharrte kurz zwischen Autotür und dem matschigen Kiesweg des Friedhofs.

»Sagen Sie den anderen, dass sie sofort zum hinteren Tor kommen sollen, klar?« Es war wieder eine Ansage an den Fahrer, die keinen Widerspruch duldete.

Der nickte. »Klar!«

»Willst du jetzt allein da raus?«, fragte MacDeath.

Clara zog ihre Waffe. »Und ob ich das will!«

»Du tust ja so, als ob das eine persönliche Sache wäre.« MacDeath sprang ebenfalls aus dem Wagen.

»Das ist es auch!«, sagte Clara und rannte Richtung Tor.

Kapitel 28

Berlin, 2016

Clara und MacDeath liefen geduckt auf den Friedhof.

Der Regen hatte endlich ein wenig nachgelassen. Reihen von Grabsteinen schauten aus der feuchten Erde, ausgeschlagenen Zähnen eines Riesen gleich. Ein steinernes, verwittertes Kreuz erhob sich scharfkantig und steil aufragend in den Himmel wie der dämonische Anführer einer Horde von leichenfressenden Ghouls. Der Wind pfiff kalt und winterlich von Norden, und schwere Wolken zogen über den Abendhimmel. Dunkle Banner einer verlorenen Armee, die in den Untergang marschiert.

Einige der Grabsteine waren durch die Jahre und Jahrzehnte verwittert, andere erstrahlten in einer schwarzen oder weißen Glätte, als wollten sie sich in ihrer Unversehrtheit über die Toten lustig machen, die zwei Meter unter ihnen schon längst zu einer schmierigen Masse verwest waren. Einige der Gräber waren noch ganz frisch, Blumen lagen auf Erdhügeln, manche davon in blassen Farben leuchtend, andere bereits genauso zerfallen wie die Toten, für die sie einmal gedacht gewesen waren. Ganz weit am Horizont war ein letzter Strahl der Sonne zu sehen. Die Sonne, die die schwarze, dunkle, nasse Erde küsste, wie ein Vampir seine sterbende Braut.

Der Tod, dachte Clara, als sie sich mit schnellen Schritten ins Innere des Friedhofs bewegten, Clara vorn, die Pistole in der Hand, MacDeath hinter ihr. *Der Tod ist immer der Moment der Klärung.*

Sie, Clara, hatte ihr Leben lang den Tod gejagt. Den Tod bestraft. Mit dem Tod gerungen. Und den Tod zu verstehen versucht. Dabei war er kein Feind. Kein Gegner. Kein Schicksal. Er war einfach nur da. Wenn seine Zeit gekommen war, war er da. Und damit war der Tod eine Konstante, wie es sie im Leben, und wohl auch im Tod, nicht oft gab.

Der Tod war der Augenblick der Klärung.

Der Augenblick, in dem man die Antworten fand, die man ein Leben lang gesucht hatte.

Der Tod war Klarheit.

Seine Sense zerschnitt die Lügen.

Sein Hammer zerschlug die Spiegel.

Sein Licht war die Dunkelheit. Doch es war ein Licht, das die Schatten enttarnte. Und die Wahrheit hervorbrachte.

Clara hatte einmal im Internet die letzten Grüße von Todeszellen-Kandidaten aus Texas gelesen. Sie alle waren mit sich irgendwie im Reinen. Viele hatten zu Gott gefunden. Fast alle baten ihre Opfer um Verzeihung, ebenso wie ihre Familien.

Der Tod.

Er führte zur Reue. Zur Klarheit. Und zum Ende.

Und Clara würde dieser Friedhof, dieser Acker des Todes, vielleicht zum Mörder ihres Kindes führen. Und damit auch zum Ende. Zum Absoluten.

Sie spurtete mit federnden Schritten zielgerichtet geradeaus. Sie wusste nicht, warum. Aber aus irgendeinem Grund wusste Clara, wohin sie musste. Vielleicht war das der Moment, in dem der Killer sich offenbaren wollte? Der Moment, in dem er am Ende war? Weil er alles erreicht hatte, was er erreichen wollte? Weil es ab jetzt nur noch schlimmer werden konnte? Schlimmer für ihn? Und auch schlimmer für sie?

An einem alten Grab stand ein Mann. Er trug einen abgewetzten, schwarzen Trenchcoat und auf dem Kopf einen breitkrempigen Hut, von dessen Krempe der Regen tropfte. Auf dem Grab kaum Blumen, nur ein etwa hüfthoher Grabstein. Clara konnte die Schrift nicht lesen.

Der Mann stand vor dem Grab und schaute auf den Stein, während sein Mantel im Herbstwind wehte.

Aus irgendeinem Grund wusste Clara, dass der Mann ihre Schritte gehört hatte. Dass er wusste, dass sie kamen. Und dass ihm klar war, dass sie wusste, dass er es wusste. Vielleicht weil er der Mann war, der Clara jetzt begegnen wollte. Vielleicht, um es zu Ende zu bringen. Weil er nicht mehr leben wollte.

Der Mann, den sie seit Tagen und Wochen gejagt hatte. Der Mann, der Clara ihr ungeborenes Kind genommen hatte. Der Mann, der die Junkies losgeschickt hatte, um den Eltern die Leichenteile ihrer Töchter zu bringen. Der Mann, der einen seltsamen Namen hatte. Der …

»Tränenbringer«, sagte der Mann leise und drehte sich um.

Er sagte es leise, aber seine Stimme klang wie Donnerhall in Claras Ohren.

Der Regen tropfte von seinem Hut in sein Gesicht, auf die dicken, leicht beschlagenen Gläser seiner Brille, die seine Augen kaum erkennen ließen, auf die stumpfblonden Haare. Clara schaute auf den Stein, schaute nach oben, dann auf das Gesicht und dann wieder nach unten. Auf den Mantel, der offen über seine Schultern hing. Auf das, was er in der Tasche hatte *(etwas Großes, es sah aus wie ein Glas …)*. Auf das, was er in der Hand hielt, als er die Worte sagte.

»Tränenbringer …«

Ein Grinsen auf seinem Gesicht.

Das, was er in der Hand hielt, war halb in der Hand, halb in der tiefen Tasche des schäbigen Mantels verborgen.

»Clara Vidalis …«, sagte er dann. So wie am Telefon vor nicht einmal zwanzig Minuten.

Er hob langsam seine Hand …

»… wir sehen uns wieder!«

Er hob die Hand ein Stück weiter. Die leere Hand. Nahm die andere Hand aus der Tasche.

Das Getriebe der Zeit war um mehrere Gänge heruntergeschaltet, während der Friedhof um sie herum in steinerner Ruhe lag und nur das Prasseln des Regens die Stille durchbrach. Stillstand und Stille. Und die Zeit, deren Geschwindigkeit zurückgedreht war.

Die Zeit, die ihre schreckliche Geschichte nur der Stille erzählte.

Der Killer umfasste die Waffe mit beiden Händen.

Und schoss.

Kapitel 29

Berlin, 2016

Winterfeld und Hermann standen vor dem Grab von Wiebke Hellwig. Boonstra war im Wagen bei seinem Laptop geblieben.

Hinter ihnen, in der Deckung der Friedhofsbüsche, drei Beamte des SEKs.

Die Blumen. Die Kränze. Der Stein.

Schwarzer Marmor.

Schwarz wie die kugelsicheren Westen und die Stiefel des SEKs.

Doch anders.

Alles wie neu.

Und dennoch alt.

Denn Wiebke Hellwig war nicht mehr.

»Er ist nicht hier«, sagte Hermann.

»Ob Clara doch recht hatte?« Winterfeld blickte sich um. Seine Wut, dass Clara eigenmächtig ihren Schlachtplan geändert hatte, verflog. Er sprach in sein Funkgerät. »Eine Einheit sofort nach Süden.«

Marc vom SEK meldete sich. »Verstanden.«

»Clara …«, sagte Winterfeld, halb zu sich und halb zu Hermann. Dann sah er Hermann an. »Ob sie recht hatte?«

Hermann schaute sich um, sein Blick glitt über die Kränze und Sprüche auf dem Grab von Wiebke Hellwig. *Nicht gegangen, sondern vorweggegangen,* stand dort. Und: *In our heart you live forever …*

»Dass *er* dahinten ist?«, sagte Hermann. »Nicht hier?«

Winterfeld nickte. War kurz davor, sich auf dem Absatz umzudrehen.

In dem Moment hörten sie den Schuss.

Kapitel 30

Berlin, 2016

Clara hatte den Knall gehört.

Sah die Waffe des Killers. Den Rückstoß, der seine Hand nach hinten zucken ließ. Die Patronenhülse, die aus dem Verschluss heraussprang. Sie schaute an sich hinunter. Ihr war nichts geschehen. Dann hörte sie das Geräusch von hinten. Blickte sich um.

Sah dort, wo sie eben noch MacDeath vermutete – nichts!

MacDeath war auf die Knie gesackt. Seine Hand krampfte sich in seinen Unterleib. Blut sickerte zwischen seinen Fingern hervor.

Er hat ihn angeschossen, dachte Clara. *In den Bauch … Wenn wir nicht sofort etwas tun, verblutet er und …*

Der Killer lächelte sie an. Genau wie an jenem verfluchten Abend, als er ihr in den Bauch getreten und ihr Kind ermordet hatte. Damals, vor ein paar Tagen, hatte *sie* sich an den Bauch gefasst. Und es war ihr Blut, das aus ihr herausgelaufen war. Doch jetzt war es MacDeath, den es erwischt hatte. Und es war mehr Blut. Viel mehr.

»Jetzt sind wir allein«, sagte der Killer, während MacDeath keuchend noch tiefer zu Boden ging, die eine Hand weiterhin an seinen Bauch gepresst und die andere in den matschigen Boden des Friedhofs gekrallt. Während Clara beide, den Killer und dann MacDeath, mit aufgerissenen Augen anstarrte. Sie wollte MacDeath helfen. Aber dann konnte der Killer noch einmal schießen. Sie musste etwas tun. Jetzt. Sofort.

»Ihr habt in eurer schmierigen Sendung nicht unrecht gehabt, Clara Vidalis. Denn ich habe die Huren getötet, weil sie schuldig sind. Und ihre Leichen habe ich in den Müll geworfen. Dorthin, wo sie hingehören. Und die jungen Mädchen …« Er fuhr sich mit der Zunge über die Lippen. Es sah aus wie bei einem Chamäleon, das auf die nächste Fliege wartet, die es fressen kann. »… die habe ich behalten. In all den Wohnungen, in denen ich bin. Ihr habt gesehen, wie ich es mache. In Heizungskellern. Mit Katzenstreu. Sie verwesen nicht, sie vertrocknen. In all den Wohnungen, die manchmal derartig gereinigt werden müssen, nachdem irgendwelche Sauftouristen dort waren, dass man dort *alles* machen kann.« Bei dem Wort *alles* blickte er neben Clara. Auf MacDeath, der auf den Knien hockte, sich seine blutige Hand an den Bauch presste und irgendwelche Worte zu formulieren versuchte, aber nichts herausbrachte.

In Claras Kopf raste es. Sie hielt die Waffe in der Hand. Die Glock, die sie liebte. Glock 18 statt Sig Sauer, wie es bei der Berliner Polizei üblich war. Sie könnte ihn erschießen. Jetzt sofort. Sie musste ihn erschießen. Doch irgendetwas hielt sie zurück. Irgendetwas lähmte sie. Wie ein Bannfluch des Bösen, der sie in der Bewegungslosigkeit erstarren ließ. Die Waffe in ihrer Hand wurde schwer. Schwerer. Immer schwerer.

»Ich werde deine Welt fressen, Clara Vidalis«, sagte der Tränenbringer. »Erst dein Kind, dann deinen künftigen Mann. Und dann dich. Und gleich … gleich werde ich richtig treffen.«

Er hielt die Waffe auf Clara gerichtet. Dann zog wieder ein Grinsen über sein Gesicht, als wäre ihm noch etwas eingefallen, was er Clara unbedingt mitgeben musste. Er griff in seinen Mantel. Und zog ein altmodisches Einmachglas hervor.

Das Glas, das Clara vorhin schon aus den Augenwinkeln in einer der ausgebeulten Taschen gesehen hatte. In dem Glas war irgendetwas. Irgendetwas Organisches. Er warf es vor Clara auf den Boden. Das Glas zersprang in tausend Teile. Und offenbarte das, was in dem Glas war. Organisch. Rot. Menschlich.

»Vielleicht verschone ich dich auch, Clara Vidalis«, sagte er. »Denn es ist immer schlimmer, wenn liebe Menschen sterben, als wenn man selbst stirbt. Denn ich habe dich gesehen. Im Virchow-Klinikum. Habe die Ambulanz verfolgt. Dich habe ich gesehen und deinen künftigen ... Mann. *Dr. Friedrich.*« *Ihr Mann. Der bald stirbt.* Sie hörte, wie MacDeath vor Schmerzen grunzte. Der Killer kniff den Mund zusammen und sprach weiter. »Wenn du dich dann aber allzu allein fühlst«, sagte der Tränenbringer, »ohne Mann, ohne Kind ... Dann hast du hier schon einmal ... Letzteres!« Er brachte die Waffe erneut in Position.

Clara sah, was in dem Glas war. Sie sah es. Aber sie konnte es noch nicht glauben.

Sie sollte fassungslos sein. Voller Trauer. Und Verzweiflung.

Doch das war sie nicht. Nicht mehr.

Der Killer hatte etwas in ihr erweckt. Und in Clara stieg ein Hass auf, wie sie ihn noch nie verspürt hatte.

Sie fasste die Glock. Erinnerte sich an das, was ihr Trainer gesagt hatten. Damals hatten sie auch mit Heckler-&-Koch-Scharfschützengewehren geübt. Und auch mit dem M4 Sabre Defence. Die Scharfschützen schossen oft im Liegen. Auch sie hatte sich damals hinlegen müssen. Mit der Waffe. *Die Waffe umarmen.* Es hatte fast etwas Intimes. Und so sollte es auch sein.

»Die Waffe ist eine Geliebte«, hatte der Trainer gesagt.

»Oder ein Geliebter. Umarme die Waffe genauso wie den Mann, den du liebst. Denke beim Schuss an alle, die du liebst. Denke daran, dass dieser Mensch zuschaut. Du umarmst die Waffe wie ihn. Du schießt für ihn. Du tötest für ihn …

Sie zielte. Innerhalb von Bruchteilen von Sekunden.

Die Glock steckte fertiggeladen im Holster.

Du umarmst die Waffe wie ihn.

Drückte den Auslöser.

Du schießt für ihn.

Sie sah das Gesicht.

Du tötest für ihn.

Dann sah sie das, was in dem zersplitterten Glas auf dem regennassen Boden des Grabes lag.

Ein Embryo.

Den Embryo eines Kindes.

Das Kind, das der Killer der Leiche von Vanessa aus dem Leib geschnitten hatte. Rosa Fleisch, Blut und Schleim, inmitten von Glasscherben und matschiger Friedhofserde. Das tote Kind am Ort des Todes.

Ein Gedanke.

Der Tod.

Er hatte es getötet. Genau wie ihr Kind.

Ein Blick.

Der Killer hatte nicht Clara getötet.

Ein Schuss.

Aber einen Teil von ihr.

Sie drückte den Abzug.

Und schoss.

Kapitel 31

Berlin, 2016

Die Wucht des Schusses traf den Tränenbringer in die Brust und warf ihn zurück wie von einem Hammerschlag getroffen. Sie schoss noch einmal. Und noch einmal.

Torsten Rippken stand noch ein paar Sekunden aufrecht, die Augen nach unten gerichtet, als wollte er der Patrone folgen, die sich in seinen Oberkörper gebohrt hatte. Dann taumelte er. Kippte nach hinten. Versuchte, mit zwei Schritten den Sturz abzufangen. Stolperte. Fiel zu Boden. Sein Kopf krachte gegen den Grabstein, und sein Genick brach mit einem hässlichen Knacken.

Mit verdrehten Augen blieb er neben dem Grabstein liegen.

Clara handelte, ohne zu denken. MacDeath lag bleich und fast bewusstlos in einer Lache von Blut, das sich mit dem Matsch des Bodens und dem Regen mischte. Sie zog ihm das Hemd aus der Hose und drückte ihren Finger in die Wunde. Es war keine schöne Methode, um bei einem solchen Fall den Blutfluss zu stoppen, aber hier war es die einzige, die funktionierte. Sie spürte das Blut. Das Leben von MacDeath. Das Blut, das gegen ihre Fingerkuppe pulsierte, aber nicht mehr nach draußen lief. Das Blut, das bis eben noch aus der Wunde hervorgesickert war und den matschigen Boden rot gefärbt hatte, versiegte allmählich. Sie behielt den Finger in der Wunde. Dann schaute sie nach oben.

Der Tränenbringer lag tot auf dem Grab. Den Kopf in verrenkter Pose an den moosbewachsenen Grabstein gelehnt, der ihm eben das Genick gebrochen hatte. Sie wusste nicht, was ihn wirklich getötet hatte. Die Schüsse. Oder der Stein.

Sie war schweißgebadet. Obwohl es nicht wärmer als fünf Grad war.

Dann sah sie aus den Augenwinkeln eine Gestalt. Und noch eine.

Es war Winterfeld. Daneben Hermann. Und dann die Beamten des SEKs.

»Einen Arzt«, brachte Clara noch hervor, »einen RTW. Wir brauchen …«

Winterfeld war sofort bei ihr. Kniete sich neben sie und MacDeath. »Kommt in zwei Minuten. Haben wir schon gerufen. Wir haben die Schüsse gehört.«

Sie nickte. Glücklich, dass all das geregelt war. Glücklich dass es vorbei war.

Sie blickte MacDeath an. Der nickte zurück. Bleich und am Ende seiner Kräfte.

Claras Blick huschte über die Leiche des Tränenbringers. Über das zerbrochene Einmachglas. Über den Embryo, der rot und grau auf der steinernen Umrandung des Grabes auf der regennassen Betonumrandung lag, umgeben vom Geruch des Alkohols, in dem das kleine tote Wesen gelegen hatte. Sie schaute auf den Grabstein. Ein wenig Blut klebte an einer Ecke, wo der Kopf des Tränenbringers mit brutaler Wucht gegen den Stein gekracht war. Dann sah sie noch einmal den Stein, während sie weiterhin den Finger in MacDeath' Wunde hielt. Der Grabstein war nass. Aber nicht nur von dem Regen. Es war, als wäre etwas von oben auf den Grabstein gegossen worden.

Jetzt roch sie, was es war.

Roch nicht nur den Alkohol. Da war noch etwas anderes.

Urin.

Der Tränenbringer, der Killer … Er hatte auf den Grabstein uriniert.

Sie hörte Sirenen. Hörte die schnellen Schritte von Sanitätern.

Wir übernehmen, sagte einer. Legte MacDeath irgendetwas an.

Sie sank zurück. In den Matsch und den Regen. Zwang sich, aufrecht sitzen zu bleiben.

Jetzt erst sah sie den Namen auf dem Grabstein.

Ramona Rippken
23.9.1943
6.1.1992

Dann verlor sie das Bewusstsein.

EPILOG

Bremen, 2016

Wann erwischt es uns?

Das war eine Frage, die sich Clara und ihre Kollegen oft, vielleicht zu oft, stellten. Wann können wir nicht ausweichen? Wann ist der Täter schneller als wir? Wann kommt die Verstärkung zu spät? Oder gar nicht?

Diesmal hatte es Clara fast erwischt.

Dieser Killer hatte zwar nicht Clara getötet. Aber doch einen Teil von ihr.

MacDeath war noch im Krankenhaus, also stand sie, begleitet von Winterfeld, mit dem Priester allein vor dem Grab. Dem Grab, in das sie den winzigen Sarg hinabließen. Ihr Kind. Den Embryo, den MacDeath aus der Pathologie des Virchow-Klinikums geholt hatte. Ihr Kind, das sie jetzt in das kleine Grab hinabließen. In das Grab, in dem auch Claudia Vidalis, Claras Schwester, begraben lag. Sie schaute auf den Spruch auf dem Grabstein ihrer Schwester. *Wach auf, der du schläfst. Und steh auf von den Toten.*

Der Priester machte das Kreuzzeichen, als sie die kleine Schatulle mit dem Embryo in der Erde versenkten.

Wir übergeben den Leib der Erde. Wie Christus von den Toten auferstanden ist, so wirst auch du wieder auferstehen.

Sie schaute auf das Grab, während der Regen zu Boden prasselte und Grabstein, Priester, Sarg und Winterfeld vor einem doppelten Schleier aus Regen und Tränen schemenhaft vor ihr standen.

Aus Staub bist du gemacht und zu Staub wirst du zurückkehren. Bis der Herr dich auferweckt am Jüngsten Tage.

Sie hatten die wirkliche Wohnung des Tränenbringers aufgespürt. Sie war in Reinickendorf gewesen.

Erbarme dich all unserer verstorbenen Brüder und Schwestern und aller, die in deiner Gnade aus dieser Welt geschieden sind.

Der Keller der Wohnung war voll mit Einmachgläsern, in denen in Alkohol konservierte Leichenteile lagen. Auch die Leichen der Mädchen waren dort gewesen. In trockenheißen Heizungsräumen, wo die Leichen nicht verfaulten, sondern ohne Gestank mumifizierten. Einige Teile von ihnen in Katzenstreu eingelegt, um die Feuchtigkeit aus dem Gewebe zu ziehen. Katzenstreu und ungelöschter Kalk.

Es gibt heute viele glückliche Leute, hatte der Killer gesagt. Das waren seine letzten Worte gewesen. *Es gibt heute viele glückliche Leute. All die, die ich nicht getötet habe.*

Dann war er gestorben.

Consummatum est, hatte Jesus Christus gesagt, als er am Kreuz verschied. *Es ist vollbracht.*

Auch dieser Fall war vollbracht.

Sie lauschte den Worten des Priesters.

Und Gott wird abwischen alle Tränen von ihren Augen, und der Tod wird nicht mehr sein, noch Leid noch Geschrei noch Schmerz wird mehr sein.

»Alle Tränen abwischen«, dachte Clara. Ob das funktionieren würde? Auch die Tränen, die der *Tränenbringer* verursacht hatte?

In zwei Wochen würde die standesamtliche Hochzeit stattfinden. MacDeath würde dann wieder halbwegs fit sein. Und sie wären Mann und Frau. Die Ringe hatten sie sich schon ausgesucht. MacDeath hatte ihr einmal gesagt, dass das Wort *Apokalypse* auf Griechisch so viel wie *Entschleierung der Braut* bedeutete. In der Bibel ging es um die Vermählung Christi mit der Kirche. Die gleichzeitig mit dem Tag des Jüngsten Gerichts einherging. Vielleicht passte das, dachte Clara. Vielleicht war auch ihre Vermählung ein Schritt, um die Apokalypse, den Untergang, das Böse gemeinsam besser zu ertragen.

Denn meistens waren wir in dieser bösen, kalten und tödlichen Welt allein. Als Mann und Frau aber teilten wir das Alleinsein mit einem anderen.

Herr, gib diesem Kind und allen Verstorbenen die ewige Ruhe, sagte der Priester.

Und das ewige Licht leuchte ihnen, sagten Clara und Winterfeld.

Der Priester schlug das Kreuzzeichen.

Lass sie ruhen in Frieden.

Der Tod war ihr ständiger Begleiter.

Er hatte sie dazu gebracht, zum LKA zu gehen.

Er war bei ihr, als sie die Killer erschossen hatte. Den Werwolf und den Drachen und jetzt den Tränenbringer.

Und er würde derjenige sein, der immer bei ihr bleiben würde. Bis zu jenem letzten Tag, wenn die Schwingen des Todes auch sie, Clara Vidalis, in diese andere Welt bringen würden.

Sie sah die Schrift auf dem Grabstein.

Wach auf, der du schläfst. Und steh auf von den Toten.

Sie fragte sich, was besser war. Es war die Frage, die sie

sich seit Jahren stellte. Spätestens aber seit dem Tag, an dem ihre Schwester nicht mehr zurückgekommen war. Und ab dann immer wieder. Immer deutlicher. Immer lauter.

Was war besser?

Zu leben, zu sterben und dann vielleicht aufzuerstehen?

Oder gar nicht erst zu leben?

Der kleine Sarg war in der Erde.

Der Priester, sie und Winterfeld schütteten ein wenig Erde auf die Stelle.

Dann war es vorbei.

Und ihr Kind, das noch keinen Namen hatte, war bei Claras Schwester.

Tief unten in einer Welt aus Schwärze und Schweigen.

Bis zur Auferstehung.

Oder für immer.

Dankwort

Nachdem mit *Der Totenzeichner* 2015 der vierte und bis dahin letzte Band der Clara-Vidalis-Reihe erschien, ist es überfällig, dass Clara Vidalis zurückkehrt. Das wurde mir auch von vielen Leserinnen und Lesern so mitgeteilt. Daher: voilà! Hier kommt Clara Vidalis, Teil 5: *Tränenbringer!*

Ich danke Ihnen allen für Ihre Geduld und natürlich dafür, dass Sie Ihr Geld für gerade dieses Buch auf den Tisch gelegt haben. Ebenso danke ich natürlich allen Buchhändlerinnen und Buchhändlern, die dafür sorgen, dass das Buch überhaupt sichtbar ist und gekauft werden kann! Vielen Dank!

Zahlreiche Leserinnen und Leser fragen nach, wie der Titel eines Buches entsteht. Bevor mich der Thriller-Virus infizierte, war ich großer Fantasy-Fan und habe auch Michael Moorcocks *Elric von Melniboné* gelesen. Elrics schwarzes Schwert heißt *Sturmbringer,* während ein zweites Schwert in dem Roman *Trauerklinge* heißt. Aus *Trauer* wurde in meinem Kopf irgendwann *Tränen,* die ich mit dem zweiten Wortteil des *Sturmbringers* zusammensetzte, und fertig war *Tränenbringer.* Ein, wie ich finde, toller Titel, der auch noch nicht vergeben war.

Die Inspiration zu *Tränenbringer* hatte ich kurz nach Weihnachten 2015. Meine Frau Saskia und ich fuhren am Abend zu Freunden in den Süden Berlins, und als wir an einer roten Ampel hielten, lief plötzlich ein ziemlich seltsamer Mann mit Gummihandschuhen über die Straße. Ich schaute ihm noch kurz hinterher, da sprang die Ampel schon auf Grün. Wer dieser Mann war, habe ich nie erfahren. Aber damals dachte ich: Was wäre, wenn ein solcher Mann, ausgestattet mit einer seltsamen Kiste, von einem Auto angefahren wird und ins Koma fällt? Und dieser Mann vielleicht eine wichtige Information hat, die Leben retten kann?

Saskia saß mit im Auto und da ich in Gedanken gerade bei dem neuen Buch um Clara Vidalis war, war Saskia auch wieder gefordert! Für unschätzbares Wissen über Hirnödeme, drogeninduzierte Psychosen, das Abtrennen von Extremitäten und über forensische Psychologie (Bonnies Ranch lässt grüßen) möchte ich Dir, liebe Saskia, ganz herzlich danken! Leider ist es damit noch nicht vorbei, denn *Die Schöne und er liest,* also Saskia und meine Wenigkeit, werden bei *Tränenbringer,* ebenso wie schon bei *Der Totenzeichner,* wieder gemeinsam auf Tour gehen.

Die beste Idee taugt allerdings nicht, wenn man sie nicht zu Papier bringt. Und ein Buch ist dabei nur so gut wie die Möglichkeit, es auch an den Mann oder die Frau zu bringen. Dafür geht ein besonderer Dank an Roman Hocke und Markus Michalek von der AVA Autoren- und Verlagsagentur und seinem Team, etwa Claudia von Hornstein, Gudrun Strutzenberger, Cornelia Petersen-Laux und Lisa Blenninger für die super Zusammenarbeit und die tolle Vorbereitung zu *Tränenbringer.*

Nach den Agenten kommen die Verlage: Ein großer Dank geht daher an Steffen Haselbach, Verlagsleiter Belletristik bei Droemer Knaur, an meine Lektorin und Programmleiterin Paperback bei Droemer Knaur, Michaela Kenklies, für ihren unermüdlichen Einsatz, tolle Ideen, spannende Stunden und unterhaltsame Diskussionen über das Manuskript sowie an Antje Steinhäuser für das grandiose finale Lektorat. Und natürlich an die Geschäftsleitung von Droemer Knaur, Hans-Peter Übleis, Doris Janhsen, Josef Röckl und Bernhard

Fetsch, an Bettina Halstrick und Antje Buhl für das tolle Marketing, den tollen Vertrieb und den Kontakt zu den Buchhandlungen, ebenso Beate Riedel, Kristina Brand, Liesa Arendt sowie Katharina Ilgen und Monika Neudeck für die super Pressearbeit, Hanna Pfaffenwimmer, Christina Schneider sowie Dietmar Masuch und die Kollegen von Thalia für die schöne Kooperation bei diversen Lesungen. Und an Leif Göritz, ehemaliger BCG-Kollege und jetzt Aufsichtsratschef von Thalia, sowie an Stephan von Rohden und das Team von Gigflip für sehr innovative Ideen, wie man Lesungen organisiert. Ein Dank geht ebenfalls an Christian Meyer, der mich sehr oft sicher zu Lesungen und zurück gefahren hat! Und natürlich an das ganze Vertriebsteam von Droemer Knaur, die für die Buchhandlungen und für die Nebenmärkte, wo meine Bücher offenbar auch gern gesehen sind, alles geben.

Zu *Tränenbringer* wird es ein besonderes Event am 14. September beim *rbb* in Berlin geben. Der Moderator Ingo Hoppe wird dort eine Rolle spielen, und wenn Sie sich fragen, was der mit dem Buch zu tun hat: einfach lesen. Ein großer Dank schon einmal an Ingo Hoppe für die tolle Zusammenarbeit und natürlich auch an Konrad Kuhnt, Programmchef bei Radio Berlin. Sie werden noch sehen, was wir da ausgeheckt haben für den 14. September.

Ein letzter Dank geht wieder an meine Schwiegereltern Renate und Thomas Guddat für die tolle Wohnung in Grömitz an der Ostsee. Hier habe ich, im März 2016, als die traumatische Erfahrung des *Mannes mit den Handschuhen* noch frisch war, die ersten Skizzen zu *Tränenbringer* entwickelt. Wie auch bei *Dark Web:* meist abends oder nachts oder wenn das Wetter schlecht war.

So bleibt mir, Ihnen allen spannende Unterhaltung zu wünschen und mich auf ein Wiedersehen zu freuen!

Besuchen Sie mich auf www.veit-etzold.de oder auf facebook.de/veit.etzold oder schreiben Sie mir an info@veit-etzold.de.

Und noch besser: Kommen Sie zu einer der Lesungen und den Thriller-Events!

Herzlich
Ihr Veit Etzold
Berlin, im Mai 2017